Rosalind Laker

Née dans le Sussex en Grande-Bretagne, l'écrivain Rosalind Laker – de son vrai nom Barbara Ovstedahl – a vécu en Norvège puis au Canada, avant de s'établir en Angleterre avec sa famille. Trois de ses ouvrages se déroulent en France, pays pour lequel elle éprouve le plus vif intérêt en raison de ses origines : elle est descendante de huguenots français.

Rosalind Laker est l'auteur de nombreux romans à succès traduits en plusieurs langues, parmi lesquels on peut citer *La Tulipe d'or* (Presses de la Cité, 1993), *Belle époque* (Presses de la Cité, 1996), ou encore *La Belle chapelière* (Presses de la Cité, 2002).

Son dernier roman, *Rêve de neige*, a paru aux Presses de la Cité en 2005.

RÊVE DE NEIGE

DU MÊME AUTEUR
CHEZ POCKET

LA BELLE CHAPELIÈRE

RÊVE DE NEIGE

ROSALIND LAKER

RÊVE DE NEIGE

Traduit de l'anglais
par Nathalie Serval

PRESSES DE LA CITÉ

Titre original :
To Dream of Snow

ISBN : 978-2-266-16629-4

Pour mes amis Jo et John

1

[illegible] ainsi, [illegible] que [illegible] d'un [illegible] continue [illegible] lentement [illegible] la salle [illegible] malgré les portes fermées [illegible] par les [illegible] elle [illegible] d'une enfilade de pièces [illegible] séparées par des portes aux chambranles dorés.

[illegible]

Les serviteurs, [illegible] s'inclinaient [illegible] que [illegible] et les [illegible] doucement [illegible] sorte [illegible] dans sa [illegible] elle [illegible] avait [illegible]

La [illegible] [illegible] à deux [illegible] et elle [illegible] pas le [illegible] une [illegible] sur une [illegible], elle se [illegible] la pièce aux murs [illegible] de [illegible]. Dans sa [illegible] elle vida plusieurs

1

Les cris de la furie, aussi stridents que ceux d'un aigle pris au piège, résonnèrent longuement dans la salle de bal bondée, malgré les portes refermées en hâte et les efforts de l'orchestre. Escortée par les ombres que les torches projetaient sur les murs, elle traversa tel un ouragan une enfilade de pièces richement ornées, séparées par des portes aux chambranles dorés.

— C'en est trop ! vociféra-t-elle en brandissant le poing.

Les serviteurs, terrifiés, s'inclinaient jusqu'à terre sur son passage tandis que les plus jeunes et les plus agiles se dissimulaient derrière une porte ou dans le fond d'une alcôve. Dans sa rage, elle était capable de lever la main sur n'importe lequel d'entre eux. Un jour, elle avait presque battu à mort une femme de chambre.

La tsarine Élisabeth, impératrice de toutes les Russies, atteignit bientôt ses appartements privés. Les gardes ouvrirent la porte à deux battants et elle entra en coup de vent. Saisissant par le col une carafe en cristal ainsi qu'un verre posé sur une desserte, elle se mit à arpenter la pièce aux murs décorés de magnifiques fresques. Dans sa colère, elle vida plusieurs verres à la file. Du vin avait coulé sur son corsage, mais c'était sans importance : elle ne portait jamais deux fois la même robe.

Elle passa et repassa devant des miroirs au cadre précieux qui lui renvoyaient son image ainsi que l'éclat des diamants dans ses cheveux teints en noir. La tsarine était une belle femme robuste, au front haut et à la poitrine avantageuse. De splendides yeux d'un bleu qui tirait sur le violet éclairaient son visage un peu rond. Aveuglés par son charme et sa grâce, ceux qui la rencontraient pour la première fois avaient toujours du mal à reconnaître en elle l'être mesquin, vaniteux, avare et sans pitié qu'on leur avait dépeint. Mais il ne leur fallait pas longtemps pour la découvrir sous son vrai jour.

Quand la carafe fut vide, Élisabeth la reposa en même temps que le verre. Si ses mains tremblaient un peu, elle avait l'esprit tout à fait clair. La coupe était pleine ! Elle ne tolérerait plus que cette maudite Française l'humilie devant la cour. Ce soir-là, l'étrangère se pavanait dans une robe aux reflets changeants, qui donnait l'illusion que la brise agitait doucement les grappes de lilas dont elle était brodée. Malgré la réputation d'élégance d'Élisabeth, aucune de ses robes ne pouvait rivaliser avec ce chef-d'œuvre. Si la comtesse d'Oinville avait été une de ses dames, et non l'épouse d'un diplomate étranger, la tsarine aurait arraché l'épée de cérémonie d'un de ses officiers et lacéré sauvagement l'objet du délit, comme la fois où une impudente avait osé arborer devant elle une bouffette de rubans mille fois plus jolie et plus délicate que toutes celles qu'on avait créées pour elle.

Élisabeth se laissa tomber sur un canapé et pianota sur l'accoudoir en élaborant une riposte. Avec l'arrivée du printemps et la fonte des neiges, la comtesse repartirait pour Paris. Naturellement, elle profiterait de ce séjour dans son pays pour renouveler sa garde-robe. Mais il existait un moyen très simple de s'assurer qu'elle ne monopoliserait plus les regards.

Les lèvres de la tsarine s'étirèrent en un sourire féroce. Surtout, ne rien précipiter. Elle attendrait le moment opportun sans rien laisser transpirer de son plan. Le comte d'Oinville et l'ambassadeur de France étaient aussi soucieux l'un que l'autre de ne pas la mécontenter depuis qu'elle avait manifesté sa défiance à l'égard de la politique de leur pays. Dans son désir de la voir ratifier un nouvel accord commercial, l'ambassadeur se mettrait en quatre afin de lui donner satisfaction. Pour les mêmes raisons, le comte d'Oinville veillerait à exaucer son vœu, nonobstant les protestations de sa femme.

Sa colère était retombée. Elle fit tinter une clochette en argent et ses femmes de chambre accoururent pour l'aider à se dévêtir. Sa toilette achevée, elle envoya une des filles prévenir son amant du moment, un jeune officier qui avait éveillé son intérêt en même temps que sa convoitise. Restée seule, elle laissa glisser sa chemise en soie jusqu'au sol et s'allongea sur son vaste lit dans une pose alanguie. Son corps nu brillait d'un éclat laiteux à la lumière des bougies. Elle fixa son regard sur la porte, guettant l'entrée du jeune homme à travers ses cils baissés.

À l'étage supérieur d'une maison parisienne, une jeune femme mettait tout son cœur dans son ouvrage. Ses doigts agiles poussaient et tiraient l'aiguille en cadence ; le fil brillant virevoltait avec un bruissement soyeux au-dessus de la pièce de satin déployée devant elle tel un trésor doré.

Marguerite Laurent appréciait sa solitude. Une première brodeuse avait besoin de beaucoup d'espace quand elle travaillait sur une jupe ou une cape. Même pour un manteau ou un simple gilet de soie, elle avait droit à une pièce pour elle seule.

Des flots de lumière entraient par la fenêtre à petits carreaux, éclairant sa table de travail. Mais, comme toutes les fenêtres de l'atelier de Mme Fromont, celle-ci restait fermée malgré la chaleur, pour éviter que la poussière et les saletés qui montaient de la rue ne salissent les étoffes délicates. Le même souci de propreté obligeait la jeune femme à porter un tablier immaculé et un bonnet d'un blanc impeccable sur ses cheveux brun cuivré.

Absorbée dans son travail, Marguerite gardait le silence. Avant le drame qui l'avait frappée à quelques jours de son mariage, elle avait coutume de fredonner une vieille chanson de son enfance, ou un air que Jacques et elle avaient entendu dans la bouche d'un chanteur des rues, tout en tirant l'aiguille. Sa défunte sœur, Anne-Marie, affirmait qu'elle tenait sa jolie voix de leur mère. Elle était heureuse de partager quelque chose avec cette femme dont elle ne conservait aucun souvenir, contrairement à Anne-Marie, son aînée de douze ans.

Un dernier point, un coup de ciseaux : l'ouvrage était achevé. Tandis qu'elle pliait la pièce de satin, un pas lent et lourd retentit dans l'escalier. Mme Fromont, une petite femme replète aux joues colorées, fit une halte sur le seuil pour reprendre son souffle, une main pressée sur son sein.

— Cet escalier devient plus raide de jour en jour ! soupira-t-elle en se laissant tomber sur la chaise que lui tendait la jeune femme. Tu as terminé la jupe, Marguerite ? Bien ! Je viens de recevoir un message de la comtesse d'Oinville. Elle souhaite te voir de toute urgence.

— Mais sa dernière commande lui a été livrée il y a trois semaines, bien avant la date de son départ pour la Russie, remarqua Marguerite, surprise. Elle paraissait satisfaite.

Mme Fromont haussa les épaules.

— J'ignore ce qu'elle veut. Peut-être désire-t-elle juste passer une nouvelle commande. Nous allons choisir ensemble les échantillons que tu lui montreras. Tu pourrais également lui apporter les modèles de robes que tu as créés l'autre jour, suggéra-t-elle en désignant des poupées très élégantes, alignées sur une étagère.

Les échantillons choisis, parmi lesquels plusieurs motifs de broderie, furent disposés sur un présentoir, lui-même rangé dans un panier à fond plat garni de soie. Marguerite ajouta un coupon de soierie de Lyon, cala soigneusement deux poupées sur le dessus du panier et recouvrit le tout d'un linge.

Quand Mme Fromont fut descendue, Marguerite ôta son tablier, son bonnet, et se coiffa d'un chapeau de paille qu'elle décrocha d'une patère. À l'origine, le chapeau comportait des rubans rouges, qu'elle avait remplacés par des noirs en signe de deuil. Plus récemment, elle avait échangé ces derniers contre des rubans bleus – un geste qui témoignait de ses efforts pour surmonter son chagrin. Son abondante chevelure était coiffée en arrière de façon à laisser le front dégagé. Quelques mèches vaporeuses s'échappaient de la masse de boucles resserrées sur sa nuque, selon la mode du moment. Elle glissa l'anse du panier sur son bras et descendit vivement l'escalier.

Une brise légère caressa son visage sitôt qu'elle se retrouva dans la rue. Les vieux quartiers de la ville, avec leurs ruelles étroites, leurs bâtiments humbles ou grandioses, lui étaient familiers : c'est là qu'elle avait vécu les dix-neuf années qui s'étaient écoulées depuis sa naissance. Des senteurs variées – certaines agréables, d'autres nauséabondes – parvenaient à ses narines lorsqu'elle dépassait l'échoppe d'un marchand de vin, une sellerie, l'étal d'une fleuriste, d'un boucher ou une brûlerie de café. À l'angle d'une rue pavée, elle fut assaillie par une atroce odeur de brûlé qui semblait provenir des décombres calcinés d'un ancien atelier d'orfèvre. Mais ce n'était qu'une illusion, liée à un souvenir pénible entre tous. Le pire, c'est qu'elle n'avait aucun moyen d'échapper à cette torture quotidienne, car il n'existait pas d'autre chemin pour se rendre à son travail.

La jeune femme marchait d'un bon pas : les nobles n'aimaient pas qu'on les fasse attendre. Le bord de son chapeau plongeait dans l'ombre ses yeux couleur d'ambre. Si son visage ovale n'obéissait pas aux canons de la beauté classique, ses pommettes bien dessinées et son menton volontaire respiraient la vivacité. Il émanait de toute sa personne une énergie peu commune, malgré le chagrin qui la minait depuis presque un an. Auparavant, son trop-plein de vie trouvait un exutoire dans la danse, le rire et la compagnie de ses amis, mais la perte de son bien-aimé Jacques l'avait affectée au point d'inquiéter ses proches.

Vingt minutes plus tard, elle atteignit une avenue

bordée de beaux hôtels particuliers et traversa la cour pavée qui menait à l'entrée de service de la résidence parisienne du comte d'Oinville. Le comte était resté à Moscou, où devait bientôt le rejoindre son épouse. Marguerite s'était rendue chez eux à de nombreuses reprises : la broderie connaissait une vogue sans précédent, et la comtesse discutait toujours longuement avec elle des couleurs et des motifs avant de faire son choix. Mme Fromont, pourtant la meilleure des femmes, s'était un peu formalisée au début d'être reléguée au second plan, mais la comtesse était une trop bonne cliente pour qu'elle prenne le risque de la contrarier.

Comme à chacune de ses visites, Marguerite fut introduite dans un boudoir rose et or. D'habitude, la comtesse, une femme à la taille élancée et au teint de porcelaine, la saluait d'un signe de tête accompagné d'un bref sourire. Ce jour-là, elle la trouva assise sur un canapé, sa jupe à paniers vert olive largement étalée autour d'elle. Elle avait une expression renfrognée et sa main couverte de bagues rutilantes pianotait impatiemment sur l'accoudoir.

— Asseyez-vous, dit-elle avec une sécheresse inhabituelle.

Mal à l'aise, Marguerite prit place sur une chaise face à elle.

— Quelque chose ne va pas, madame la comtesse ? demanda-t-elle d'une voix inquiète.

— Votre travail n'est pas en cause. Mais je dois vous entretenir d'une affaire de la plus haute importance, bien qu'il m'en coûte. Vous vous souvenez de la robe en soie ivoire que vous aviez brodée de motifs dans le style persan ?

Comme Marguerite acquiesçait, elle reprit :

— Je l'ai portée à l'occasion de mon premier bal à la cour de Russie. L'impératrice m'a alors témoigné une hostilité qui m'a d'autant plus étonnée qu'elle nous avait réservé le meilleur accueil quand le comte lui avait présenté ses lettres de créance, le matin même. Par la suite, notre ambassadeur m'a expliqué que sa vanité colossale ne saurait tolérer qu'aucune femme la surpasse en élégance.

— Oh ! Madame...

Marguerite se sentait flattée qu'une souveraine aussi puissante que la tsarine ait admiré son travail, si désagréables qu'aient été les conséquences pour la comtesse. Mais fallait-il en conclure que celle-ci avait décidé de renoncer aux robes tout aussi somptueuses qu'elle avait commandées en prévision de son retour en Russie ? Elle savait que Mme Fromont n'avait encore perçu aucun règlement : les nobles considéraient qu'ils vous faisaient un honneur en vous prenant à leur service, et il s'écoulait souvent plus d'un an avant qu'ils daignent s'acquitter de leurs dettes.

— Cette affreuse mégère s'est montrée encore plus odieuse avec moi le jour où elle m'a vue dans ma robe en soie azur brodée d'argent. En temps ordinaire, les Français ne sont déjà pas trop en faveur à la cour de Russie. Mais après cette nouvelle démonstration de mauvaise humeur, notre ambassadeur m'a priée de porter des toilettes moins fastueuses ! D'après lui, l'impératrice est tellement imprévisible qu'elle pourrait prendre prétexte d'un affront imaginaire pour créer un incident diplomatique.

— Comme cela a dû être pénible pour vous, madame !

— En effet. Par la suite, j'ai gardé mes plus belles

robes pour les occasions où j'étais sûre que l'impératrice ne me verrait pas. Et à l'avenir, je m'en tiendrai à cette conduite, ajouta-t-elle avec un soupir exaspéré.

Marguerite fut soulagée d'apprendre que Mme Fromont n'allait pas se retrouver avec des invendus sur les bras.

— Je trouvais profondément injuste la restriction qu'on m'avait imposée, reprit la comtesse. Aussi, la veille de mon départ, j'ai décidé d'agir à ma guise et d'apparaître dans tout mon éclat au bal organisé au palais du Kremlin ce soir-là. J'ai donc étrenné ma robe lilas, avec les rabats évoquant des fleurs agitées par la brise. J'ai feint de ne pas voir l'expression furieuse de l'impératrice quand elle s'est avancée vers moi au beau milieu d'une danse. La colère la faisait trembler de la tête aux pieds. Elle brandissait le poing, comme si elle allait me frapper, puis elle a brusquement tourné les talons et quitté la salle de bal !

La comtesse ramassa une lettre sur une desserte.

— Je ne vous aurais pas raconté tout cela sans le courrier que j'ai reçu aujourd'hui. Notre ambassadeur me l'a fait adresser par messager spécial.

La comtesse lut la lettre à Marguerite, qui n'en crut pas ses oreilles : l'impératrice exigeait que la brodeuse de Mme d'Oinville se rende immédiatement en Russie. Un atelier spacieux l'y attendait afin qu'elle crée des modèles exclusifs pour l'impératrice et, dans une moindre mesure, pour la grande-duchesse Catherine, l'épouse de l'héritier du trône. Avant son départ, elle devait recruter quatre ou cinq brodeuses qualifiées qui voyageraient avec l'entourage de la comtesse, aux frais de la tsarine. Celle-ci lui promettait en outre un logement confortable, des appointements généreux, pour elle comme pour ses assistantes, et le concours d'une équipe de couturières russes qu'elle lui laisserait le soin de choisir.

— J'imagine qu'il ne manque pas de brodeuses compétentes à travers la Russie ! s'exclama Marguerite, perplexe.

La comtesse posa la lettre sur ses genoux.

— Évidemment ! Mais l'impératrice trouve naturel de faire venir à sa cour des étrangers de toute l'Europe dès lors qu'ils possèdent un talent particulier. Elle a déjà recruté un jardinier anglais, un médecin danois et un coiffeur italien, pour n'en citer que quelques-uns. Sachant que les Françaises telles que Mme de Pompadour et moi-même faisons et défaisons les modes, il n'y a rien d'étonnant à ce qu'elle ait tourné son regard vers Paris, bien qu'elle déteste notre pays.

La comtesse pinça la bouche si fort que celle-ci pâlit sous le fard et que la mouche au coin de sa lèvre supérieure trembla.

— Elle cherche également à s'assurer que je ne l'éclipserai pas une fois de plus ! Le devoir m'obligeait à vous révéler le contenu de cette lettre. Toutefois, vous n'avez pas à vous inquiéter. Je pars pour la Russie à la fin de la semaine. Sitôt arrivée, je me ferai une joie d'informer l'ambassadeur que vous avez décliné l'offre de Sa Majesté.

Marguerite devint blême. Une vie nouvelle s'ouvrait devant elle. Dans un environnement inconnu, l'angoisse qui la tenaillait céderait enfin la place à l'apaisement. Elle repenserait aux moments de bonheur qu'elle avait connus avec Jacques et oublierait la vision d'épouvante (son fiancé à la fenêtre du premier étage, pris au piège dans un bâtiment ravagé par les flammes) qui l'obsédait depuis des mois. La perspective de réaliser son rêve de toujours – diriger son propre atelier, avec des ouvrières recrutées par ses soins – passait au second plan. Tout ce qui lui importait, c'était la possibilité de rejoindre dans ses souvenirs l'homme qu'elle avait tant chéri.

— Mais, madame, j'ai l'intention de l'accepter ! protesta-t-elle.

La comtesse la dévisagea d'un air incrédule.

— Vous parlez sérieusement ?

— Oui, madame.

— Avez-vous la moindre idée de la distance qui nous sépare de la Russie ?

— Je sais qu'il faut plusieurs semaines pour s'y rendre.

— Je ne suis pas sûre que vous mesuriez bien la portée de votre décision. L'impératrice est insatiable. Elle est capable de vous faire travailler vingt-quatre heures d'affilée pour satisfaire un de ses caprices vestimentaires.

Marguerite se fit la réflexion que les aristocrates tels que la comtesse ignoraient tout de l'existence des grisettes : il n'était pas rare qu'elles triment toute une nuit pour achever une commande urgente avant d'enchaîner sur une nouvelle journée de labeur.

— Je ne crains pas l'effort, déclara-t-elle. Quand Mme Fromont n'a pas de broderies à me confier, j'accomplis les mêmes tâches ingrates que les autres ouvrières. En travaillant pour la tsarine, ajouta-t-elle, usant du seul argument que la comtesse était susceptible de comprendre, j'aurai mon propre atelier et pourrai me consacrer à la création. J'en retirerai beaucoup de plaisir et de fierté. Et je pense que je n'aurai aucun mal à apprendre le russe.

— J'en suis persuadée. La grande-duchesse Catherine, qui est à peine plus âgée que vous, le parlait déjà couramment après quelques mois de mariage, alors qu'elle est allemande de naissance. Par bonheur, elle maîtrise également le français, la langue en usage à la cour de Russie. Mais ne vous y trompez pas : le faste des cérémonies, des palais et des costumes dissimule une inculture insondable. La Russie d'Élisabeth est aussi différente de Versailles que la craie peut l'être du marbre. Beaucoup d'aristocrates russes sont des roturiers qui doivent leur titre, leurs terres et leurs serfs à une lubie de l'impératrice ; le tsar Pierre le Grand n'agissait pas autrement. Naturellement, l'ancienne noblesse n'éprouve que du mépris pour ces parvenus. Mais même les dames de haut lignage sont peu nombreuses à savoir lire. J'ignore comment la grande-duchesse a pu s'accoutumer à ce désert de la pensée, elle qui est tellement cultivée.

— Je n'aurai pas affaire à la cour, reprit Marguerite en pesant ses mots avec soin. Mon travail consistera à satisfaire l'impératrice et la grande-duchesse, et je ne doute pas d'y parvenir.

Sa confiance se fondait sur une longue expérience des exigences féminines. Mme d'Oinville elle-même n'était pas une cliente de tout repos !

En temps ordinaire, la comtesse ne se souciait pas des gens du peuple du moment qu'ils la servaient fidèlement. Mais elle trouvait dommage que la jeune femme gaspille son talent exceptionnel.

— Réfléchissez, reprit-elle en se penchant en avant. Si j'ai le devoir d'insister sur le caractère exécrable de l'impératrice, je ne puis me résoudre à évoquer devant vous ses excès et sa conduite licencieuse.

Elle mit un doigt devant ses lèvres pour souligner son propos.

— Elle se plaît à humilier et à jouer des tours cruels aux courtisans des deux sexes. Ses ministres vivent dans la crainte de lui déplaire et d'être bannis dans quelque lointaine province. Elle n'hésitera pas à vous renvoyer en France au premier faux pas.

— Quel genre d'homme est le tsar ? Pourquoi lui passe-t-il tous ses caprices ?

— L'impératrice ne s'est jamais mariée. Quand elle était jeune fille, la petite vérole lui a enlevé celui qu'elle aimait. Puis elle est montée sur le trône à la faveur d'un complot. L'héritier légitime, Ivan VI, n'était encore qu'un enfant. Depuis, il est retenu captif dans quelque forteresse.

La comtesse laissa planer un silence avant de reprendre :

— Ne me dites pas que vous persistez à vouloir servir une créature aussi malfaisante ?

— J'ai l'intention de tenter ma chance, répondit Marguerite d'un ton résolu. Et je veillerai à ne jamais lui donner de motif de s'en prendre à moi ou à l'une de mes ouvrières.

La comtesse soupira, renonçant à la détourner de son projet.

— Vous aurez besoin d'instructions sur la manière de vous adresser à l'impératrice quand vous lui présenterez vos modèles, et sur les règles à observer à la cour. Avant de vous retirer, vous irez trouver ma femme de chambre. Elle vous renseignera et vous dira ce que vous devrez emporter en voyage, notamment en matière de vêtements. Le temps que nous atteignions la Russie, le froid sera installé.

La femme de chambre se montra très aimable et lui donna quelques conseils de son cru. Marguerite dressa la liste de tous les points importants.

Elle se mit en route d'un bon pas, impatiente d'annoncer la nouvelle à Mme Fromont. Le plus tôt serait le mieux. Heureusement, elle avait fait le plus gros du travail sur la jupe en satin doré ; à tout le moins, elle n'abandonnerait pas sa patronne avec une commande inachevée. Déjà, de nouveaux motifs de broderie se formaient dans son esprit. En servant l'impératrice, elle rendrait honneur à la France tout en assurant son propre succès. Cette perspective l'enthousiasmait. Mais surtout, elle aspirait à la paix de l'âme qui lui permettrait de retrouver le souvenir de son cher Jacques.

2

Mme Fromont écouta attentivement le récit que Marguerite lui fit de sa visite chez la comtesse, puis elle sourit d'un air rassurant.

— Je n'ai pas l'intention de te créer des obstacles, Marguerite. Au contraire, je te souhaite de réussir dans ton entreprise. Cela te fera du bien de quitter Paris quelque temps. Tu ne t'es jamais remise de cette tragédie qui nous a toutes profondément affectées. Cette proposition ne pouvait mieux tomber, pour toi comme pour moi.

— Pour vous, madame ?

— Je ne vais pas très bien et mon médecin m'a conseillé de me retirer. Je reportais sans cesse ma décision et tu me rends un fier service en précipitant les choses. Si quelques-unes de mes ouvrières désirent t'accompagner, elles sont libres, à l'exception de mes apprenties. J'ai plusieurs propositions pour reprendre l'atelier. La personne qui a ma préférence a déjà une équipe de couturières, mais elle a promis de garder celles des miennes qui souhaiteraient rester. Tu pourrais parler à tes collègues brodeuses après le travail et voir leur réaction...

Marguerite resta interloquée devant tant de générosité, même si, contrairement à beaucoup de ses semblables, Mme Fromont s'était toujours montrée pleine d'égards pour ses employées.

— Vous me soulagez d'un gros souci. Je ne dispose que de quelques jours d'ici au départ de la comtesse. J'envisageais de faire appel aux connaissances que j'ai dans d'autres ateliers.

— Ce ne sera pas nécessaire.

La soirée était déjà bien avancée quand les ouvrières cessèrent le travail. Elles étaient toutes impatientes de rentrer chez elles, mais Mme Fromont les rassembla dans la plus grande pièce et prit la parole devant elles. Elle leur annonça d'abord son intention de vendre son affaire. Des cris de consternation s'élevèrent, mais l'inquiétude (et dans certains cas, la frayeur) suscitée par cette nouvelle s'apaisa quand elle ajouta que la nouvelle propriétaire entendait les garder à son service.

— Toutefois, poursuivit-elle, Marguerite a une proposition à vous faire. Elle a mon entière approbation. Certaines d'entre vous pourraient être tentées par l'aventure.

Après un dernier regard, elle quitta la pièce et regagna son bureau.

Marguerite se doutait que la plupart des ouvrières auraient été incapables de situer la Russie sur une carte, aussi commença-t-elle par évoquer la distance qui la séparait de la France. Puis elle leur exposa les faits avec la même franchise brutale que la comtesse, provoquant des exclamations de surprise et d'incrédulité. Elle les mit en garde contre le mal du pays et précisa qu'elle ne pourrait emmener celles d'entre elles qui étaient chargées de famille : l'éloignement interdisait les allers et retours, et nul ne pouvait dire combien de temps durerait leur séjour en Russie.

— Je vous demande de bien réfléchir, conclut-elle. Vous avez jusqu'à après-demain pour prendre une décision. La comtesse part la semaine prochaine et nous aurons besoin de ce délai pour obtenir des sauf-conduits.

Un silence stupéfait suivit ces déclarations. Puis les railleries et les protestations fusèrent :

— Es-tu devenue folle, Marguerite ? Ton impératrice a tout l'air d'un monstre ! Elle serait capable de nous faire trancher la gorge pour un point de travers. Tu voudrais que nous quittions tout pour ça ? Merci bien !

La salle se vida en quelques minutes. Ignorant les rires et les regards moqueurs qu'on lui jetait, Marguerite se tourna vers les quelques ouvrières qui n'avaient pas pris part à la discussion. Elles n'étaient que cinq. Comme la plupart des employées, elles avaient suivi un apprentissage de couturière avant de se spécialiser dans l'art délicat de la broderie. La jeune femme aurait été heureuse de recruter n'importe laquelle d'entre elles.

— Vous réfléchissez à ma proposition ? demanda-t-elle.

Les voyant acquiescer, elle poursuivit :

— Comme je l'ai dit, je ne peux emmener celles qui sont chargées de famille.

Son regard s'était posé sur une femme robuste, au caractère aimable et pondéré, qui attendait debout, les bras croisés. Ses cheveux étaient déjà blancs, bien qu'elle eût à peine dépassé la quarantaine.

— Je suis partante à une condition, dit-elle d'un ton résolu.

— Tu es mariée, Jeanne Dudicourt.

— Je serais trop contente d'être débarrassée du sac à vin qui me sert d'époux ! J'aurais dû le quitter depuis longtemps, mais j'avais deux enfants et nulle part où aller. Mon fils s'est engagé dans l'armée comme mercenaire et je ne l'ai pas revu depuis sept ans. Dieu fasse qu'il soit toujours en vie ! lança-t-elle en se signant furtivement. Je laisserai mon adresse à une voisine, pour le cas où il reparaîtrait. Mais je lui ferai jurer de ne jamais la révéler à mon ivrogne de mari ! Je ne partirai que si je peux emmener ma fille, Rose. Elle travaille à l'atelier Desgranges. Elle n'a que dix-sept ans, mais elle se débrouille.

— Puisque tu la recommandes, je l'accepte, si toutefois elle le souhaite.

— Peut-être ma sœur Sophie voudra-t-elle venir. Elle est brodeuse chez cette punaise de Valverde. Elle aimerait bien changer de maison, mais ce n'est pas si facile. Je pourrais te la présenter si elle est intéressée.

— C'est entendu. Passez donc chez moi demain matin, quand vous aurez réfléchi. Amène Rose avec toi. Nous discuterons autour d'un verre de vin.

Une voix aux sonorités rauques s'éleva :

— Je suis volontaire pour t'accompagner, Marguerite ! À tout le moins, cette aventure coupera la monotonie de cette vie.

Le visage félin de Violette Narbonne exprimait l'amusement.

Jeanne lui lança un regard complice.

— Serais-tu en peine de trouver de nouveaux amants à Paris ?

Violette secoua ses boucles blond doré avec un pétillement malicieux dans ses yeux bleus.

— Loin de là ! Mais j'aime le changement et cela me plairait de puiser dans un nouveau vivier de beaux garçons.

Sa venue annonçait des complications, mais Marguerite se fit la remarque que la bonne humeur inaltérable de la jeune femme leur serait d'un grand secours dans les moments de découragement qui surviendraient inévitablement. Elle se tourna ensuite vers les trois autres filles, qui échangeaient des réflexions à voix basse.

— Charlotte ? Hortense ? Berthe ?

— Nous réfléchissons, dirent-elles à l'unisson.

Toutefois, le ton de leur voix laissait présager une réponse négative.

Marguerite leur souhaita à toutes une bonne nuit tandis qu'elles se retiraient. Ainsi, elle pouvait compter sur une équipe de quatre brodeuses. Elle alla aussitôt trouver Mme Fromont pour lui faire son rapport. Sa patronne hocha la tête d'un air approbateur.

— Excellent, Marguerite. Il est toujours bon d'avoir de la compagnie quand on se trouve loin de chez soi. Je n'aurais pas aimé te voir partir seule.

En sortant de l'atelier, Marguerite découvrit qu'une des apprenties, Isabelle Pieron, l'avait attendue.

— Mademoiselle ! Pourriez-vous m'accorder un instant, je vous prie ?

— Bien sûr, Isabelle.

La jeune fille avait grandi entre une mère faible et un beau-père brutal. Avant d'entrer à l'atelier, elle avait travaillé dès son plus jeune âge dans la filature qui employait déjà sa mère. La dureté de cette vie ainsi que les privations l'avaient durablement marquée. Petite et chétive, elle paraissait plus que ses seize ans. Elle avait repoussé en hâte ses cheveux blonds et fins sous son chapeau, et la trace d'un œil au beurre noir en voie de guérison déparait son visage aux traits délicats.

— Qu'avais-tu à me dire ?

— Emmenez-moi en Russie avec vous ! supplia Isabelle.

Marguerite lut une profonde détresse dans les yeux de la jeune fille.

— Comment es-tu au courant de mon départ ? Tu n'as pas assisté à la réunion.

— J'étais en train de balayer quand les autres sont sorties en se moquant. Plus tard, j'ai entendu Jeanne et Violette en parler pendant qu'elles se coiffaient.

Marguerite soupira.

— J'ai pu constater par moi-même que tu faisais de l'excellent travail. Mais j'ai déjà toutes les brodeuses dont j'ai besoin. D'autre part, je suis sûre que ton beau-père refuserait de te laisser partir, et tu n'as pas terminé ton apprentissage avec Mme Fromont. Je suis désolée, Isabelle.

Elle allait s'éloigner quand la jeune fille la retint par le bras.

— Attendez, je vous en prie ! Ma mère approuverait mon projet ! Elle sait que mon beau-père abuse de moi depuis des années, et ni elle ni moi n'y pouvons rien. J'ai tenté de fuir à plusieurs reprises, mais il m'a toujours retrouvée et traînée de force à la maison. Au moins, il n'irait pas me chercher en Russie !

Soudain, les yeux bleus s'emplirent de larmes. Elle plaqua ses mains sur son visage et poussa une plainte désespérée :

— Je travaillerai jusqu'à m'user les doigts, je vous le jure !

— Chut !

Prise de pitié et révoltée par le calvaire qu'endurait Isabelle, Marguerite entraîna celle-ci à l'écart ; ses pleurs commençaient à attirer l'attention des passants. Comme elle la tenait par le coude, elle aperçut une ecchymose violacée sous sa manche retroussée. Il lui revint en mémoire que la tsarine mentionnait quatre ou cinq brodeuses dans sa lettre.

— Je ne peux rien te promettre, soupira-t-elle. Dis à ta mère de venir me trouver ici, demain soir à la même heure. Si elle m'y autorise, je parlerai pour toi à Mme Fromont.

La rencontre eut lieu à l'heure prévue. Après discussion, Marguerite consentit à emmener Isabelle, sous réserve que Mme Fromont accepte de s'en séparer. À la grande gêne de la jeune femme, la mère de l'apprentie lui prit la main et la baisa avec gratitude.

Le lendemain matin, Mme Fromont la fit venir dans son bureau.

— Je te suggère de faire ton choix parmi ces articles, dit-elle en lui désignant des boîtes disposées sur une table. Je te les laisse à prix coûtant. Prends aussi quelques poupées.

— C'est très généreux de votre part. Je songeais en effet à emporter quelques fournitures de première nécessité.

— Ce serait plus sage. Il se pourrait que tu aies du mal à te faire livrer depuis la France, et l'impératrice a l'air de vouloir des robes dans le goût parisien. Plutôt que d'encombrer la future propriétaire, j'aime mieux te laisser tout ceci.

Les deux femmes passèrent un long moment à sélectionner des rubans, des sequins nacrés, des galons, des boutons de couleur, et à constituer une réserve de fils de soie de toutes les nuances. Pour tous ces articles, Mme Fromont demanda un prix purement symbolique, très en deçà de leur valeur réelle.

— Tu as toujours fait du bon travail, commenta-t-elle comme Marguerite se confondait en remerciements. Je n'ai pas oublié tes débuts chez nous, du temps de ta regrettée sœur. Tu n'étais encore qu'une petite fille qui ramassait les épingles et assortissait les fils de soie. Qui aurait pu prédire que tu deviendrais une modéliste et une brodeuse d'exception ? J'avais l'espoir de me faire une clientèle à Versailles, ce qui t'aurait apporté la reconnaissance que mérite ton talent. Mais la concurrence est rude à Paris et la comtesse d'Oinville, comme beaucoup de dames de sa condition, répugne à révéler le nom de sa couturière pour en garder l'exclusivité. Enfin, tu vas pouvoir tenter ta chance à la cour de Russie et tu seras entourée d'une bonne équipe.

— Il y a une apprentie couturière que j'aimerais beaucoup emmener, avec votre permission.

Marguerite plaida la cause d'Isabelle tant et si bien que Mme Fromont, une fois informée de tous les détails, consentit à résilier son contrat.

Ce soir-là, le groupe des volontaires, Isabelle comprise, se réunit dans la mansarde de Marguerite. Jeanne avait amené sa fille, une brune au nez mutin et au sourire éclatant.

— Quelle aventure, mademoiselle ! s'écria-t-elle, les yeux brillants d'excitation.

La sœur de Jeanne, Sophie Bouvier, était également du voyage.

— J'ai toujours eu envie de voir du pays, leur avoua-t-elle. C'est l'occasion rêvée !

Grande, svelte, le cheveu noir et lustré, Sophie ne ressemblait guère à sa sœur, si ce n'est qu'elles avaient les mêmes yeux sombres et pleins de douceur. Rose et elle avaient apporté des échantillons de leur travail, qu'elles soumirent au jugement de Marguerite. Celle-ci comprit au premier regard qu'elle avait affaire à deux habiles brodeuses.

Après avoir servi le vin et les gâteaux, elle leur dressa une liste de tout ce qu'elles devraient emporter et s'efforça de répondre à leurs questions dans la limite de ses connaissances. Puis elle étala sur la table une carte empruntée à la femme de chambre de la comtesse. Les ouvrières s'approchèrent tandis qu'elle traçait leur itinéraire avec son doigt.

— Nous nous rendrons d'abord à Liège en passant par Reims. Une fois que nous aurons quitté notre pays, nous emprunterons cette route jusqu'à Cologne. De là, nous traverserons plusieurs villes allemandes avant d'atteindre Gotha. Nous verrons ensuite Leipzig, Dresde puis Francfort-sur-l'Oder. Après cela, nous effectuerons un long périple à travers la Prusse. Passé Königsberg, nous poursuivrons dans cette direction et franchirons la frontière russe avant Riga. À ce moment-là, nous aurons fait la plus grosse partie du voyage qui doit nous conduire à Saint-Pétersbourg !

En se redressant, elle lut le doute sur les visages qui l'entouraient.

— Dieu du ciel ! s'exclama Jeanne. C'est vraiment loin !

— Des regrets ? demanda Marguerite avec une pointe d'inquiétude.

À son grand soulagement, les cinq femmes secouèrent la tête.

— Bien ! Maintenant, je propose que nous levions nos verres à notre voyage. Qu'il se déroule sans encombre et soit riche d'enseignements !

Le matin du départ, après avoir fait ses adieux à toutes ses connaissances, Marguerite porta un bouquet de fleurs sur la tombe de sa sœur. En temps normal, elle se rendait une fois par semaine dans le petit cimetière attenant à l'église, mais qui pouvait dire quand aurait lieu sa prochaine visite ?

C'était Anne-Marie qui lui avait appris à lire, à écrire, à coudre et plus tard à broder. C'était encore elle qui l'avait élevée après le décès de leur mère et le suicide de leur père, miné par la banqueroute et la prison. Jusque-là, leur famille avait mené une existence prospère. Si Anne-Marie ne lui avait jamais dit comment elle était parvenue à les nourrir et à payer leur loyer après ces événements tragiques, Marguerite gardait un souvenir vivace du taudis où sa sœur la laissait souvent seule le soir avec une poupée de chiffon pour unique compagnie.

Peu à peu, leur situation s'était améliorée. Anne-Marie avait trouvé un emploi de brodeuse chez Mme Fromont et la petite Marguerite, tout juste âgée de sept ans, avait entamé son apprentissage sous l'œil vigilant de sa grande sœur.

— Je suis venue te dire au revoir, Anne-Marie, murmura-t-elle. C'est en songeant à ce que tu as dû endurer dans la rue que j'ai décidé d'arracher une apprentie à son calvaire pour l'emmener en Russie avec moi. Je me réjouis que tu aies connu des jours meilleurs et goûté un peu au bonheur avant de quitter cette vie.

Elle se baissa et déposa le bouquet au pied de la

pierre tombale. Celle-ci avait été payée par l'amant d'Anne-Marie, un homme marié, de même que ses obsèques. Marguerite lui en avait été très reconnaissante, car ses maigres économies auraient à peine suffi à éviter la fosse commune à sa sœur.

Jacques reposait à Rouen, la ville où il était né et où résidaient toujours ses parents. Elle n'avait vu sa dernière demeure qu'une fois, le jour de l'enterrement, et ses parents ne lui avaient donné aucune nouvelle depuis. Ils ne l'avaient jamais acceptée, rêvant d'un mariage autrement plus prestigieux pour le fils sur lequel ils fondaient tant d'espoirs. Mais les deux jeunes gens s'aimaient et rien n'aurait pu les détourner l'un de l'autre.

Après quelques instants de recueillement et de silence, Marguerite revint sur ses pas jusqu'à la grille du cimetière et se replongea dans le brouhaha de la ville.

3

Marguerite croyait arriver la première au rendez-vous qui avait été fixé devant les grilles de l'hôtel de la comtesse, mais Isabelle l'avait devancée. N'osant monter à bord du coche assigné aux couturières, la jeune fille s'était blottie près d'un pilier. Le visage blême, l'air affolé, elle serrait un sac de toile dans ses mains. Un second sac était posé à ses pieds. Elle était la seule à ne pas avoir fait livrer de malle la veille. Les bagages de ses compagnes de voyage étaient déjà fixés par des sangles sur le toit et à l'arrière du coche. Marguerite tenta de la rassurer d'un sourire.

— Tu peux monter, Isabelle. Les autres ne vont pas tarder.

Isabelle s'engouffra dans la grande et lourde voiture attelée à six chevaux robustes. Bien qu'il y eût largement assez de place pour six à l'intérieur, elle se tassa dans un coin, comme si elle essayait de se faire toute petite. En plus de leur coche, une dizaine de véhicules disposés en file attendaient de transporter la comtesse, ses domestiques et sa montagne de bagages.

Au même moment, Marguerite vit s'approcher

Jeanne et Rose, toutes deux chargées d'un bagage à main et d'une boîte à couture. Jeanne apportait également des provisions dans un panier à anse : si la comtesse devait leur assurer le gîte et le couvert pendant tout le reste du voyage, les repas du premier jour étaient à la charge des couturières. Rose adressa un sourire radieux à Marguerite.

— Bonjour, mademoiselle. J'étais impatiente de partir !

— Nous voici, dit Jeanne, tout essoufflée. Nous avons profité de ce que le vieil ivrogne cuvait son vin pour déguerpir.

Elle paraissait aussi pressée qu'Isabelle de monter dans le coche et poussait Rose devant elle comme si elle craignait de voir apparaître la silhouette titubante de son mari.

Sophie arriva peu après. Elle avait presque couru pour rattraper sa sœur et sa nièce, qu'elle avait aperçues devant elle.

— Je ne suis pas en retard, au moins ? demanda-t-elle d'un ton inquiet. Ces deux-là filaient comme si elles avaient eu le diable à leurs trousses !

Marguerite la rassura :

— Nous avons encore beaucoup de temps d'ici au départ.

Violette arriva d'un pas nonchalant, en balançant les hanches. Vêtue d'une cape d'un rouge éclatant, coiffée d'un chapeau de paille orné d'une plume recourbée, elle portait un sac de voyage d'une main et un panier de l'autre.

— Je sens qu'on va bien s'amuser ! leur lança-t-elle en guise de bonjour.

Quand Violette eut rangé ses bagages et se fut installée, Marguerite s'assit à la place que lui avaient laissée ses compagnes, près de la fenêtre du coche. À l'exception d'Isabelle, toutes discutaient passionnément. Soudain, il y eut un regain d'agitation dans la cour et les retardataires se hâtèrent de monter à bord de leurs voitures. La comtesse était prête à prendre la route. Son équipage vint se ranger le long des marches de l'hôtel.

Quelques minutes plus tard, la comtesse sortit sur le seuil, enveloppée dans une cape de velours bleu moiré, et disparut aussitôt à l'intérieur de sa voiture. Guidés par des postillons portant la livrée gris pâle de la maison d'Oinville et escortés par quatre cavaliers armés, les huit chevaux qui tiraient le véhicule traversèrent la cour en faisant claquer leurs sabots sur les pavés et dépassèrent la colonne des autres voitures. Le coche qui transportait les couturières s'ébranla avec un soubresaut qui faillit les jeter par terre.

— Et c'est parti ! s'exclama Violette en battant des mains.

Les cinq femmes se calèrent sur leurs banquettes en riant. Tremblante, Isabelle poussa un soupir de soulagement.

Les bavardages joyeux se poursuivirent jusqu'à ce que le cortège franchisse les portes de Paris. Les couturières se turent alors et regardèrent le paysage qui défilait au-dehors comme si elles craignaient de ne jamais le revoir. Bientôt, le convoi atteignit une voiture immobilisée sur le bord de la route. Le passager de celle-ci alla trouver la comtesse, déclina son identité et reçut la permission de se joindre au cortège : la prudence commandait de ne pas s'aventurer seul dans les campagnes isolées où sévissaient les voleurs de grand chemin.

— Comment cet homme savait-il que nous passerions ? interrogea Rose.

— Les nouvelles se propagent vite, répondit sa mère. Certains voyageurs attendent parfois plusieurs jours le passage d'un convoi armé qui avance dans la même direction qu'eux, surtout s'ils vont loin. La plupart font un bout de chemin avec un cortège et poursuivent avec un autre si le premier ne suit pas le même itinéraire qu'eux. Plus on est nombreux à faire la route ensemble et mieux on est protégés, chaque homme possédant un pistolet.

À midi, les cinq femmes mirent leurs provisions en commun. Isabelle n'avait que deux tranches de pain rassis à offrir.

— Il n'est pas question que je mange ça ! protesta Rose avec une grimace de dégoût. C'est couvert de moisissure !

Sa mère la poussa du coude.

— Cesse de dire des bêtises ! Tu en mangeras comme nous toutes. La femme de chambre de la comtesse a dit à Marguerite qu'il n'était pas toujours possible de se ravitailler dans les régions reculées que nous allons traverser. Mange donc tant que tu le peux !

Isabelle s'était tassée sur elle-même. Pourtant, ses compagnes se partagèrent les deux tranches de pain et les mangèrent courageusement. Les yeux de Rose s'emplirent de larmes mais elle parvint à avaler sa portion malgré ses haut-le-cœur.

Heureusement, les cahots de la voiture ne provoquèrent pas de nausées chez les couturières. En revanche, les véhicules qui les précédaient s'arrêtèrent à trois reprises pour permettre à deux servantes et à un jeune page de vomir dans les broussailles.

Comme ils se trouvaient en rase campagne, les voyageurs des deux sexes profitèrent de l'occasion pour se soulager derrière des arbres ou des buissons, les hommes d'un côté et les femmes de l'autre. La comtesse ne descendit pas de sa voiture, mais sa femme de chambre vida discrètement un de ces récipients en forme de bateau que la plupart des dames utilisaient lors de leurs déplacements. Les couturières en avaient découvert un dans un placard situé sous la banquette. S'il portait les armoiries de la famille d'Oinville, il était en faïence blanche, et non en porcelaine de Sèvres décorée de fleurs comme celui de la comtesse.

Ce soir-là, les cinq femmes soupèrent et couchèrent dans une auberge alors que Mme d'Oinville et sa suite passaient la nuit dans un château des environs. Par la suite, chaque fois que ce fut possible, leurs étapes permirent à la comtesse de jouir de l'hospitalité de quelque connaissance. Les couturières n'étaient pas oubliées pour autant. Comme convenu, l'intendant des d'Oinville veillait à ce qu'elles puissent se loger et se restaurer. Le confort était parfois sommaire. Dans le meilleur des cas, la maison disposait de commodités où elles pouvaient prendre un bain et faire leur lessive. Le souci de l'hygiène et de la propreté faisait partie de leur profession, mais elles n'étaient pas toujours en mesure de le satisfaire. Il arrivait souvent qu'elles dorment à trois ou quatre dans des lits infestés de punaises, mais l'attrait de l'aventure était plus fort que tout et elles se levaient chaque matin pleines d'enthousiasme.

Le voyage se déroulait sans encombre, et pourtant Isabelle ne commença à se départir de sa nervosité qu'une semaine après qu'ils eurent franchi la frontière et laissé Aix-la-Chapelle derrière eux. Elle cessa de sursauter, l'air hagard, au moindre arrêt. Rose réussit à l'entraîner dans une partie de cartes. Après cela, les deux jeunes filles se lièrent d'amitié. Avant longtemps, elles devinrent de grandes complices, papotant sans relâche et pouffant pour des plaisanteries qu'elles étaient seules à comprendre. Marguerite était à la fois étonnée et ravie de voir combien la jeune fille s'était transformée depuis qu'elle avait retrouvé la liberté. On eût dit une fleur qui s'épanouissait au soleil.

Les autres passaient le temps à tricoter, repriser des bas, somnoler, bavarder ou se livrer à des parties de cartes et à des jeux de mémoire. L'ennui aidant, des disputes éclataient parfois, mais jamais assez graves pour que Marguerite s'en mêle. De temps en temps, elle leur lisait un des livres qu'elle avait emportés. Par ailleurs, les distractions ne manquaient pas. La plus importante eut lieu pendant un changement de chevaux, quand deux voyageurs qui s'étaient joints à leur convoi tirèrent férocement l'épée pour régler un différend. La comtesse réagit promptement en leur interdisant de les accompagner plus longtemps.

Tous les voyageurs sans exception prenaient de l'exercice dès qu'ils en avaient la possibilité, même s'ils ne faisaient que se dégourdir les jambes durant une halte. Violette flirtait avec un des gardes, qui prit l'habitude de chevaucher à côté de leur coche pour badiner avec elle.

Parfois, un troupeau de moutons ou de vaches encerclait le convoi, ce qui était toujours une source d'amusement en dépit du retard qu'il subissait. Un jour, ils furent arrêtés en pleine forêt par une battue au sanglier. Les chasseurs désemparés traversaient et retraversaient le chemin devant eux, cherchant la proie qui leur avait échappé. Rose, Jeanne et Violette les accablèrent de quolibets depuis la fenêtre du coche, applaudissant à deux mains la fuite du sanglier, avant de se renverser, hilares, sur la banquette dans un envol de jupons.

Dans les zones habitées, il y avait toujours des colporteurs pour courir à côté des voitures et proposer leurs marchandises. Encore plus divertissants étaient les saltimbanques qui surgissaient comme par enchantement dès que le convoi s'immobilisait dans une bourgade. Au fil des jours, les chemins pleins d'ornières succédaient aux rues jonchées d'ordures, et les habitants des régions traversées s'exprimaient dans des langues différentes à mesure qu'ils progressaient vers leur destination. Les demeures particulières susceptibles d'accueillir la comtesse pour la nuit se faisaient de plus en plus rares. La plupart du temps, elle descendait dans des hôtelleries avec le reste du groupe, même si on lui attribuait invariablement la meilleure des chambres disponibles.

La traversée d'une ville était toujours un événement pour les couturières. Elles dévoraient des yeux les boutiques, les costumes et les différents styles d'architecture. Elles eurent le loisir d'admirer la cathédrale de Dresde quand le convoi passa à proximité. À Francfort-sur-l'Oder, alors qu'ils faisaient halte dans un relais de poste pour changer d'équipage, un valet de chambre de la comtesse s'approcha de leur coche au moment où elles allumaient leur lanterne et leur tendit six chaufferettes individuelles.

— Vous serez contentes de les avoir quand le temps se mettra au froid, leur dit-il d'un ton jovial. Vous n'aurez qu'à les remplir de braise dans les auberges où nous descendrons. Il y a aussi des couvertures en réserve pour vous. Croyez-moi, elles seront les bienvenues ! J'ai déjà fait ce voyage, aussi je sais de quoi je parle. Si malgré ça vous avez encore froid, je me ferai un plaisir de vous réchauffer, ajouta-t-il avec un clin d'œil canaille à l'adresse de Violette.

— Espèce d'effronté ! se récria la jeune femme, toutefois avec une lueur malicieuse dans le regard. Combien de temps allons-nous rester ici ?

— À peine une demi-heure. Ne vous éloignez pas.

Quand les couturières revinrent de leur promenade, une voiture inconnue attendait pour se joindre à leur convoi. Violette, toujours curieuse, apprit de la bouche du valet de chambre qu'elle transportait une Anglaise, Mrs Sarah Warrington, qui se rendait dans la ville russe de Riga avec sa femme de chambre. Elle retransmit le renseignement à ses amies lorsqu'elles regagnèrent leur coche. Leur intérêt fut aussitôt en éveil : les voyageurs qui les avaient accompagnés jusque-là n'avaient fait qu'un bout de route avec eux.

Étant assise près de la fenêtre, Marguerite fut la première à découvrir la nouvelle venue quand son coche passa près du leur pour prendre place dans le convoi. Elle eut à peine le temps d'entrevoir un joli visage aux traits délicats, encadré par des cheveux bruns et soyeux.

— Comment s'appelle la femme de chambre ? demanda Rose quand le coche redémarra. Elle est anglaise, elle aussi ?

— Non, répondit Violette. Blanche Charmier est née à Boulogne. C'est une grande fille robuste. En cas de besoin, elle n'aura aucun mal à hisser sa maîtresse à bord de sa voiture.

— Pourquoi ? Elle a du mal à marcher ?

Rose mordit dans la friandise qu'elle avait achetée à un colporteur après en avoir offert la moitié à Isabelle.

— Elle est tombée malade en arrivant ici, ce qui l'a immobilisée durant plusieurs semaines. Elle venait de France et s'apprêtait à rejoindre son mari. Elle n'est pas encore tout à fait rétablie. Si elle avait écouté sa femme de chambre, elle aurait retardé son départ d'au moins quinze jours. Mais quand son mari est parti pour la Russie, elle a promis d'aller le retrouver au plus vite et elle est impatiente de reprendre la route. Ah ! que ne ferait-on pas par amour...

— Tu parles en connaissance de cause, plaisanta Jeanne en la poussant du coude.

Les deux femmes s'esclaffèrent.

— Pourquoi ne l'a-t-elle pas accompagné ? interrogea Sophie, intriguée à l'idée qu'une femme puisse entreprendre un tel voyage seule avec une domestique.

— Il a dû partir précipitamment il y a trois mois. Elle est restée afin de préparer leur déménagement. Cela faisait quatre ans qu'ils résidaient en France.

— Où vivaient-ils ?

— Près de Versailles. Lui est une sorte de jardinier. Il travaillait sur différents projets à l'intérieur des parcs royaux. Apparemment, il est célèbre pour avoir créé de magnifiques jardins, ce qui lui a valu cette invitation de la part de l'impératrice de Russie. Un peu comme toi, Marguerite. D'après Blanche...

Violette se tut. Un cavalier les dépassa au galop, criant à la voiture de tête de retarder le moment du départ. Rose se précipita vers la fenêtre et se pencha au-dehors pour profiter du spectacle.

— Ça discute ferme, annonça-t-elle, la mine réjouie. Le cavalier s'est approché de la voiture de la comtesse et lui présente sa requête. Oh ! ajouta-t-elle après une pause. Elle a dû accepter parce qu'il sourit. Quel bel homme ! Qui pourrait lui refuser quelque chose ?

— Laisse-moi voir !

Violette se leva tel un ressort et écarta Rose de la fenêtre.

— Tu as raison. Pas étonnant qu'elle prolonge la conversation, remarqua-t-elle d'un ton envieux. Attention ! Il vient dans notre direction.

Elle resta à la fenêtre mais, à sa grande déception, le cavalier la dépassa sans lui accorder un regard. Les autres eurent à peine le temps d'apprécier la noblesse de son profil avant qu'il disparaisse.

— Il faut absolument découvrir qui il est ! reprit Violette. Il a remis son cheval à un palefrenier afin qu'il le conduise à l'écurie. Eh ! on dirait qu'on ne va pas repartir de sitôt. La comtesse a mis pied à terre et se dirige vers la taverne. Sa femme de chambre la suit en portant ses châles et son coffret à bijoux, comme d'habitude. Debout, les filles ! On a le temps de refaire la tournée des boutiques et des éventaires. J'ai repéré un collier auquel j'aimerais bien jeter un nouveau coup d'œil.

Tandis qu'elles s'éloignaient, Marguerite aperçut Mrs Warrington. Accompagnée de sa femme de chambre, la jeune Anglaise traversait lentement la place pour se rendre dans un café. Autant elle était petite et menue, autant la domestique était grande et robuste. Âgée d'une trentaine d'années, Blanche Charmier avait un visage rond et jovial qui respirait la santé. Sa patronne n'aurait pu se trouver entre de meilleures mains, comme l'avait remarqué Violette.

L'attente se prolongea jusqu'à l'arrivée, trois heures plus tard, d'une voiture et de deux chariots dont le chargement était solidement arrimé avec des cordes. Leur nouveau compagnon de voyage, qui faisait les cent pas pour tromper son impatience, se précipita à l'intérieur de la taverne et reconduisit galamment Mme d'Oinville jusqu'à son coche. Cette attention parut amadouer la comtesse. Le pli qui barrait son front s'effaça et elle finit par sourire. Après l'avoir laissée, il rejoignit en hâte sa propre voiture, et le cortège s'ébranla dans une cacophonie de cris, de claquements de fouets et de grincements d'essieux.

Les couturières tentèrent de deviner ce que les chariots pouvaient transporter. Ce qui se cachait sous les bâches devait revêtir une importance capitale pour que la comtesse ait consenti à différer leur départ. Il était peu probable qu'elle ait juste été séduite par la bonne mine du nouveau venu. Les suggestions absurdes fusèrent, déchaînant l'hilarité. Était-ce une cargaison d'armes ? Des bijoux destinés à l'impératrice ? Les hypothèses prenant une tournure de plus en plus grivoise, les rires redoublèrent. Marguerite accueillit favorablement cette nouvelle diversion, comme tout ce qui pouvait éviter à ses compagnes de sombrer dans la morosité.

Quand ils s'arrêtèrent à nouveau pour changer les chevaux dans une auberge de campagne, Violette alla trouver le conducteur d'un des chariots, de sa démarche ondulante, et échangea quelques plaisanteries avec lui. Elle fit ensuite son rapport à ses amies, qui se serraient autour d'une table dans un coin de la salle.

— Ce beau garçon est un Hollandais, dit-elle en désignant de la tête le voyageur qui fumait une pipe à long tuyau près de la cheminée. Il s'appelle Hendrick Van Deventer. Il part rejoindre son frère Jan en Russie. Tous deux sont marchands d'art et possèdent une importante galerie à Amsterdam. Il surveille la livraison d'une collection de tableaux qu'ils comptent vendre en Russie.

Marguerite était aussi intriguée que ses compagnes par le marchand hollandais.

— Ce sont certainement des œuvres de grande valeur pour qu'il répugne à s'en remettre aux conducteurs des chariots, observa-t-elle.

Elle examina le Hollandais à la dérobée. Très soigné de sa personne, il portait un manteau de bonne coupe sur une culotte courte et un gilet d'un vert pimpant. Ses cheveux blond doré, noués en arrière par un ruban noir, n'étaient pas poudrés. Il avait l'allure d'un commerçant prospère. Elle aurait aimé jeter un coup d'œil aux peintures que transportaient les chariots, mais, bien sûr, c'était impossible.

Elle tourna ensuite son attention vers l'Anglaise, assise à l'autre bout de la salle avec sa femme de chambre, et le hasard voulut que leurs regards se croisent. Sarah Warrington lui sourit et lui adressa un signe de tête. Marguerite lui rendit son salut, ravie de ce premier contact. Peut-être la suite du voyage leur permettrait-elle de mieux se connaître.

Cette occasion survint une semaine plus tard, quand les deux femmes se retrouvèrent sur le palier de l'étage de la taverne où elles avaient passé la nuit.

— Vous voyagez en joyeuse compagnie, dit Sarah Warrington d'un air amusé, faisant allusion au brouhaha de conversations animées qui s'élevait de la chambre d'où venait Marguerite.

— Il est vrai que nous nous entendons très bien, répondit Marguerite. Du moins, la plupart du temps, ajouta-t-elle avec un petit rire.

L'Anglaise passa devant et elles entreprirent de descendre l'escalier étroit.

— On m'a dit que vous alliez confectionner des

robes pour l'impératrice Élisabeth. Vous devez vous douter que les nouvelles circulent vite au sein d'un petit groupe tel que le nôtre...

— C'est la stricte vérité.

Sarah s'arrêta et lança un regard à Marguerite pardessus son épaule.

— Il paraît que le Hollandais apporte à son frère un tableau destiné à l'impératrice. Vous étiez au courant ?

— Non, mais ceci explique qu'il ait tenu à faire le voyage lui-même. C'est probablement une toile de grand prix.

Marguerite comprit pourquoi la comtesse avait accepté de différer leur départ. En retardant la livraison du tableau, elle risquait de braquer un peu plus contre elle la toute-puissante tsarine.

Par la suite, Marguerite et Sarah eurent de fréquentes conversations. Quand elles eurent l'une et l'autre épuisé leur provision de lecture, elles se prêtèrent des livres. Un jour, Sarah invita sa nouvelle amie à faire un bout de route dans sa voiture. Marguerite prit alors la place de Blanche, cette dernière rejoignant le groupe des couturières, qui apprécièrent vivement le changement.

Le seul véritable échange entre Marguerite et le Hollandais eut lieu alors que le propriétaire d'une taverne venait de leur expliquer qu'il n'avait plus qu'une chambre de libre. Hendrick Van Deventer s'écarta et dit :

— Donnez-la à ces dames. J'irai voir ailleurs.

L'aubergiste secoua la tête.

— Il n'y a pas d'autre hôtellerie dans les environs, monsieur. Je peux vous proposer l'écurie.

— Je m'en contenterai.

Le lendemain, Marguerite demanda au Hollandais s'il n'avait pas trop mal dormi.

— Pas du tout, répondit-il avec un sourire qui plissa les coins de ses yeux gris. La paille était propre et abondante.

De ce jour, il prit l'habitude de la saluer en ôtant son tricorne chaque fois qu'ils se croisaient, mais la conversation en resta là.

Un matin, Jeanne poussa un soupir alors qu'elle rejoignait ses compagnes déjà installées dans la voiture.

— Je vous avoue que ces déplacements incessants commencent à me fatiguer. Si seulement nous pouvions rester deux ou trois jours au même endroit...

Des murmures approbateurs saluèrent ces paroles. Marguerite redoutait ce moment depuis le départ. Le moral de la petite bande fléchissait et la réflexion de Jeanne prouvait que l'attrait de la nouveauté était émoussé. Désormais, elle aurait du mal à raffermir le courage de ses couturières.

La suite du voyage justifia ses craintes. Les accès de morosité devenaient plus fréquents et des querelles éclataient pour les motifs les plus futiles. Alors que Marguerite comptait sur sa bonne humeur, Violette se montra maussade et irascible. Elle avait perdu tout entrain depuis sa rupture avec le garde.

Curieusement, ce fut Isabelle qui trouva le moyen de les égayer. Plus le temps passait et plus elle paraissait satisfaite de son sort. Jamais elle ne se plaignait de quoi que ce soit. Un matin, elle se risqua pour la première fois à chanter. Jusque-là, elle était toujours restée en retrait quand ses compagnes entonnaient un air. Elle avait une voix claire et pure.

Quand elle se tut, les autres l'applaudirent spontanément et la prièrent de continuer. Elle devint écarlate sous les compliments mais s'exécuta de bonne grâce. Au fil des jours, il apparut que son répertoire était quasi inépuisable. Elle connaissait des airs comiques qui les faisaient s'esclaffer, des chansons d'amour gaies ou tristes, des cantiques et des ritournelles enfantines qu'elles reprenaient en chœur.

— Où as-tu appris toutes ces chansons ? lui demandèrent-elles.

— Je retiens celles que j'entends. Pas au mot près, bien sûr. Mais si je n'ai pas l'occasion de les entendre à nouveau, j'invente des paroles qui vont avec la musique.

Dès qu'elle sentait poindre le découragement chez ses compagnes, Isabelle se mettait à fredonner, comme si elle chantait pour elle-même. Si elle ne réussissait pas toujours à alléger l'atmosphère, elle apaisait leurs inquiétudes, leur mal du pays et les regrets qui les taraudaient parfois. Elle parvenait aussi à leur faire oublier, ne fût-ce qu'un moment, l'inconfort et la fatigue inhérents à un long voyage.

À présent qu'ils traversaient la Prusse intérieure, ils n'avaient pas toujours la possibilité de faire halte dans des villes. Celles-ci étaient rares et distantes les unes des autres. La plupart du temps, ils ne trouvaient à se loger que dans des fermes, où ils couchaient à l'étroit dans des conditions hygiéniques déplorables.

Dans les zones les plus pauvres, le remplacement des chevaux posait de sérieux problèmes. Tous les attelages comportaient entre quatre et six chevaux, soit un total de quatre-vingts à renouveler à chaque étape.

Cochers et postillons se livraient à une compétition féroce pour obtenir les meilleures bêtes, et il n'était pas rare qu'ils en viennent aux mains. Souvent, ils devaient visiter toutes les écuries des environs, ce qui les retardait considérablement. Jeanne voyait alors son vœu exaucé, mais ce contretemps les obligeait à prolonger leur séjour dans des lieux inconfortables et parfois infestés de rats où on leur servait une piètre nourriture.

Jusque-là, à part une averse fortuite, le temps s'était montré clément avec les voyageurs, même s'il n'avait cessé de se refroidir. À présent, il se dégradait de jour en jour. Le vent était toujours plus mordant et il pleuvait de façon ininterrompue. Les voitures s'embourbaient fréquemment dans les ornières. Les hommes devaient alors les pousser sous la pluie battante afin de dégager les roues. Les Françaises avaient accueilli avec gratitude les fourrures promises. Grâce à celles-ci et aux chaufferettes (qu'elles n'avaient pas toujours la possibilité de remplir), elles n'avaient pas trop froid aux pieds et aux jambes.

Une fin d'après-midi, alors qu'ils suivaient une route rocailleuse à travers une épaisse forêt, des brigands fondirent sur eux, certains à pied et les autres à cheval, en brandissant des épées et des pistolets. Tout à coup, il y eut un tumulte d'exclamations, de jurons et de coups de feu qui se répondaient. La porte du coche des couturières s'ouvrit brusquement et deux ruffians à la mine patibulaire poussèrent un cri de triomphe en découvrant les passagères. Aussi rapides que l'éclair, ils saisirent les chevilles de Jeanne, qui tomba lourdement sur les fesses. Pendant que le premier la tirait à l'extérieur comme un sac de pommes de terre, le second agrippait Rose par son jupon.

Avec des cris perçants, les autres femmes volèrent au secours de leurs amies, à l'exception d'Isabelle, recroquevillée dans un coin. Marguerite n'était pas la dernière à jouer des ongles et des poings. Emportées par la fureur, elles faillirent tomber de la voiture, attirant l'attention d'autres bandits qui se précipitèrent vers elles.

Cependant, les voyageurs armés n'avaient pas tardé à riposter, infligeant des pertes sévères aux brigands. L'agresseur de Jeanne s'écroula en hurlant, touché au bras. Son compère reçut en pleine tête une balle tirée par Hendrick Van Deventer, qui cria aux couturières de remonter en voiture et de se baisser.

Il n'eut pas besoin de le répéter. Les hommes qui s'étaient jetés sur elles étaient hors d'état de nuire, mais les balles continuaient à voler. Tassées sur le sol, les femmes se cramponnaient les unes aux autres. Isabelle tremblait de tous ses membres en poussant des plaintes inarticulées. Sous le choc, Sophie et Rose sanglotaient. Les mâchoires serrées, Jeanne débitait une longue suite de jurons sur un ton monotone, sachant que ses contusions allaient lui rendre la position assise douloureuse pendant quelque temps.

Quand les coups de feu eurent cessé, toutes sauf Isabelle prirent le risque de se relever. Comme il n'y avait plus aucun signe de danger, elles sortirent une à une dans le froid. Le blessé avait disparu, mais elles durent enjamber le cadavre de son complice. Quelqu'un avait recouvert le visage d'un chiffon. Les brigands avaient pris la fuite, emmenant leurs blessés et abandonnant leurs morts. Du côté des voyageurs, nul n'avait été tué, mais plusieurs hommes souffraient de plaies bénignes, et un serviteur avait eu la jambe brisée par une balle.

Blanche accourut vers les couturières, un flacon de cognac à la main.

— Vous allez bien ? Ma maîtresse veut que vous buviez chacune une rasade de ceci.

— C'est très gentil de sa part, approuva Marguerite en prenant le flacon. Comment va Mrs Warrington ? Est-ce que ces hommes s'en sont pris à elle ?

— Non. Nous nous sommes couchées pour qu'ils ne nous voient pas, mais la comtesse aurait perdu ses bijoux si ses gardes avaient été moins prompts à réagir.

Marguerite versa le cognac dans les gobelets que Sophie était allée chercher. Jeanne réussit à faire boire Isabelle en introduisant de force le gobelet entre ses dents qui s'entrechoquaient.

Marguerite tint à rapporter elle-même le flacon à sa propriétaire. Sarah laissa paraître son soulagement en apprenant qu'elles étaient saines et sauves.

— J'ai un petit pistolet dans mon manchon, confia-t-elle à Marguerite. C'est Tom qui a insisté pour que je le garde toujours sur moi, mais, dans mon affolement, je l'ai complètement oublié.

— Je suis sûre que Blanche n'aurait pas hésité à s'en servir si elle l'avait eu entre les mains. Peut-être devriez-vous le lui laisser dorénavant.

— Vous avez raison.

Marguerite alla ensuite prendre des nouvelles de la comtesse, mais elle ne put l'approcher. On avait allumé une lanterne à l'intérieur de sa voiture et tiré les rideaux pour dissuader quiconque de la déranger. Si elle était souffrante, elle ne tenait pas à être vue dans cet état.

Comme elle s'en retournait, Marguerite se trouva nez à nez avec Hendrick, qui lui sourit.

— Je trouve que tout le monde s'est très bien comporté, surtout vous et vos compagnes. Vous vous êtes battues comme des tigresses contre ces deux rustres !

La jeune femme rit.

— L'important, c'est que tout soit rentré dans l'ordre. Pas étonnant que les voyageurs aiment se grouper. Une voiture seule n'aurait eu aucune chance de s'en sortir. Croyez-vous que nous risquions de tomber dans une autre embuscade ?

— Qui sait ? Nous avons encore de nombreuses lieues à parcourir. Nous reprendrons la route dès que nous aurons pansé nos blessés.

Son regard remonta la file des véhicules.

— Puis-je aider à quelque chose ? demanda Marguerite.

— Pas cette fois.

Au même moment, quelqu'un appela Hendrick, qui s'éloigna en hâte pour voir ce qu'on lui voulait.

Trop bouleversées pour remonter en voiture, les couturières discutaient de leur mésaventure avec les autres voyageurs. Toutefois, Marguerite remarqua qu'Isabelle était restée dans la même position, recroquevillée sur le plancher du coche. Prise de pitié, elle la rejoignit à l'intérieur et l'attira près d'elle sur la banquette.

— C'est terminé, Isabelle, dit-elle d'un ton apaisant, un bras passé autour de sa taille mince.

— Au début, j'ai cru que c'étaient les gendarmes qui avaient fait tout ce chemin depuis Paris pour m'arrêter, murmura Isabelle d'un air lointain.

— Qu'est-ce qui a pu te donner cette idée ?

Isabelle leva vers elle des yeux mouillés de larmes, aux pupilles dilatées par la frayeur.

— La nuit précédant mon départ, j'ai tué mon beau-père !

Marguerite n'en crut pas ses oreilles.

— Tu ne sais pas ce que tu dis !

— Si !

D'une voix bégayante, Isabelle déchargea sa conscience du terrible secret qui la tourmentait :

— Il est rentré à la maison à l'improviste et est devenu fou en voyant que ma mère l'avait quitté. C'est moi qui l'avais décidée à partir, me doutant de sa réaction lorsqu'il découvrirait ma fuite. Quand il s'est rué sur moi, ivre de rage, j'ai attrapé un couteau de cuisine et le lui ai planté dans le ventre.

Les poings serrés, elle ajouta avec une lueur sauvage dans le regard :

— Et je suis contente de l'avoir fait !

— Chut !

Marguerite plaqua une main sur la bouche de la jeune fille. Par bonheur, nul ne l'avait entendue à l'extérieur de la voiture.

— Où ta mère est-elle allée ?

Elle craignait que les autorités ne se retournent contre la malheureuse femme, l'accusant du crime.

— Chez son frère, à la campagne. Personne n'ira la chercher là-bas. Elle pensait que j'aurais quitté la maison avant le retour de ce monstre afin de passer la nuit chez vous, comme je le lui avais dit. Mais, faute d'argent pour se soûler, il est rentré plus tôt que prévu. Après l'avoir tué, j'ai rassemblé mes affaires et passé la nuit sous un porche d'église.

— Au bout de combien de temps va-t-on s'apercevoir de sa disparition ?

— Il était violent et vivait de rapine. Il a dû s'écouler plusieurs jours avant qu'on découvre son corps. À l'heure qu'il est, tout le monde sait que c'est moi et non ma mère l'auteur du meurtre, car j'ai laissé mes vêtements tachés de sang près du couteau.

Isabelle se couvrit la tête de ses mains et se balança d'avant en arrière.

— Je ne pourrai jamais retourner en France. On m'y pendrait !

Marguerite comprenait à présent pourquoi la jeune fille s'était comportée comme un lapin terrifié tant que la France n'avait pas été loin derrière elle. À tout le moins, le risque de poursuites était depuis longtemps écarté. Le bras de la justice ne pouvait frapper aussi loin et, de toute façon, les meurtres et les actes de violence étaient tellement courants dans les quartiers pauvres de Paris qu'ils ne suscitaient guère d'attention.

— Écoute-moi bien, Isabelle. Ce sera notre secret. Personne d'autre ne doit être au courant. C'en est fini des épreuves. Une vie nouvelle s'ouvre devant toi et je ferai tout ce qui est en mon pouvoir pour t'aider.

Comme leurs compagnes regagnaient la voiture, elle se tut mais prit la main de la jeune fille dans la sienne. Isabelle continua à trembler jusqu'au moment où elle s'endormit. Le voyage continua alors, avec ses étapes interminables.

Passé la frontière polonaise, le froid s'intensifia. Par chance, la neige était peu abondante et le sol, point trop gelé, de sorte que le convoi progressait de manière satisfaisante en dépit de quelques retards. Chaque jour, on distribuait aux occupants des voitures de petits braseros, qu'ils suspendaient au plafond par une chaîne. Désormais, si modeste que fût le gîte où ils s'arrêtaient pour la nuit, il leur offrait toujours le réconfort d'un poêle bourré de petit bois que les habitants ramassaient dans les forêts immenses.

L'état de faiblesse de Sarah devenait de jour en jour plus manifeste. Bien qu'enveloppée de fourrures, elle ressentait cruellement le froid. Elle avait renoncé aux promenades quand tous les autres soufflaient vaillamment de petits nuages dans l'air glacial, les joues rougies par l'exercice. Chaque fois qu'elle devait quitter sa voiture, elle s'appuyait lourdement sur le bras de Blanche. Bientôt, elle dut se faire porter par deux des laquais de la comtesse afin de rejoindre son logement lors des étapes.

Dans les régions les plus pauvres, les seuls endroits susceptibles de les accueillir pour la nuit étaient les écuries et les granges. Sarah préférait alors imiter la comtesse et coucher dans le coche en compagnie de Blanche.

— J'ai peur que ma maîtresse ne puisse supporter encore longtemps ce voyage, confia un jour la femme de chambre aux couturières. Il me semble qu'elle décline de jour en jour. Elle aurait dû m'écouter et prolonger sa convalescence avant de se lancer sur les routes. Mais non, elle n'en a fait qu'à sa tête !

Malgré son apathie, Sarah était toujours heureuse de voir Marguerite et de s'entretenir avec elle sur les sujets les plus divers. Sarah était issue d'une famille prospère, mais ses parents avaient eu fort à faire pour marier leurs dix filles. Tom Warrington était le fils d'un couple d'amis et voisins. Sarah et lui se connaissaient depuis l'enfance, et chacun avait trouvé tout naturel qu'il demande sa main lorsqu'il s'était établi à son compte une fois son apprentissage terminé. Après avoir travaillé dans les jardins royaux de Windsor, il avait saisi l'occasion de se rendre en France. Là, il avait secondé l'un des jardiniers royaux pendant quatre ans tout en exécutant des commandes en son propre nom.

— J'étais heureuse à Versailles, confia Sarah à son amie un après-midi où elles bavardaient au coin du feu, dans la salle commune d'une hôtellerie. Du moins, aussi heureuse que je peux l'être loin de mon pays.

Elles passaient le temps pendant que les hommes parcouraient les environs à la recherche de chevaux. Blanche les ayant quittées pour aller aux commodités, la conversation avait aussitôt pris un tour plus intime.

— L'Angleterre vous manque tellement ?

— Oh oui ! Mais j'aimais visiter le parc de Versailles tôt le matin, quand seuls les jardiniers s'y trouvaient. Les fleurs et les plantes me rappelaient celles de chez nous. Les grilles étaient ouvertes en permanence. Les gardes me connaissaient et me laissaient toujours entrer. Mais j'évitais de distraire Tom quand il supervisait des travaux. Je me promenais le long des sentiers secrets qui mènent à d'adorables bosquets et à des jardins d'agrément. Une fois, par hasard, j'ai rencontré mon mari dans une des salles de bal en plein air et nous avons dansé sur la musique d'un orchestre imaginaire !

Elle rit avec ravissement.

— Nous avons vécu de nombreux moments de bonheur. Et Tom est si bon avec moi...

Par loyauté envers l'homme qu'elle aimait, elle se garda d'ajouter qu'elle redoutait de vivre en Russie, même temporairement. Elle s'était fait des amis en France et trouvait de nombreuses similitudes de pensée entre les habitants de ce pays et ses compatriotes. Mais la Russie était à mille lieues de tout ce qu'elle avait vu et connu. Elle enviait l'optimisme de la jeune Française et sa volonté de triompher de ce que l'avenir lui réservait.

Des bruits de sabots retentirent dans la cour de l'auberge, annonçant l'arrivée des nouveaux équipages.

— Voilà un bruit de bon augure, commenta Marguerite. Nous allons bientôt reprendre la route.

Tout à coup, un tumulte s'éleva au-dehors. Les occupants de la grande salle n'y prirent pas garde, croyant à une nouvelle querelle des cochers. Un silence inhabituel succéda à l'agitation. Un palefrenier fit irruption dans la salle de l'auberge et regarda autour de lui jusqu'à ce qu'il eût repéré Sarah. Il se précipita alors vers elle.

— Madame ! Il y a eu un accident. Votre femme de chambre...

Sarah se releva d'un bond, le teint cendreux.

— Seigneur !

Elle se dirigea vers la porte d'un pas mal assuré. Marguerite se dépêcha de la rattraper et passa un bras autour de sa taille pour la soutenir. Les hommes rassemblés dans la cour s'écartèrent pour les laisser passer. Blanche gisait sur les pavés, les bras en croix, une plaie horrible à la tête. Hendrick était agenouillé près d'elle, avec une expression grave qui ne laissait aucun espoir. Sarah poussa un cri déchirant et se laissa tomber près de la morte, le corps secoué de sanglots.

— Que lui est-il arrivé ? demanda Marguerite d'une voix rauque.

— Comme d'habitude, les hommes se sont disputé les bêtes les plus robustes. Pris de panique, l'un des chevaux s'est cabré et a lancé des ruades. La malheureuse a ramassé un coup de sabot alors qu'elle attendait pour regagner l'intérieur de l'auberge.

Plusieurs personnes étaient sorties pour s'enquérir de ce qui se passait. La comtesse se trouvait parmi elles, enveloppée dans une cape de zibeline.

— Nous ne reprendrons pas la route tant qu'on n'aura pas donné une sépulture chrétienne à cette pauvre femme, déclara-t-elle d'une voix ferme.

Sur ces mots, elle tourna les talons et rentra. Certains murmurèrent contre ce retard imprévu, mais, depuis l'attaque qu'ils avaient subie dans la forêt, nul ne se serait risqué à poursuivre le voyage sans protection.

Marguerite et Hendrick relevèrent Sarah et la ramenèrent à l'intérieur. Heureusement, l'aubergiste avait des chambres disponibles. Marguerite accompagna son amie jusqu'à l'une d'elles, à l'étage.

— Je connaissais Blanche depuis quatre ans, sanglota Sarah en s'étendant sur le lit. Elle est entrée à mon service peu après mon arrivée en France. Ma femme de chambre anglaise souffrait d'un tel mal du pays que j'avais dû la renvoyer chez elle.

Elle se couvrit le visage de ses mains.

— Oh, ma pauvre Blanche, si brave, si gentille ! Il faut que j'écrive à sa sœur. Elle était la seule famille qui lui restait.

— Voulez-vous que je le fasse à votre place ? Vous n'aurez qu'à me dire quoi écrire et signer la lettre.

Pleine de gratitude, Sarah serra la main de Marguerite avant de s'abandonner au chagrin.

— Merci infiniment. Ces derniers temps, tout me demande un effort, et aujourd'hui plus encore.

Marguerite se munit d'une feuille de papier, d'une plume, et rédigea la lettre pendant que Sarah dormait. Cet épisode marqua ses débuts comme dame de compagnie officieuse de la jeune femme, rôle qu'elle allait conserver jusqu'à Riga.

— Comment se porte notre Anglaise ? l'interrogeaient les couturières quand elle quittait un moment le coche de Sarah pour faire un bout de route avec elles.

Elle n'apportait jamais de bonnes nouvelles.

— Vous nous manquez, lança timidement Isabelle.

En effet, Marguerite partageait désormais la chambre de Sarah ainsi que ses repas, refusant de la laisser seule. Pour sa part, Isabelle avait été longue à se remettre de la frayeur qu'elle avait éprouvée dans la forêt. Pour ne rien arranger, un bandit solitaire avait tenté de dévaliser les voitures rangées le long du chemin pour la nuit, mais il avait battu en retraite quand des voyageurs perturbés dans leur sommeil avaient tiré des coups de feu dans sa direction.

— J'ai conseillé à Sarah de consulter un médecin la prochaine fois que nous ferons halte dans une ville, expliqua Marguerite à ses amies, un matin où elle attendait que ses porteurs aient fini de descendre la jeune Anglaise de sa chambre. Mais elle ne veut rien entendre. À mon avis, elle a peur qu'il ne lui dise d'interrompre son voyage et de se reposer jusqu'au passage d'un prochain convoi armé. Elle a déjà subi un retard et craint de l'aggraver.

— Comment peut-on être aussi entêtée ? bougonna Jeanne. C'est idiot !

Sophie ricana car sa sœur et elle avaient eu des mots cinglants l'une pour l'autre un peu plus tôt.

— Tu es simplement jalouse de n'aimer aucun homme comme le fait cette femme !

Violette désamorça le conflit avec un trait d'humour qui suscita l'hilarité générale :

— Haut les cœurs, les filles ! En Russie, nous trouverons plein d'hommes à aimer.

Cette nuit-là, elles assistèrent à un curieux spectacle. Après dîner, Jeanne alla chercher une chose qu'elle avait oubliée dans le coche. À peine avait-elle franchi le seuil qu'elle s'arrêta net et resta bouche bée d'étonnement. La nuit était sillonnée d'étranges flèches lumineuses. Un peu inquiète, elle rentra précipitamment et appela ses compagnes, qui la rejoignirent dehors.

— Qu'arrive-t-il au ciel ? demanda Isabelle d'un ton craintif.

Marguerite fut en mesure de les éclairer :

— À voir ton air effaré, Jeanne, Sarah a deviné que tu avais été témoin d'une aurore boréale. C'est le nom qu'on donne à ces lumières. Elles n'apparaissent que par un froid intense. Son mari lui a décrit le phénomène. D'après elle, nous devrions en voir souvent à partir de maintenant.

Sophie frissonna.

— Elles me donnent la chair de poule. Pas à vous ? J'aime mieux rentrer.

Marguerite s'attarda un moment dehors pour jouir du spectacle. À ses yeux, celui-ci ajoutait encore à la beauté mystérieuse du paysage enneigé.

4

C'était la dernière nuit que Sarah passait sur la route avant d'atteindre sa destination.

— Votre amitié m'a été précieuse aux heures difficiles, dit-elle tandis que Marguerite l'aidait à se mettre au lit. Je ne sais pas ce que je serais devenue sans vous.

Marguerite lui sourit.

— Ça a été un plaisir de vous aider. À présent, reposez-vous. Demain, nous atteindrons Riga et vous retrouverez Tom. Nous lui ferons parvenir un message sitôt que nous serons arrivées.

— Je suis trop énervée pour dormir, mais je vais essayer.

Le temps que Marguerite se déshabille et se glisse dans le second lit, la respiration de Sarah était devenue paisible. La fatigue du voyage avait eu raison de son excitation. Avant d'éteindre la bougie, Marguerite cala sa tête sur l'oreiller et laissa sa pensée vagabonder. Elle comprenait la merveilleuse impatience qui animait son amie à la veille de ses retrouvailles avec l'homme qu'elle aimait. Elle ressentait la même chose chaque fois qu'elle revoyait Jacques après une séparation temporaire, quelle que fût la durée de celle-ci.

Elle laissa échapper un soupir de surprise : c'était la première fois que son esprit se détachait de la tragédie qui l'avait frappée pour évoquer les moments de bonheur où son fiancé et elle, s'apercevant de loin, se précipitaient dans les bras l'un de l'autre en riant aux éclats. Combien de fois Jacques l'avait-il soulevée de terre et fait tournoyer en la serrant contre lui !

Elle s'appuya sur le coude, incrédule. Après une longue errance, elle commençait enfin à émerger de l'abîme où l'avait plongée le chagrin. Sur cette note d'espoir, elle prit l'éteignoir sur la table de chevet et moucha la chandelle.

Le lendemain matin, la comtesse reparut à l'hôtellerie après avoir passé la nuit chez un hobereau des environs. Apparemment, celui-ci et sa femme l'avaient comblée de cadeaux car plusieurs caisses avaient déjà été arrimées sur le toit des voitures. Ils s'étaient déplacés pour lui dire au revoir et elle se montra très gracieuse avec eux. Les autres voyageurs attendirent impatiemment qu'elle ait fait ses adieux à ses amis. De tout le voyage, pas une fois elle n'avait adressé ne serait-ce qu'un signe de tête à Marguerite. Hendrick était le seul à qui elle avait souri depuis leur départ de Paris.

Ils traversèrent la Daugava au milieu d'une tourmente de neige et, dans la soirée, ils virent scintiller les lumières de Riga entre les flocons. Quand le convoi fit halte devant une hôtellerie importante, des paysans accoururent en grand nombre dans l'espoir que les passagers leur confieraient leurs bagages.

Deux hommes portèrent Sarah à l'intérieur. Les voyageurs furent accueillis par la chaleur que répandait un gros poêle et par un mélange revigorant d'odeurs de cuisine, de bière et de tabac à pipe. Tom était convenu avec l'aubergiste que celui-ci lui ferait parvenir un message sitôt qu'il aurait la confirmation de l'arrivée de sa femme.

Marguerite dut patienter dix minutes avant de pouvoir approcher le patron, qui ne savait plus où donner de la tête. À en juger par la façon dont il s'adressait aux différents voyageurs, il avait au moins quelques vagues notions de plusieurs langues. Quand elle parvint enfin à attirer son attention, il comprit aussitôt le sens de sa requête.

— J'envoie tout de suite un coursier, dit-il en continuant à remplir la chope d'un de ses nombreux clients.

— Il n'y a plus qu'à attendre, annonça Marguerite à Sarah, qui avait pris place sur un fauteuil à haut dossier, dans un coin paisible de la salle.

— Ces minutes vont me paraître plus longues que tout le voyage, lui avoua son amie en souriant. Surveillez l'arrivée de Tom. Je ne vois pas la porte d'ici.

Elle abaissa la capuche de son manteau et arrangea ses cheveux, que Marguerite avait coiffés le matin même. Le rouge qu'elle avait étalé sur ses pommettes pour se donner bonne mine ne pouvait faire oublier ses joues creuses et les cernes qui soulignaient ses yeux.

Marguerite commanda un thé, qui leur fut servi dans un samovar et des petits bols. Au même moment, la jeune Française aperçut sur le seuil un homme de haute taille, coiffé d'une toque de fourrure à la cosaque. Il secoua son épaisse pelisse pour en chasser la neige en fouillant la salle de son regard perçant, comme s'il cherchait quelqu'un. Son visage énergique exprimait l'impatience quand il ôta ses gants bordés de fourrure.

— Je crois que Tom est arrivé ! s'exclama Marguerite, comparant l'homme qui venait d'entrer aux descriptions que Sarah lui avait faites de son mari.

Elle se leva promptement et se faufila entre les tables. Le nouveau venu lui faisait l'effet d'un homme passionné, au caractère fantasque, même si Sarah lui avait dépeint Tom comme un époux tendre et dévoué. Il n'y avait rien d'étonnant à ce qu'il fût impatient de revoir sa femme.

Il ne l'avait pas vue approcher, ayant le regard tourné vers un passage voûté qui donnait sur une seconde salle. Elle le retint par la manche, heureuse de lui annoncer de bonnes nouvelles, juste comme il allait s'éloigner dans cette direction.

— Attendez ! Ne partez pas. Votre femme est ici.

Les yeux gris-vert de l'homme plongèrent dans les siens durant quelques secondes, puis une lueur espiègle les traversa tandis qu'un sourire retroussait ses lèvres. Il répondit en français, d'une voix profonde et chaleureuse qui suggérait une intimité presque déplacée.

— Mademoiselle, vous êtes charmante, lui susurra-t-il. Malheureusement, je n'ai pas l'intention de prendre femme, du moins pour le moment. Un autre jour, peut-être ?

Gênée, elle recula.

— Oh ! pardon. Je vous ai pris pour un autre.

— C'est ce que j'ai cru comprendre. Je vous prie de m'excuser, mais je dois vous laisser. Mon frère m'a repéré.

Hendrick venait de surgir de l'autre salle et accourait vers lui. Les deux hommes se saluèrent avec effusion.

— Jan, espèce de garnement ! s'exclama Hendrick sans voir Marguerite, qui s'était retirée. Comment te portes-tu ?

— À merveille ! As-tu fait bon voyage ? Tu n'as pas eu de problèmes avec les tableaux, j'espère ? M'as-tu apporté le Rubens ?

Ils se dirigèrent vers la deuxième salle tout en devisant. Marguerite les suivit un moment des yeux, puis elle rejoignit Sarah et lui rapporta l'incident.

— En définitive, c'était le frère d'Hendrick !

— À quoi ressemble-t-il ? demanda Sarah en faisant de son mieux pour cacher sa déception.

Marguerite réfléchit quelques secondes, songeant à l'éclair de malice qui était passé dans le regard de son interlocuteur.

— Grand, brun, bel homme : il correspondait tout à fait à votre description de Tom. Il n'est pas étonnant que je me sois trompée. Si vous voulez mon avis, Jan Van Deventer doit être un compagnon aussi plaisant que dangereux. Mais, comme je vous l'ai dit, ajouta-t-elle en affectant le dépit, il ne m'a laissé aucun espoir.

— C'est sûrement la plus grande erreur qu'il ait jamais commise !

Les deux femmes éclatèrent de rire. Soudain, le visage de Marguerite se décomposa. Sarah la vit se raidir dans son fauteuil alors qu'elle regardait fixement en direction de la porte, comme si on l'avait hypnotisée.

— Quelqu'un vient d'entrer, annonça-t-elle d'une voix étrangement altérée.

Sarah se pencha vers elle et agrippa son bras.

— Est-ce mon mari ? Dites-moi qu'il est enfin là !

— C'est certainement lui.

Marguerite tapota affectueusement la main de son amie sans quitter la porte des yeux.

L'identité du nouveau venu ne faisait aucun doute. Tom Warrington était aussi grand et bien bâti que Jan Van Deventer, avec quelque chose de typiquement britannique en dépit de sa pelisse russe. Les voyageurs anglais qu'elle avait pu observer à Paris affichaient tous la même assurance innée, comme si le fait d'appartenir à la nation la plus riche et la plus stable du monde leur donnait un droit de propriété sur les rues qu'ils parcouraient et les lieux qu'ils visitaient. Mais ce n'était pas là la raison du trouble qui l'avait saisie à la vue de Tom. Quand elle se leva, il lui sembla que ses jambes étaient en coton.

— Vite, la pressa Sarah. Qu'attendez-vous pour aller le trouver ?

Telle une somnambule, Marguerite se fraya à nouveau un chemin parmi les tables. De loin, Tom offrait une ressemblance extraordinaire avec Jacques : il avait les mêmes traits réguliers, le même port de tête. Pour un peu, elle aurait cru que c'était elle qu'il cherchait impatiemment du regard. En approchant, elle put constater que l'émotion qui avait étreint son cœur ne reposait pas entièrement sur une illusion, comme elle l'avait espéré. Tom avait des yeux marron clair, un nez droit, une bouche sensuelle, tout comme Jacques. Elle avait l'impression de le connaître depuis longtemps, comme cela arrive parfois lorsqu'un étranger vous rappelle une personne proche.

— Monsieur Warrington ?

Elle retint son souffle quand il tourna la tête vers elle et lui sourit. Elle ne connaissait que trop les deux adorables fossettes qui creusaient ses joues.

— Mademoiselle ?

— Mon nom est Marguerite Laurent, reprit-elle comme dans un rêve. Votre femme vous attend au fond de la salle. Tout d'abord, je dois vous dire que j'ai fait la dernière partie du voyage à ses côtés. Un cheval a causé un accident qui a coûté la vie à votre femme de chambre, Blanche. Mais rassurez-vous, Sarah n'était pas présente.

Tom eut l'air bouleversé.

— La pauvre femme ! Quelle tragédie ! Vous êtes sûre que ma femme n'a rien ? ajouta-t-il avec une note d'inquiétude dans la voix.

— N'ayez crainte. Toutefois, elle n'est pas en très bonne santé. Elle est tombée malade et a dû se reposer trois semaines à Francfort-sur-l'Oder avant de pouvoir reprendre la route. Malheureusement, le voyage a ébranlé ses forces et elle marche avec difficulté. Je tenais à vous en avertir et vous conseiller de la montrer sans tarder à un médecin.

— Je n'y manquerai pas.

— Venez par ici.

Elle conduisit Tom jusqu'à Sarah, qui l'accueillit debout, le visage rayonnant de bonheur, et noua étroitement ses bras autour de son cou quand il l'embrassa. Aussitôt après, il lui demanda comment elle se sentait et lui assura qu'ils ne bougeraient pas de Riga tant qu'elle ne serait pas rétablie.

— J'ai ici un logement confortable où tu recevras tous les soins que réclame ta santé. Nous attendrons que tu ailles tout à fait bien pour nous rendre à Moscou. Tu vas adorer la maison que nous avons là-bas, mais d'ici là, nous ne manquerons de rien.

— Et ton travail ?

— Avec tous les serfs que j'avais sous mes ordres, j'ai pu achever la plantation du jardin d'hiver de l'impératrice avant de quitter Moscou et de venir à ta rencontre. Avant que la neige recouvre le tout, Sa Majesté pourra admirer le contraste entre les feuillages persistants et le sol blanc depuis sa fenêtre. Jusqu'au printemps, le plus gros de mon travail consistera à ébaucher des projets, estimer leur coût ainsi que le nombre de serfs nécessaire à leur mise en œuvre. C'est ce que j'ai fait ces dernières semaines et, crois-moi, j'ai amplement de quoi m'occuper.

Il la souleva de terre afin de l'emmener. Sarah tendit une main à Marguerite, qui la serra dans la sienne.

— Nous nous reverrons bientôt, Marguerite. Je vous écrirai.

— Prenez bien soin de vous, très chère.

— Au revoir, mademoiselle Laurent, dit Tom avec un sourire qui la bouleversa. Je vous remercie du fond du cœur d'avoir veillé sur ma femme.

Elle les suivit du regard jusqu'à ce qu'ils aient franchi le seuil, puis elle s'abîma dans le fauteuil laissé vide par Sarah et ferma les yeux, épuisée par le calvaire qu'elle venait de vivre. Quel tour cruel lui jouait le destin ! Tout le temps où Tom avait parlé avec Sarah, elle n'avait cessé de l'observer à la dérobée, frappée par cette similitude de traits qui éveillait en elle un mélange de joie et d'anxiété.

Elle se ressaisit et prit une profonde inspiration. Les choses n'iraient pas plus loin. Moscou et Saint-Pétersbourg étaient très éloignées l'une de l'autre, et, malgré la bonne volonté de Sarah, il y avait de fortes chances pour que leurs échanges restent purement épistolaires à l'avenir. Cette perspective l'attrista, même si elle lui épargnait la douleur de revoir Tom, car les épreuves et les vicissitudes du voyage l'avaient beaucoup rapprochée de Sarah.

Cette nuit-là, elle rêva de Jacques pour la première fois depuis sa disparition. Ils se promenaient main dans la main le long de la Seine, selon leur habitude. Elle se réveilla avec une impression de plénitude qui perdura bien après que les images du rêve se furent effacées. Elle éprouvait également un sentiment de liberté presque grisant. Cela avait été une lourde responsabilité de veiller sur Sarah. Si elle ne le regrettait pas, elle se réjouissait de pouvoir enfin penser un peu à elle et au futur.

Le lendemain matin, le temps était froid et ensoleillé. Quand elles descendirent déjeuner, Marguerite et ses compagnes apprirent que leurs bagages avaient été transférés durant la nuit sur les traîneaux qui devaient les conduire à Saint-Pétersbourg. Il n'y avait aucune trace de la comtesse, mais elle avait préparé une bourse à l'intention de Marguerite ainsi qu'un billet, que la jeune femme parcourut avant d'en rendre compte à ses amies :

— La comtesse m'annonce qu'elle a trouvé ici hier soir un message de son mari. Elle doit le rejoindre à Moscou, où il séjourne actuellement avec l'ambassadeur de France. Afin de faciliter notre voyage, elle est convenue avec le maître du port de Riga qu'un messager nous précéderait tout le long de la route pour veiller à ce qu'on nous prépare des chevaux frais.

— C'est déjà ça, commenta Jeanne. Mais nous n'aurons plus de gardes armés.

— Les cochers le seront, répondit Marguerite d'un

ton rassurant. Si tout le monde a fini de manger, je suggère que nous partions sans retard.

Les couturières se partagèrent entre les deux traîneaux fermés qu'on leur avait attribués et se blottirent sous un tas de fourrures. Les conducteurs, barbus, firent claquer leurs fouets, et les véhicules filèrent le long des rues enneigées jusqu'à la sortie de la ville.

Le paysage était d'une beauté étourdissante. Le gel donnait une parure de diamants aux arbres, les lacs gelés lançaient des reflets gris, bleus et argent, et la couleur ambrée du ciel donnait l'impression que la neige tombée pendant la nuit provenait d'une tout autre source.

De temps à autre, les traîneaux traversaient un village à l'aspect misérable, constitué de cabanes de rondins et de torchis d'où s'élevait un filet de fumée. Certains habitants dégageaient la piste devant eux, d'autres interrompaient leurs activités pour regarder les traîneaux qui passaient à toute vitesse dans un concert de cris. Tous les hommes étaient barbus et la plupart portaient des bonnets de fourrure, de même que certaines femmes. Les autres étaient coiffées de foulards aux couleurs éclatantes. Presque tous les paysans étaient vêtus de vestes en peau de mouton serrées à la taille par une ceinture de cuir ou une corde, et chaussés de bottes montantes. Quant aux petits enfants, on eût dit des balles de tissu qui couraient en tous sens, tournant vers eux leurs visages ronds où on lisait la gaieté ou une curiosité timide. Toutefois, la dureté de leur servage creusait les joues des adultes. Marguerite les plaignait, songeant qu'ils appartenaient corps et âme à leur maître, comme du bétail.

Les Françaises étaient toujours intriguées de croiser des paysans chaussés de lames de bois qui se déplaçaient sur la neige en s'aidant d'un bâton. À part cela, rien ne venait rompre la monotonie des journées. À bien des égards, cette dernière partie du voyage fut la plus pénible. En dépit des changements rapides de chevaux, elle dura encore quatre semaines. En sus des fréquentes tempêtes de neige qui les retardaient, les jeunes femmes souffraient de l'ennui. Leur seule distraction consistait à contempler le paysage tout blanc, jour après jour.

Au bout d'un moment, elles perdirent tout intérêt pour ce qui les entourait. Les villages et même les villes se ressemblaient tous sous leur chape de neige. La fatigue rendait les couturières maussades et irritables. Tout leur était prétexte à récriminer et à se quereller. À présent, elles faisaient presque toujours halte dans des endroits inconfortables où la nourriture était à peine mangeable, ce qui n'arrangeait pas leur humeur. Un jour, Violette et Jeanne se jetèrent l'une sur l'autre, toutes griffes dehors, et il fallut les séparer. Marguerite avait le plus grand mal à préserver la paix. Isabelle était la seule à ne jamais se plaindre et elle lui savait gré de sa constance.

Enfin, deux jours après le premier de l'an 1752, leurs traîneaux entrèrent dans Saint-Pétersbourg à la nuit tombée. Des lanternes éclairaient les larges avenues et des flots de lumière dorée s'échappaient par les fenêtres. Çà et là, les braseros des veilleurs de nuit jetaient des lueurs rouge et or. Il flottait dans l'air une odeur de charbon brûlé.

Les couturières regardaient autour d'elles, émerveillées, et tendaient le cou pour apercevoir les balcons et les façades splendidement décorées des hôtels particuliers, tous presque aussi magnifiques que des palais, qui brillaient d'un éclat argenté dans le clair de lune. On devinait qu'ils étaient peints dans des tons pastel, ce qui devait encore ajouter à leur charme en plein jour. De tous côtés, les flèches et les dômes des églises s'élançaient vers les étoiles. La Neva serpentait à travers la ville, recouverte pour l'heure d'une couche de glace qui lui donnait un air austère malgré les reflets dorés qui dansaient sur sa surface opaline. À en juger par leur nombre, les canaux constituaient un important réseau de communication.

Spontanément, les jeunes femmes poussèrent un cri de joie en arrivant à destination. Le palais d'Hiver se dressait devant elles telle une magnifique pièce montée. Toutes ses fenêtres étaient illuminées. Les traîneaux s'immobilisèrent devant l'entrée du personnel, dont la grande porte et le portail magnifiquement sculpté pouvaient prêter à confusion. Les deux cochers sautèrent de leur banc et abaissèrent les écharpes qui couvraient le bas de leur visage. Toutefois, leur propre haleine avait givré leur barbe, leurs cils et leurs sourcils. L'un d'eux ouvrit la porte et se fondit dans la lumière des bougies qui éclairaient l'intérieur du palais pendant que son collègue commençait à décharger les bagages.

Les couturières descendirent l'une après l'autre, engourdies, exténuées et affamées. Marguerite passa devant et les autres la suivirent d'un pas lent. Après avoir franchi une contre-porte qui arrêtait le froid, elles traversèrent un vestibule carrelé donnant sur un couloir bordé de portes dont une seule était ouverte. Devant celle-ci, le cocher parlait en russe à une femme au visage mince, à l'air sévère, qui portait une robe noire, un tablier et un bonnet de dentelle. Elle l'écouta attentivement avant de le congédier d'un geste impatient. Ayant refermé le battant derrière elle, comme si elle leur refusait à l'avance le droit d'entrer, elle fit deux pas en direction des Françaises.

— Je suis Mme Rostova, dit-elle d'un ton impérieux. Ici, tout le monde connaît le français, tant dans les quartiers des domestiques que dans les cercles de la cour. Parlez sans crainte, nous vous comprenons. Le cocher m'a dit que vous étiez couturières et veniez de Paris.

Marguerite fit taire son appréhension et se présenta à Mme Rostova, ainsi que ses compagnes. Son interlocutrice resta de marbre.

— Vos noms ne me disent rien, reprit-elle, et on ne m'a pas avertie de votre venue. Le palais comprend déjà une équipe complète de couturières.

— Mais c'est l'impératrice elle-même qui nous a demandé de venir !

— Demandé ? Quelle insolence ! Sa Majesté ne demande pas, elle ordonne. Pouvez-vous produire des documents écrits à l'appui de ce que vous avancez ?

— Non. C'est la comtesse d'Oinville, l'épouse d'un diplomate français résidant ici, à Saint-Pétersbourg, qui a servi d'intermédiaire dans cette affaire.

— Ce nom m'est également inconnu. Il y a tellement d'étrangers qui vont et viennent à la cour... Cette personne devra se présenter au palais et parler en votre nom, à moins que vous ne produisiez dans les plus brefs délais une déposition signée de sa main.

— C'est impossible. Il y a eu un changement et elle nous a quittées à Riga afin de rejoindre le comte à Moscou.

— Dans ce cas, je ne peux rien pour vous. Veuillez sortir d'ici au plus vite.

Les compagnes de Marguerite poussèrent des gémissements désespérés ; le visage d'Isabelle se décomposa et elle se mit à pleurer en silence. Mais Marguerite n'avait pas l'intention de se laisser chasser.

— Non ! Vous ne pouvez pas aller contre la volonté de l'impératrice. Elle a exprimé le souhait que je vienne avec quelques-unes des meilleures brodeuses de France afin de lui confectionner les robes les plus magnifiques qu'on ait jamais vues dans cette ville !

L'ombre d'une hésitation passa dans les yeux de Mme Rostova. La tsarine avait hérité de son père, Pierre le Grand, l'habitude de confier des travaux hautement spécialisés à des étrangers venus des quatre coins de l'Europe. La présence de ces femmes pouvait très bien s'expliquer par un de ses caprices. Plus important encore, elle savait quel sort l'attendait si elle les renvoyait par erreur, et elle n'avait aucune envie de courir ce risque.

— Comment tout cela a-t-il commencé ? demanda-t-elle avec froideur.

— L'impératrice admirait l'élégance de la comtesse et elle a souhaité s'attacher les services des couturières qui lui avaient confectionné ses robes. Ne pourriez-vous pas l'avertir de notre arrivée ?

Mme Rostova parut suffoquée.

— Certainement pas ! Je dois d'abord mener une enquête et découvrir si Sa Majesté vous attend réellement ou si tout ceci n'est qu'une vaste erreur. Mais, par charité, je vous autorise à passer la nuit ici.

Elle fronça le nez quand les cochers commencèrent à apporter les bagages qu'ils avaient descendus des traîneaux, et leur donna l'ordre de les déposer dans le couloir.

— Prenez tout ce dont vous avez besoin pour cette nuit. Mais vos malles resteront ici tant que cette affaire n'aura pas été réglée d'une manière ou d'une autre.

Mme Rostova tourna les talons, très raide, et rouvrit la porte. Elle les guida ensuite le long d'une interminable enfilade de cuisines, toutes très vastes et reliées entre elles par des portes cintrées. Les domestiques levaient les yeux à leur passage, sans toutefois interrompre leur travail. Mme Rostova appela deux servantes qui pliaient du linge.

— Conduisez ces personnes à une chambre vide et montrez-leur les commodités. Veillez à leur donner des draps et allumez le poêle. Ensuite, vous les raccompagnerez jusqu'ici.

— Bien, madame.

Les servantes se munirent de lampes et emmenèrent les voyageuses. Sitôt sorties de la cuisine, elles se montrèrent plus aimables et donnèrent libre cours à leur curiosité. Elles parlaient couramment le français malgré un fort accent russe.

— Vous êtes ici pour travailler ? N'ayez pas peur de cette vieille pie. Quand elle est en service, elle se croit aussi importante que l'impératrice. Est-ce vrai que vous allez faire des robes pour Sa Majesté ? Combien de temps vous a-t-il fallu pour venir en Russie ?

Tout en répondant à leurs questions, Marguerite et ses compagnes gravirent deux étages et longèrent plusieurs couloirs. Enfin, les deux servantes les firent entrer dans une chambre exiguë et dénuée de confort. Un matelas garni de duvet était roulé au pied de chaque lit. Un poêle en brique rouge, haut du sol au plafond, occupait un angle de la pièce. Deux tables de toilette équipées d'aiguières et de bassines complétaient l'ameublement. Malgré les rideaux qui garnissaient les fenêtres, il régnait un froid glacial. Sophie se frictionna les bras pour se réchauffer et se laissa tomber sur le sommier en planches du lit le plus proche.

— Nous serons mortes de froid et de faim avant demain, gémit-elle.

— Ne vous tracassez pas ! s'exclama gaiement la plus jeune des servantes en s'approchant du poêle avec un briquet. On vous donnera à souper, et la pièce ne va pas tarder à se réchauffer. Si vous alimentez le feu avant de vous coucher, il brûlera encore demain matin. Vous serez bien au chaud comme des cailles.

En un rien de temps, des flammes s'élevèrent derrière la grille du poêle. Peu après, un laquais entra avec un grand panier rempli de bûches qu'il posa par terre avant de se retirer.

Le temps que les servantes fassent les lits, une agréable chaleur se répandit dans la chambre. Elles guidèrent ensuite les Françaises jusqu'à une cuisine où on leur servit une soupe de haricots épaisse et savoureuse ainsi que des tranches de pain moelleux et de la bière légère. L'estomac rempli, les membres lourds de fatigue, elles s'endormirent sitôt couchées.

Le lendemain, Marguerite fut la première à ouvrir les yeux quand quelqu'un frappa de grands coups à la porte en leur criant de se lever. Les autres remuèrent vaguement avant de s'enfouir à nouveau sous leurs couvertures. Elle se glissa hors du lit et alimenta le poêle. Des flammes jaillirent des braises et engloutirent les bûches en crépitant. La jeune femme n'avait aucun moyen de connaître l'heure, mais elle apercevait le ciel par la fenêtre à travers la dentelle du givre. Une aube quasi spectrale affleurait au-dessus de la ligne des toits.

— Maintenant que je suis là, murmura-t-elle d'un air résolu, rien ni personne ne m'empêchera de rester !

5

Les nouvelles qui attendaient Marguerite n'étaient pas bonnes. Après le petit déjeuner, Mme Rostova l'informa du résultat de l'enquête approfondie à laquelle elle s'était livrée : nul n'était au courant de l'arrivée d'un groupe de couturières de Paris.

— Tant que vous ne serez pas entrée en contact avec la comtesse d'Oinville, je ne pourrai rien pour vous. Je vous prie de partir sur-le-champ. Revenez quand vous aurez une déclaration écrite de sa main.

Marguerite fit une dernière tentative :

— Permettez-moi au moins de rendre visite à l'ambassade de France avant de nous chasser ! Je pourrais leur demander quand le comte et la comtesse doivent revenir et peut-être obtenir de l'aide dans cette affaire.

Mme Rostova hésita. Connaissant la passion de l'impératrice pour les vêtements, il ne faisait aucun doute à ses yeux que la venue de ces étrangères résultait d'un caprice de sa part, mais elle n'en avait aucune preuve. Elle considéra le groupe des Françaises. À part Marguerite, plus déterminée que jamais, elles paraissaient abattues. Celle des filles qui avait déjà les yeux rouges fondit en larmes.

— D'accord, acquiesça-t-elle à contrecœur. Puisque vous ne connaissez pas la ville, un laquais vous servira de guide.

Le laquais en question – un garçon plein d'entrain prénommé Igor – était âgé de quinze ans. Cela faisait sept ans qu'il travaillait au palais.

— Si vous voulez savoir quelque chose, vous n'avez qu'à me le demander, dit-il d'un air important comme ils se mettaient en route.

En dépit de ses soucis, Marguerite était très curieuse de découvrir la ville de jour. Ils s'étaient à peine éloignés qu'elle s'arrêta et se retourna afin d'admirer le palais d'Hiver. Celui-ci était moins grand que Versailles, mais ses centaines de fenêtres et ses murs blancs brillaient d'un éclat presque irréel sous le pâle soleil.

— Quelle magnifique demeure ! s'exclama-t-elle.

— En effet. Mais à ce qu'il paraît, ces bâtiments vont être démolis pour faire place à un nouveau palais d'Hiver, plus vaste. Nul doute qu'il sera encore plus grandiose que celui-ci, une fois achevé.

Elle regarda dans la direction qu'il lui indiquait. Il y avait toute la place nécessaire à la construction d'un second Versailles face à la Neva.

— C'est un projet monumental.

— On raconte qu'une partie du bâtiment sera le nouvel ermitage de la tsarine, où elle pourra recevoir ses amis dans la plus grande discrétion.

— Son nouvel ermitage ? Pourquoi, il y en a eu d'autres ?

— Oui. C'est son père, Pierre le Grand, qui a bâti le premier à Peterhof. À ce qu'on dit, il en aurait eu l'idée en visitant votre pays.

C'était plausible. Le défunt Louis XIV possédait une retraite, tout comme le présent roi Louis XV. Mais l'une comme l'autre se trouvaient à l'écart du tourbillon de Versailles, et non au cœur d'une grande ville.

Tout en marchant, Marguerite jetait des regards émerveillés aux façades abricot, jaune, rose, bleu ou vert pastel des maisons. Igor veillait à ce qu'elle ne coure aucun danger : malgré la largeur des rues, les véhicules qui passaient ne faisaient guère attention aux piétons. Les cochers se montraient tellement arrogants que les gens étaient souvent obligés de se plaquer contre les murs pour éviter d'être renversés. On avait disposé des branchages sur la surface gelée de la Neva, créant des voies de circulation que les voitures et les traîneaux empruntaient avec une grande régularité. Les flonflons d'une fête installée plus en amont parvenaient à leurs oreilles. Çà et là, on avait élevé des monticules de neige ; enfants et adultes rémunéraient un homme pour y faire des glissades sur une sorte de planche et atterrissaient sur les fesses, hilares, au terme d'une descente en zigzag.

Marguerite sourit devant ce spectacle. Toutefois, une question lui brûlait les lèvres :

— Pourquoi Mme Rostova n'a-t-elle pas informé directement l'impératrice de notre arrivée ?

Igor s'étrangla de rire.

— Personne ne s'y risquerait en l'absence de preuve matérielle. À supposer que Sa Majesté ait été ivre quand elle a donné l'ordre de vous faire venir, elle n'en aura gardé aucun souvenir.

— Elle a l'habitude d'abuser de la boisson ?

— Pas tous les jours, mais trop souvent pour son propre bien. Elle n'aimerait pas qu'on lui rappelle quelque chose qui lui serait sorti de l'esprit. Je ne l'ai vue qu'une seule fois en colère et, heureusement, je me trouvais à bonne distance. Un jour, dans un accès de rage, elle a fait couper la langue à deux dames de la cour qu'elle accusait d'avoir comploté contre elle ! Vous feriez bien de vous appliquer si vous êtes jamais amenée à coudre pour elle.

— Merci de me prévenir. Si tout se passe bien, nous devrions également travailler pour la grande-duchesse Catherine. A-t-elle aussi mauvais caractère ?

— Oh ! non. Vous n'aurez rien à redouter d'elle. Elle est tout le contraire de l'impératrice. On ne l'a jamais entendue élever la voix contre quiconque. Pourtant, elle compte des ennemis redoutables à la cour. Elle n'a pas la vie facile.

— Pourquoi ?

— Pour beaucoup de raisons. Son plus grand malheur est d'avoir le grand-duc Pierre pour époux. C'est un homme étrange, qui pousse des cris, danse la gigue et rit aux éclats quand personne n'a envie de sourire. Tout ce qui l'intéresse, c'est de jouer au petit soldat.

— Tu veux dire que c'est un simple d'esprit, un innocent ?

— Innocent, lui ? Loin de là ! Il ne cache pas qu'il déteste la tsarine et convoite sa place. Toutefois, je jurerais qu'il a peur d'elle... comme tout le monde, ajouta-t-il avec une grimace.

— On m'en a parlé avant mon départ de Paris, acquiesça Marguerite, songeant aux avertissements de la comtesse. La grande-duchesse doit être bien malheureuse.

— En effet, mais elle ne le montre pas. Son époux et elle vivent entourés de courtisans de leur âge et ils donnent sans cesse des fêtes et des bals. Ces derniers temps, un des chambellans, Serge Saltykov, lui faisait une cour assidue. Beaucoup d'autres s'y sont essayés avant lui, sans succès.

Marguerite haussa les sourcils.

— Y a-t-il quelque chose que tu ignores ?

Igor eut un large sourire.

— Tous les potins parviennent tôt ou tard à l'étage du personnel. Ceux qui vivent là-haut, dans leurs salons et leurs appartements privés, ne se doutent pas que nous voyons et entendons tout.

L'ambassade de France était située sur l'île Basile, entre deux bras de la Neva. Ils traversèrent sur la glace et gagnèrent le quai au moyen d'un escalier. De là, ils longèrent la rue qui menait à l'ambassade et passèrent devant un grand nombre d'hôtels particuliers, tous peints de couleurs pastel.

— Vous devriez vous sentir comme chez vous sur cette île, remarqua Igor. C'est ici que vivent les Allemands et surtout les Français résidant à Saint-Pétersbourg. Vos compatriotes habitent ce quartier, reprit-il en indiquant les rues les plus proches. Quant aux Anglais, ils sont regroupés sur l'autre rive, près des quais. Eux aussi forment une communauté très unie. Les Italiens ont leur propre quartier, de même que les Hollandais. Mais dans le secteur des tailleurs, on rencontre des gens de toutes nationalités, du moment qu'ils savent manier une aiguille et des ciseaux.

— J'ignorais que Saint-Pétersbourg était aussi cosmopolite.

— Les étrangers ont commencé à affluer dès la fondation de la ville. Pierre le Grand a eu besoin de tous les corps de métier pour la construire. Depuis, rien n'a changé. Vous en êtes l'exemple vivant.

Des soldats français montaient la garde devant les grilles de l'ambassade. Ils laissèrent entrer Marguerite après qu'elle leur eut montré ses papiers d'idendité. À sa demande, Igor fut autorisé à l'accompagner.

La jeune femme attendit un long moment avant d'être introduite dans le bureau d'un fonctionnaire de second rang. Il ignorait quand l'ambassadeur et le comte d'Oinville seraient de retour à Saint-Pétersbourg et ne pouvait rien pour elle.

Une fois dans la rue, Marguerite serra les poings avec colère.

— Je n'admets pas qu'on me traite ainsi ! J'ai cinq de mes compatriotes sous ma responsabilité, et je dois veiller à les loger et les nourrir.

Il restait un peu d'argent dans la bourse qu'elle avait reçue à Riga, mais cela ne durerait pas longtemps.

— Peut-être pourrais-je faire appel à la générosité de la grande-duchesse. Tu as dit qu'elle avait bon cœur. Je suis sûre qu'elle m'écouterait. Comment la rencontrer, Igor ?

Le garçon parut hésiter.

— Je n'ai jamais été dans ses appartements. Ils se trouvent dans une aile du palais où je n'ai pas souvent l'occasion de me rendre.

— Mais pourrais-tu m'aider à m'y introduire en secret ? Tu as ma parole que nul ne saura jamais quel rôle tu auras joué dans cette affaire.

Igor prit un air consterné et recula.

— Impossible ! Si j'étais découvert, on me donnerait le knout et je pourrais dire adieu à ma place !

— Tu es ma seule chance !

— Pas question !

Il la dépassa et s'éloigna à vive allure, la tête rentrée dans les épaules, comme s'il se cuirassait contre son insistance.

Elle lui emboîta le pas sans mot dire, consciente d'avoir froissé le garçon en lui demandant une telle faveur, tout en appréhendant le moment où elle devrait annoncer la mauvaise nouvelle à ses amies. Elle se demanda si Mme Rostova accepterait de les engager comme femmes de chambre jusqu'au retour de la comtesse. Mais, comme ils arrivaient en vue du palais, Igor s'arrêta net et se retourna vers elle.

— Vous me promettez de ne rien dire ? jeta-t-il d'un ton farouche.

Marguerite entrevit une lueur d'espoir.

— C'est juré !

— Avez-vous des échantillons ?

— De mes broderies ? Oui, j'en ai apporté toute une collection pour les soumettre à l'impératrice et juger de ses goûts. Mais ils sont restés dans un des sacs de voyage que j'ai laissés dans le couloir.

— Décrivez-le-moi. Est-ce qu'il porte une étiquette ? Bien ! Attendez-moi ici.

Il partit en courant. Marguerite l'attendit en rongeant son frein, mais il fut bientôt de retour avec son sac. Elle l'ouvrit en hâte et en sortit quelques échantillons.

— Prenez tout, conseilla Igor en apercevant d'autres échantillons sur un présentoir doublé de velours. Maintenant, retournons au palais.

Il ramassa le sac et le déposa au passage dans le couloir avec le reste des bagages. Puis il ouvrit la porte en face des cuisines et fit signe à Marguerite de le suivre en mettant un doigt sur ses lèvres. Ils empruntèrent l'escalier par où le personnel accédait aux étages supérieurs. Igor ouvrit une porte qui donnait sur un corridor étroit, parallèle à une suite d'appartements privés. À en juger par sa longueur, il permettait aux domestiques de circuler d'un bout à l'autre de l'aile sans troubler l'intimité des résidents.

— Voici l'entrée des appartements de la grande-duchesse, murmura Igor, mais j'ignore si elle s'y trouve en ce moment. Elle monte à cheval tous les matins. Il se pourrait que vous l'attendiez pendant des heures. Je vais inventer une histoire pour Mme Rostova. Je lui dirai que je vous ai laissée à l'ambassade et que vous m'avez assuré que vous sauriez retrouver votre chemin toute seule.

— Dis-moi à quoi ressemble la grande-duchesse Catherine, afin que je puisse la reconnaître quand je la verrai.

Igor réfléchit.

— Pas très grande. Des cheveux bruns, sauf quand ils sont poudrés. Un nez un peu long, un front haut, un menton pointu. Des yeux bleus. On ne peut pas dire qu'elle soit belle, mais elle a de l'éclat, et son visage respire la bonté.

Il haussa les épaules, indiquant qu'il avait fait de son mieux, et se remit en marche. Quelque chose détala dans la pénombre.

— Qu'est-ce que c'était ? s'exclama Marguerite, craignant de connaître la réponse.

— Rien qu'un rat, dit Igor d'un ton dégagé. Il y en a partout, surtout aux abords des cuisines.

Il continua à avancer sans prendre garde à l'expression horrifiée de la jeune femme. Au bout de l'aile, il tourna dans un nouveau corridor et se mit à compter les portes qu'ils dépassaient. Arrivé à la moitié, il se tourna vers Marguerite.

— De l'autre côté, cette porte est dissimulée derrière une tapisserie. Elle ouvre sur une sorte de vestibule que la grande-duchesse traverse chaque fois qu'elle sort de ses appartements. C'est là que vous l'attendrez. Quand vous la verrez, faites-lui la révérence et montrez-lui votre travail. Elle apprécie tout ce qui est beau : les tableaux, la porcelaine, ce genre de choses. Avec un peu de chance, elle aimera aussi vos broderies.

Sans lui laisser le temps de le remercier, il la poussa par les épaules et referma la porte derrière elle.

Marguerite promena ses regards autour d'elle. Le vestibule où elle se trouvait était plus vaste que tous ceux qu'elle avait jamais vus. Il y avait une fenêtre à un bout, et les murs étaient recouverts de tapisseries plus hautes et plus larges que celle qu'elle avait écartée après avoir franchi la porte. Deux grands poêles ornés de mosaïques diffusaient une chaleur bienfaisante dont les effets étaient quelque peu atténués par un courant d'air glacé. Elle distingua une tache d'humidité au plafond juste au-dessus de sa tête et vit qu'une des vitres était fêlée. Déjà, la veille, elle s'était fait la réflexion que le palais n'était pas aussi bien entretenu qu'elle l'avait imaginé. Apparemment, la même négligence régnait dans les appartements impériaux.

Elle plia sa cape pour s'en faire un coussin et s'assit au pied d'une armoire, espérant que nul autre que la grande-duchesse ne remarquerait sa présence. Elle tendit l'oreille, tous ses sens en alerte, prête à bondir sur ses pieds au moindre trottinement de souris.

Pour patienter, elle passa ses broderies en revue afin de choisir celles qu'elle montrerait à la grande-duchesse si l'occasion se présentait. Tout à coup, elle eut une inspiration : s'étant relevée, elle entreprit d'étaler les échantillons sur le sol, de façon à former un somptueux tapis. Les sequins étincelaient, les perles jetaient des reflets irisés au milieu d'une profusion de fleurs, de fougères et de plumes aux couleurs variées. Ensuite, elle se rassit et appuya la tête contre l'armoire. Une horloge sonna dans une autre pièce.

Un frisson la parcourut tandis qu'elle étudiait les sujets des tapisseries. Elles étaient toutes sinistres et probablement très anciennes. Les vêtements des guerriers armés de cimeterres et des tortionnaires qui brandissaient des fers rougis paraissaient antérieurs à l'époque de Pierre le Grand, le souverain qui avait arraché la Russie à la barbarie pour la faire entrer dans l'âge moderne.

Elle ferma les yeux pour ne plus voir ces horreurs et finit par s'assoupir. Un bruit de pas énergique la réveilla en sursaut. Elle risqua un œil au-delà du coin de l'armoire, ne voulant pas commettre une bévue, mais il était impossible de se méprendre sur l'identité de la jeune femme qui approchait. Celle-ci correspondait parfaitement à la description d'Igor. Plutôt petite et élancée, les joues rosies par le grand air, elle était vêtue d'un costume d'amazone bleu et tenait une cravache dans sa main gantée. Elle marchait d'un pas ferme en regardant droit devant elle, absorbée dans ses pensées.

Marguerite craignit un instant qu'elle ne bouscule les échantillons sans les voir. Mais Catherine s'arrêta net et baissa les yeux vers le tapis multicolore qui s'étendait devant elle. Puis elle s'accroupit afin de ramasser les échantillons et les examina un à un avant de les poser sur ses genoux. Quand elle eut fini, elle en fit un paquet et se releva afin de poursuivre son chemin sans cesser de les considérer. C'est alors que Marguerite surgit de sa cachette.

Catherine fit volte-face, surprise.

— Qui êtes-vous ? demanda-t-elle à la jeune femme. Et que faites-vous dans mes appartements ?

— Je suis l'auteur de ces broderies, madame. Si j'ai eu recours à ce moyen peu ordinaire pour vous présenter mon travail, c'est que l'impératrice semble avoir oublié qu'elle m'a fait venir de Paris avec cinq de mes compagnes.

Catherine esquissa un sourire tandis qu'elle dévisageait l'intruse.

— Vraiment ? Comment vous appelez-vous ?

Marguerite se présenta.

— Venez avec moi, reprit la grande-duchesse. C'est une honte de faire attendre quelqu'un qui possède un tel talent.

6

Catherine guida Marguerite à travers plusieurs pièces, dont une bibliothèque remplie de livres du sol au plafond. L'intérieur des appartements de la grande-duchesse témoignait de sa vaste intelligence et de son amour des belles choses. En lectrice passionnée, Marguerite nota au passage qu'un traité de philosophie était resté ouvert sur une table auprès d'un volume consacré à l'histoire du monde. De nombreux tableaux ornaient les murs, dont plusieurs magnifiques icônes représentant la Vierge et l'Enfant ou quelque saint dans des tons dorés, écarlates et bleu lapis. Des coquillages précieux, des figurines de porcelaine, de petits animaux en jade, de délicats émaux de toutes les couleurs ainsi que des pièces d'ivoire sculpté étaient disposés sur des étagères et dans des vitrines.

— Vous semblez apprécier mes trésors, remarqua Catherine avec un sourire comme elles atteignaient son salon préféré.

Il ne lui avait pas échappé que la jeune Française promenait autour d'elle des regards émerveillés.

— Oui, beaucoup !

— Je collectionne toutes sortes de petits objets d'art. Chaque fois que je découvre une rareté, il me la faut à tout prix !

Au grand désespoir de Catherine, l'impératrice ne cessait de lui reprocher ses dépenses, alors qu'elle-même possédait de fabuleuses collections. Élisabeth lui avait pourtant fait bon accueil quand elle était arrivée en Russie à l'âge de quinze ans pour épouser le grand-duc Pierre. Mais très vite, sa bienveillance avait cédé la place à l'animosité. Catherine savait que celle-ci n'était pas seulement due à sa prétendue prodigalité ou aux dettes qu'elle avait contractées quand l'impératrice, dans un mouvement de colère, avait supprimé la pension qu'elle lui allouait jusque-là. La vérité, c'est qu'elle s'était rendue coupable d'un crime impardonnable en tardant à donner un héritier à la Russie. Mais le moment était mal choisi pour méditer sur cet aspect de son mariage.

— Vos broderies sont les plus ravissantes qu'il m'ait été donné de voir, mademoiselle Laurent, reprit-elle.

Le compliment était sincère. Elle se dirigea vers une table en bois de rose et s'assit avant d'étaler les échantillons devant elle.

— Est-ce vous qui avez créé ces motifs ?

— Oui, madame.

— Chacune de ces pièces mériterait d'être encadrée et exposée. Approchez.

Elle se cala dans son fauteuil et considéra Marguerite avec intérêt.

— D'abord, j'aimerais que vous me disiez comment vous êtes arrivée en Russie.

Marguerite lui fit le récit détaillé de son aventure,

depuis sa visite chez la comtesse d'Oinville jusqu'à l'échec de sa démarche auprès de l'ambassade de France. Tout en parlant, elle ne pouvait s'empêcher d'apprécier la justesse de la description d'Igor. La grande-duchesse était irrésistible. Au-delà de son sourire, un charme puissant émanait de toute sa personne.

— Je me rappelle la soirée où la comtesse d'Oinville est apparue dans une merveilleuse robe lilas, dit Catherine quand la jeune femme se tut. Mais le plus important, c'est que vous me faites l'effet d'une jeune femme digne de confiance.

La grande-duchesse se piquait de savoir juger les gens, et elle appréciait l'attitude à la fois directe et respectueuse de son interlocutrice.

— C'est la providence qui vous a placée sur mon chemin. J'incline à penser que je peux compter sur votre discrétion. Ai-je tort ?

— Oh ! madame, protesta Marguerite, presque froissée à l'idée qu'on puisse mettre son intégrité en doute. De toute ma vie, je n'ai jamais trahi un secret.

— Je vous crois, affirma Catherine en continuant à la dévisager. La cour va bientôt se rendre à Moscou pour y célébrer Noël et le Nouvel An. Les couturières du palais ont confectionné les robes que je leur avais commandées, mais, avec les banquets qui vont se succéder durant tout l'hiver, je crains de prendre de l'embonpoint. Personne ne doit le remarquer.

Elle laissa planer un silence.

— J'ai eu de la chance jusqu'ici, mais mon corset ne pourra bientôt plus dissimuler mon état. Me comprenez-vous ?

Marguerite acquiesça. Ainsi, Catherine était enceinte de son amant !

— Parfaitement, madame, répondit-elle d'un ton égal. Ce ne sera pas la première fois que j'accomplirai ce genre de travaux. Je peux même transformer des robes déjà existantes. Mais pour cela, j'aurai besoin d'un atelier équipé où mes compagnes et moi-même pourrons opérer en toute discrétion.

— Vous l'aurez.

— Et l'impératrice ?

— Elle a déjà une quantité de robes neuves qu'elle compte emporter à Moscou. Je l'informerai de votre présence le moment venu. Occupez-vous d'abord de ma garde-robe. Je vais prendre des dispositions immédiatement. Ayez donc la bonté d'appeler quelqu'un.

Elle désigna à Marguerite une sonnette murale.

— Nous discuterons ensuite de vos idées.

Un laquais accourut presque aussitôt au coup de sonnette. Il portait une perruque blanche et une livrée cramoisie, comme tous les domestiques hommes que Marguerite avait vus depuis son arrivée, mais le cordon argenté qui ornait sa veste témoignait de sa position élevée au sein du personnel. Quand sa maîtresse lui demanda de dresser une liste de fournitures sous la dictée de Marguerite, il sortit un carnet et un crayon de sa poche.

Tandis que Catherine examinait à nouveau les échantillons, Marguerite se transporta en pensée dans l'atelier parisien de Mme Fromont. Elle passa en revue le contenu de chaque pièce, indiquant au laquais tout ce qui lui paraissait nécessaire – fers à repasser, grandes tables de bois, lampes à réflecteurs pour les journées sans soleil, mannequins aux mensurations de l'impératrice et de la grande-duchesse. Si ses ouvrières avaient toutes apporté leur boîte à ouvrage et leur dé à coudre préféré, elles manquaient de petits accessoires tels qu'aiguilles, pelotes à épingles et paires de ciseaux.

Marguerite voulait ajouter à la liste des perles, des paillettes, des franges, des galons et des fils de soie de toutes les couleurs, mais on lui répondit qu'elle trouverait tout ce qu'elle désirait dans la réserve. Celle-ci abritait déjà de nombreuses fournitures de la meilleure qualité. De temps en temps, on présentait des échantillons à Catherine et à la tsarine afin qu'elles fassent leur choix. Quant à l'atelier, il serait situé dans une partie éloignée du palais, à proximité des appartements des Françaises. Catherine insista sur le fait que ces dernières devraient jouir de tout le confort possible.

— Je tiens à ce que tout soit prêt d'ici à ce soir, déclara-t-elle.

Le laquais salua et quitta la pièce. La grande-duchesse se rassit alors et se tourna vers Marguerite.

— Exposez-moi vos idées, dit-elle.

Les deux femmes eurent une longue conversation, puis Catherine congédia Marguerite, qui s'empressa de rapporter la bonne nouvelle à ses compagnes.

Après le départ de la brodeuse, la grande-duchesse resta plongée dans ses pensées. Elle se demandait si le talent de la jeune Française suffirait à cacher son état jusqu'au terme de sa grossesse. Son projet de lancer une mode en se drapant dans de longues écharpes de lin, de soie et plus tard de velours lui semblait excellent. Encore devrait-elle accoucher dans le plus grand secret avant que Chargorodskaïa, sa femme de chambre, en qui elle avait toute confiance, fasse disparaître le nouveau-né et lui trouve de bons parents adoptifs.

Elle se releva brusquement et se mit à faire les cent

pas, les mains jointes devant elle, tout en réfléchissant au moyen de sortir de ce dilemme. Si seulement Pierre s'était conduit avec elle comme doit le faire un époux ! L'enfant qu'elle portait aurait été de lui et ils se seraient félicités de sa naissance.

Elle avait connu Pierre encore enfant, à l'occasion d'une visite à Kiel avec ses parents. Le petit garçon d'apparence chétive avait grandi dans un environnement strictement militaire, sous la férule d'officiers supérieurs. Durant ce bref séjour, Catherine et lui avaient coulé des heures heureuses à jouer avec le fort miniature et les petits soldats de bois de Pierre. Plus tard, elle s'était réjouie d'apprendre que l'impératrice de Russie, la tante de Pierre, avait choisi ce dernier comme héritier. Nul ne pouvait prédire qu'il détesterait son pays d'adoption et ne pardonnerait jamais à la tsarine de l'avoir arraché à sa bien-aimée patrie, la Prusse.

Catherine avait été encore plus heureuse quand on lui avait annoncé qu'elle épouserait Pierre. Elle se voyait déjà gouverner la Russie avec sagesse et équité à ses côtés. Mais elle était tombée des nues en revoyant son fiancé à la cour impériale. Elle aurait pu fermer les yeux sur le physique ingrat du jeune homme, sur les nombreuses cicatrices qu'il avait gardées de la petite vérole qui avait failli l'emporter, si son caractère n'avait pas tant changé. Avec une lucidité surprenante pour son âge, elle avait aussitôt conclu qu'elle se condamnerait à une existence misérable en entretenant en elle l'affection qu'elle vouait au petit garçon d'autrefois.

Pierre affichait en toutes circonstances un comportement maniaque et excentrique. Il était sujet à des accès d'hilarité, y compris quand la situation ne prêtait guère à rire. Il avait un penchant marqué pour la cruauté, probablement dû à la rude discipline germanique et aux châtiments sévères auxquels il avait été soumis dès son plus jeune âge, et prenait un plaisir pervers à tourmenter ses domestiques et ses chiens. Un jour, il avait pendu un rat dans la chambre de sa femme. Celle-ci ne pouvait évoquer sans frissonner ses railleries et ses cris d'excitation devant les soubresauts de la pauvre bête.

Comme Pierre venait souvent la rejoindre dans son lit, tout le monde à la cour (hormis les plus perspicaces) croyait que les deux époux entretenaient des relations normales. La vérité était tout autre. Pierre avait toujours les poches de sa robe de chambre pleines de petits soldats quand il lui rendait visite. Avec le temps, son intérêt enfantin pour les jeux guerriers avait tourné à l'obsession. Les bosses que formaient leurs genoux sous les couvertures figuraient les reliefs d'un vaste champ de bataille. À la longue, Catherine était devenue experte en tactique et en stratégie militaire.

Pierre se vantait volontiers de ses prétendues conquêtes féminines auprès de sa femme ou des étrangers. Par loyauté envers lui, Catherine avait toujours gardé le silence sur son impuissance, tant en public qu'en privé. Mais à force d'entendre des rumeurs sur les supposées prouesses amoureuses de son neveu, l'impératrice avait fini par croire Catherine stérile. Il n'y avait que peu de temps que la vérité était parvenue à ses oreilles. Depuis, un simple coup de scalpel avait permis à Pierre d'accomplir enfin son devoir conjugal. Toutefois, il aimait mieux d'autres femmes que la sienne, au grand soulagement de cette dernière.

Catherine cessa d'arpenter la pièce pour s'approcher de la fenêtre. Celle-ci lui offrait une belle vue de la ville, mais Catherine espérait que les fenêtres du futur palais d'Hiver donneraient sur la Neva, dont le spectacle l'enchantait en toute saison.

Elle soupira. Pourvu que les artifices de la jeune Française parviennent à préserver son secret ! Sa plus grande crainte était que la tsarine s'aperçoive que sa grossesse était trop avancée pour être le fruit de son union avec Pierre. Pour la punir, elle l'exilerait loin des steppes et des immenses forêts si chères à son cœur. Par amour de la Russie, Catherine avait appris sa langue et s'était convertie à la religion orthodoxe, contrairement à Pierre. Le grand-duc n'avait jamais fait le moindre effort pour se rendre agréable à quiconque, hormis à ses maîtresses. Jaloux de la popularité de sa femme, il avait même fini par la haïr autant qu'il détestait l'impératrice.

Dès son arrivée à la cour, et malgré sa jeunesse, Catherine avait compris qu'elle avait intérêt à s'assurer la loyauté du plus grand nombre, quel que soit leur rang, si elle voulait aider son époux à régner le moment venu. Elle avait également appris à dissimuler aux yeux du monde ses blessures et ses déceptions. Cette discipline lui avait rendu de grands services : même à présent, nul ne soupçonnait l'étendue de son amour pour un chambellan du nom de Serge Saltykov.

À vingt-trois ans, après avoir attendu huit ans que son mariage soit consommé et repoussé les avances de plusieurs autres hommes, elle avait fini par céder à l'insistance de Serge. Il avait éveillé sa sensualité ardente en l'entraînant vers les sommets de la passion. De son côté, elle découvrait sans cesse de nouvelles façons de le satisfaire. À bien des égards, elle n'avait jamais été aussi heureuse, ni en même temps aussi désespérée.

L'atelier était tel que Marguerite l'avait souhaité. Il consistait en deux grandes pièces rectangulaires, peintes dans un ton crème et éclairées par un grand nombre de fenêtres et de lampes. Les tables avaient les dimensions requises pour la coupe et le repassage tandis que les chaises rembourrées offraient tout le confort souhaitable. Les mannequins à l'effigie de la tsarine et de la grande-duchesse (l'un doté d'une poitrine avantageuse, l'autre svelte et élancé) provenaient de l'atelier de couture officiel du palais. Il restait juste à régler quelques détails – ajouter des étagères, des tables à repasser ainsi que des commodes et des armoires afin de dégager le plus possible d'espace pour le travail – pour qu'il réponde entièrement aux souhaits de la jeune femme.

Suivant les recommandations de la grande-duchesse, les appartements des couturières avaient été aménagés de manière à leur assurer le maximum de confort. On avait exhumé des réserves des meubles qui avaient connu des jours meilleurs afin d'agrémenter les trois chambres à coucher et la pièce commune. Les cadres tarabiscotés des miroirs présentaient des restes de dorure, tandis que les rideaux de soie aux couleurs fanées et les courtines retenues par des cordons dorés mettaient une touche de raffinement dans le décor. Ni les marques de gobelets ni les éraflures ne parvenaient à ternir l'éclat de la longue table de bois entourée de six chaises assorties. Trois canapés moelleux complétaient le mobilier. Plusieurs tapis mités à différents endroits recouvraient le sol. Une table basse supportait une pendulette de bronze, encadrée par deux figurines.

Toujours soucieuse du bien-être de ses employés, Catherine n'avait pas négligé la question des appointements des Françaises. Marguerite fut convoquée dans le bureau d'un fonctionnaire du palais, qui lui remit leurs gages avec un mois d'avance. Le salaire de la jeune femme était particulièrement généreux et ses compagnes furent folles de joie en constatant qu'elles n'avaient jamais gagné autant de toute leur vie. Au grand soulagement de Marguerite, elles étaient également très satisfaites de leur logement. Une des chambres comportait trois lits. Il fut décidé que Jeanne la partagerait avec Rose et Isabelle, les deux jeunes filles refusant d'être séparées. Violette et Sophie prirent une autre chambre, laissant la dernière à Marguerite. Ce choix lui convenait fort bien, même si la pièce était petite. Après toutes ces semaines de cohabitation forcée, elle aspirait à trouver un peu de calme et de solitude.

En définitive, le temps leur manqua pour créer de nouvelles robes pour la grande-duchesse. L'impératrice, qui était profondément pieuse malgré sa vie de débauche, résolut brusquement de partir plus tôt que prévu pour Moscou ; elle désirait d'abord se rendre à la grande église de Kiev pour y prier et y faire pénitence. Sa décision obligea Marguerite et ses compagnes à travailler jour et nuit pour transformer les robes déjà achevées. Chaque fois que c'était nécessaire, il leur fallait remplacer les baleines des corsets par des garnitures plus flexibles, ajouter des franges, des dentelles, des fleurs et des bouquets de rubans. Les perles et les paillettes elles-mêmes, en attirant le regard, contribuaient à la supercherie. Même les agrafes pouvaient être desserrées pour donner plus d'ampleur.

La veille du départ, l'impératrice fit appeler Marguerite. Catherine avait certainement profité de l'occasion pour lui annoncer que les couturières françaises étaient arrivées et installées. En entrant dans la pièce, Marguerite fit une profonde révérence. Puis elle se releva et posa pour la première fois les yeux sur la femme qui régnait seule sur le vaste Empire russe.

Élisabeth se détourna du miroir dans lequel elle se contemplait en balançant son ample jupe à paniers, en velours bleu nuit bordé de fourrure. Marguerite fut vivement impressionnée par sa beauté et sa prestance. Ses magnifiques yeux bleus avaient le même éclat que les saphirs qui entouraient sa gorge et parsemaient ses cheveux poudrés.

— Ainsi, c'est vous qui avez créé cette robe lilas pour Mme d'Oinville, lança-t-elle sur un ton d'accusation. Dites-moi, qu'avez-vous fait d'autre pour elle depuis lors ?

Marguerite fut décontenancée. Une couturière était tenue à la même discrétion qu'un confesseur à propos des modèles qu'elle pouvait créer pour une cliente. Quelle femme aurait voulu qu'on dévoile les détails de la toilette qu'elle entendait porter dans une occasion particulière ? Elle préféra se montrer évasive.

— Plusieurs robes dans des matières et des coloris différents, Votre Majesté impériale.

— Quoi qu'il en soit, je veux que vous me confectionniez des robes encore plus belles !

L'avertissement était on ne peut plus clair : Marguerite devait s'assurer que la comtesse n'éclipserait jamais plus l'impératrice.

Dans un climat tendu, la jeune Française passa ensuite une demi-heure à formuler des propositions que l'impératrice acceptait d'un signe de tête ou rejetait d'un geste impatient de la main. Elle avait apporté des croquis ainsi que des poupées habillées de modèles de robe en réduction. Par chance, Élisabeth était assez férue de mode pour se représenter ses intentions. Avant de congédier Marguerite, elle lui spécifia que ses nouvelles robes devraient être prêtes quand elle reviendrait de Moscou.

À peine sortie des appartements impériaux, la jeune femme s'arrêta pour reprendre haleine. Les exigences de la tsarine avaient mis ses nerfs à rude épreuve. Bien que la date du retour de la cour ne fût pas encore fixée, elle résolut de se mettre au travail dès le lendemain. Elle aimait mieux traiter sa commande en priorité.

Le lendemain matin, les couturières se rassemblèrent derrière leurs fenêtres pour assister au départ de la cour. Le traîneau rouge et or de l'impératrice, orné sur les côtés de l'aigle à deux têtes des Romanov, comportait une couchette, de même que ceux du grand-duc et de son épouse. On avait sorti un millier de chevaux des écuries du palais pour tirer les traîneaux de la noblesse ainsi que ceux qui transportaient les domestiques et les bagages. Igor avait expliqué aux Françaises que les courtisans faisaient suivre tous leurs effets en voyage. Les services de porcelaine, les draps, les tapisseries et même une partie du mobilier se déplaçaient d'un palais à l'autre pour compléter les commodités qui se trouvaient déjà sur place.

Marguerite comprenait mieux à présent les raisons du laisser-aller qu'elle avait constaté au palais. La vie trépidante de la cour nuisait à la bonne organisation générale en mobilisant les énergies des serviteurs. Ainsi, toute personne exerçant quelque responsabilité avait tendance à s'en décharger sur quelqu'un d'autre ou, encore mieux, à remettre les tâches urgentes au lendemain.

Le convoi s'ébranla. Dans les rues, les passants s'inclinaient jusqu'à terre ou se prosternaient dans la neige, suivant l'usage ancien, à l'approche du traîneau impérial. Les sujets d'Élisabeth voyaient en elle la mère de la nation et lui vouaient un amour inconditionnel. Dans leur ignorance, même les plus misérables parmi les serfs n'osaient comparer son train de vie fastueux à la précarité de leur existence.

Les couturières n'étaient pas les seules à contempler le spectacle. Un étage plus bas, un grand et bel homme avait pris place derrière une autre fenêtre. Un pli soucieux barrait le front de Serge Saltykov. Il était le premier à s'étonner de la violence et de la persistance de son désir pour Catherine. D'habitude, il perdait rapidement tout intérêt pour ses conquêtes, comme le prouvait l'effondrement de son mariage après moins de deux ans. Mais il ressentait toujours autant d'attrait pour la grande-duchesse, malgré le danger que lui faisait courir sa grossesse. Si son rôle dans cette affaire venait à être découvert, il risquait d'être emprisonné pour de longues années ou banni dans une contrée reculée jusqu'à la fin de ses jours.

Il jura entre ses dents. Si seulement cette poule mouillée de Pierre avait consenti six mois plus tôt à une intervention somme toute bénigne, personne n'aurait douté qu'il était le père de l'enfant. Mais, pour opérer, le chirurgien avait dû attendre qu'il soit fin soûl après une soirée passée à ripailler avec ses amis. À cause de ce contretemps, Serge allait devoir se montrer prudent et s'éloigner quelque temps de la cour pour éviter d'éveiller les soupçons en s'affichant aux côtés de Catherine. Lui qui aimait miser gros, il pouvait dire adieu aux jeux de cartes qui se prolongeaient toute la nuit, sans parler des joyeuses parties de débauche.

Avec un grognement de dépit, Serge donna un coup de poing au mur, puis il s'écarta de la fenêtre et quitta la pièce.

7

Deux semaines s'étaient écoulées depuis que Marguerite et ses compagnes avaient emménagé dans leur atelier. Le premier jour, Marguerite s'était vu remettre la clé de la réserve où étaient entreposés les tissus destinés à la garde-robe impériale. Elle avait choisi un riche brocart d'or pour la première robe qu'elle allait confectionner pour la tsarine d'après un de ses modèles originaux. Son équipe avait fini de couper les manches, le corset et la jupe, qui ne seraient assemblés qu'une fois les broderies achevées. En attendant, elle avait demandé à Mme Rostova de lui ménager une rencontre avec la responsable de l'autre atelier de couture.

Auparavant, elle souhaitait accorder un jour de congé à ses « filles ». Celles-ci n'étaient pas encore sorties du palais et elle-même n'avait pas mis le nez dehors depuis qu'Igor l'avait guidée jusqu'à l'ambassade de France. Il était temps qu'elles visitent la ville et apprennent à s'y repérer.

Ses compagnes accueillirent la nouvelle avec des cris de joie. Emmitouflées dans leurs manteaux, elles se mirent en route par un froid intense. Il y avait beaucoup à admirer, mais elles furent d'abord attirées par l'activité qui régnait sur les marchés. Des musiciens des rues jouaient de leurs instruments tandis qu'un vieil ours pataud et pelé s'efforçait de danser. Les Françaises n'avaient encore jamais rien vu d'aussi étrange que les étals des bouchers. Hormis les nombreuses viandes et poissons salés, les aliments frais, oies, poulets et gibier, y étaient aussi durs que du bois et recouverts d'une couche scintillante de gel. Isabelle et Violette les frappèrent légèrement du doigt, étonnées qu'on puisse vendre de la nourriture sous cette forme. Mais, avec un climat d'une telle rigueur, n'importe quoi aurait gelé en l'espace de quelques minutes.

D'autres étals offraient au regard toutes sortes d'objets typiquement russes, peints dans des couleurs vives, et d'autres plus familiers, tels des vêtements, des bottes et des fourrures d'occasion. Violette s'acheta deux jupes pour le travail ainsi qu'une longue cape de fourrure mitée par endroits mais plus chaude que sa pèlerine de laine. Suivant son exemple, ses compagnes trouvèrent des fourrures qui leur serviraient à doubler leurs capes. Le fripier, comme tous les commerçants qu'elles avaient pu observer, calcula le montant de leurs achats à l'aide d'un cadre sur lequel il faisait coulisser des boules représentant des valeurs différentes. Jeanne s'intéressa longuement à l'étal d'un marchand de dentelles, mais les ouvrages qu'il proposait étaient loin d'égaler ses propres créations.

En bordure du marché, un groupe pathétique composé de femmes pour la plupart flanquées d'enfants en bas âge vendait des objets modestes. Par compassion, Marguerite leur acheta un petit bol en bois peint, et Jeanne, un panier d'osier tressé. Pour sa part, Isabelle fit l'acquisition d'une poupée de chiffon.

À midi, elles firent halte dans un minuscule café situé au bas d'un escalier. On leur servit à chacune un bol de bortsch fumant accompagné de tranches de pain de seigle, qui leur réchauffa le cœur et le corps. Là encore, le compte fut calculé au moyen d'un boulier. Avant de regagner le palais, elles pénétrèrent dans la cathédrale Notre-Dame-de-Kazan et restèrent un moment groupées au milieu de la nef, le temps d'admirer la voûte dorée, les fresques polychromes et le grand autel qui brillait tel un soleil dans le chœur. Il n'y avait nulle part où s'asseoir, comme le prévoyait le rite orthodoxe. Chacune alla s'agenouiller un peu à l'écart sur le vaste sol de marbre et passa quelques minutes à prier dans la solitude.

Sitôt rentrées, elles se remirent au travail et échangèrent des impressions sur ce qu'elles avaient vu. Marguerite les laissa seules un moment. Elle ne pouvait différer plus longtemps son rendez-vous avec Mme Markarova, la responsable des ateliers de couture impériaux.

Elle se mit en route en suivant les indications qu'on lui avait données, tout en se demandant comment elle allait être reçue. Ni Mme Markarova ni ses ouvrières ne résidaient sur place, et l'entrée qui leur permettait d'aller et venir se trouvait dans une autre aile que les appartements attribués à Marguerite et à ses compagnes.

Elles n'avaient pas non plus l'occasion de prendre leurs repas en commun, l'accès aux cuisines leur étant interdit. Cette mesure visait à garantir leurs vêtements, et par la suite leurs ouvrages délicats, des odeurs et des projections de graisse. Par conséquent, les couturières françaises déjeunaient d'un repas froid sur leur lieu de travail alors qu'un dîner chaud leur était servi le soir, après la fermeture des ateliers.

Mme Rostova et Mme Markarova avaient décidé que les ouvrières de cette dernière continueraient à confectionner les vêtements de l'impératrice, sauf les robes et les accessoires nécessitant un important travail de broderie, qui seraient de la compétence de Marguerite et de son équipe. « Mme Markarova parle français, lui avait précisé Mme Rostova, ainsi que quelques-unes de ses ouvrières. Mais la plupart ne connaissent que le russe. »

Marguerite prit une profonde inspiration avant de pousser la porte de l'atelier de Mme Markarova. Une quarantaine de femmes d'âges divers cousaient autour de quatre longues tables. À son entrée, toutes tournèrent vers elle un visage où se lisait une extrême curiosité. Si elles ne l'avaient encore jamais rencontrée, aucune n'ignorait que la jeune femme était la nouvelle couturière qui arrivait de la lointaine France. Elles restèrent quelques secondes immobiles, serrant entre leurs doigts des aiguilles auxquelles étaient accrochés des fils de toutes les couleurs.

Agrippina Markarova trônait derrière une petite table de travail, un peu à l'écart de ses ouvrières. Elle était la seule à ne pas avoir levé les yeux, même si elle attendait la visiteuse. Elle prit le temps de finir le point qu'elle avait commencé avant de poser son ouvrage et de quitter sa chaise. La couturière en chef approchait de la cinquantaine. Grande, très droite, elle avait une beauté sévère et des cheveux blonds mêlés de gris bien rangés sous une coiffe blanche à volants. Au grand soulagement de Marguerite, un sourire adoucit bientôt l'expression austère de son visage. Elle semblait contente de n'avoir décelé aucune arrogance chez sa consœur, comme si le fait de venir de Paris entraînait obligatoirement un sentiment de supériorité.

— Je suis heureuse de faire votre connaissance, mademoiselle Marguerite, déclara-t-elle. J'ai entendu dire que Mme Rostova vous avait accueillie un peu froidement à votre arrivée.

— En effet, répondit Marguerite avec prudence. Il y a eu un léger malentendu, heureusement vite dissipé.

— Vous et vos compagnes avez dû penser que nous étions le peuple le plus inhospitalier du monde ! À ce qu'on raconte, on vous aurait menacées de vous jeter à la rue avant même que vous ayez franchi la porte de ce palais. Je tiens à ce que vous sachiez que les Russes sont des gens accueillants. Dès que j'ai été au courant de votre mésaventure, il m'est apparu que nous vous devions des excuses.

Elle se dirigea vers un placard d'où elle tira un petit bol contenant du pain et du sel.

— C'est une tradition que d'accueillir les étrangers en leur offrant du pain et du sel, expliqua-t-elle. Je souhaite que vous restiez longtemps et couliez des jours heureux dans notre pays.

Toutes les femmes présentes dans la pièce cessèrent de travailler pour applaudir et bavarder un peu tandis que Marguerite acceptait avec reconnaissance le cadeau de Mme Markarova.

— Merci beaucoup, madame. Vous facilitez grandement ma démarche. J'ai une requête à vous présenter.

— De quoi s'agit-il ?

— J'aurai parfois besoin de main-d'œuvre supplémentaire. En fait, il me faudrait dès maintenant au moins trois couturières et deux apprenties. Pourriez-vous m'aider ?

Agrippina acquiesça :

— Je peux arranger cela. Mais d'abord, j'imagine qu'il vous plairait de voir le travail que nous faisons ici.

Toutes les femmes étaient retournées à leur ouvrage. Agrippina fit les honneurs de l'atelier à sa visiteuse. Les ouvrières accomplissaient un travail remarquable. Certaines étaient occupées à coudre des jupons, des camisoles ou des chemises de nuit tandis que d'autres taillaient des corsages et des jupes destinés à l'impératrice ou à la grande-duchesse. Dans une pièce attenante, des femmes plus jeunes et moins expérimentées brodaient des draps et des serviettes.

Agrippina se pencha vers Marguerite et lui parla à voix basse :

— Toutes ces jeunes filles promettent beaucoup. À n'importe quel moment, je peux me procurer autant de nouvelles ouvrières qu'il m'en faut, et j'ai tôt fait de séparer le bon grain de l'ivraie. Actuellement, je peux vous prêter deux couturières, mais elles ne parlent que le russe.

— Je ne devrais pas avoir trop de mal à leur faire comprendre ce que j'attends d'elles.

— Vous aurez les apprenties plus tard.

Elle écarta d'un geste les remerciements de Marguerite.

— Je vous enverrai les deux jeunes femmes que j'aurai choisies cet après-midi.

— Combien de robes confectionnez-vous par an ? s'enquit Marguerite tandis qu'elles regagnaient la pièce principale.

— C'est difficile à dire. Nous travaillons beaucoup pour la grande-duchesse, et l'impératrice exige d'avoir plusieurs robes neuves pour chaque jour de l'année. Elle ne porte jamais deux fois la même, mais on ne les jette que lorsqu'elles sont en trop mauvais état. J'inspecte chacune d'elles personnellement et récupère dessus tout ce qui peut encore servir. Comme c'est moi qui crée tous les modèles, je trouve toujours le moyen de les réutiliser ultérieurement. Je doute que l'impératrice ait conscience des économies que je lui fais faire, car l'argent n'a aucune importance à ses yeux, mais je déteste qu'on gaspille de beaux tissus.

Elle regarda Marguerite d'un air interrogateur.

— Aimeriez-vous voir nos collections ?

— Oui, beaucoup !

Les deux femmes sortirent de l'atelier et montèrent un escalier qui menait à une double porte au bout d'un couloir. Agrippina glissa une clé dans la serrure.

— J'ai accès à cette pièce car c'est moi qui suis responsable de l'entretien de ces robes. La plupart sont conservées dans des vitrines en verre de Venise pour leur éviter de prendre la poussière.

Marguerite pénétra dans un endroit sombre. Agrippina commença par ouvrir les volets intérieurs qui occultaient les fenêtres, et la lumière du jour entra à flots, révélant un spectacle stupéfiant. Marguerite resta pétrifiée devant cette vision extraordinaire. Elle avait l'impression de se trouver dans une salle de bal peuplée de femmes sans tête. Des centaines de mannequins vêtus de costumes fastueux étaient alignés des deux côtés de l'immense salle, enfermés à quatre ou cinq dans des armoires vitrées.

— Combien y a-t-il de robes ici ? s'exclama-t-elle.

Agrippina lui lança un regard par-dessus son épaule en ouvrant un autre volet.

— Dans cette salle ? quinze cents. Mais il existe d'autres réserves pareilles à celle-ci. L'hiver dernier, quatre mille pièces ont été détruites dans l'incendie qui a endommagé le palais moscovite. Toutefois, ce nombre ne représente qu'une partie de nos collections. Aucune de ces robes ne sera plus jamais portée. L'impératrice a une passion pour tout ce qui concerne la toilette. Ses appartements comprennent un vestiaire dans lequel sont entreposées cinq mille paires de chaussures de toutes les couleurs possibles et imaginables, et presque autant de paires de gants.

Marguerite n'était toujours pas revenue de son étonnement. Elle se mit à déambuler au milieu des vitrines, étudiant leur contenu. Des soieries moirées y côtoyaient des taffetas aux teintes automnales, des velours pourpres, vert bronze ou bleu saphir mis en valeur par des bordures de zibeline, ainsi qu'une grande variété de brocarts d'or et d'argent. Son examen lui apprit que la tsarine ne privilégiait aucune couleur ou matière par rapport aux autres. Elle s'intéressa particulièrement aux broderies qui ornaient les corsages et les jupes d'un certain nombre de robes. Malgré leur beauté, il leur manquait la touche d'originalité qui avait excité la jalousie de l'impératrice envers la comtesse.

Agrippina vint flâner à ses côtés.

— Si vous êtes amenée à travailler pour d'autres personnes que Leurs Majestés impériales, lui dit-elle, rappelez-vous qu'elles seules ont le droit de porter des soieries et des brocarts d'argent. C'est une tradition qui remonte à des temps très anciens.

— Je vous remercie de votre conseil, mais je doute d'en faire usage un jour.

— Dans une autre salle de cet étage sont entreposés

les costumes masculins de l'impératrice. Là encore, elle ne les porte jamais plus d'une fois.

Marguerite ne put cacher sa surprise.

— Quel besoin a-t-elle de se vêtir en homme ?

— De temps en temps, elle organise des bals où les hommes doivent paraître habillés en femmes et inversement. Au palais, nul n'ignore que l'impératrice aime se produire en bas et culotte serrée, parce que ceux-ci mettent sa silhouette et ses jambes en valeur. Les dames plus âgées et moins favorisées par la nature détestent ce genre d'exhibitions, de même que la plupart des hommes. En particulier, les officiers de haut rang trouvent humiliant de rester coincés dans l'embrasure des portes à cause de la largeur de leur jupe ou de se cogner les uns aux autres en dansant.

— On ne verrait jamais cela à la cour du roi de France !

— Je suis certaine qu'il subsiste d'importantes différences, lui concéda Agrippina, mais peut-être pas autant qu'à l'époque de Pierre le Grand. À son retour d'Europe, celui-ci a voulu tout réformer en prenant modèle sur Versailles. C'est ainsi que le français est devenu la langue de la cour et que la mode française a chassé le style russe traditionnel. Les hommes n'avaient plus le droit de se laisser pousser la barbe, et, si quelques-uns portent encore un caftan brodé à l'occasion, ils ne le font plus guère que dans l'intimité.

Marguerite songea aux traîneaux chargés de meubles qui accompagnaient la cour en villégiature et au laisser-aller qui régnait à l'intérieur du palais. Si l'influence de Pierre le Grand était toujours palpable, la transformation n'était pas encore achevée. Les commentaires de la comtesse sur le contraste entre l'inculture crasse de la Russie et la richesse artistique de la France lui revinrent également à l'esprit.

Quand Agrippina eut refermé la porte, Marguerite la remercia de lui avoir servi de guide.

— Je vous suis très reconnaissante. Avant de vous rencontrer, je craignais que vous ne me considériez comme une intruse.

— Loin de là ! Comme dit le proverbe : « Plus on est de bras et moins la tâche est pénible. » Vos brodeuses et vous-même déchargez mes ouvrières d'un travail long et fastidieux.

— Parlez-moi un peu d'elles. Comment sont-elles sélectionnées ?

— Je n'ai que l'embarras du choix. Certaines de mes couturières sont filles, femmes ou mères de serfs. Bien qu'elles n'aient aucune valeur intrinsèque – seuls les serfs de sexe masculin figurent dans les inventaires de biens –, elles n'en appartiennent pas moins à l'impératrice. Sur mon ordre, n'importe laquelle peut venir renforcer mon équipe.

— Je connaissais l'existence du servage, mais j'ignorais combien l'existence de ces pauvres gens était dure.

Agrippina eut l'air surprise.

— Dure ? Qu'est-ce qui vous fait dire cela ? Je ne nie pas qu'il subsiste des instruments de correction dans les caves du palais, comme dans la plupart des grandes maisons, mais ils ne servent plus qu'en cas de vol ou d'agression. Le fouet suffit à sanctionner la négligence ou le travail mal fait. Ce type de châtiment est toujours largement répandu.

— Pas ici, j'espère ! s'écria Marguerite en lançant un regard attristé aux couturières qui s'affairaient.

— Oh ! je n'ai jamais eu à me plaindre d'aucune de mes filles. Elles sont trop heureuses de travailler pour moi. Dans l'ensemble, les serfs se montrent obéissants. En plus de la terre de leur maître, beaucoup cultivent de petites parcelles qui leur permettent de nourrir leur famille. Ils fabriquent également des poteries et des objets en bois qu'ils vendent sur les marchés. Quand l'un d'eux se retrouve à la rue, c'est souvent qu'il a été puni pour sa paresse ou qu'il a sacrifié tout ce qu'il possédait à son penchant pour la vodka.

Marguerite sentit qu'un abîme s'était creusé entre elle et cette femme qui ne trouvait rien à redire à un système séculaire fondé sur l'esclavage. Combien leurs conceptions de l'existence étaient différentes ! Absorbée dans ses réflexions, elle entreprit de rebrousser chemin. Dès qu'on grattait un peu le vernis, la barbarie resurgissait. Les paysans français n'avaient pas la vie facile et beaucoup connaissaient les affres de la faim, mais, à tout le moins, ils pouvaient élever la voix pour protester contre l'injustice, comme en témoignaient les troubles qui éclataient de temps en temps.

Elle avait presque regagné son atelier quand elle résolut, à la fois par bravade et par solidarité avec les serfs, de s'aventurer au cœur du labyrinthe où se décidait en partie (car l'impératrice possédait beaucoup d'autres palais) le sort de tant de millions d'hommes et de femmes.

Après avoir erré un moment, elle se retrouva dans un vaste hall dont l'or et le marbre l'éblouirent presque. Il n'y avait personne en vue. Tandis qu'elle montait lentement le grand escalier, les miroirs réfléchissaient son image, minuscule et noyée dans un enchevêtrement de dorures resplendissantes. Qui aurait pu croire que ce décor somptueux servait d'écrin à la cruauté, à l'indifférence et à la tyrannie ?

Parvenue au sommet de l'escalier, elle se dirigea vers une double porte monumentale qu'elle ouvrit avec précaution. Là encore, personne. Elle pénétra dans un grand salon aux murs revêtus de panneaux de soie bleu azur. D'immenses lustres en cristal étaient suspendus à un plafond à caissons décorés. Le parquet ciré était constitué d'éléments de bois de différentes essences qui formaient d'admirables motifs. La jeune femme traversa la pièce en promenant autour d'elle des regards émerveillés et franchit une nouvelle porte ouvrant sur un autre salon. De même que le précédent, celui-ci donnait l'impression qu'on l'avait dépouillé d'une partie de ses meubles avant le départ pour Moscou. Mais les déménageurs avaient procédé sans ordre ni méthode. Ils avaient pris des chaises au hasard parmi celles qui étaient alignées le long des murs et emporté une table basse en abandonnant sa jumelle. Des espaces vides indiquaient l'emplacement des tableaux et des tapis qui avaient disparu.

En entrant dans le salon suivant, elle remarqua que la porte du fond était ouverte et que des bruits s'en échappaient. Croyant trouver des domestiques en train de faire du rangement, elle écarta un peu plus les deux battants et aperçut un manteau et un bonnet de fourrure jetés sur un canapé. Monté sur un escabeau, un homme de haute taille, aux cheveux bruns attachés par un ruban noir, était occupé à accrocher un tableau. Elle le reconnut immédiatement.

— Que pensez-vous du sujet de cette toile, mademoiselle Laurent ? demanda Jan Van Deventer sans tourner la tête dans sa direction. C'est le portrait d'un Hollandais aussi bon vivant que moi.

Elle s'avisa tout à coup qu'il avait dû apercevoir son

reflet dans la glace qui ornait le dessus de la cheminée. Il sauta à bas de l'escabeau et prit un peu de recul pour juger de l'effet produit. Aiguillonnée par la curiosité, Marguerite vint se placer à son côté et examina à son tour le portrait. Il représentait un homme d'apparence joviale, aux joues rouges et aux yeux pétillants de malice. Coiffé d'un large chapeau dans le style en vogue un siècle auparavant, il tenait un gobelet de vin à la main, comme s'il portait un toast au peintre.

— C'est certainement un joyeux compagnon, déclara-t-elle, bien qu'un peu trop bruyant. Il me semble l'entendre rire aux éclats. En tout cas, sa bonne humeur est communicative.

Jan s'esclaffa.

— Je partage votre opinion ! Croyez-vous qu'il plaira à l'impératrice ? À ce qu'on prétend, elle serait elle-même une adepte de l'hédonisme.

— Je ne saurais parler au nom de Sa Majesté, mais pour ma part, il me plaît bien.

Comme lors de leur première rencontre, l'homme plongea ses yeux dans ceux de Marguerite, qui fut une nouvelle fois impressionnée par sa haute taille et son allure.

— Je suis étonnée que vous vous souveniez de moi, remarqua-t-elle.

Elle regretta aussitôt ses paroles, qui pouvaient la faire passer pour une coquette, mais la réaction de Jan dissipa ses craintes.

— Comment aurais-je pu vous oublier ? lui rétorqua-t-il avec humour. En débarquant à Riga, j'étais loin de me douter qu'on allait m'y proposer le mariage de but en blanc !

Elle joignit son rire au sien, soulagée.

— C'est sans doute votre frère Hendrick qui vous a dit mon nom ?

— En effet. Avez-vous fini par trouver l'homme que vous cherchiez ?

— Oui. Il est arrivé peu après et je l'ai conduit auprès de sa femme. Mes compagnes et moi avons repris la route le lendemain matin.

— Hendrick m'a dit la raison de votre venue en Russie. Lui et moi sommes restés quelques jours dans cette hôtellerie. Puis il est reparti pour la Hollande en me laissant le soin d'acheminer les tableaux vers Saint-Pétersbourg. Et à mon arrivée, ajouta-t-il avec un mouvement d'humeur, j'ai appris que Leurs Majestés avaient quitté la ville pour Moscou !

— Elles comptent se rendre d'abord à Kiev. Avez-vous l'intention de les suivre ?

— Non, j'ai d'autres affaires à traiter en ville. Lors de mon précédent séjour, j'ai enregistré un certain nombre de commandes. Les marchands anglais et leurs épouses, de même que d'autres étrangers et ceux de mes compatriotes qui se livrent au commerce des diamants, sont toujours impatients d'enrichir leurs collections.

Il promena son regard sur les tableaux qui ornaient les murs.

— Ces peintres russes se valent tous. Je me demande quand ce pays produira enfin des artistes dignes de ceux qu'a vus naître la Hollande au siècle dernier. Quelle période extraordinaire ! Si j'avais un verre de vin à la main, comme notre ami du portrait, je porterais volontiers un toast à l'âge d'or de la peinture flamande.

Marguerite connaissait un peu cette période ;

l'amant de sa sœur possédait une importante bibliothèque et lui avait prêté des ouvrages sur la peinture après qu'elle eut admiré sa collection de tableaux. Mais elle aurait bien aimé en savoir plus. Pour sa part, elle ne voyait rien à reprocher aux toiles que Jan avait critiquées. Toutefois, le tableau hollandais se détachait du lot, tant il respirait la vie et la gaieté. Elle s'en approcha afin de l'examiner.

— Est-ce un autoportrait ?

— Non. Je pense que Rubens a représenté l'un de ses nombreux compagnons de beuverie.

Elle opina d'un air entendu.

— Dans ce cas, il doit s'agir du tableau dont vous avez demandé des nouvelles à votre frère quand vous l'avez rejoint à Riga.

C'était aussi en partie à cause de cette toile que la comtesse avait consenti à retarder leur départ de Francfort-sur-l'Oder, pour ne pas faire attendre l'impératrice et la priver plus longtemps de sa nouvelle acquisition.

— En effet, acquiesça Jan. Lors de mon dernier séjour dans cette ville, j'ai reçu une lettre d'Hendrick m'informant que ce portrait était à vendre et qu'il espérait conclure l'affaire. Bien que Rubens soit mort depuis plus d'un siècle, on décèle toujours son influence dans les œuvres des artistes contemporains.

Il jeta un coup d'œil à la jeune femme.

— Même en France.

Marguerite se tourna vivement vers lui.

— Vous connaissez mon pays ?

— Très bien. Les femmes y sont fort belles.

C'est sans doute la première chose qu'il regarde quand il visite un endroit inconnu, songea-t-elle avec ironie. Son intérêt pour lui fondit subitement.

— Il faut que je vous laisse, dit-elle. Je ne devrais pas me trouver ici, mais j'étais curieuse. Comment avez-vous su où vous deviez accrocher le tableau ?

— On m'a laissé des instructions la dernière fois que je suis venu au palais. La grande-duchesse, qui s'y connaît en peinture, voulait m'acheter une nature morte. Quand je lui ai parlé de ce portrait, elle a souhaité l'acquérir pour ses appartements.

Son ton se chargea de sarcasme :

— Malheureusement, l'impératrice avait surpris notre conversation. Elle a fait irruption dans la pièce, accusant la malheureuse de se livrer à des dépenses inconsidérées et exigeant que je lui vende le tableau.

Il ressortait de ses propos qu'il avait assisté à une altercation entre les deux femmes.

— Vous allez devoir trouver autre chose pour satisfaire la grande-duchesse. Il faut vraiment que je vous quitte.

— Attendez ! Avant de partir, vous devriez voir le chef-d'œuvre exposé à côté.

Jan la prit par la main et l'entraîna vers la pièce voisine, dont il poussa la porte de sa main libre. Puis il s'arrêta et relâcha Marguerite.

— Et voilà ! s'exclama-t-il d'un air triomphant. Le *David et Jonathan* de Rembrandt ! Pierre le Grand l'a acheté lui-même dans une vente aux enchères alors qu'il se trouvait en Hollande.

Marguerite n'avait encore jamais vu de tableau aussi monumental. Aucune des toiles que possédait l'amant d'Anne-Marie ne pouvait rivaliser avec la merveille qu'elle dévorait des yeux pendant que Jan lui vantait la palette, le coup de pinceau et la sensibilité de l'artiste.

— Au cours de sa vie, Pierre le Grand a acquis beaucoup de toiles de maîtres hollandais, expliqua Jan.

Il sourit devant l'expression extasiée de la jeune Française. Son enthousiasme l'enchantait, de même que toute sa personne. Cette petite couturière n'était pas une femme ordinaire. Avec elle, il était assuré d'aller de découverte en découverte, si toutefois il parvenait à percer sa réserve. Elle l'intriguait autant qu'elle le fascinait.

— Il y a une nature morte de Jan Fyt de ce côté, reprit-il. C'est une autre des acquisitions de Pierre le Grand, mais elle n'est en rien comparable au Rembrandt.

Marguerite eut à peine le temps de jeter un coup d'œil à la toile : quelqu'un venait d'entrer dans le salon suivant et se dirigeait vers eux.

— Je dois vous laisser !

— C'est sans doute le fonctionnaire qui m'a reçu, dit Jan pour la rassurer.

— Je ne suis pas censée me trouver ici. Au revoir !

Elle sortit précipitamment et retraversa toute l'enfilade de salons jusqu'au grand escalier. Elle fit encore plusieurs détours avant de retrouver le chemin de son atelier.

Au même moment, quelque part entre Kiev et Moscou, Catherine ressentait les premiers signes d'une fausse couche imminente alors qu'elle voyageait à bord de son traîneau. Tenaillée par des douleurs déchirantes, elle versa des larmes de gratitude.

8

Cet après-midi-là, les deux couturières russes se présentèrent à l'atelier, rouges d'émotion à l'idée de travailler avec des étrangères. Âgées l'une et l'autre d'un peu plus de vingt ans, elles étaient à peu près de la même taille, avec un joli visage aux joues rebondies. Les cheveux de Nina étaient blonds et raides, ceux de Lisa, bruns et bouclés. En les voyant côte à côte dans leurs robes de la même couleur, la taille ceinte d'un tablier blanc amidonné, on eût dit deux de ces poupées gigognes que les Françaises avaient admirées au marché.

— Bonjour, dirent les deux jeunes femmes d'une même voix.

De toute évidence, elles avaient bien répété leur entrée.

Ni l'une ni l'autre ne connaissaient le français, mais à force de l'entendre parler, elles avaient appris assez de mots pour comprendre les instructions de Marguerite. Bientôt, elles furent occupées à coudre le jupon de la future robe de l'impératrice tandis que les Françaises accordaient toute leur attention à leur ouvrage de broderie – un motif compliqué, figurant des plumes de paon au moyen de fils dorés, vert émeraude et bleu saphir.

À la fin de la semaine, Nina et Lisa s'étaient suffisamment enhardies pour échanger des mots russes contre des mots français. L'atelier ressembla bientôt à une salle de classe où chaque groupe s'efforçait d'apprendre la langue de l'autre. Agrippina leur rendit visite pour s'assurer que ses ouvrières donnaient toute satisfaction. Elle amena avec elle deux apprenties, des jumelles de douze ans, Julia et Maria, aussi vives que des souris. Leur travail consistait entre autres à enfiler les aiguilles, mettre les fers à chauffer et balayer le sol avec soin, comme l'avait fait Marguerite à son arrivée chez Mme Fromont. Les nouvelles n'étaient pas timides pour deux sous. Marguerite dut bientôt les réprimander pour qu'elles cessent de bavarder et de faire du bruit. Toutefois, elle les autorisa à prendre part aux « leçons » de langue, au nom de l'intérêt général.

Un soir, alors que les couturières avaient cessé le travail, Igor vint trouver Marguerite juste avant le dîner et lui annonça qu'elle avait un visiteur.

— C'est un certain *mynheer* Jan Van Deventer.

Devant son air perplexe, il crut bon d'ajouter :

— Il est hollandais.

Marguerite ne put s'empêcher de sourire.

— Je sais, Igor. A-t-il précisé ce qu'il voulait ?

— Il a juste demandé à vous voir.

— Dis-lui que je ne peux pas le recevoir pour le moment.

Igor parut sceptique.

— Il insisterait et me renverrait auprès de vous. Si vous voulez mon avis, il n'est pas homme à se décourager facilement.

Marguerite soupira, songeant qu'Igor avait parfaitement jaugé Jan Van Deventer.

— Très bien, je vais le recevoir.

Elle longea plusieurs couloirs et descendit des escaliers, en proie à une incertitude qui ne fit que se renforcer quand elle se trouva face à Jan. Quand celui-ci s'avança vers elle, il lui sembla que son regard la pénétrait jusqu'à l'âme.

— Mademoiselle Laurent ! Quel bonheur de vous revoir ! La dernière fois, vous vous êtes enfuie tellement vite que nous n'avons pas eu le temps de décider d'un rendez-vous.

Elle haussa les sourcils. Qu'est-ce qui lui faisait croire qu'elle aurait accepté de le revoir ?

— Même si j'avais été moins pressée, j'ai bien trop de travail pour me soucier de ma vie sociale.

Il balaya son objection d'un geste.

— C'était il y a deux semaines ! Depuis, vous avez dû vous organiser. Personne ne peut coudre vingt-quatre heures sur vingt-quatre, même pour une impératrice !

— Ce n'est peut-être pas le cas en ce moment, mais cela viendra. Cela m'arrivait assez souvent quand j'étais à Paris.

— Raison de plus pour dîner avec moi tant que vous êtes libre. Le laquais m'a dit que vous vous apprêtiez à descendre aux cuisines. J'en ai déduit que vous n'aviez pas encore mangé.

— C'est exact, mais...

—... mais vous êtes fatiguée de la cuisine russe. Justement, je connais une hôtellerie où on sert des plats français.

Marguerite ne put dissimuler son étonnement.

— Ici, à Saint-Pétersbourg ? Ce doit être sur l'île Basile.

— En effet.

— Je me suis rendue dans le quartier français le lendemain de mon arrivée, mais j'étais trop préoccupée pour prêter attention à ce qui m'entourait.

— Il est évident que vous n'avez pas encore eu la possibilité d'explorer votre nouvel environnement. Aussi permettez-moi de vous ramener en France le temps d'un repas, au cœur même de Saint-Pétersbourg. J'en profiterai pour répondre à toutes les questions que vous vous posez sur cette ville.

La proposition était tentante.

— C'est d'accord, dit Marguerite d'un ton décidé. Je veux connaître le plus de choses possible sur cette ville extraordinaire. Tout ce que je sais pour le moment, c'est qu'elle est née du rêve de Pierre le Grand : édifier une nouvelle capitale dans une région marécageuse et inhospitalière.

— Dans ce cas, courez chercher votre cape. Une troïka nous attend dehors.

Quand elle redescendit aux cuisines, le dîner était servi et ses amies avaient pris place autour de la table, à part Violette, qui avait rendez-vous avec un valet de pied.

— À ton retour, tu devras nous raconter ta soirée dans les moindres détails, lui lança Jeanne d'un ton joyeux après que Marguerite leur eut souhaité une bonne nuit.

Enveloppée dans sa cape, son capuchon rabattu sur la tête, elle sortit dans la nuit étoilée aux côtés de Jan. Un traîneau tiré par trois chevaux les attendait devant le palais. Ils s'enroulèrent dans une fourrure tandis que la troïka les emportait. Les rues étaient assez éclairées pour que Marguerite puisse distinguer les monuments – l'amirauté, les différentes églises – que lui désignait son compagnon.

— De ce côté, dit-il en pointant l'index dans la direction de la forteresse Pierre-et-Paul, vous pouvez voir la petite maison où le tsar menait l'existence modeste d'un paysan pendant que sa capitale prenait forme.

— On m'a parlé de cette maison, mais j'ignorais son emplacement.

— Si vous le souhaitez, je pourrai vous y emmener un jour. Saviez-vous que le tsar Pierre avait interrompu les chantiers dans tout l'empire afin de réunir les dizaines de milliers d'ouvriers nécessaires à l'accomplissement de son projet ?

— Quelle volonté et quelle puissance ! Parlez-moi encore de lui.

Pendant que Jan la régalait de ses anecdotes, ils traversèrent la Neva gelée pour rejoindre l'île. Peu après, la troïka s'immobilisa devant un bâtiment qu'on aurait pu confondre avec un hôtel particulier sans l'enseigne peinte (celle-ci représentait manifestement un vignoble français) qui était accrochée au-dessus de la porte d'entrée.

Une multitude de bougies répandaient une douce clarté à l'intérieur de l'auberge, et un délicat fumet s'échappait des cuisines. La salle était comble. Un groupe d'officiers russes faisait bombance à une table. Le propriétaire, qui semblait bien connaître Jan, les guida jusqu'à une alcôve où une servante les débarrassa de leur manteau.

— Nous avons beaucoup de monde ce soir,

mynheer Van Deventer, dit l'aubergiste. Mais je veillerai à ce que vous soyez bien traités.

Il leur énuméra plusieurs plats parmi lesquels ils firent leur choix. Un sommelier leur apporta le vin que Jan avait commandé et ils purent enfin reprendre leur conversation.

— La découverte de Saint-Pétersbourg m'a fait l'effet d'une révélation, expliqua Marguerite. Je l'ai d'abord vue de nuit, puis à la lumière du jour, avec ses tons pastel, ses dômes et ses flèches dorées. Je n'oublierai jamais ces premières impressions. À mes yeux, cette ville est un joyau que Pierre le Grand a extrait à mains nues de la boue des marécages.

— J'aime beaucoup cette image, répondit Jan. Elle m'évoque la réaction d'un voyageur qui voyait Saint-Pétersbourg pour la première fois. Par la suite, il a écrit que sa beauté et celle du royaume des cieux étaient trop grandes pour les yeux des simples mortels.

— Je partage son avis.

La jeune femme sourit : pendant une seconde, elle avait senti un accord parfait entre elle et son compagnon.

— Pourtant, une chose m'étonne, reprit-elle.

— Quoi donc ?

— On dirait que la situation s'est beaucoup dégradée depuis le règne de Pierre. Tout a l'air boiteux ou inachevé.

Jan pouffa.

— Ah ! Vous avez remarqué cela ? Eh bien, les Russes sont toujours prompts à s'enthousiasmer pour un projet, mais, dès que leur intérêt faiblit, ils passent à autre chose sans terminer ce qu'ils ont commencé. Les malheureux serfs sont pareils à des fétus de paille, ballottés de-ci de-là au gré des lubies de leurs maîtres.

— Ce que vous dites là éclaire bien des points obscurs.

— Sans doute avez-vous remarqué que les rives de la Neva étaient toujours en travaux, bien qu'on parle de les aménager depuis de longues années, peut-être même depuis l'époque de Pierre le Grand. Et que dire des rues ? Quand la neige aura fondu, vous constaterez que certaines ne sont qu'à moitié pavées et d'autres pas du tout.

— Ainsi, malgré toutes ses ressources, cette grande nation a aussi ses faiblesses.

— C'est indéniable. En un sens, l'impératrice personnifie son pays. Tout en ayant aboli la peine capitale, elle laisse subsister les châtiments cruels. Cette femme intelligente possède une magnifique bibliothèque, mais elle tolère l'ignorance crasse de ses courtisans. Bien sûr, il existe des exceptions, surtout parmi les vieilles familles aristocratiques. On assiste également à l'émergence d'une caste formée de jeunes nobles qui s'identifient plus volontiers à Catherine.

— Comment savez-vous tout cela ?

— Je dispose d'un informateur à la cour.

Sans doute une femme, supposa Marguerite, mais la suite vint la contredire.

— Il connaît bien Amsterdam pour avoir séjourné quelque temps en Hollande à l'occasion d'une mission diplomatique. C'est ainsi qu'il a visité ma galerie et m'a acheté plusieurs toiles. Jusque-là, je n'avais jamais considéré la Russie comme un débouché possible, mais il m'a fait changer d'avis en m'ouvrant les yeux sur l'indigence de la production artistique locale. C'est lui qui a servi d'intermédiaire dans la vente du Rubens à la grande-duchesse, même si cette dernière a malheureusement dû y renoncer.

Marguerite dut admettre qu'elle s'était trompée en présumant que l'informateur de Jan était une femme. Pour autant, elle n'avait pas changé d'avis à son sujet.

— Dans quel quartier de Paris viviez-vous ? demanda-t-il avec intérêt. Et où se trouvait votre atelier ?

Elle répondit à ses questions. Il voulut ensuite savoir si ses nouvelles conditions de travail étaient comparables à celles de Paris.

— Elles ne sont pas très différentes, estima-t-elle. Sinon que l'atelier est plus spacieux et que c'est moi qui le dirige. Pourtant, je ne peux me défaire d'un sentiment d'étrangeté.

— C'est parce que vous n'êtes pas encore habituée à ce pays. Quand vous les connaîtrez bien, je suis certain que vous apprécierez les Russes, leur immense fierté, leur sens de l'humour et leur courage dans l'adversité.

— Presque tous ceux que j'ai rencontrés se sont montrés bons avec moi.

— Croyez-vous que vous vous adapterez à leur mode de vie ? Le climat vous effraie-t-il ? D'ici à quelques semaines, il fera encore plus froid qu'en ce moment.

— Je suis prête à accepter beaucoup de choses, même le froid. En revanche, l'idée que des millions d'hommes appartiennent corps et âme à des maîtres qui ont le pouvoir de les fouetter à leur guise me révolte.

Jan opina d'un air grave.

— Je suis d'accord avec vous. Cependant, l'oppression est présente partout dans le monde, sous une forme ou sous une autre. Cela ne veut pas dire que les choses ne peuvent pas évoluer. J'aime à croire qu'il suffirait d'un serf épris de liberté pour déclencher un mécanisme que personne ne pourrait arrêter et qui aboutirait à l'émancipation de tous ses semblables, quels que soient les obstacles. Mais je suis un optimiste, ajouta-t-il avec un sourire. Tout est possible à condition de ne jamais se détourner du but qu'on s'est fixé.

Croyant déceler une allusion grivoise dans ses propos, Marguerite entreprit de l'interroger sur le commerce des œuvres d'art. La conversation fut alors interrompue par l'arrivée des serveurs, qui leur annoncèrent les plats en français avant de découvrir les assiettes avec un grand moulinet du bras. Après un foie gras servi avec des pommes rissolées et une salade assaisonnée d'huile de noix, ils dégustèrent de l'agneau accompagné de crêpes grillées et terminèrent avec une tarte aux pommes décorée de violettes confites.

— Tout était délicieux, s'exclama Marguerite, ravie.

Elle n'avait rien à reprocher aux repas qu'on leur servait au palais : d'ordinaire, les portions étaient copieuses et les plats, bien relevés, quoique un peu lourds à digérer. Mais ces nourritures substantielles, adaptées aux besoins de populations vivant et travaillant dans un climat rigoureux, ne pouvaient être comparées aux mets raffinés qu'ils venaient de savourer. Elle avait d'autant mieux apprécié cet hommage à la gastronomie française qu'elle gardait un mauvais souvenir de tous les médiocres repas qu'elle avait dû ingérer pendant le voyage.

Le bon vin n'avait pas tardé à dissiper la gêne qu'elle avait ressentie au début du repas. Tandis qu'ils s'attardaient autour d'un dernier verre, elle en vint tout naturellement à parler de sa sœur à Jan.

— Anne-Marie souffrait de la solitude quand son protecteur se trouvait auprès de sa femme et de sa famille. Elle aurait aimé partager son bel appartement avec moi, mais il n'était pas d'accord. Il la voulait tout à lui quand il avait du temps à lui consacrer. Je n'avais le droit de me rendre chez elle que dans des occasions bien précises. Malheureusement, elle a contracté une maladie des poumons qui l'a emportée alors qu'elle n'avait pas encore trente ans.

— Cela a dû être terrible pour vous.

Voyant son regard s'assombrir, il reprit en hâte :

— Pour ma part, j'ai deux frères : Hendrick, que vous connaissez, et Maarten, le benjamin, qui marche sur les traces de notre défunt grand-père. Celui-ci était un peintre renommé à son époque.

— Maarten a-t-il autant de talent que lui ?

— Il mûrit. J'ai déjà vendu plusieurs de ses toiles, mais le meilleur de son œuvre est encore à venir.

— Est-ce lui qui veille sur la galerie quand Hendrick et vous êtes absents ?

Jan éclata de rire.

— Maarten ? Quand il est absorbé par sa peinture, le monde pourrait s'écrouler qu'il ne remarquerait rien. Non, il est exceptionnel qu'Hendrick voyage aussi loin que Riga. En temps normal, c'est lui qui s'occupe de la galerie en mon absence, ou sa femme, Cornelia, quand il se déplace pour acheter une toile. En plus d'être la fille d'un peintre réputé, Cornelia est une redoutable femme d'affaires. Entre autres talents, elle a un goût très sûr en matière de peinture.

— Et vous, marchez-vous également sur les traces de votre grand-père ?

— En effet. Quand j'aurai installé une galerie et un

atelier dans cette ville, je peindrai quelque chose pour vous.

Le visage de Marguerite s'éclaira.

— Je voudrais un petit tableau que je puisse accrocher dans ma chambre !

— Qu'est-ce qui vous ferait plaisir ? Un paysage ?

— Pourquoi pas une vue de Saint-Pétersbourg ?

— C'est exactement ce que j'avais en tête.

À une table voisine, un couple se préparait à partir. Marguerite s'avisa brusquement qu'il était tard.

— Il faut que je rentre ! s'exclama-t-elle en se levant d'un bond. Les portes de l'aile du personnel sont fermées à clé pour la nuit.

Jan jeta un coup d'œil à sa montre à gousset, sans toutefois quitter sa chaise.

— Inutile de vous inquiéter. Vous serez rendue dans moins d'une demi-heure.

Les gardes en faction devant le palais (on distinguait à peine leurs yeux entre leurs bonnets de fourrure enfoncés jusqu'aux oreilles et les cols montants qui cachaient le bas de leur visage) laissèrent passer Marguerite mais arrêtèrent Jan : à cette heure tardive, les visiteurs n'étaient plus admis dans l'aile du personnel.

— J'ai passé une excellente soirée, déclara la jeune femme d'un ton sincère alors qu'ils se souhaitaient bonne nuit.

De petits nuages blancs s'échappaient de leurs lèvres et flottaient entre eux dans l'air glacé.

Jan la regarda s'éloigner d'un pas vif le long du sentier tracé dans la neige craquante qui menait à l'entrée du personnel. Au moment de franchir la porte éclairée par une lanterne, elle marqua une pause en haut des marches et lui sourit par-dessus son épaule. Il lui fit au revoir de la main, déterminé à la conquérir tôt ou tard.

Fidèles à leur promesse, les compagnes de Marguerite avaient attendu son retour et exigèrent qu'elle leur raconte sa soirée. Elles gloussèrent, gémirent d'envie et poussèrent des soupirs exagérés tandis qu'elle leur décrivait les plats et le vin. Seule Violette resta silencieuse. Elle avait également passé une excellente soirée à soupirer tout son soûl, mais elle n'avait pas l'intention d'en parler à quiconque.

9

Sarah tint sa promesse, même si elle attendit d'être suffisamment rétablie pour prendre la plume et écrire à Marguerite. Cette dernière lui répondit aussitôt. Au fil des semaines, ces échanges devinrent plus réguliers et donnèrent bientôt lieu à une correspondance suivie.

Dans l'intervalle, les couturières françaises s'étaient fait de nouvelles connaissances. Violette avait cessé de fréquenter son valet de pied dès qu'il avait commencé à se montrer sentimental et à parler mariage. Elle avait reporté son intérêt sur un sergent auquel elle trouvait beaucoup d'allure dans son uniforme vert et rouge. Son amant l'emmenait parfois dîner en ville, pour son plus grand plaisir. Un soir où il avait un peu trop bu, il avait exécuté une danse russe en son honneur dans une salle de café bondée et elle avait applaudi des deux mains en le voyant lancer les jambes en avant, assis sur ses talons.

Toutefois, Rose et Isabelle furent les premières à se lier avec des personnes extérieures au palais. En faisant de la luge sur l'un des toboggans de neige dressés sur les bords de la Neva, elles avaient rencontré deux sœurs jumelles, Joan et Lily Pomfret, les filles d'un ingénieur londonien qui travaillait à un projet d'extension des canaux de la ville. Les deux jeunes Anglaises avaient tellement ri en compagnie de leurs nouvelles amies qu'elles avaient invité celles-ci à leur rendre visite chez elles. À son tour, leur mère s'était prise d'affection pour les petites Françaises, les plaignant de devoir résider aussi loin de leur patrie. Elle les accueillait sous son toit chaque fois qu'elles avaient un moment de libre.

Sophie avait trouvé un soupirant par pur hasard. Un jour, elle avait apporté une de ses chaussures à réparer chez un cordonnier, mais elle ne comprenait pas un traître mot de ce que disait celui-ci. Un Russe d'une cinquantaine d'années venu récupérer une paire de bottes lui avait alors servi d'interprète.

— Il vous propose de vous asseoir en attendant qu'il ait fini de réparer votre talon, mademoiselle.

Sophie adressa à son sauveur un sourire plein de gratitude. L'homme avait un visage aux traits irréguliers qui respirait la bonté. Son large bonnet de fourrure laissait voir ses sourcils blonds, et son menton glabre indiquait qu'il était d'une condition supérieure à celle des paysans.

— Merci de votre aide, monsieur, dit-elle. Je n'ai pas encore appris votre langue. Les seuls mots de russe que je connaisse pour le moment sont « ciseaux » et « aiguille ».

Comme elle cherchait un endroit où s'asseoir, l'homme lui indiqua un banc contre le mur. À sa grande surprise, il prit place à son côté.

— Vous êtes couturière ? demanda-t-il. Depuis combien de temps travaillez-vous à Saint-Pétersbourg ?

Quand Sophie reparut à l'atelier, elle avait beaucoup de choses à raconter. L'homme qui l'avait renseignée – Valentin Vaganov – était un veuf de cinquante-six ans, père d'un fils et d'une fille tous deux mariés qui habitaient une autre partie de la ville. Il exerçait la profession d'apothicaire. Il l'avait raccompagnée au palais et ils étaient convenus de se revoir.

— Je lui ai dit que c'était toi, Jeanne, qui m'avais persuadée de venir en Russie, précisa-t-elle, et que ma nièce vivait avec nous. Il m'a écoutée avec beaucoup d'intérêt.

— Il me fait l'effet d'un homme bien, estima Jeanne.

En écoutant sa sœur, elle avait ressenti une pointe de jalousie qu'elle s'était bien gardée de laisser voir. Elle se moquait des grands sentiments et de toutes ces sornettes. Pourtant, de temps en temps, elle aurait voulu respirer l'odeur d'un homme, sentir un bras musclé autour de sa taille et une bouche rieuse plaquée sur la sienne. Mais ces plaisirs appartenaient à une époque révolue, antérieure à son mariage catastrophique. Avec un soupir mélancolique, elle concentra son attention sur la fleur qu'elle était en train de broder.

Quelques semaines plus tard, Sophie contribua à rompre l'isolement de sa sœur.

— Valentin organise une fête pour me présenter à sa famille, annonça-t-elle, les yeux brillants, et il tient à ta présence et à celle de Rose.

— Vous comptez annoncer vos fiançailles ? interrogea Jeanne d'un ton tranchant.

— Non ! Mais je crois que nous sommes sur la bonne voie.

— Surtout, ne brusque rien. Ne commets pas la même erreur que moi.

— Sois sans crainte. Promets-moi seulement de venir.

Jeanne constata avec plaisir que Valentin habitait une maison confortable et bien pourvue en personnel. Elle promena un regard circonspect autour d'elle, notant les moindres détails. Elle comprenait très bien l'attirance du veuf pour sa sœur : Sophie avait une démarche gracieuse, de grands yeux aux lourdes paupières frangées de cils soyeux. Vingt-cinq membres de la famille de Valentin avaient répondu à son invitation. Tous les âges étaient représentés, jusqu'à son petit-fils, à peine âgé de trois mois. La vodka et le vin aidant, l'ambiance était joyeuse et la conversation, animée autour de la longue table couverte de victuailles. La plupart des convives ne parlaient pas le français, mais la belle-sœur de Valentin, Olga, le pratiquait couramment ainsi que deux ou trois autres langues.

— C'est indispensable, expliqua-t-elle à Jeanne, qu'on avait placée à ses côtés. Mon mari ne connaît que le russe. Or notre commerce de tissus et de dentelles attire de nombreux acheteurs étrangers.

Olga avait un visage rond et agréable, éclairé par un regard à l'expression bienveillante.

— De par notre métier, vous et moi avons beaucoup en commun, madame. Il faudra que vous veniez voir notre boutique quand vous aurez un moment. Je garde toujours un samovar au chaud pour les visiteurs. Nous boirons une tasse de thé.

Par la suite, les deux femmes eurent maintes occasions de boire le thé ensemble. Olga présenta Jeanne à ses connaissances et une amitié sincère les lia bientôt.

Marguerite observait ces développements avec satisfaction et soulagement : en fournissant à ses couturières de nouveaux centres d'intérêt et sujets de conversation, ils leur évitaient de succomber à l'ennui et au mal du pays. Naturellement, elles étaient toutes sujettes à des bouffées de nostalgie, Marguerite comprise. Mais pour le moment, aucune n'avait exprimé le désir de retourner en France.

Marguerite appréciait toujours autant la compagnie de Jan, même si elle s'efforçait de ne pas le voir trop souvent. Toutefois, sa conversation la changeait agréablement des papotages futiles qu'elle subissait à longueur de journée, et il mettait un point d'honneur à lui faire visiter la ville, y compris la cabane en bois où avait vécu Pierre le Grand. Il l'emmenait dîner dans des caves voûtées où des chanteurs se produisaient au son des violons et des balalaïkas. Il lui apprit à patiner et ils prirent l'habitude de se joindre aux promeneurs qui évoluaient sur la rivière et les canaux gelés à la lueur des torches. Un dimanche après-midi, ils s'aventurèrent à l'extérieur de la ville à bord d'une troïka que Jan conduisait lui-même, et dégustèrent du caviar rouge et noir avec des blinis dans une auberge de campagne. Après une soirée particulièrement réussie, elle lui offrit une cravate qu'elle avait brodée à son intention. Il s'empressa de la nouer autour de son cou, visiblement ému.

Elle aimait l'entendre évoquer son pays, son enfance rythmée par les cours quotidiens d'un précepteur très strict, ainsi que les leçons de peinture et de dessin d'un grand-pèrc nettement plus accommodant. L'hiver, ses frères et lui faisaient la course en patins le long des canaux, et, l'été, ils pêchaient en bateau. Les trois garçons auraient eu une enfance idyllique s'ils n'avaient perdu leur père alors qu'ils étaient très jeunes, et leur mère quelques années plus tard. Cette double disparition expliquait le rôle prépondérant joué par leur grand-père.

Elle l'encourageait également à lui parler des peintres hollandais du grand siècle. Un soir où ils soupaient ensemble, il interpréta pour elle les symboles qui figuraient dans beaucoup de leurs œuvres, croquis à l'appui.

— Dans un tableau tel que celui-ci, dit-il en traçant une esquisse, la présence d'un balai indique que la femme représentée est une bonne maîtresse de maison, alors qu'un instrument de musique ou une simple partition signifie qu'il y a de l'amour dans l'air.

Il poursuivit avec d'autres exemples tandis que Marguerite admirait son coup de crayon.

— Beaucoup de toiles contiennent un avertissement. Dans certaines, l'auteur a recours aux ombres pour évoquer la tentation ou l'approche du mal. Même la plus innocente des natures mortes peut receler des symboles. Un pétale détaché d'une fleur, un fruit à demi pelé prêt à tomber d'une table sont autant de rappels de la brièveté de l'existence.

— En vous écoutant, j'en apprends plus sur la peinture que je n'en ai jamais su.

Elle examina les croquis qu'il venait d'exécuter.

— Pourrais-je garder ceci ?

— Je vous en prie.

— Vous m'avez beaucoup vanté les œuvres de votre frère, mais il pourrait en faire autant des vôtres.

Jan haussa les épaules.

— Pour moi, la peinture n'est qu'un loisir. Je laisse à Maarten le soin d'immortaliser le nom des Van Deventer !

Jan n'avait eu aucun mal à écouler les tableaux qu'il avait rapportés de Hollande. À plusieurs reprises, il avait évoqué devant Marguerite son intention de retourner à Amsterdam pour y chercher de quoi satisfaire une clientèle toujours plus nombreuse. La jeune femme s'était fait la réflexion que son absence créerait un grand vide dans sa vie. Elle lui était reconnaissante d'avoir pris acte du fait qu'elle ne recherchait rien de plus que son amitié. Un soir, il lui annonça qu'il venait de vendre sa dernière toile. Elle comprit alors que son départ était imminent.

— Quand partez-vous ? demanda-t-elle.

— Après-demain. Au retour, j'aimerais trouver une place à bord d'un bateau hollandais qui se rendrait directement à Saint-Pétersbourg. Trop souvent, les navires de commerce font escale dans différents ports prussiens ou suédois afin d'embarquer et de débarquer des marchandises.

— Dans ce cas, le voyage dure aussi longtemps que par la route ?

— Parfois plus.

— À tout le moins, vous éviterez les changements d'attelage, les logis de fortune et jouirez d'un meilleur confort à bord.

— Ne croyez pas cela. La plupart des bâtiments de commerce n'ont pas de cabines. Les passagers partagent la vie et les repas de l'équipage, que cela leur plaise ou non.

— En tout cas, le dégel ne devrait pas tarder.

Il la détrompa à nouveau :

— Par ici, le printemps est beaucoup plus tardif qu'en Europe. On dit couramment que cette partie du monde ne connaît que deux saisons : l'hiver et l'été. Avec un peu de chance, on peut espérer que la neige fondra vers la mi-avril. Mais, à moins d'une douceur exceptionnelle, elle subsistera encore plusieurs semaines dans les creux et les zones d'ombre, et les cours d'eau continueront à charrier des blocs de glace.

Marguerite s'esclaffa :

— Vous ne me laissez guère d'espoir ! Vous allez partir et la neige restera.

Il adorait la voir rire, lorsqu'elle renversait la tête en arrière, offrant à la vue un long cou blanc sur lequel il brûlait de promener ses lèvres.

Tout en parlant, ils avaient atteint le palais et se trouvaient seuls dans le vestibule. Les gardes s'étaient habitués à voir Jan et ils le laissaient à présent entrer. Il posa doucement les mains sur les épaules de la jeune femme et la regarda bien en face.

— Ne m'oubliez pas en mon absence, Marguerite.

— Vous savez combien j'apprécie votre compagnie, protesta-t-elle en souriant. Aussi, pourquoi vous oublierais-je ?

— Parce que quelque chose ou quelqu'un se dresse entre nous, lui rétorqua-t-il, la mine grave. Je l'ai lu dans vos yeux.

Marguerite fut décontenancée. Jamais elle n'avait mentionné le nom de Jacques devant Jan. Son défunt fiancé aurait été le premier à souhaiter qu'elle tourne la page, mais durant quelques secondes, la ressemblance de Tom avec Jacques lui avait donné l'illusion de retrouver l'homme qu'elle aimait. Pour cette raison, elle désirait ardemment le revoir. La veille, elle avait reçu une lettre de Sarah lui annonçant que son mari et elle comptaient bientôt se rendre à Saint-Pétersbourg.

— Je suis venue en Russie pour prendre un nouveau départ, murmura-t-elle.

Ces quelques mots semblaient confirmer les soupçons de Jan, toutefois celui-ci ne put résister à l'envie de la serrer dans ses bras. Il l'attira vers lui, approcha son visage du sien et l'embrassa d'abord tendrement, puis en laissant libre cours à une passion trop longtemps contenue.

L'image de Jacques surgit dans l'esprit de Marguerite, car personne ne l'avait embrassée depuis leur ultime rencontre. Mais son souvenir s'effaça tandis qu'elle s'abandonnait au plaisir intense que lui procurait le baiser de Jan. Il y avait si longtemps que personne ne l'avait étreinte et aimée comme cet homme... Encouragé par sa réaction, il la serra encore plus fort. Soudain, elle se surprit à souhaiter que Tom la presse un jour sur son cœur afin de ressusciter le passé. Cette pensée refroidit aussitôt son ardeur. Désappointé, Jan mit fin à son baiser et s'écarta lentement d'elle. Son visage exprimait à la fois la colère et l'exaspération.

— Je vous aime, Marguerite ! Et c'est pour cela que je reviendrai !

Sur ces paroles, il tourna les talons et s'éloigna à grandes enjambées. Parvenu à la grille, il marqua une halte et lança un regard par-dessus son épaule. La silhouette de Marguerite se dressait toujours sur le seuil, dans la lumière tremblante des bougies.

Le printemps semblait toujours aussi lointain quand les Warrington arrivèrent à Saint-Pétersbourg. Marguerite reçut presque aussitôt un billet de Sarah l'invitant à venir la voir dès que possible. Elle avait joint à sa lettre des indications très précises sur la façon de se rendre à la maison que Tom et elle avaient louée dans le quartier anglais. Toutefois, des circonstances imprévues les obligèrent à différer leurs retrouvailles.

Marguerite chargea Igor d'une réponse indiquant la raison de ce contretemps. Un après-midi, un messager s'était présenté au palais, annonçant que l'impératrice et la cour avaient quitté Moscou afin de regagner Saint-Pétersbourg. Marguerite voulait que tous les vêtements en cours de réalisation soient achevés pour le retour de Leurs Majestés impériales, même si un grand nombre de robes neuves attendaient déjà celles-ci. En conséquence, ses couturières et elle devraient travailler tard tous les soirs ainsi que les jours normalement dévolus au repos.

Les Françaises n'étaient pas les seules à subir un surcroît de travail. L'atelier d'Agrippina connaissait la même effervescence. À l'intérieur du palais, les domestiques, qui se contentaient jusque-là d'un simple coup de balai quotidien, avaient entrepris un grand nettoyage de printemps. Ils circulaient de pièce en pièce, armés de plumeaux et de serpillières, astiquant les parquets à la cire d'abeille et posant des pièges à rat dans tous les coins. Des nouvelles de la cour leur parvenaient de loin en loin, mais, comme aucun messager n'avait mentionné de naissance, Marguerite en avait déduit que Catherine avait pu mettre son enfant au monde dans le plus grand secret.

Les robes qu'elle avait créées pour l'impératrice n'étaient pas toutes aussi somptueuses, même si elle avait tenu compte du besoin qu'avait Élisabeth de toujours dominer son monde par son élégance. Si certaines ne devaient leur faste qu'aux étoffes précieuses, toutes comportaient une touche d'originalité, telles les centaines d'émeraudes ornant l'ocelle de chacune des plumes brodées qui constituaient la traîne de la robe à motif de paon. Étant donné la valeur des pierres, Marguerite n'avait pu les obtenir qu'après en avoir fait la demande au haut fonctionnaire du palais responsable du coffre qui renfermait ce trésor. La même règle s'appliquait aux perles et autres joyaux qu'elle avait incorporés à certaines de ses créations.

La jeune femme n'était pas mécontente de devoir attendre pour rendre visite à Sarah. Tout en tirant l'aiguille, elle profitait de ce répit pour se préparer à l'idée de revoir Tom. Une analyse fouillée de la situation et de ses sentiments l'avait conduite à la certitude rassurante qu'il ne sortirait rien de fâcheux de ces retrouvailles.

10

Le jour où la famille impériale revint au palais, Marguerite rencontra pour la première fois le grand-duc Pierre. Après avoir grimpé l'escalier quatre à quatre, celui-ci avait pris un raccourci normalement réservé aux domestiques pour accéder à ses appartements. S'il ne prêta pas attention à la jeune femme qui s'était immobilisée à son apparition, un rouleau de soie rouge dans les bras, Marguerite eut le temps de le voir en détail. Le jeune homme coiffé d'une perruque blanche avait un visage ovale aux lèvres minces, au regard sournois. Ni le fard ni la poudre ne pouvaient cacher les marques de petite vérole qui le défiguraient. Une odeur âcre parvint aux narines de la jeune femme tandis qu'il la dépassait en coup de vent.

En plus de sa laideur et de son hygiène déplorable, le grand-duc Pierre était réputé pour sa méchanceté. S'il associait volontiers ses serviteurs à ses beuveries, Marguerite avait entendu dire qu'il ne manquait jamais une occasion de leur jouer des tours cruels. Il trouvait amusant de les asperger de vin quand il était à table ou, pire, d'urine. Tout le monde plaignait les malheureux qu'il obligeait à défiler en uniforme et à prendre part à ses jeux guerriers. Dès qu'il eut disparu, Marguerite se dépêcha de rejoindre son atelier.

Comme elle l'avait prévu, la grande-duchesse n'était pas plus tôt arrivée qu'elle la fit appeler. Marguerite se dirigea vers ses appartements ; apportant l'une des robes que ses ouvrières avaient confectionnées à partir de modèles choisis par Catherine. Elle trouva cette dernière en train de faire les cent pas dans son boudoir. À son entrée, la grande-duchesse s'immobilisa et attendit que la porte soit close pour parler.

— Posez donc cette robe, mademoiselle Laurent, et écoutez attentivement ce que j'ai à vous dire. Pour commencer, avez-vous trouvé étrange de ne recevoir aucune nouvelle de Moscou concernant une naissance ?

— J'en ai tiré mes propres conclusions, madame.

Catherine s'abîma dans un fauteuil avec un sourire amer.

— Vraiment ?

— J'ai été muette comme une tombe, madame.

— Je le sais. Si vous aviez soufflé mot de ma grossesse à quiconque, le bruit serait parvenu aux oreilles de l'impératrice. Elle a des espions partout. Aussi, je tiens à vous témoigner ma gratitude.

— Oh ! madame, protesta Marguerite, rouge de confusion.

D'un geste, Catherine apaisa ses craintes.

— Je ne vous ferai pas l'injure de vous offrir de l'argent ou quelque faveur. Mais dorénavant, je sais que je peux avoir toute confiance en vous dans les moments difficiles.

— J'en suis très honorée, madame.

— Aussi, je souhaite que vous veniez sans tarder

chaque fois que je vous ferai mander, quelle que soit l'heure. Peut-être parlerons-nous seulement chiffons, à moins qu'il s'agisse d'une question plus sérieuse. M'avez-vous comprise ?

— Oui, madame.

Les paroles d'Igor revinrent à l'esprit de Marguerite : la grande-duchesse comptait de nombreux ennemis à la cour. Elle ne put s'empêcher de plaindre la malheureuse princesse, alors même que celle-ci cherchait à l'impliquer dans un jeu dangereux.

— Vous pouvez compter sur moi.

— Je n'en attendais pas moins de votre part !

La voix de Catherine exprimait le soulagement : en tant qu'étrangère, Marguerite aurait très bien pu refuser de se compromettre.

— À présent, passons à des préoccupations plus triviales, même si la robe que j'aperçois sur cette chaise n'a rien d'ordinaire. Montrez-la-moi, je vous prie.

Marguerite, encore tout étonnée de la confiance de Catherine, reporta son attention sur la robe.

— J'ai renforcé les coutures du corsage, ne sachant si vous auriez retrouvé votre minceur. À présent, je pourrai faire les retouches qui s'imposent.

Elle étala devant la grande-duchesse la splendide jupe brodée d'une profusion de roses jaunes rehaussées de perles qui formaient une guirlande sur le pourtour de l'ourlet.

— Les robes que j'ai confectionnées pour Sa Majesté impériale attirent davantage l'œil, mais les vôtres sont d'une élégance plus raffinée, expliqua-t-elle.

Une lueur amusée brilla dans le regard de Catherine. Décidément, cette jeune Française était pleine de ressources. Avant elle, aucune couturière n'avait imaginé de faire taire la jalousie de l'impératrice en flattant son goût pour le tape-à-l'œil.

— Il est arrivé plus d'une fois que l'impératrice m'ordonne de changer de robe en plein bal, sous prétexte que celle que je portais ne m'allait pas, rapporta-t-elle avec un sourire espiègle. De quel droit la lune éclipserait-elle le soleil ?

— Cela ne devrait plus se produire.

— J'en suis persuadée.

Même avec l'aide de Violette et Sophie, il fallut plusieurs voyages à Marguerite pour apporter à Catherine toutes les robes qu'elle avait faites pour elle. La grande-duchesse leur témoigna son entière satisfaction. Marguerite fut la dernière à se retirer après avoir discuté de quelques détails. Comme elle marchait dans le couloir, portant une robe dans ses bras, des pas pressés retentirent derrière elle et une voix s'éleva :

— Toi, la fille aux cheveux cuivrés !

S'étant retournée, elle eut la surprise désagréable de se retrouver face au grand-duc Pierre.

— Oui, monseigneur ?

— Tu tombes à pic ! exulta le grand-duc.

Il saisit Marguerite par le bras, lui arrachant la robe, qu'il jeta négligemment par terre. Malgré son apparence chétive, il avait une poigne de fer.

— J'ai un travail à faire pour la grande-duchesse ! protesta Marguerite comme il l'entraînait le long du couloir. Je supplie Votre Altesse de m'écouter et de me lâcher...

Pierre s'arrêta net et la gifla à toute volée.

— Silence ! J'ai horreur des jérémiades !

Il recommença à la tirer par le bras, sans prendre garde au fait que sa bague lui avait entaillé la joue. La douleur était si cuisante que les yeux de Marguerite s'emplirent de larmes. Il la traîna à l'intérieur d'un vaste salon dont la porte était restée ouverte. Elle crut d'abord que la pièce était pleine de soldats, puis elle reconnut plusieurs des domestiques du grand-duc, rangés autour d'une table immense. Elle venait à peine de remarquer celle-ci quand Pierre lui lança un uniforme ramassé sur une chaise.

— Enfile ceci ! Tu feras un canonnier.

Un des domestiques déguisés en soldats ouvrit une seconde porte et lui lança un regard compatissant quand Pierre la poussa à l'intérieur d'une bibliothèque aux murs couverts de livres. Ceux-ci étaient alignés sur des rayons et protégés par des vitres. Tandis que Marguerite dégrafait son corsage, la curiosité l'amena à déchiffrer les titres de certains volumes. Les goûts de Pierre en matière de lecture étaient on ne peut plus éloquents : les ouvrages en français concernaient tous des batailles historiques, la tactique militaire ou les crimes de célèbres coupe-jarrets ou bandits de grand chemin. Elle supposa que ceux écrits dans sa langue maternelle traitaient des mêmes sujets.

Soudain, une voix masculine brisa le silence :

— Je vous conseille de ne pas lambiner. Son Altesse impériale n'aime pas qu'on la fasse attendre.

La jeune femme fit volte-face, le cœur battant d'émotion après le traitement brutal qu'elle venait de subir. Un officier grand et bien bâti venait d'émerger d'une niche aménagée dans le fond de la bibliothèque, un livre ouvert à la main. Le nouveau venu portait l'uniforme vert sombre de la garde impériale. Ses épaulettes et ses boutons dorés luisaient tels des miroirs. Ses cheveux poudrés étaient attachés sur la nuque par un large ruban noir, selon la mode du moment. Il avait un menton volontaire, des sourcils blonds très fournis, et un sourire amusé flottait sur ses lèvres charnues.

— J'ignorais que je n'étais pas seule ! s'exclama la jeune femme.

Quoique surprise, elle n'était pas mécontente d'avoir quelqu'un à qui parler, d'autant que le nouveau venu avait l'air abordable malgré son allure aristocratique.

— Vous seriez bien aimable de m'avertir de ce qui m'attend à côté. Le grand-duc a juste dit que j'allais jouer un canonnier.

— Ne vous inquiétez pas. Il ne vous arrivera aucun mal. Apparemment, il lui manquait un canonnier pour une de ses reconstitutions de bataille. Tout ce que vous aurez à faire, c'est d'actionner un canon miniature.

— Aucun mal ! répéta-t-elle d'une voix vibrante de colère en se précipitant vers une alcôve afin de se changer. C'est à voir ! Comment broderai-je les robes de l'impératrice si je me brûle les doigts ?

L'officier éclata de rire.

— Allez dire cela à Pierre ! Il a beau détester la tsarine, il ne voudrait surtout pas la mécontenter en brûlant les doigts de sa brodeuse.

Marguerite enfila l'uniforme aussi vite qu'elle le put. Pestant intérieurement contre le grand-duc, elle releva ses cheveux en hâte et se coiffa d'un tricorne noir orné d'une cocarde. Nonchalamment appuyé contre une vitrine, l'officier l'examina des pieds à la tête sans se départir de son sourire quand elle sortit de l'alcôve.

— Quelle élégance ! En avant, marche, caporal... Comment vous appelez-vous ?

Marguerite se présenta. Furieuse d'avoir été brutalisée, elle n'éprouvait toutefois aucune hostilité envers cet inconnu si serviable. Puis elle demanda :

— À qui ai-je l'honneur ?

— Capitaine Constantin Dachiski, de la garde personnelle de l'impératrice, pour vous servir.

Il inclina le buste et fit claquer ses talons.

— Vous vous rappellerez mon nom ?

— Je commence à m'habituer aux sonorités de la langue russe.

— Pour ma part, je n'oublierai pas le vôtre, Marguerite.

La jeune femme se dirigea vers le salon où l'attendait le grand-duc. Dès qu'elle apparut sur le seuil, Pierre la tira violemment vers lui et referma la porte derrière elle. Apercevant le sang qui marquait toujours la joue de sa victime, il s'écria d'un air triomphant :

— Regardez ! Notre dixième canonnier est déjà blessé. Le brave garçon !

Il donna l'accolade à Marguerite.

— Mets-toi là, près de ce canon. Prends une de ces allumettes, ajouta-t-il en désignant une boîte posée sur une table. À mon commandement, tu l'enflammeras à cette bougie et tu allumeras la mèche de ton canon.

Marguerite rejoignit la place que le grand-duc lui avait assignée autour de la grande table. Enhardie par la colère, elle suivit le conseil de Constantin.

— Sa Majesté impériale serait furieuse si je me brûlais les doigts et ne pouvais plus broder pour elle.

L'allusion à l'impératrice eut un effet immédiat sur Pierre. Toutefois, à la grande déception de Marguerite, il ne la renvoya pas. Après quelques secondes d'indécision, il lui tendit une paire de gants blancs.

— Mets ceci. Tu aurais dû commencer par là.

Les gants allaient parfaitement à Marguerite. Sans doute étaient-ils à la taille des jeunes tambours alignés sur une estrade de l'autre côté de la table.

Elle examina l'arme qu'on lui avait confiée. Des mèches de rechange attendaient dans un bol, pour le cas où l'insupportable grand-duc donnerait l'ordre de tirer une deuxième salve. Son voisin lui expliqua le maniement du canon.

— Le bout de ces allumettes est enduit d'une substance hautement explosive, précisa-t-il. Faites attention à ne pas en enflammer deux d'un coup, vous auriez la main arrachée.

Marguerite comprit qu'il exagérait en voyant les autres soldats de fortune échanger des regards amusés. Soudain, Pierre aboya un ordre et tous firent un pas en avant. La jeune femme jeta un rapide coup d'œil à la table. Le plateau figurait un paysage vallonné avec des villages miniatures, des rivières argentées et des routes sinueuses. De minuscules étendards aux couleurs vives signalaient les différents régiments de cavaliers et de soldats de plomb rangés en ordre de bataille.

— Feu ! rugit le grand-duc.

Le chaos se déchaîna en un instant. Les canons crachèrent des nuages de fumée, les tambours retentirent tandis que des hommes dissimulés sous la table poussaient des plaintes, des cris et des hurlements d'un réalisme effroyable pour incarner les blessés et les mourants. D'autres agitaient des plaques de cuivre pour imiter le bruit des explosions. Gênée par ses gants, Marguerite eut un peu de mal à faire partir son canon la première fois, mais elle devint vite experte à ce jeu.

— Chargez ! vociféra Pierre en bondissant d'impatience.

Sur ses ordres, les hommes faisaient avancer ou reculer les minuscules fantassins à l'aide d'une sorte de râteau à long manche et déployaient la cavalerie dans différentes directions. Armé d'une mince baguette à bout argenté, le grand-duc se penchait au-dessus de la table pour renverser les soldats qu'il destinait à être tués ou blessés. À un moment, un serviteur déplaça par inadvertance une unité de cavalerie. Fou de rage, Pierre abattit sa baguette sur la main du malheureux. La vue du sang qui s'étala aussitôt sur son gant blanc excita un peu plus le courroux du grand-duc.

— À genoux ! Traître ! Espion ! Lâche !

L'homme obtempéra. Pierre lui donna une volée de coups sur les épaules avant de le chasser. Après cet incident, les combats se poursuivirent avec la même intensité. Une heure plus tard, le grand-duc annonça que la victoire revenait aux bataillons du Holstein.

— Ce sont toujours les Prussiens qui gagnent, maugréa le voisin de Marguerite.

L'atmosphère était enfumée et la table, jonchée de soldats tombés au champ d'honneur. Mais Pierre n'avait pas encore fini de jouer. Il obligea ensuite ses serviteurs à défiler au pas durant une demi-heure avant de les mettre au repos. Les tambours reçurent alors l'ordre de se retirer tandis que les canonniers demeuraient à leur poste. Les serviteurs s'étaient mis à bavarder entre eux, comme si leur maître n'avait pas été là. Marguerite s'étonnait de les voir prendre de telles libertés quand le grand-duc la tira de sa perplexité en déclarant :

— Mes braves guerriers, il convient de célébrer dignement cette victoire. Que la vodka coule à flots !

Tous les hommes, y compris ceux qui tenaient le rôle des canonniers, se mirent à l'aise en dégrafant leur col. Certains ôtèrent même leur veste d'uniforme et restèrent en bras de chemise. Puis ils se dirigèrent d'un pas tranquille vers la pièce voisine, à la suite de Pierre, qui sautillait d'un air joyeux. En regardant dans l'embrasure de la porte, Marguerite les vit s'affaler sur les canapés. L'un d'eux balançait négligemment un pied dans le vide, une jambe passée au-dessus de l'accoudoir de son fauteuil. Le grand-duc n'aimait rien tant que d'entraîner ses serviteurs dans des beuveries effrénées, même s'il était toujours prompt à punir leurs écarts de conduite.

Restée seule, la jeune femme regagna discrètement la bibliothèque. Constantin Dachiski avait disparu. Adossée contre la porte, elle repensa à la scène dont elle venait d'être témoin. Quel genre de tsar allait être Pierre le moment venu ? En plus de son extravagance et de son indifférence à autrui, il donnait l'impression de ne s'intéresser qu'à la guerre. Elle craignait les conséquences de ses penchants belliqueux pour le peuple russe et plaignit Catherine d'être l'épouse d'un tel homme.

Elle se dépouilla de son uniforme en un tournemain. Une fois rhabillée, elle sortit de la bibliothèque et regagna le couloir. La robe se trouvait toujours par terre, apparemment intacte. Elle se hâta de la ramasser et s'éloigna. Une fois dans sa chambre, elle lava le sang séché et les traces de poudre à canon sur son visage. Puis elle ôta ses vêtements, qui sentaient la fumée, prit un bain et se rinça soigneusement les cheveux. Elle espérait que le grand-duc ne l'obligerait plus jamais à prendre part à ses jeux guerriers.

À l'inverse, les jours suivants, elle eut quelques entretiens fort agréables avec la grande-duchesse à propos de futures robes. La tsarine elle-même lui accorda plusieurs audiences, aussi intimidantes que la première.

Il n'y avait aucune discussion possible avec Élisabeth. Elle se contentait d'énoncer ses exigences, dont la principale était que chaque nouveau vêtement conçu pour elle surpasse les précédents en luxe et en splendeur.

De ce point de vue, la robe à motif de plumes de paon lui causa une divine surprise. La cour allait rester bouche bée d'admiration ! Elle aurait juré qu'elle n'avait rien porté d'aussi beau depuis sa robe de couronnement, une merveille en brocart d'argent et dentelle dorée. Elle forma aussitôt le projet de l'étrenner à la première grande occasion, devant une brillante assemblée de dignitaires étrangers, dont deux têtes couronnées.

Le moment venu, Agrippina, laquelle avait généreusement félicité les Françaises pour le travail qu'elles avaient accompli, révéla à Marguerite la présence d'un minuscule trou dans un mur qui lui permettrait d'assister à l'entrée de l'impératrice. La jeune femme comprit alors comment les espions d'Élisabeth parvenaient à percer les secrets du palais, à côté d'autres méthodes plus subtiles.

Depuis son poste d'observation, elle voyait parfaitement la salle de bal dorée, ses colonnes de marbre, son parquet en mosaïque constituée d'un grand nombre d'espèces de bois, comme tous ceux du palais. Les bijoux et les décorations de la noble assistance étincelaient de mille feux, les flots de dentelles d'or et d'argent ornant les costumes des invités des deux sexes rutilaient dans la lumière des lustres de cristal. En matière d'élégance et d'apparat, cette réception n'avait rien à envier à Versailles.

Soudain, les trompettes entonnèrent une fanfare et les portes s'ouvrirent devant Élisabeth, aussi fière et magnifique qu'un authentique paon. D'un mouvement gracieux de la tête, elle salua à gauche, à droite puis de nouveau à gauche, à la manière russe, et s'avança lentement vers le trône surmonté d'un baldaquin pourpre blasonné d'une aigle à deux têtes.

Les plumes brodées de son ample jupe à paniers chatoyaient à l'instar des émeraudes et des diamants du diadème en éventail qui coiffait ses cheveux poudrés. Elle était consciente qu'aucune des personnes présentes n'oublierait jamais le spectacle de sa splendeur. Elle fut d'autant plus satisfaite en apercevant l'air pincé de Mme d'Oinville.

Marguerite soupira en songeant à toutes les heures de travail et aux milliers de points – points de tige, de nœud, d'épine, points mouche, plumetis – qu'avait nécessités la confection de cette robe. Mais le résultat en valait la peine. Désormais, l'impératrice savait qu'elle pouvait compter sur elle pour la mettre en valeur comme personne ne l'avait fait.

Le grand-duc et son épouse entrèrent à la suite de l'impératrice. Marguerite fut extrêmement surprise de constater que Pierre avait revêtu pour la circonstance l'uniforme des dragons du Holstein. Nul n'ignorait l'affection du grand-duc pour ce régiment allemand, mais en s'exhibant ce soir-là dans son uniforme, il semblait faire acte d'allégeance au roi Frédéric II de Prusse, l'ennemi juré d'Élisabeth.

Marguerite se demanda comment Catherine ressentait cette provocation, elle qui vouait un amour sincère à son pays adoptif. L'attachement obsessionnel de son mari pour la Prusse devait l'irriter au plus haut point, même si elle n'en montrait rien.

Tout en avançant, Catherine répondait par des sourires aux saluts et aux profondes révérences qu'on leur adressait. Mais dans son for intérieur, elle appréhendait la réaction de l'impératrice quand elle découvrirait la tenue de son héritier. Celui-ci avait rejoint le cortège au dernier moment, de sorte qu'Élisabeth n'avait encore rien remarqué. Le grand-duc était dans un bon jour. Il attendait avec impatience le moment où il donnerait un récital de violon, instrument dont il jouait à la perfection, et se contentait de faire des grimaces derrière le dos de l'impératrice. Le matin même, il avait reçu de Prusse une collection de soldats miniatures avec tout leur équipement reproduit dans les moindres détails, et s'était dépêché de revêtir son uniforme afin de les commander. Absorbé dans son jeu, il n'avait pas vu le temps passer. Dans l'état d'esprit où il se trouvait alors, rien ni personne au monde n'aurait pu le convaincre de changer de costume, fût-ce l'impératrice de toutes les Russies.

Marguerite attendit qu'Élisabeth ait gravi les marches du trône doré et se soit assise en déployant sa jupe d'un geste plein de majesté pour quitter son poste d'observation et aller faire son compte rendu à son équipe. C'est ainsi qu'elle manqua l'instant où la tsarine posa son regard sur son neveu pour la première fois de la soirée.

Élisabeth devint rouge comme une pivoine et ses yeux flamboyèrent. Pointant l'index vers l'insolent, elle glapit d'une voix aiguë :

— Dehors !

Pierre s'exécuta sans manifester la moindre gêne, trop heureux qu'il était de retourner à ses petits soldats. Seuls les aristocrates étrangers dont c'était le premier séjour à la cour de Russie furent décontenancés. À la vue du délicieux sourire dont les gratifiait à nouveau l'impératrice, certains se demandèrent même si leurs yeux et leurs oreilles ne leur avaient pas joué un tour, et ils en vinrent à douter de la réalité de l'incident auquel ils venaient d'assister.

Catherine fut la seule à soupçonner la vérité : l'orgueil et le sentiment de triomphe qu'éprouvait Élisabeth à parader dans sa robe à motif de paon effaçaient en elle toutes les autres émotions, même la fureur.

Marguerite trouva enfin le temps de répondre à l'invitation de Sarah, un soir après une journée de travail. Elle passait devant l'amirauté quand elle remarqua que les gens empruntaient le pont pour traverser la Neva. Après quatre mois de gel ininterrompu, des fissures étaient apparues à la surface du fleuve, désormais interdit aux piétons comme aux véhicules. De temps en temps, on entendait comme une détonation, qui faisait sursauter la jeune femme, jusqu'au moment où elle comprit que ce bruit provenait de la rupture de la glace.

La maison des Warrington était peinte en jaune pâle. L'usage voulait que les Anglais dînent à cinq heures ; toutefois Sarah avait précisé dans sa lettre que le repas attendrait l'arrivée de l'invitée. La porte s'ouvrit dès que Marguerite eut tiré le cordon de la sonnette.

Sarah accourut vers elle, les bras grands ouverts.

— Ma très chère amie ! s'écria-t-elle. Vous voici enfin !

— Quel bonheur de vous revoir après tout ce temps !

Les deux femmes s'embrassèrent sur les joues et se prirent les mains en riant, ravies d'être réunies.

— Vos lettres m'ont causé un immense plaisir, dit Sarah. Toutefois, cela ne remplace pas une vraie conversation en tête à tête. Venez au salon. Tom vous prie de l'excuser, mais il assiste ce soir à une réunion et devrait rentrer tard. Il a beaucoup de travail en ce moment. Vous êtes-vous bien adaptée à la Russie ? L'hiver vous a-t-il paru long ? À moi, il m'a semblé interminable ! Vous ne trouvez pas que j'ai meilleure mine ?

— Et comment !

En effet, Sarah avait repris du poids et des couleurs, même si la délicatesse de ses traits et une certaine fragilité inhérente à sa constitution lui donnaient l'air d'une poupée de porcelaine.

— En me rendant chez vous, j'ai vu que la Neva avait commencé à dégeler. Cela veut dire que l'hiver que vous avez trouvé tellement éprouvant touche à sa fin.

— Excellente nouvelle ! J'ai tant de choses à vous raconter et à vous demander ! Après tout ce que vous avez fait pour moi, je vous considère un peu comme une sœur. Promettez-moi que nous resterons toujours amies.

— C'est mon vœu le plus cher.

— J'en suis tellement heureuse !

La jeune femme se releva spontanément et serra Marguerite dans ses bras. S'étant rassise, elle reprit avec un sourire :

— Pardonnez-moi. Un rien me bouleverse, comme vous avez pu vous en apercevoir. Tom est très compréhensif. Je me demande comment il peut supporter mes changements d'humeur. Mais assez parlé de moi ! Une de mes compatriotes et voisines m'a appris que l'impératrice portait une magnifique robe à motif de plumes de paon au dernier bal de la cour. Cette dame n'était pas présente, mais sa fille, qui accompagnait son galant russe, lui en a fait une description enthousiaste. Je lui ai dit qu'il me semblait connaître l'auteur de cette merveille. Avais-je raison ?

Marguerite inclina la tête et sourit.

— Tout à fait.

— Je suis bien contente que nous demeurions maintenant à Saint-Pétersbourg. Ainsi, je serai informée de vos prochains triomphes. Tom va bientôt travailler à l'aménagement d'une partie du parc d'Oranienbaum, à dix lieues d'ici, en bordure du golfe de Finlande. C'est à croire que l'impératrice possède des palais partout.

— En effet, j'ai entendu dire qu'elle en avait beaucoup.

— Et ce n'est pas tout ! poursuivit Sarah, tout excitée. Avant de quitter Moscou, il lui a montré les plans d'un jardin qui serait situé sur le toit du futur palais d'Hiver. Il a imaginé une serre chauffée par des poêles, de sorte qu'on y verrait des fleurs en toute saison !

— Quelle idée admirable !

Avant de passer à table, Sarah fit visiter la maison à son amie. Malgré la présence de nombreux petits objets d'art achetés en France, il sautait aux yeux qu'elle avait tenté de reconstituer le décor du premier logis qu'elle avait partagé avec Tom après leur mariage. Ils vivaient alors à proximité du château de Windsor, où la créativité du jeune jardinier lui avait rapidement valu une réputation flatteuse.

— En l'espace de quelques semaines, vous avez réussi à donner un air très anglais à cette maison russe, commenta Marguerite avec intérêt.

— C'était le but que je recherchais, acquiesça joyeusement Sarah. Je voulais me sentir ici comme chez moi. Figurez-vous que le valet qui vous a débarrassée de votre manteau est anglais. Son précédent employeur est décédé tout récemment. À Moscou, j'ai également engagé une femme de chambre anglaise et, encore mieux, un cuisinier anglais ! Il prépare le roastbeef, le plat préféré de Tom, exactement comme en Angleterre.

Pendant le repas (excellent, de même que le vin qui l'accompagnait), Sarah avoua à son amie combien elle avait souffert du mal du pays à Moscou. Même à Saint-Pétersbourg, ses parents et son frère, David, officier dans la marine royale, lui manquaient terriblement. Elle n'avait pas plus tôt évoqué les siens qu'elle se tamponna les yeux.

— David est marié à une femme ravissante, Alice. Chaque fois qu'il a une permission, elle met un nouvel enfant au monde quelques mois plus tard. Il y a longtemps que je ne les ai pas vus, eux et leur petite famille. Mais maintenant que je vous ai, je me sentirai moins seule, acheva-t-elle en se forçant à sourire.

— Pourtant, vous avez Tom auprès de vous.

— Il est presque toujours absent ! À Moscou, l'impératrice tenait à l'avoir constamment à sa disposition. Bientôt, il partira pour Oranienbaum et ne rentrera plus que rarement à la maison.

Elles regagnèrent le salon et s'assirent l'une en face de l'autre. Sarah puisa des feuilles de thé dans une boîte de métal, les mit dans une théière anglaise et versa par-dessus le contenu d'une délicate bouilloire argentée qu'elle reposa ensuite sur son support.

— J'imagine que vous avez appris quelques mots de russe ? demanda-t-elle en tendant une tasse à Marguerite.

— En effet. Ces derniers temps, j'ai recruté huit couturières russes pour seconder mes filles. J'encourage chaque groupe à se familiariser avec la langue de l'autre.

— Je vous apprendrai aussi l'anglais, déclara Sarah en se rasseyant. Comme cela, quand Tom et moi aurons regagné notre pays, vous viendrez nous voir et je vous trouverai un gentil mari.

Marguerite rejeta la tête en arrière et partit d'un grand rire.

— Dans ce cas, commençons tout de suite les leçons ! plaisanta-t-elle. Quel est le nom du plat que nous avons mangé ce soir ?

— *Shepherd's pie. Shepherd* signifie « berger ».

Marguerite répéta consciencieusement, puis elle remarqua d'un ton amusé :

— Si c'est là leur ordinaire, les bergers anglais ont beaucoup de chance.

— Le plat s'appelle ainsi parce qu'il est à base d'agneau. Voyons d'autres mots.

Marguerite apportait toute son attention à la leçon improvisée : en grappillant çà et là quelques notions de russe, elle s'était découvert un don inné pour les langues. Soudain, Sarah se tut : la voix de Tom venait de retentir dans le vestibule.

— Tom a pu s'échapper de sa réunion ! s'exclama-t-elle, ravie. J'espérais de tout cœur qu'il rentrerait à temps pour vous voir.

Marguerite demeura impassible pendant que Tom approchait. Mais quand il ouvrit la porte du salon, un frisson la traversa avant même qu'elle eût tourné la tête dans sa direction. Chaque fibre de son être aspirait à sa présence, tandis que son esprit repoussait violemment cette idée. Quand il se pencha vers elle pour lui baiser la main, elle éprouva le même coup au cœur qu'à leur première rencontre. Comme elle s'étonnait de la réserve qu'il lui témoignait, l'explication lui apparut dans un éclair : à la seconde où elle s'était approchée de lui à l'hôtellerie de Riga, il s'était senti attiré par elle et le temps n'avait pas émoussé son désir.

— Bonsoir, Marguerite, dit-il d'un ton égal. Comment allez-vous ?

— Très bien, répondit-elle en affectant de paraître calme. Quel intérieur douillet vous avez là !

Tom sourit à sa femme et s'assit près d'elle sur le canapé.

— Oui, maintenant que nous avons accroché nos tableaux aux murs, rangé nos livres dans la bibliothèque et mis nos meubles en place, sans parler de toutes les vieilleries qui nous ont suivis au fil de nos déménagements successifs, nous commençons à nous sentir chez nous.

Marguerite craignait que sa voix trahisse la tension qui l'habitait.

— Sarah m'a dit que vous alliez vous éloigner quelque temps de Saint-Pétersbourg, reprit-elle.

— C'est exact. L'impératrice m'a chargé de l'entretien du parc d'Oranienbaum en plus de mes autres attributions. C'est elle qui va financer les nouveaux aménagements, bien qu'elle ait offert ce palais au grand-duc et à son épouse comme cadeau de mariage. Je me suis déjà rendu sur place pour me faire une idée précise du cadre. J'ai eu la joie de constater qu'une partie du parc avait conservé un charme rustique, que j'entends préserver, de même que quelques magnifiques bosquets. J'évite de concurrencer la nature lorsqu'il me paraît impossible d'améliorer son œuvre, même si, naturellement, il y a toujours un peu de ménage à faire.

— À t'entendre, cet endroit a tout de la paisible retraite dont je rêve.

Sarah leva vers son mari un regard empli d'adoration tandis qu'il serrait sa main entre les siennes.

— Il faudra que tu nous emmènes toutes les deux le visiter quand les travaux seront terminés.

— À la première occasion, promit Tom. Je compte sur vous pour veiller à nouveau sur Sarah durant mon absence, ajouta-t-il en regardant Marguerite.

— Avec grand plaisir.

Il lui demanda ensuite comment elle trouvait la vie au palais. La conversation se poursuivit à bâtons rompus, jusqu'au moment où il fut temps de se séparer. Tom fit avancer sa propre voiture devant la porte pour reconduire Marguerite. Après l'avoir aidée à monter, il garda sa main un peu plus longtemps que nécessaire dans la sienne et la pressa intentionnellement. Elle se hâta de prendre place sur la banquette. Tom continua à la fixer d'un air grave à travers la vitre de la portière. Troublée, elle détourna les yeux juste comme la voiture démarrait.

Pendant le trajet de retour, elle ne cessa de réfléchir au dilemme qui se posait à elle. Les attentions dont Tom entourait sa femme témoignaient assez de l'amour qu'il lui portait. Pourtant, elle se rappelait l'insistance avec laquelle il l'avait regardée à Riga, juste avant d'emmener Sarah. Pensant ne jamais la revoir, il avait alors cherché à graver son visage dans sa mémoire. Ce n'était pas la première fois qu'un homme la trouvait attirante. Si ces marques d'intérêt l'avaient parfois agacée par le passé, son propre trouble rendait la situation présente d'autant plus dangereuse.

Si Sarah et elle n'avaient pas été aussi proches, elle aurait pu garder ses distances le temps que la jeune Anglaise noue de nouvelles amitiés parmi ses compatriotes. Ainsi, elle se serait progressivement éloignée d'elle et de Tom. Mais il était trop tard pour faire marche arrière. Ce soir-là, Sarah l'avait instamment priée de revenir bientôt la voir.

Marguerite se sentait prise au piège. Elle avait même promis à Tom de veiller sur sa femme en son absence ! Comment en était-elle arrivée là ? Tout allait si bien auparavant... Son travail lui apportait toujours autant de satisfactions, ses compagnes semblaient heureuses de leur sort et elle commençait à partager l'attachement de Catherine pour la Russie et ses habitants. Le départ prochain de Tom était un soulagement. Tout ce qu'elle espérait, c'était que l'éloignement le ramènerait à la raison. Ni lui ni elle n'avaient voulu ces complications. Pour sa part, elle entendait bien surmonter cette folie passagère.

Elle tourna ensuite ses pensées vers Jan Van Deventer. Quand ce dernier serait revenu à Saint-Pétersbourg, elle tenterait de convaincre Tom qu'il comptait beaucoup à ses yeux. De prime abord, elle avait jugé Jan comme un homme qui collectionnait les aventures. Au fil des rencontres, ses sentiments pour lui avaient évolué, mais Jacques tenait une trop grande place dans son esprit pour qu'elle puisse analyser ceux-ci. La brusque irruption de Tom avait semé le désordre dans sa vie. Pour autant, il n'était pas question de céder à la tentation. Il devrait se faire à cette idée. De son côté, elle ne ménagerait pas ses efforts pour vaincre son attirance. Mais cela, nul ne devait le savoir.

11

Dès que Tom fut parti pour Oranienbaum, Marguerite et Sarah passèrent beaucoup de temps ensemble. Elles se donnaient rendez-vous dans leur café favori ou dans un établissement qui servait du chocolat chaud, quand elles ne dînaient pas chez Sarah. Certains soirs, Marguerite était retenue à l'atelier par un travail urgent. Un jour, son amie lui confia combien elle souffrait de ne pouvoir concevoir un enfant.

— Tom et moi sommes déçus. Il semble s'être résigné, mais je vous avoue que je ressens un manque terrible. Ce désir inassouvi est une torture permanente, même si je n'en parle jamais à mon mari.

— Pauvre Sarah ! fit Marguerite, pleine de compassion. J'ignorais ce que vous enduriez.

Sarah regarda son amie avec gratitude.

— Vous êtes tellement bonne de m'écouter ! Je savais que vous comprendriez.

À présent que la neige avait disparu, emportant avec elle le froid glacial et les aurores boréales qui hantaient parfois le ciel nocturne, le soleil parvenait presque à réchauffer l'atmosphère. Pourtant, les arbres restaient désespérément nus et l'herbe tardait à reverdir, bien que le mois d'avril fût bien entamé. Les parterres avaient été bêchés, mais, jusque-là, les jardiniers s'étaient contentés de replanter les arbres fragiles qu'ils avaient mis à l'abri du froid avant l'hiver. Certains canaux n'avaient pas encore dégelé et la Neva charriait des blocs de glace étincelants, originaires du lac Ladoga, qui achevaient de fondre dans les eaux salées du golfe de Finlande.

Alors qu'elle se promenait avec Sarah par une belle soirée de printemps, Marguerite se fit la réflexion qu'à Paris les arbres devaient être couverts de tendres feuilles qui dansaient dans la brise. Quand les premières violettes faisaient leur apparition, Jacques n'oubliait jamais de lui en offrir un bouquet.

Cependant, le fleuve offrait au chaland le spectacle d'une activité incessante. Des embarcations de toute sorte allaient et venaient sur ses eaux et les passeurs avaient repris du service. De grands voiliers arrivant du monde extérieur débarquaient leur cargaison sur les quais avant de remplir leur cale de blé, de bois, de fer, de charbon ou de fourrures. Certains jours, la vue d'un bateau anglais plongeait Sarah dans une mélancolie si profonde qu'il lui semblait que son cœur allait éclater. Marguerite était en proie à des sentiments bien différents : elle se demandait quand Jan allait revenir à Saint-Pétersbourg à bord d'un navire hollandais.

Depuis son installation, Sarah avait agrandi son cercle de connaissances. En plus d'être regroupés dans le même quartier, les Anglais aimaient se retrouver pour jouer aux cartes, écouter de la musique ou plus simplement passer quelques heures en compagnie de leurs compatriotes. Tous les hommes travaillaient plus ou moins dans le commerce, aussi leurs épouses firent-elles le meilleur accueil à la brodeuse de l'impératrice, dont la robe à motif de plumes de paon figurait d'ores et déjà dans la légende. Elles ne manquaient jamais une occasion de la présenter à l'un ou l'autre célibataire de leur cercle. Marguerite, qui prenait toujours des cours particuliers avec Sarah, s'amusait de leurs tentatives. Les jeunes gens en question n'étaient pas désagréables, mais elle souhaitait seulement parfaire sa connaissance de l'anglais en conversant avec eux. Sarah n'était pas moins déçue que ses voisines.

— Que pensez-vous de votre partenaire d'hier soir aux cartes ? lui demanda-t-elle un jour de but en blanc.

— Sarah, je vous en prie ! s'écria Marguerite d'un ton ferme, quoique amical. Cessez donc de vouloir jouer les entremetteuses. Jan Van Deventer sera bientôt de retour, et je ne crois pas qu'il apprécierait que je fréquente quelqu'un d'autre.

— Oh !

Le visage de Sarah s'illumina. Marguerite lui avait déjà parlé du marchand hollandais, mais elle ignorait qu'il y avait anguille sous roche.

Marguerite réprima un soupir de soulagement. Sarah se ferait certainement une joie de rapporter la nouvelle à son mari dans la prochaine lettre qu'elle lui écrirait.

Avec le mois de mai, le temps se radoucit, l'herbe reverdit et les branches des arbres se couvrirent de grappes de fleurs blanches et roses. Tout laissait à penser que la cour allait bientôt reprendre la route. Toutefois, quand Marguerite se rendit chez la grande-duchesse à la demande de celle-ci, elle était loin de se douter de ce qui l'attendait.

Catherine rentrait de sa promenade à cheval quotidienne. L'exercice avait rosi ses joues et elle reçut

Marguerite en costume d'amazone. Malgré sa mine éclatante, la jeune femme lui trouva un air distrait.

— Je viens d'apprendre que le grand-duc et moi-même allions bientôt partir pour Oranienbaum, dit-elle. Je souhaite que vous nous accompagniez. J'ai là-bas une robe que j'affectionne tout particulièrement car elle est très agréable à porter par temps chaud. J'aimerais que vous y jetiez un coup d'œil et m'en fabriquiez d'autres dans le même style.

Marguerite se retira bientôt, irritée. Pour commencer, Tom se trouvait toujours à Oranienbaum et il était la dernière personne qu'elle désirait voir. Il était retourné chez lui à deux reprises et, chaque fois, elle avait prétexté une surcharge de travail pour éviter de le rencontrer. Ensuite, la grande-duchesse n'avait pas besoin d'elle pour copier une robe. Une des ouvrières d'Agrippina aurait très bien pu s'acquitter d'une tâche aussi élémentaire.

En fait, il n'était même pas utile d'envoyer une couturière à Oranienbaum. Il aurait suffi de faire venir l'original à Saint-Pétersbourg. Elle en déduisit que Catherine souhaitait sa présence pour un autre motif. Peut-être soupçonnait-elle une nouvelle grossesse ? Cette fois, l'enfant à naître aurait le titre d'héritier impérial, qu'il fût ou non de Pierre. Marguerite secoua la tête. La vie amoureuse de Catherine était assurément compliquée.

La semaine suivante, le palais fut le théâtre d'un nouvel exode. Seuls Catherine, Pierre et leur suite se rendaient à Oranienbaum, l'impératrice et la cour rejoignant pour leur part le palais d'Été. Bientôt, le soleil brillerait en permanence sur les rudes terres du nord.

Marguerite voyageait en compagnie de trois femmes

de chambre. Sarah lui avait confié une lettre et un petit paquet à l'intention de Tom, en lui disant combien elle se désolait de ne pouvoir venir avec elle. Marguerite partageait ses regrets, pour une tout autre raison. Avant de partir, elle avait laissé des directives à Jeanne, sachant qu'elle pouvait compter sur elle pour veiller à la bonne marche de l'atelier en son absence.

En quittant Saint-Pétersbourg, le cortège de voitures avait emprunté une route qui longeait les côtes du golfe de Finlande. Quand les voyageurs aperçurent enfin le palais au loin, Marguerite trouva qu'il ressemblait à un délicat bibelot de porcelaine avec ses rangées de colonnes, ses moulures et son pavillon japonais coiffé d'un pinacle doré. Le soleil mettait en valeur le bleu vif de ses murs et faisait scintiller son toit trempé par une averse.

Seules les voitures du couple impérial et des courtisans franchirent la grande grille. Comme les autres se dirigeaient vers une entrée située à l'arrière du palais, Marguerite fut frappée par l'aspect soigné du parc. Tom semblait avoir trouvé un moyen radical pour extirper les mauvaises herbes. Les magnifiques arbres qu'il avait mentionnés étaient revêtus de feuilles d'un vert éclatant qui dansaient dans la brise, et on distinguait la surface miroitante d'un lac entre les troncs argentés des bouleaux.

Tout en admirant le paysage, Marguerite respirait à pleins poumons un vivifiant parfum d'herbe, de fougères et d'écorce humide par la vitre ouverte du coche. Quelle différence avec les odeurs de la grande ville !

Pour sa part, Catherine était heureuse de se retrouver à Oranienbaum, loin des pesanteurs de la cour. Entourés de gens de leur âge, Pierre et elle ne verraient pas le temps passer. En plus des bals et des parties de cartes, les pique-niques, les promenades en barque sur le lac ou à l'ombre des feuillages et les jeux de plein air occuperaient une bonne partie de ce trop bref été – sans oublier le pavillon des Glissades et ses montagnes russes, du haut desquelles on s'élançait sur des chariots à roues, sous les acclamations des spectateurs massés derrière des barrières. Catherine prenait part à toutes les activités avec un enthousiasme communicatif.

Par le passé, l'impératrice s'était souvent ingéniée à isoler leur couple des personnes dont ils appréciaient la compagnie tout en leur infligeant sa présence dans leur propre palais. Mais cette fois, ils étaient parvenus à échapper à sa surveillance pour venir à Oranienbaum. Catherine était d'autant plus ravie qu'elle savait qu'elle ne verrait guère son époux : débarrassé de l'impératrice et des corvées qu'elle lui imposait, Pierre pourrait consacrer le plus clair de son temps à ses petits soldats et se soûler tout à loisir avec ses amis et ses serviteurs.

Tous les matins, on la voyait partir seule au galop en direction de la forêt ou de la campagne. Personne ne s'en inquiétait : toute petite, déjà, elle affectionnait les chevauchées solitaires et effrénées. Cette habitude lui était restée à présent qu'elle vivait en Russie.

Ivre de vitesse, le visage fouetté par le vent, elle filait à toute allure. Les sabots de son cheval résonnaient tel le tonnerre à travers les arbres, et elle franchissait les obstacles d'un bond qui exprimait sa joie de vivre. Ni l'hostilité d'Élisabeth ni les tracasseries mesquines de Pierre ne pouvaient entamer celle-ci. Ce que nul ne soupçonnait, c'était que ces balades quotidiennes lui procuraient un plaisir supplémentaire depuis qu'elle se trouvait à Oranienbaum. Chaque jour, elle se dirigeait vers le même bois de bouleaux, où elle mettait pied à terre avant de se jeter dans les bras de Serge Saltykov.

Avant son départ de Saint-Pétersbourg, la jeune princesse avait eu une conversation pour le moins étonnante avec l'une des dames d'honneur de la tsarine. Celle-ci lui avait fait comprendre par des moyens détournés qu'Élisabeth s'était résignée à ce que Pierre soit stérile malgré son opération. Par conséquent, elle acceptait que le futur héritier du trône de Russie soit le fils du beau Serge ou d'un autre courtisan qu'elle avait également nommé.

Catherine s'était empressée de rapporter la nouvelle à Serge, mais, à sa grande surprise, il s'était montré beaucoup moins enthousiaste qu'elle-même. Sa réserve l'avait amenée à douter de la force de son amour pour elle, mais, comme la passion qu'il lui inspirait était toujours aussi vive, elle s'était empressée de chasser ces soupçons.

Seuls les aristocrates étaient autorisés à se promener dans le parc, aussi Marguerite, qui se trouvait désœuvrée, n'ayant pas encore vu la robe que Catherine désirait lui montrer, s'aventurait-elle le plus souvent dans les environs du palais. Elle longeait la côte, s'arrêtant pour regarder les bateaux passer et les pêcheurs s'activer avec leurs filets. Parfois, elle empruntait un sentier qui s'enfonçait dans la forêt. Un jour, elle avait même aperçu entre les arbres Serge Saltykov chevauchant seul.

Elle n'avait pas encore rencontré Tom et ne se sentait pas prête. Le lendemain de son arrivée, elle avait confié la lettre et le paquet de Sarah à un laquais afin qu'il les lui donne. Il était donc au courant de sa présence, même si Sarah, dans son innocence, ne l'avait pas mentionnée dans sa lettre, pensant qu'elle lui remettrait le colis en main propre.

Marguerite n'osait pas s'absenter trop longtemps, pour le cas où Catherine rentrerait plus tôt de sa promenade et la ferait appeler. Toutefois, ces instants de solitude avaient un effet délassant sur elle. Comme à Saint-Pétersbourg, le palais grouillait de monde, tous les membres de la cour étant venus avec une nombreuse escorte de domestiques. Par bonheur, elle avait une chambre pour elle seule, attenante à une petite salle de couture qui n'avait pas encore servi jusque-là.

Elle rentrait d'une de ses promenades quand elle fut dépassée par un groupe de cavaliers qui retournaient également au palais. Brusquement, l'un d'eux fit demi-tour et ralentit sitôt à sa hauteur. C'était Constantin Dachiski.

— Il m'avait bien semblé reconnaître le caporal Laurent ! s'exclama-t-il en souriant. Avez-vous à nouveau combattu sous la bannière de Son Altesse impériale depuis notre dernière rencontre ?

Elle rit et repoussa une mèche de cheveux de son visage.

— Dieu merci, non.

Il mit pied à terre et commença à marcher à son côté en tenant son cheval par la bride. Les autres cavaliers avaient disparu. Cette fois, le jeune homme portait une tenue civile, et ses cheveux blonds comme les blés n'étaient pas poudrés.

— Que faites-vous ici ? demanda-t-il. Je croyais que

vous passiez votre vie entre quatre murs, une aiguille à la main.

Marguerite lui expliqua la raison de sa présence, puis elle ajouta :

— Cela faisait bien longtemps que je n'avais pas été aussi oisive.

— Nous tâcherons d'y remédier, déclara Constantin d'un ton résolu.

— Vous voulez bien me rappeler au bon plaisir de la grande-duchesse ? dit Marguerite, pleine d'espoir. Elle est tellement occupée que je n'ai pas encore pu l'approcher, et aucune des personnes auxquelles je me suis adressée n'a voulu me renseigner.

Le jeune homme sourit.

— Je me réjouissais plutôt que votre inactivité forcée nous permette de passer du temps ensemble. Vous montez à cheval ? Non ? Je vous apprendrai. En revanche, je suis sûr que vous savez danser. Cela tombe bien : Leurs Altesses donnent un bal tous les soirs. La plupart du temps, les invités viennent masqués. Je vous trouverai un masque et vous serez ma cavalière.

Une lueur amusée passa dans le regard de Marguerite.

— C'est cela ! Et quand le moment sera venu de poser le masque, on me renverra immédiatement en France.

— Pas du tout ! Même si quelqu'un vous reconnaissait, la grande-duchesse ne se risquerait pas à congédier la brodeuse personnelle de l'impératrice. Mais je vous garantis que cela n'arrivera pas.

La jeune femme crut qu'il cherchait juste à l'enjôler avec de vaines promesses.

— Je n'ai pas envie d'être la risée de toute la cour. C'est un immense privilège de travailler pour la grande-duchesse, et je n'y renoncerais pour rien ni personne. Compris ? ajouta-t-elle avec un sourire espiègle.

— Compris, oui. Accepté, non. Je vous attendrai devant l'entrée latérale de la salle de bal à neuf heures. J'apporterai un masque pour vous. Et demain matin, je vous donnerai votre première leçon d'équitation.

Il remonta en selle et la regarda d'un air surpris.

— Pourquoi secouez-vous la tête ?

Elle éclata de rire.

— Parce que je n'ai pas l'intention de venir.

Constantin sourit de plus belle.

— Je suis sûr que vous ne voudriez pas me décevoir. À plus tard !

Il la salua avec sa cravache et s'éloigna, accélérant l'allure jusqu'à piquer un galop, dans l'intention de rattraper ses compagnons.

Marguerite le suivit du regard, un sourire aux lèvres. Elle brûlait d'envie de danser à nouveau. Plus d'une fois, Jan et elle s'étaient joints aux danseurs qui tournoyaient en se tenant par les mains dans les salles des cafés qu'ils fréquentaient. Elle avait entendu dire que Catherine avait inscrit ces danses populaires russes, qui convenaient à sa jeunesse et à son tempérament, au programme des bals qu'elle donnait à Oranienbaum. Une telle audace eût été impensable en présence de l'impératrice.

Pour autant, Marguerite était résolue à ne pas s'approcher de la salle de bal ce soir-là quand un événement imprévu vint régler le problème. Quelques heures plus tard, elle reçut en effet un billet de Constantin dans lequel il l'informait que l'impératrice lui ordonnait de rentrer immédiatement au palais d'Été. Il ajoutait qu'il espérait être bientôt de retour.

Alors qu'elle était restée deux semaines sans croiser Tom ni la grande-duchesse, Marguerite finit par les voir tous les deux au cours de la même journée. Catherine l'avait fait appeler, la priant de la rejoindre dans un endroit pour le moins inattendu : le parc supérieur, à une distance considérable du palais.

Celui-ci se trouvait loin d'elle, caché derrière un rideau d'arbres, quand elle aperçut les dames d'honneur de Catherine qui bavardaient en groupe. On eût dit des champignons aux couleurs pastel. Deux d'entre elles répétaient des pas de danse pour passer le temps. Elle vit ensuite Catherine et Tom sur une hauteur. Le jardinier faisait de grands gestes du bras, indiquant à la grande-duchesse différents aspects du vaste plateau qui s'étendait autour d'eux. Apparemment, il n'avait pu se résoudre à changer quoi que ce soit au paysage – une sage décision, pour autant que Marguerite pouvait en juger. La beauté sauvage du site offrait un contraste saisissant avec le reste de l'immense parc. La jeune femme pressa le pas, dépassant les dames d'honneur, qui ne lui accordèrent aucune attention.

Catherine fut la première à la repérer. Elle lui fit un signe gracieux de la main.

— Venez par ici, mademoiselle Laurent ! J'ai quelque chose à vous montrer.

Tom s'était retourné en entendant son nom et son visage se crispa à sa vue. Une vague de désir le submergea tandis qu'il la regardait gravir la côte. Ses vêtements simples mettaient en valeur sa taille svelte et sa gorge généreuse. Les rayons obliques du soleil donnaient des reflets cuivrés à ses cheveux et sa démarche respirait la sensualité.

La jeune femme lui adressa un sourire qui ne laissait rien transparaître de ses sentiments.

— Ne trouvez-vous pas cet endroit magnifique ? s'exclama Catherine. Quel silence, quelle paix ! Il me semble que je pourrais rester ici pour toujours. Et comme me l'a fait remarquer M. Warrington, toutes sortes de fleurs rares poussent dans l'herbe et dans la mousse. J'aimerais que vous cueilliez et fassiez sécher un spécimen de chaque espèce, et que vous vous en inspiriez pour broder une cape que je pourrais porter ma vie durant !

Marguerite fut interloquée.

— Est-ce là une tâche urgente, madame ? Je n'ai pas encore vu la robe que vous m'avez demandé de copier.

— Oh ! Une de vos ouvrières s'en chargera. Je souhaite que vous vous consacriez en priorité à ce travail.

La grande-duchesse ajouta avec une lueur amusée dans le regard :

— Et à l'avenir, évitez de risquer votre vie dans les sentiers cavaliers. Le capitaine Dachiski m'a dit que son cheval avait failli renverser une couturière française. Vous a-t-il effrayée ? L'impératrice l'a rappelé à Saint-Pétersbourg, mais, s'il vous a causé le moindre mal, je le réprimanderai quand je le reverrai.

— Oh ! non, madame. (Marguerite était reconnaissante à Constantin d'avoir signalé sa présence à Catherine.) Il a beaucoup exagéré la gravité de l'incident.

Catherine éclata d'un rire joyeux.

— Cela ne m'étonne pas de lui ! Ce beau jeune

homme a la langue bien pendue. Mais foin de digressions !

Elle redevint sérieuse.

— M. Warrington vous indiquera les fleurs que vous seriez incapable de découvrir par vous-même. Dans ces régions septentrionales, certaines sont si minuscules qu'on s'attendrait plutôt à les trouver sur les versants montagneux. Vous viendrez ici chaque jour, jusqu'à ce que vous ayez achevé votre collecte. Rappelez-vous : je veux un échantillon de chaque espèce ! Puis vous vous mettrez immédiatement au travail.

— Que diriez-vous d'une paire de souliers de satin assortis à la cape ? suggéra Marguerite.

Comme prévu, Catherine accueillit sa proposition avec enthousiasme.

— Quelle idée charmante ! s'écria-t-elle.

Après un bref salut de la tête, elle s'éloigna d'un pas léger et alla rejoindre ses dames d'honneur, qui commençaient à donner des signes d'impatience. Tom et Marguerite restèrent seuls face à face.

— Merci de m'avoir apporté la lettre et le paquet de Sarah, dit Tom. Je les ai trouvés hier en rentrant. En effet, j'ai dû m'absenter quelques jours.

— Sarah était en bonne santé lorsque je l'ai quittée, ajouta précipitamment Marguerite. Mais vous lui manquez beaucoup.

— J'espère pouvoir retourner bientôt à Saint-Pétersbourg, dit-il sans détacher les yeux de son visage. Vous n'êtes pas venue les deux dernières fois où je m'y trouvais.

— Je ne voulais pas troubler votre intimité. Sarah et vous aviez si peu de temps à passer ensemble...

— Votre délicatesse vous honore. Mais la maison était presque toujours pleine de ses nouvelles connaissances.

Elle perçut la tension qui l'habitait et s'éloigna de quelques pas, le regard dirigé vers le sol. Apercevant une touffe de petites fleurs blanches en forme d'étoile qui poussaient au pied d'un arbre, elle se baissa pour en cueillir une.

— C'est un miracle qu'une fleur aussi délicate se soit adaptée à la rudesse du climat, remarqua-t-elle.

En se relevant, elle vit que Tom l'avait suivie et se tenait à côté d'elle.

— C'est typiquement une fleur du Nord, expliqua-t-il. Quand elles sont apparues, le sol en était tapissé. Les campanules fleurissent avec la même abondance chez moi, en Angleterre. C'est une des raisons qui m'ont incité à ne pas toucher à cet endroit, sauf pour y tracer des sentiers. Ainsi, la grande-duchesse ne salira pas les jolis souliers que vous lui broderez.

— Vous l'avez facilement convaincue de créer un sanctuaire pour les fleurs sauvages ?

— Au début, elle s'étonnait de mes réticences à l'idée de faire un jardin à cet endroit, puis elle a été séduite par la perspective de se ménager un refuge personnel.

— Elle devra le partager avec moi pendant quelque temps. Je sens que le travail qu'elle m'a confié va me plaire.

— Vous allez devoir beaucoup marcher pour répertorier toutes les espèces de fleurs. Avec la chaleur, il devrait en apparaître de nouvelles chaque jour.

— Demain, je viendrai avec le matériel approprié.

Elle s'était mise à flâner, désireuse de s'écarter de Tom, s'arrêtant çà et là pour ramasser d'autres fleurs.

— Je ne voudrais pas qu'elles se fanent sur le chemin du retour.

S'étant redressée, elle promena son regard autour d'elle.

— Je comprends que la grande-duchesse soit tombée amoureuse de cet endroit. Il est tellement paisible... On a l'impression d'être à mille lieues du palais.

— Souvent, on tombe amoureux d'un endroit... ou d'une personne... au moment où on s'y attend le moins.

Elle retint son souffle, craignant qu'il n'aille au bout de sa pensée, mais il resta immobile à l'observer. Puis elle se remit en marche et il allongea le pas pour la rattraper.

— Qu'avez-vous fait depuis votre arrivée ?

— Je me suis promenée, j'ai lu. Je me sentais en vacances. Mais cette commande tombe à point nommé. À présent, je vais regagner ma chambre et dresser la liste de toutes les fournitures dont j'aurai besoin afin qu'on me les expédie depuis Saint-Pétersbourg. Par la même occasion, j'écrirai à Sarah pour lui annoncer la nouvelle. Les deux lettres partiront demain matin.

Tom songea aux lettres tendres que lui adressait Sarah. Mais si le cœur de la jeune femme débordait d'amour pour lui, son corps n'avait jamais répondu à son désir. Sa pudeur extrême mettait une barrière infranchissable entre eux. Combien de fois l'avait-il sentie se raidir sous ses caresses, les dents serrées et les paupières closes... Du moins ne poussait-elle plus des cris d'effroi, comme pendant leur nuit de noces, où elle s'était blottie dans un coin de la chambre, lui assurant qu'elle l'aimait tout en refusant de partager sa couche. S'il l'avait laissée faire, elle aurait probablement renoué avec son habitude enfantine de se baigner en chemise, telles les nonnes, afin de cacher une nudité qui lui faisait honte. Plus d'une fois, il s'était demandé quel poison sa mère, ce dragon de vertu, avait instillé dans son âme dès le plus jeune âge. Malgré tous ses efforts, il n'était jamais parvenu à en dissiper les effets.

— J'écrirai également à Sarah, conclut-il. Ainsi, ma lettre lui parviendra en même temps que la vôtre.

Marguerite fut soulagée de l'entendre prononcer le nom de sa femme. De cette façon, il semblait admettre qu'il existait un obstacle insurmontable entre eux.

— Fera-t-il aussi beau demain ? l'interrogea-t-elle. Si oui, je pourrai me mettre au travail sans tarder. On prête aux jardiniers la faculté de prédire le temps.

Il leva les yeux vers le ciel dégagé et hocha la tête d'un air rassurant.

— Je crois pouvoir vous promettre du soleil, dit-il.

Il se tourna vers elle et lui sourit. Une fois de plus, la courbure de ses lèvres éveilla en elle le souvenir d'un autre homme et d'une autre époque.

Elle acquiesça, incapable d'articuler un mot, et lui sourit en retour.

— Merci, Tom. Dans ce cas, à demain.

Il la suivit des yeux tandis qu'elle s'éloignait, espérant qu'elle s'arrêterait et lui ferait un signe de la main. Mais il n'en fut rien. Bientôt, la tache claire de sa jupe disparut derrière les arbres.

Dans l'embrasure d'une des fenêtres du palais, Catherine regardait en direction du plateau, même si un bosquet lui masquait celui-ci. Absorbée dans ses réflexions, elle ne prêtait pas attention aux bavardages des dames d'honneur qui se trouvaient dans la pièce avec elle. Un jour, quand Pierre et elle gouverneraient la Russie, elle ferait construire ici un palais dont l'architecture raffinée s'accorderait à la beauté de ce site délicieux. C'est dans ce refuge qu'elle recevrait son amant et ses plus proches amis. Un jour, quand elle serait devenue l'épouse de l'empereur, son rêve se réaliserait.

12

Heureusement pour Marguerite, la douceur qui régnait en ce mois de mai favorisait l'éclosion de nombreuses espèces de fleurs. Chaque matin, avant de quitter le palais, elle allait chercher aux cuisines un panier de provisions recouvert d'une serviette blanche, car elle aimait passer la journée sur le plateau par temps sec. Elle avait également droit à un cruchon de bière, mais elle préférait puiser dans ses mains l'eau fraîche d'un ruisseau. Un menuisier lui avait fabriqué une presse dans laquelle elle mettait les fleurs à sécher sitôt après les avoir cueillies. Elle faisait de chacune un dessin détaillé, qu'elle peignait ensuite à l'aide d'une boîte d'aquarelles qu'elle s'était procurée au palais.

Catherine venait presque chaque jour la voir travailler, puis elle repartait, emportant généralement quelques fleurs, qu'elle piquait dans ses cheveux ou dans son décolleté. À l'évidence, l'idée de la cape fleurie avait germé soudainement dans son esprit. Marguerite en avait déduit qu'elle l'avait d'abord fait venir à Oranienbaum pour le cas où une nouvelle grossesse l'aurait amenée à devoir ajuster sa garde-robe. Compte tenu des circonstances, ce désir de cacher son état aurait été guidé par la seule coquetterie : officiellement, l'opération subie par Pierre avait été un succès, de sorte que chacun lui aurait attribué la paternité de l'enfant.

En juin, une vague de chaleur exceptionnelle déferla sur la région, prenant tout le monde par surprise. Une nuée de libellules aux ailes chatoyantes envahirent les abords des lacs supérieur et inférieur, et le sol se couvrit d'un tapis mouvant de campanules bleu azur. En l'espace de quelques jours, les minuscules pensées se multiplièrent et l'on vit surgir une profusion d'humbles boutons-d'or. Çà et là, les corolles jaunes des sabots-de-Vénus pointaient entre les touffes d'herbe duveteuse.

Dès le départ, Marguerite avait fait parvenir à Jeanne le modèle de la cape et des souliers afin qu'elle attaque le travail de broderie sitôt qu'elle recevrait les premières fleurs séchées et les croquis. Depuis, elle avait régulièrement confié de nouveaux spécimens à un messager, de sorte que ses ouvrières avaient bien avancé leur ouvrage.

Tom venait la voir tous les matins, pour le cas où elle aurait eu besoin de son aide. En réalité, elle avait amplement trouvé de quoi s'occuper jusque-là. Sa présence la mettait un peu mal à l'aise mais il ne s'attardait pas, ayant généralement à faire dans une autre partie du parc. Il lui avait promis de ne pas tracer de sentier tant qu'elle n'aurait pas fini sa collecte. Celle-ci durait déjà depuis plus longtemps que prévu, l'apparition quasi quotidienne de nouvelles espèces lui compliquant la tâche.

Un soir, elle rangeait ses tubes d'aquarelle dans leur

boîte quand une ombre s'étendit sur elle. Elle leva les yeux et vit Tom qui se dressait dans la lumière dorée, la tête nue.

— Oh ! c'est vous, Tom. Pourtant, ce n'est pas votre heure.

Elle saisit la main qu'il lui tendait et se releva sans effort.

— Quelle soirée magnifique ! Que diriez-vous d'une promenade avant de regagner le palais ?

— Avec plaisir.

Elle ôta son chapeau et le laissa tomber sur l'herbe.

— J'ai besoin d'un peu d'exercice, après être restée assise toute la journée.

Tout naturellement, ils partirent du côté opposé au palais et s'enfoncèrent parmi les arbres qui poussaient nombreux dans cette partie du parc. Ils n'éprouvaient pas le besoin de parler, n'osant pas troubler la paix qui régnait en ces lieux. La jeune femme levait parfois les yeux vers le dais de feuillage qui s'étendait au-dessus d'eux quand ils passaient sous les branches d'un arbre. Les feuilles paraissaient translucides dans la lumière ambrée du crépuscule.

Lorsqu'il fut temps de rebrousser chemin, elle s'adossa un instant contre un bouleau et ferma les yeux. Son expression reflétait le ravissement que lui inspirait la beauté de l'endroit.

— À quoi pensez-vous ? demanda Tom en appuyant sa main sur le tronc près de sa tête.

— À rien, murmura-t-elle. J'écoute.

Il sourit.

— Je n'entends que le silence.

— Précisément : j'écoute le silence. On ne ressent jamais un tel calme au palais. Il y a toujours des portes qui s'ouvrent et se ferment, des éclats de voix, le frou-frou des jupes, le bruit des pas des soldats...

— Vous avez passé toute la journée à peindre sur le plateau et c'est seulement maintenant que vous remarquez le silence ?

— J'étais trop absorbée dans mon travail...

Elle rouvrit les yeux et les paroles qu'elle s'apprêtait à prononcer moururent sur ses lèvres. Tom vint encore plus près d'elle. Elle voulut s'éloigner de l'arbre, mais il fut plus rapide et prit son visage dans ses mains.

— Cessez de me fuir, Marguerite, la supplia-t-il. Nous avons tenté de nous éviter, en vain. Depuis votre arrivée, nous nous jouons une comédie dont nous ne sommes dupes ni l'un ni l'autre.

— Je n'écouterai pas un mot de plus !

Un éclair de panique passa dans le regard de la jeune femme. Tom poursuivit, comme s'il n'avait pas entendu ses protestations :

— La première fois que mes yeux se sont posés sur vous, j'ai su que vous étiez celle que j'avais attendue toute ma vie.

— Ne dites pas cela, Tom !

Elle tenta désespérément de se dégager, mais il la serra contre lui et plaqua sa bouche sur la sienne pour la faire taire. Son baiser passionné la replongea brutalement dans le passé. Elle se crut de nouveau à Paris, la ville où Jacques et elle s'étaient aimés et embrassés. Elle sentit que Tom la couchait sur un tapis de mousse. Ignorant tout des souvenirs qui se bousculaient dans son esprit, il sécha avec ses lèvres les larmes qui jaillissaient de sous ses paupières closes et glissa une main dans son corsage pour caresser son sein.

— Ma chérie, murmura-t-il avec ferveur, vous et moi sommes faits l'un pour l'autre.

— C'est faux ! Il ne peut rien y avoir entre nous !

— Comment pouvez-vous dire cela alors qu'une chance unique s'offre à nous ? Nous pourrions nous retrouver ici chaque jour, sans que personne nous questionne ou nous observe. Nous y serions aussi seuls que sur une autre planète.

— Nous n'en avons pas le droit !

La voix de la jeune femme se brisa sur le dernier mot. Il lui effleura doucement la joue, conscient du conflit qui se jouait en elle.

— Marguerite, laissez-moi vous aimer, l'implora-t-il. Cet endroit sera notre sanctuaire. Nul ne saura jamais que c'est ici que nous nous sommes véritablement trouvés.

Il voulut l'embrasser à nouveau, mais elle détourna la tête.

— C'est impossible ! gémit-elle.

— Ne voyez-vous pas que c'est la providence qui nous a réunis ?

Elle ne répondit pas, refusant d'attribuer à la divine providence la responsabilité de cette situation intenable. Tout ce qu'elle voyait, c'était qu'elle se trouvait au bord d'un gouffre dont elle devait à tout prix s'éloigner. Au même moment, elle sentit fléchir sa résolution et n'opposa aucune résistance quand Tom l'embrassa avec encore plus de passion que la première fois. Elle songea à toutes les occasions où Jacques et elle s'étaient aimés en cachette, à la façon dont son corps réagissait aux caresses de son fiancé... Mais ils n'avaient de comptes à rendre à personne, sinon à eux-mêmes.

Au prix d'un violent effort : de volonté, elle s'arracha aux bras de Tom. S'étant relevée, elle baissa les yeux vers lui et le vit courber le front, à la fois déçu et malheureux.

— Nous devons faire le serment que nous n'oublierons plus jamais Sarah ! dit-elle d'une voix haletante.

Tom resta quelques secondes sans bouger ni la regarder. Puis il se leva et se tint face à elle. Aucun retour en arrière n'était possible. Toutes les barrières avaient volé en éclats. Quand il étendit la main vers elle, elle recula d'un pas et secoua la tête.

— Peu importent les promesses, dit-il en la dévisageant d'un air grave. Vous savez comme moi que ce n'est pas fini. Les sentiments qui nous unissent sont trop puissants. Rien ne nous empêche de nous revoir quand nous aurons regagné Saint-Pétersbourg. Nous trouverons un moyen de nous rencontrer sans faire de peine à quiconque.

— Vous voulez dire à Sarah ! cracha-t-elle rageusement. Pourquoi évitez-vous de prononcer son nom ? Non, Tom. Il n'est pas question que nous nous revoyions, ici ou ailleurs.

— Croyez-vous que cela changera quelque chose à ce que nous éprouvons l'un pour l'autre ?

En dépit de son mouvement d'humeur, il continuait à fixer sur elle un regard plein d'amour.

Étouffant un sanglot, Marguerite lui tourna le dos et rebroussa chemin jusqu'à l'endroit où elle avait laissé ses affaires. Elle fourra sa boîte de peintures dans son panier, ramassa son chapeau et dévala la pente du plateau. Dans sa hâte, elle manqua plus d'une fois de tomber en glissant sur l'herbe. Tom la suivit du regard tandis qu'elle s'éloignait en courant, comme si elle cherchait à fuir autant son désir que le sien.

Le lendemain, Tom se rendit sur le plateau selon son habitude, mais il aperçut de loin un groupe de dames d'honneur qui attendaient. Il en conclut que la grande-duchesse se trouvait avec sa brodeuse et, comme il avait des affaires urgentes à régler ailleurs, il décida de revenir plus tard. Il fallait qu'il voie Marguerite au plus vite, pour tenter de la convaincre que son mariage avec Sarah ne faisait pas obstacle à leurs relations.

Catherine voulait voir comment progressait le travail de Marguerite. À présent, elle avait la certitude d'être à nouveau enceinte, mais, si elle n'avait plus besoin de cacher son état, elle n'était pas pressée pour autant de le révéler publiquement. C'était pour cela qu'elle avait fait venir Marguerite à Oranienbaum. En plus de lancer une mode, la cape que lui confectionnait la jeune Française lui serait très utile pour cacher ses rondeurs le moment venu. Plus tard, elle exhiberait celles-ci avec fierté, sachant que tout le monde se réjouirait de sa grossesse, surtout l'impératrice.

Sur le chemin du retour, Catherine repensa à sa première escapade dans la forêt, le lendemain de son arrivée à Oranienbaum. C'était là qu'elle avait annoncé la bonne nouvelle à Serge. « Quoi, déjà ? » s'était-il exclamé d'un ton rageur.

Le son portait loin dans la forêt. Catherine avait plaqué une main sur la bouche de son amant, même si personne ne pouvait les entendre. Elle comprenait les raisons de sa colère : une fois qu'elle aurait révélé son état, elle serait mise au repos forcé pour le bien de l'enfant à naître, et son entourage s'évertuerait à les séparer.

— Chut ! mon chéri, avait-elle dit d'une voix apaisante. Nous avons tout l'été à passer ensemble. Alors, profitons-en.

Serge avait été long à se calmer. On aurait dit qu'il niait la part qu'il avait prise dans sa grossesse. Dans son esprit, en fermant les yeux sur leur liaison, l'impératrice lui assignait le rôle d'étalon, situation qu'il jugeait humiliante. Et, d'une certaine manière, la rapidité avec laquelle Catherine était tombée enceinte semblait donner raison à Élisabeth.

Devant son visage crispé, Catherine s'était demandé une fois de plus s'il l'aimait encore, mais elle s'était dépêchée d'écarter ses doutes.

Tom passa la journée à superviser l'installation d'une fontaine. Après que les ouvriers se furent retirés pour la nuit, il prit un bain et se changea avant de se diriger vers le plateau. Il monta la côte en courant.

Il lui fallut un moment pour trouver Marguerite, car la jeune femme s'aventurait chaque jour un peu plus loin en quête de nouvelles fleurs. Dès qu'il l'eut repérée, il s'arrêta net : elle n'était pas seule. Une femme de chambre l'assistait dans son travail. Ni l'une ni l'autre ne semblaient l'avoir vu, aussi s'éloigna-t-il en attendant que Marguerite renvoie la domestique. Il serait alors libre de la prendre à nouveau dans ses bras.

Toutefois, Marguerite l'avait aperçu du coin de l'œil. Redoutant de se retrouver seule avec lui, elle s'était prémunie contre ce risque.

Quand ce fut l'heure de rentrer, elle jeta un coup d'œil dans sa direction et vit qu'il l'attendait. Leurs regards se croisèrent et, bien qu'il lui en coûtât, elle détourna la tête au bout de quelques secondes. La souffrance qu'elle pouvait lire sur son visage était assez éloquente : il avait compris qu'elle était résolue à couper court à leurs relations avant même que celles-ci aient véritablement commencé.

Aussi immobile qu'une des statues de marbre du parc d'Oranienbaum, il la suivit des yeux jusqu'à ce qu'elle ait disparu.

Même avec l'aide quotidienne de la femme de chambre, il fallut plus longtemps que prévu à Marguerite pour recueillir un spécimen complet de chacune des espèces de fleurs. Durant tout ce temps, elle ne vit Tom que deux ou trois fois, toujours de loin. Pourtant, elle le soupçonnait d'être monté à plusieurs reprises sur le plateau dans l'espoir de la surprendre seule. Mais avec tous les arbres et les buissons qui l'entouraient, elle n'aurait pu affirmer que c'était bien lui qu'elle avait aperçu. Puis, un soir, on lui apporta une lettre. Ayant brisé le sceau, elle vit qu'elle était signée de Tom. Le texte tenait en quelques lignes :

Quand vous recevrez ce billet, je serai en route pour Saint-Pétersbourg, où je resterai quelques jours auprès de Sarah. Pour autant, ne croyez pas que j'oublierai les trop brefs instants que nous avons passés ensemble.

Marguerite se laissa tomber sur une chaise et chiffonna la lettre. C'était sûrement la magie du parc d'Oranienbaum qui avait semé le trouble dans leur âme et empoisonné leur cœur avec des regrets. Elle avait toujours méprisé les femmes qui séduisaient les époux de leurs amies et se reprochait amèrement d'avoir été à deux doigts de commettre une telle infamie.

S'étant ressaisie, elle relut la lettre de Tom et arriva à la conclusion qu'il s'était fait une raison. Puis une autre interprétation lui vint à l'esprit : peut-être voulait-il dire qu'il ne renoncerait pas en dépit du refus qu'il avait essuyé.

Cette pensée la bouleversa au point de troubler son repos. Certains soirs, elle se relevait et allait s'accouder sur le bord de la fenêtre ouverte. Une clarté diffuse baignait le parc et les oiseaux chantaient comme si c'était le matin, et non le milieu de la nuit. Parfois, une farandole surgissait du palais et se répandait sur les pelouses afin de saluer le soleil. Avec leurs costumes aux couleurs vives rehaussés de pierreries, les danseurs donnaient l'impression de sortir d'une corne d'abondance géante. Catherine et Serge se trouvaient parmi eux. Emmenés par des musiciens, ils s'éloignaient en dansant dans la lumière dorée et finissaient par disparaître. Les pieds de Marguerite marquaient la mesure, comme s'ils étaient doués d'une volonté propre, tant qu'elle pouvait entendre la musique.

Le jour, elle regrettait de ne pas avoir une occupation qui lui aurait évité de penser à Tom. Depuis qu'elle avait achevé son travail de collecte, les jardiniers avaient entrepris de tracer un réseau de sentiers sur le plateau. De son côté, elle avait adressé les derniers dessins et échantillons à Jeanne, et se sentait à nouveau désœuvrée. Elle n'était pas venue en Russie pour mener une existence oisive. Mais Catherine avait encore une tâche à lui confier.

— Mademoiselle Laurent, je voudrais que vous choisissiez une de ces fleurs et vous en inspiriez pour créer un motif de broderie. La cape est-elle terminée ?

— Elle sera là d'un jour à l'autre, madame.

Le nouveau motif de broderie était prêt quand Jeanne apporta en personne la cape et les souliers. Marguerite l'accueillit avec plaisir.

— Je ne voulais pas manquer l'occasion de voir ce fameux palais orange, lui confia Jeanne avec des airs de conspiratrice quand elles se retrouvèrent dans le petit salon de Marguerite.

Cette dernière s'esclaffa.

— Mais il n'est pas orange ! Qu'est-ce qui t'a mis cette idée en tête ?

— Une des couturières russes nous a dit qu'*Oranienbaum* signifiait « oranger ». J'étais loin d'imaginer qu'il serait bleu et blanc !

— J'ai demandé des explications. Dans cette partie du monde, l'oranger est un arbre si rare et si précieux que seule la famille impériale en possède. Cet adorable palais jouit du même statut, d'où son nom. Mais il se pourrait qu'il devienne orange un jour. D'après ce que j'ai compris, quand un palais a besoin d'un ravalement, on a coutume de le repeindre dans une couleur différente.

— En arrivant ici, j'ai eu l'impression de voir un palais de conte de fées. Je suis certaine qu'il n'en existe pas deux comme lui.

— Ça, je l'ignore, bien que tout le monde vante le charme du palais de la grande-duchesse. Il comprend même une pièce aux murs incrustés d'ambre.

— Quel luxe ! s'exclama Jeanne, stupéfaite. L'impératrice possède plus de palais qu'elle n'a de doigts de pieds !

La paysanne qu'elle était à l'origine ne tarda pas à réagir.

— Ce n'est pas juste, bougonna-t-elle. C'est pareil

chez nous : les riches s'en mettent plein la panse tandis que les pauvres crèvent de faim.

— Parlons d'autre chose, dit Marguerite. J'étais impatiente d'avoir de vos nouvelles à toutes. Tu ne m'as pas écrit.

— Je suis plus à l'aise avec une aiguille qu'avec une plume, se défendit Jeanne. Et puis cela me fatigue de chercher les mots. Tout le monde te salue bien.

Elle se mit à compter sur ses doigts.

— Commençons par Sophie. Elle et Valentin sont fiancés, mais ils n'ont pas encore fixé de date pour le mariage. Ça arrange Sophie, car elle n'a pas fini de broder son trousseau. Valentin veut attendre que sa sœur, son beau-frère et leurs enfants puissent venir de Moscou et aussi, si c'était possible, que son frère soit rentré de l'étranger. Maintenant, je connais bien le reste de la famille Vaganov, grâce à Olga. Elle a vendu quelques-unes de mes broderies dans sa boutique et souhaiterait en avoir d'autres.

— C'est magnifique !

— Quant à Violette, elle change d'amant comme de chemise. En ce moment, elle fréquente un lieutenant. Personnellement, je trouve qu'il ressemble à une fouine, mais elle est très entichée de lui, comme toujours au début. Rose et Isabelle passent presque tout leur temps libre avec les demoiselles Pomfret. Toutefois, j'ai remarqué qu'Isabelle avait tendance à faire bande à part, comme si elle était fatiguée d'entendre les autres parler garçons, coiffures, vêtements et colifichets. Il est vrai qu'Isabelle a toujours été plus posée que cette tête de linotte de Rose. Celle-là, je me demande ce qui pourrait lui mettre du plomb dans la cervelle !

— Jeanne, tu as une fille ravissante.

— Ouais ! un peu trop pour son propre bien. M. et Mme Pomfret sont des gens charmants. Ils nous ont invitées, Sophie et moi, à venir prendre le thé. J'imagine qu'ils voulaient savoir à quoi ressemblaient la mère et la tante de Rose. Il faut croire que nous leur avons plu, car ils nous ont invitées une deuxième fois, puis une troisième, pas plus tard que la semaine dernière. Il y a toujours plein de jeunes gens sous leur toit, mais, grâce au ciel, Mme Pomfret veille sur les filles.

— Peut-être Rose et Isabelle finiront-elles par épouser des Anglais.

— Qui sait ? Je n'aurais jamais cru qu'il y avait autant de jeunes Anglais qui travaillaient à Saint-Pétersbourg.

— Et toi, Jeanne ?

— Moi ? gloussa Jeanne. Je n'ai toujours pas de galant. Tout ça n'est plus de mon âge. En revanche, Jan Van Deventer a demandé de tes nouvelles.

— Ah ?

Marguerite était encore trop bouleversée par le souvenir de l'incident avec Tom pour désirer la présence du bouillant Hollandais.

— Comment va-t-il ? demanda-t-elle machinalement.

— Toujours aussi bel homme. Il est revenu en Russie par la mer, avec tout un lot de peintures qu'il a exposées à l'ambassade de Hollande. Il a tout vendu ! Ce garçon doit rouler sur l'or. Il attendait une nouvelle cargaison de tableaux pour ces jours-ci. C'est pour ça qu'il ne pouvait pas quitter la ville.

— Tu lui as dit que je me trouvais ici ?

— Oui. Je l'ai rencontré un jour par hasard, en traversant le pont.

Jeanne observait sa patronne à la dérobée, se demandant si elle était déçue que Jan ne lui ait pas encore rendu visite. Mais son absence de réaction l'inquiéta. Que lui était-il arrivé pendant son séjour dans ce palais si étrangement nommé ?

— Ainsi, tu n'as vu aucune de ses toiles ? interrogea Marguerite d'un ton indifférent.

— Non. Tout va bien, Marguerite ? demanda-t-elle après un silence.

La jeune femme haussa les sourcils, surprise.

— Bien sûr que oui ! dit-elle avec un rire forcé. Et cela ira encore mieux quand j'aurai vu ce que tu m'as apporté.

Jeanne ouvrit la boîte et déplia plusieurs épaisseurs de mousseline. Les couleurs des fleurs que Marguerite avait cueillies éclataient sur la soie crème de la cape. Plutôt courte et dépourvue de col, celle-ci était en elle-même une œuvre d'art. Marguerite la drapa sur ses épaules et jugea du résultat dans un miroir.

— Superbe, dit-elle. Sophie, Violette et toi avez créé un chef-d'œuvre. La grande-duchesse va l'adorer.

Le visage de Jeanne s'épanouit en un large sourire.

— Nous espérions qu'elle te plairait.

Elle se retourna afin d'ouvrir la boîte qui contenait les souliers et montra ceux-ci à Marguerite. Les minuscules fleurs recouvraient jusqu'aux talons.

— Le cordonnier du palais a bien travaillé !

Jeanne passa la nuit chez Marguerite.

Sitôt après le départ de son amie, le lendemain matin, la jeune femme apporta la cape à Catherine. Comme prévu, la grande-duchesse se montra enthousiasmée. Elle essaya immédiatement la cape et glissa ses pieds menus dans les souliers.

— Quelle splendeur !

Elle tournoyait devant sa glace, si vite que les broderies se fondaient en un arc-en-ciel, s'examinant sous tous les angles.

— À présent, j'ai envie d'une robe dont la jupe reprendrait les motifs de cette cape.

— M'autorisez-vous à retourner à Saint-Pétersbourg pour mettre ce projet sur pied ?

— Mais oui ! répondit Catherine sans hésiter. Mademoiselle, vous avez fait des merveilles. Vous êtes libre de partir dès demain si vous le souhaitez.

Marguerite se réjouissait de retrouver l'atelier. Si elle avait toute confiance dans le talent et le sens de l'organisation de Jeanne, elle n'avait aucune envie de rester là à attendre les ordres de la grande-duchesse. Deux nuits auparavant, tandis qu'elle cherchait le sommeil, elle avait eu l'idée d'un nouveau modèle pour l'impératrice et s'était relevée afin de le dessiner. Elle avait la conviction qu'une fois achevée cette robe serait tout aussi spectaculaire que celle aux plumes de paon.

Ce soir-là, Catherine dansa des heures durant dans ses souliers neufs. Mais le lendemain matin, une grande déception s'abattit sur elle et sur Pierre : l'impératrice leur donnait l'ordre de partir immédiatement pour le palais de Peterhof avec leur cour, car elle souhaitait les avoir près d'elle pour le cas où elle aurait dû les entretenir d'affaires importantes. Quand on lui annonça la nouvelle, le grand-duc poussa de grands cris et trépigna tel un enfant colérique, mais, nonobstant la haine qu'il vouait à sa tante, il n'avait d'autre choix que de se soumettre à sa volonté. Quant à Catherine, elle était secrètement désespérée de devoir renoncer à la liberté dont elle jouissait à Oranienbaum.

En même temps, elle comprenait la décision d'Élisabeth. Dans l'ensemble, la tsarine laissait à ses ministres le soin de gouverner son empire tout en déléguant à Pierre les dossiers qui réclamaient une attention particulière. Presque chaque jour, des messagers apportaient au grand-duc des missives et des documents, qu'il ne prenait même pas la peine de lire. Exaspérée par l'incapacité de son neveu à accomplir son devoir, la tsarine avait réagi en restreignant son autonomie.

Marguerite dut attendre plusieurs jours le départ d'une voiture à destination de Saint-Pétersbourg. Elle profita de ce délai pour réfléchir à la robe que lui avait demandée Catherine et soumit son projet à l'approbation de cette dernière. Enfin, elle fut autorisée à prendre place à bord d'une voiture qui transportait sur son toit une malle contenant les petits soldats du grand-duc ; ceux-ci attendraient le retour de leur propriétaire au palais d'Hiver.

Elle patientait dans la cour pendant qu'on arrimait ses bagages auprès de la malle quand Constantin Dachiski vint la trouver.

— Vous permettez que je vous accompagne ? lui demanda-t-il avec un large sourire.

Elle pouffa.

— Et où donc allez-vous ?

— Au même endroit que vous ! Je retourne à Saint-Pétersbourg.

— Dans une simple voiture de poste ? Le capitaine Dachiski mérite un autre équipage !

— Bah ! Celui-ci en vaut bien un autre. À moins

que ma compagnie vous ennuie ? ajouta-t-il d'un air malicieux.

— Pas le moins du monde, capitaine.

Elle secoua la tête, enchantée de la présence du jeune homme. Sa bonne humeur communicative chasserait de son esprit le souvenir de Tom et les regrets qui auraient pu l'assaillir au moment de quitter Oranienbaum.

— Je ne suis plus capitaine, précisa-t-il. L'impératrice m'a promu au grade de commandant. Mais appelez-moi Constantin.

— Félicitations, Constantin.

Il répondit par une inclination de la tête.

— Merci, mademoiselle Marguerite. J'espère qu'un jour vous m'autoriserez à réparer le tort que je vous ai causé en ne vous en emmenant pas danser comme je vous l'avais promis. Je suis arrivé de Peterhof il y a quelques jours, porteur d'un message de la tsarine à l'intention de Leurs Altesses impériales. Mais la grande-duchesse Catherine m'a dit que vous étiez déjà repartie pour Saint-Pétersbourg, aussi n'ai-je pas cherché à vous revoir.

— Elle ignorait que j'avais dû attendre le départ d'une voiture. Mais pourquoi retourner en ville quand vous avez la possibilité de rester à la campagne ? J'ai entendu dire que les moustiques étaient un vrai fléau à cette saison. Il y en a quelques-uns à Oranienbaum mais, la plupart du temps, la brise de la mer les empêchait d'approcher du plateau où je travaillais.

— Je compte passer la fin de l'été dans ma propriété.

En réalité, il avait l'intention de se rendre directement à son domaine quand il avait aperçu Marguerite et ses bagages depuis une fenêtre. Il s'était alors dit qu'il serait plus agréable de voyager en sa compagnie. Ce détour par Saint-Pétersbourg ne le retarderait guère. D'ailleurs, si sa maîtresse ne l'avait pas attendu à la campagne, il serait certainement resté en ville pour revoir cette jeune femme qui l'intriguait tant.

— Je n'aurai à supporter les moustiques de Saint-Pétersbourg qu'une seule nuit, dit-il quand ils furent installés dans la voiture. Voulez-vous dîner avec moi ?

— Impossible ! J'aurai une montagne de choses à faire en arrivant.

Il grimaça d'une manière comique, ce qui la fit rire.

— Une autre fois, alors ? insista-t-il.

— Peut-être.

Voyant que le commandant Dachiski n'avait pas l'intention de faire la route dans la voiture qui l'attendait, un laquais se précipita vers le coche sur le point de démarrer, un panier à la main. Il tourna la poignée, lança le panier à l'intérieur et referma la portière en la claquant avant de s'arrêter, hors d'haleine.

Constantin cala le panier sur la banquette et remarqua :

— À tout le moins, nous pique-niquerons ensemble ce midi. Vous disiez que vous travailliez dans le parc d'Oranienbaum. Qu'y faisiez-vous ?

Marguerite lui parla de la tâche que lui avait confiée Catherine et du plaisir que lui avait procuré son exécution. Mais comme elle disait cela, le souvenir de Tom revint la hanter et elle se hâta de passer à un autre sujet.

Un peu plus tard, Constantin souleva le couvercle du panier et partagea les provisions qu'il contenait avec elle. Le repas était prévu pour une personne, mais il y avait amplement de quoi en restaurer deux. Il déplia l'unique serviette et la posa sur les genoux de sa compagne de voyage. Puis il lui servit du vin dans le verre et but le sien dans le seul autre récipient disponible, à savoir le bouchon en argent de la flasque de vodka qu'il avait pêchée dans la poche de son manteau. Le pique-nique fut très agréable.

Comme la route bifurquait à l'approche de Saint-Pétersbourg, ils croisèrent une voiture qui roulait en direction de Peterhof. Marguerite ne prêta pas attention à l'occupant de celle-ci. L'homme étirait ses longues jambes devant lui, absorbé dans sa lecture. Il ne tourna pas la tête durant les quelques secondes où les fenêtres des deux voitures furent au même niveau. Toutefois, il changea de position et referma son livre.

Jan Van Deventer jeta un coup d'œil à sa montre de gousset. Il serait bientôt arrivé. Des toiles enroulées étaient rangées sur la banquette en face de lui. Il comptait en donner la primeur à la grande-duchesse avant de montrer celles qui resteraient à l'impératrice. Le bateau qui devait les apporter ayant pris du retard, son attente s'était prolongée.

Il aurait profité de l'occasion pour rencontrer Marguerite si celle-ci n'avait été retenue à Oranienbaum. Mais, la veille, Jeanne lui avait appris que Pierre et Catherine avaient gagné Peterhof. Il avait alors pensé que Marguerite accompagnerait la grande-duchesse. Cette nouvelle avait coïncidé avec l'arrivée de la deuxième cargaison de tableaux. Durant l'hiver, il avait lui-même exécuté plusieurs toiles quand ses affaires lui en laissaient le temps. Il en avait emporté quelques-unes à Peterhof, ainsi que des œuvres de jeunesse qu'il n'avait jamais songé à vendre jusque-là.

D'ordinaire, il emportait toujours de quoi dessiner

en voyage. Cette fois, il s'était également muni d'une caisse contenant des aquarelles, des huiles, des pinceaux et une palette. Ses essais des derniers mois lui avaient redonné le goût de la peinture. De même que les artistes flamands du siècle précédent, il avait parsemé le tableau qu'il destinait à Marguerite de symboles composant une énigme qu'elle seule pourrait résoudre.

Il repensa à leur rencontre à Riga. En se retournant, il avait découvert son visage rayonnant de la joie qu'elle ressentait à lui annoncer ce qu'elle prenait pour une bonne nouvelle. Ses yeux étincelaient et la clarté des bougies donnait des reflets cuivrés à ses cheveux. Elle n'avait pas semblé remarquer l'effet que sa beauté produisait sur lui. Ce n'est que plus tard qu'il avait appris qui elle était, de la bouche d'Hendrick. Mais son image ne l'avait pas quitté durant la conversation qu'il avait eue avec son frère autour de la table du dîner.

— Cette femme, avait-il dit d'un air détaché en jouant avec le pied de son verre de vin... Celle avec qui je parlais quand tu m'as aperçu. Tu vois qui je veux dire ?

— Je ne l'ai pas remarquée.

— Plutôt jolie dans son genre. Elle m'a pris pour un autre.

— Ce devait être la couturière française, Marguerite Laurent.

Hendrick lui avait raconté comment la jeune femme et ses compagnes étaient arrivées en Russie et le soin qu'elle avait pris de Sarah Warrington durant le voyage.

— Elle a dû te confondre avec le mari de l'Anglaise. Je reprendrais volontiers du vin, avait ajouté Hendrick en cherchant la serveuse des yeux. Pas toi ?

Jan regardait sans le voir le paysage de plaine qui défilait derrière la vitre de la portière. Ce soir-là, à Riga, le visage de Marguerite s'était gravé dans sa mémoire. Il avait également appris qui elle était et où elle logeait. Jamais encore le souvenir d'une femme ne l'avait poursuivi de cette manière.

13

Marguerite reçut un accueil chaleureux de ses compagnes d'atelier. Isabelle était particulièrement heureuse de la revoir et de lui montrer ses derniers travaux. Marguerite étudia ceux-ci et la complimenta. Isabelle promettait de devenir sa meilleure ouvrière et, d'ici peu, elle pourrait rivaliser avec Jeanne.

— Tu te débrouilles à merveille, Isabelle. Je me réjouis de te compter dans mon équipe. D'ailleurs, j'ai des projets pour toi.

La figure de la jeune fille s'éclaira. Quand Jeanne examinait son travail, elle n'avait jamais un mot d'encouragement.

Marguerite alla chercher les fournitures qu'elle avait apportées de France. Son choix se porta sur les sequins opalins. Ceux-ci n'avaient aucune valeur intrinsèque, car ils avaient été achetés à bas prix sur un marché parisien, mais elle comptait sur eux pour rehausser la robe spectaculaire qu'elle entendait créer pour la femme la plus puissante du monde.

— Tu as reçu une lettre de Paris, lui signala Violette en lui remettant le pli en question. Nous avons reconnu l'écriture.

Marguerite vit immédiatement que la lettre était de Mme Fromont. À plusieurs reprises, elle avait écrit à leur ancienne patronne pour lui donner des nouvelles de leur groupe, mais c'était la première fois que celle-ci lui répondait. Marguerite s'assit et lut la missive à voix haute. Mme Fromont remerciait Marguerite pour les deux lettres qu'elle avait reçues, mais le contenu de celles-ci lui donnait à penser qu'au moins un troisième courrier s'était égaré. Si elle ne sortait plus guère de chez elle, elle se tenait au courant des dernières tendances de la mode. De même, elle avait des nouvelles des ouvrières travaillant toujours à l'atelier grâce à deux d'entre elles qui lui rendaient régulièrement visite. Par ailleurs, elle avait engagé une dame de compagnie qui lui donnait toute satisfaction. Elle leur envoyait à toutes ses meilleures pensées.

Quelques secondes de silence suivirent la lecture de la lettre par Marguerite. Celle-ci regarda ses compagnes. Cette bouffée d'air parisien les avait émues au plus profond d'elles-mêmes. Elles restaient immobiles, les yeux dans le vague.

Jeanne finit par rompre le charme.

— Je me réjouis de savoir que la vieille dame est contente de son sort. Maintenant, tout le monde au travail !

Marguerite était sur le point de sortir quand elle aperçut les mannequins représentant Élisabeth et Catherine.

— Qu'est-il arrivé à l'impératrice ? s'exclama-t-elle. Elle a les seins qui tombent !

— Nous avons reçu ses nouvelles mensurations hier, expliqua Jeanne. Il a fallu rembourrer le mannequin. Le messager qui nous les a apportées nous a confié qu'en plus d'avoir grossi elle paraissait fatiguée. Pas étonnant, avec la vie qu'elle mène ! Chacun sait qu'elle boit et collectionne les amants, sans parler des orgies qui se déroulent dans ses appartements privés.

Marguerite ne répondit pas. Il circulait quantité d'histoires sur les excès et les débauches supposées de l'impératrice, mais elle ignorait dans quelle mesure ces rumeurs étaient fondées.

Les jours suivants, elle fut très occupée à choisir les tissus et les fournitures qu'elle comptait emporter à Peterhof. Toutefois, elle prit le temps de rendre visite à Sarah avant son départ. Heureusement, son amie ne saurait jamais que, pendant quelques secondes, dans le parc d'Oranienbaum, elle avait failli céder à la tentation de ressusciter le passé dans les bras de son mari. Assurément, c'était Jacques qu'elle désirait à travers Tom. Dans ce cas, d'où venait la confusion qui régnait dans son cœur ?

Sarah n'était pas chez elle. Sa gouvernante informa la visiteuse que M. Warrington était reparti le matin même pour Oranienbaum avec son épouse, à qui il avait promis de montrer le parc une fois les travaux achevés. Marguerite se rappela qu'il lui avait fait la même promesse, à un moment où ni lui ni elle ne se doutaient qu'elle suivrait la grande-duchesse en villégiature.

— Quand Mme Warrington rentrera, dites-lui que je l'ai demandée, précisa-t-elle avant de se retirer.

De retour à l'atelier, elle trouva Isabelle fin prête à l'accompagner à Peterhof. Elle avait réfléchi : avec une assistante, la robe fleurie de Catherine serait plus vite terminée et elle retrouverait plus vite son atelier. Elle avait d'abord pensé emmener Rose puis elle s'était ravisée, songeant que la jeune fille n'était pas digne de confiance. En apprenant qu'elle l'avait choisie, Isabelle avait rougi de plaisir et Marguerite s'était fait la réflexion que sa gracile protégée était devenue bien jolie.

Le voyage fut bref. Quand leur voiture franchit les grilles du domaine de Peterhof, Marguerite fut frappée par la beauté du palais. La façade ambrée était mise en valeur par des dorures baroques, et un vaste parc à la française s'étendait autour de lui tel un tapis somptueux. Des statues dorées resplendissaient au soleil, des fontaines crachaient vers le ciel des gerbes auréolées d'arcs-en-ciel tandis que des cascades en gradins déversaient en permanence des torrents d'une eau aussi pure que du cristal. Isabelle ouvrait de grands yeux.

— Quelle splendeur ! s'exclama-t-elle, admirative.

À peine furent-elles installées dans leurs chambres qu'un domestique vint dire à Marguerite que l'impératrice l'attendait. Il ne fallut pas longtemps à la jeune femme pour parcourir la faible distance qui la séparait du palais d'Été. Elle avait emporté des poupées que Jeanne avait habillées suivant ses instructions. L'une d'elles portait la fameuse « robe à opales », comme elle l'avait nommée.

Elle fit une profonde révérence en entrant dans le salon de l'impératrice. En se redressant, elle put constater qu'Élisabeth avait changé. Si sa prestance était intacte, elle commençait à présenter les stigmates de la vie déréglée qu'elle avait toujours menée. Ses traits avaient tendance à s'affaisser et elle avait des poches sous les yeux. En revanche, son corset renforcé corrigeait les défauts de sa silhouette, si bien que sa poitrine paraissait toujours aussi ferme et rebondie.

— Excellent, dit-elle d'une voix pâteuse en faisant le geste d'écarter les poupées que Marguerite venait de soumettre à son jugement. Je veux que tout soit prêt d'ici à mon retour à Moscou.

Elle ajouta, pointant un doigt chargé de bagues vers la jeune femme :

— Mais le moment venu, c'est vous-même qui m'apporterez la robe brodée de sequins, ma fille ! Vous avez assez perdu de temps à cavaler derrière la grande-duchesse et à satisfaire ses caprices, comme cette cape qu'elle vous a réclamée. Dorénavant, vous ne coudrez plus que pour moi. Pourquoi croyez-vous que je vous ai fait venir de France ? Vous allez rentrer à Saint-Pétersbourg dès aujourd'hui et vous remettre immédiatement au travail !

Dépitée, Marguerite courut aussitôt chez la grande-duchesse, mais on l'informa que celle-ci ne pouvait la recevoir car elle posait pour un peintre hollandais qui devait exécuter son portrait sur l'ordre de l'impératrice.

Marguerite allait se retirer quand elle eut tout à coup une inspiration.

— Comment s'appelle ce peintre ? demanda-t-elle.

— Jan Van Deventer.

Elle resta muette. Apparemment, Jan avait davantage de talent qu'il le prétendait. Il était plus que probable que la tsarine avait pris sa décision après avoir vu l'une de ses œuvres.

Isabelle leva les yeux de son ouvrage à l'entrée de Marguerite et pâlit quand celle-ci l'eut informée des dernières nouvelles.

— Vous repartez ce soir ? Cela veut dire que je vais devoir broder la robe toute seule ?

— J'ai le devoir d'obéir à l'impératrice et, en même temps, je ne voudrais pas décevoir la grande-duchesse. C'est toi qui as réalisé presque toutes les broderies de la cape et tu t'en es très bien sortie. Je sais que je peux compter sur toi, toutefois je t'enverrai Sophie dès demain.

À la grande surprise de Marguerite, Isabelle fit non de la tête. Elle était consciente d'avoir beaucoup progressé en quelques mois. Sans doute le sentiment de sécurité qu'elle éprouvait à présent y était-il pour quelque chose. De surcroît, les compliments de Marguerite lui avaient donné de l'assurance.

— Non, protesta-t-elle. Je veux tout faire toute seule. Après cela, j'aurai gagné mes galons de couturière impériale !

— Certainement !

Marguerite retourna une fois de plus à Saint-Pétersbourg. De même que celle de la cour, son existence était désormais rythmée par des allées et venues incessantes entre les différents palais. À tout le moins, la fin de l'été promettait d'être moins agitée.

Sarah lui avait écrit d'Oranienbaum, disant qu'elle comptait rester quelque temps auprès de son mari. À présent que la cour se trouvait à Peterhof, elle était libre de regarder Tom travailler ou de se promener dans le parc, où elle passait parfois des heures à lire, assise dans l'herbe.

Jan réapparut aux derniers beaux jours. Un soir, Marguerite se rendait aux cuisines quand elle le trouva en bas en train de l'attendre. En la voyant approcher, il ôta son tricorne et le coinça sous son bras. Tête nue, il lui parut plus grand que dans son souvenir. À dire vrai, elle ne l'avait pas revu depuis un moment. Il lui prit la main et l'attira près de lui.

— Quelle femme insaisissable vous êtes ! plaisanta-t-il. À mon retour de Hollande, vous étiez à Oranienbaum. Je pensais ensuite vous trouver à Peterhof, mais vous vous êtes encore envolée avant mon arrivée. J'ai fini par croire que vous m'évitiez !

Ce disant, il avait une lueur de défi dans le regard. Marguerite éclata de rire.

— Bien vu !

— C'est le travail qui m'a retenu si longtemps à Peterhof. L'impératrice m'a chargé de peindre le portrait de la grande-duchesse.

— J'étais au courant. Toutes mes félicitations.

Il inclina la tête pour la remercier.

— Dans la foulée, j'ai également fait le portrait du grand-duc et exécuté un certain nombre d'autres commandes. Mais à présent, me voici ! Commençons donc par dîner ensemble. D'ici peu, je ferai à nouveau route vers Amsterdam. Nous n'avons pas de temps à perdre !

Au grand étonnement de Marguerite, il la conduisit à l'appartement qu'il avait loué au premier étage d'une maison du quartier hollandais de la ville. Une servante flamande plus toute jeune et bien en chair prénommée Saskia fit une petite révérence à leur entrée et prit le châle de Marguerite.

Le salon, plutôt spacieux, était confortablement meublé dans le style flamand, avec un grand poêle décoré de carreaux de Delft bleu et blanc. Comme son invitée examinait les tableaux qui ornaient le mur, Jan vint près d'elle et lui indiqua les titres des œuvres ainsi que le nom des auteurs. Il y avait plusieurs vues d'Amsterdam et de son port si animé, mais Marguerite s'intéressa surtout à deux toiles représentant la maison familiale des Van Deventer. La première la montrait de face, avec ses fenêtres à vitraux qui donnaient sur un canal. La seconde offrait un aperçu de la cour et des parterres de tulipes qui s'étendaient derrière la maison. Les deux avaient été peintes par le frère de Jan, Maarten.

Le tableau voisin, également dû à un peintre flamand, montrait une femme en corsage noir et jupe rouille balayant des dalles noires et blanches. La pièce était éclairée par des fenêtres à petits carreaux qui laissaient entrer des flots de lumière. Marguerite s'attarda un moment, puis elle passa au portrait d'un homme d'une soixantaine d'années à l'expression énergique qui semblait prêt à surgir du cadre, une cape de velours rubis jetée sur l'épaule. En dehors du bouc qui ornait son menton, il offrait une ressemblance frappante avec Jan.

— Votre père, j'imagine ? dit-elle.

— Non. C'est un autoportrait de mon défunt grand-père. Il l'a peint juste avant d'apprendre que le bateau de notre père avait fait naufrage dans une tempête, quelque part dans les Indes orientales hollandaises.

— Quelle tragédie !

— Malheureusement, nous avons perdu notre mère peu après. Elle a succombé à une forte fièvre. Maarten n'avait que douze ans à l'époque. Par chance, Hendrick était déjà marié à Cornelia et c'est l'affection de celle-ci qui a permis à notre frère de surmonter son chagrin. (Il redressa légèrement le cadre du tableau.) Il me plaît d'avoir le cher vieil homme à mes côtés.

— Vous l'aimiez beaucoup ?

Marguerite étudia à nouveau le visage du grand-père de Jan. Il avait les mêmes yeux clairs et perçants que son petit-fils, la même bouche sensuelle.

— Nous l'aimions tous. Jeune homme, il était peintre itinérant. Quand le succès fut venu, il acheta la maison que vous venez de voir ainsi qu'un atelier attenant à une galerie, dans laquelle il exposait ses œuvres et celles d'autres artistes. Hendrick n'a aucun talent pour la peinture. Il a vécu quelques années à l'étranger, mais Cornelia lui a posé un ultimatum et il s'est fixé à Amsterdam. Il lui arrive encore de voyager pour me rendre service, comme lorsqu'il a escorté un lot de toiles jusqu'à Riga.

— Hendrick et sa femme habitent-ils la maison de votre grand-père ?

— Non. C'est moi qui en ai hérité, ainsi que de la galerie.

— J'espère que les portraits du grand-duc et de la duchesse seront accrochés à un endroit où je pourrai les voir.

— Je n'en sais pas plus que vous à ce sujet.

Il lui offrit une chaise et elle s'assit à la table recouverte d'une nappe damassée qui occupait un bout de la pièce. Le chandelier à trois branches posé au centre faisait étinceler les verres et donnait des reflets grenat au vin de la carafe.

Saskia leur avait préparé un repas froid qui comprenait un assortiment de condiments typiquement flamands – petits légumes macérés dans du vinaigre, tranches de concombre à la sauce piquante – servis dans de minuscules bols, ainsi que des pommes au four saupoudrées de cannelle. Marguerite trouva le tout excellent. Tandis qu'ils mangeaient, assis en vis-à-vis, Jan lui raconta dans quelles circonstances l'impératrice lui avait commandé les portraits de Pierre et de Catherine.

— Ça a été un coup de chance. L'impératrice a vu l'une de mes œuvres, que j'avais rangées par erreur avec celles que je comptais lui vendre. Heureusement, j'ai réussi à la distraire avant qu'elle fasse son choix, en lui montrant une toile de Jan Fyt. Je lui ai rappelé qu'elle avait au palais d'Hiver une nature morte de cet artiste, acquise par son père lors d'un voyage en Hollande.

— Je sais, vous me l'avez montrée. Une nature morte avec un lièvre, des fruits et un perroquet. Je trouvais ce mélange pour le moins curieux jusqu'à ce que vous me parliez du symbolisme dans la peinture flamande de cette période. Que s'est-il passé ensuite ?

— Il semble qu'Élisabeth ait beaucoup apprécié mon œuvre. Après m'avoir questionné, elle m'a commandé les deux portraits. C'était assez audacieux de sa part, car la toile qui lui a tant plu était d'un tout autre genre, ajouta-t-il en riant.

— Quel en est le sujet ?

Il la dévisagea longuement avant de répondre :

— Plutôt que d'en parler, j'aimerais mieux vous la montrer.

— Avec grand plaisir.

Comme ils avaient fini de manger, Marguerite prit place sur le canapé tandis que Jan se dirigeait vers une armoire à l'autre bout de la pièce. Il en tira une petite toile entourée d'un cadre sculpté et doré, qu'il tendit à la jeune femme avant de s'asseoir près d'elle.

Marguerite prit le tableau et poussa un petit cri de surprise.

— Il est magnifique ! s'exclama-t-elle.

Jan avait représenté Saint-Pétersbourg dans cette lumière si particulière qui baignait parfois la ville d'une aura presque surnaturelle. On distinguait une minuscule silhouette solitaire sur la berge de la Neva.

— Oui, c'est bien vous, Marguerite, acquiesça Jan comme la jeune femme l'interrogeait du regard. J'ai peint ce tableau à votre intention, précisa-t-il en s'asseyant près d'elle. J'ai pensé que vous aimeriez garder un souvenir de cette ville et l'avoir sous les yeux le jour où vous regagnerez la France.

— Je le chérirai toute ma vie. Même si je ne dois jamais retourner en France.

Elle fut la première surprise par ses paroles. On eût dit que cette conviction avait ses racines au plus profond de son être.

Jan semblait partager son étonnement, mais il s'abstint de tout commentaire.

— Le cadre est lourd, remarqua-t-il. Je vais vous en débarrasser.

— J'ai beaucoup de mal à m'en séparer.

Jan lui prit le tableau des mains et l'appuya contre un mur de sorte qu'elle puisse toujours le voir.

— Merci du fond du cœur, Jan, dit-elle quand il revint s'asseoir.

Il lui sourit.

— Je suis heureux qu'il vous plaise.

Brusquement, Marguerite éprouva un malaise à le sentir si proche et elle fut tentée de s'écarter. L'incident avec Tom lui avait laissé les nerfs à vif et la blessure était loin d'être cicatrisée. Jan perçut son trouble et se dit que la distance qui les séparait était toujours grande. Il avait pourtant espéré que le tableau les rapprocherait. Soudain, une ombre avait glissé sur le visage si expressif de la jeune femme, et l'étincelle qui brillait dans son regard s'était éteinte. Il soupira intérieurement, exaspéré par son impuissance à vaincre sa réserve. C'était pour cela qu'il ne s'était pas montré plus assidu, pour lui laisser le temps de rompre avec un passé qu'il supposait douloureux.

Au même moment, la pendule sonna.

— Je dois m'en aller, déclara Marguerite. Je n'ai pas vu le temps passer !

Au lieu d'aller chercher son châle, Jan ouvrit un tiroir et en sortit une clé.

— Prenez ceci pour le cas où vous voudriez venir ici en mon absence, dit-il. J'ai dans ma bibliothèque des livres qui devraient vous plaire. Cet endroit sera votre refuge chaque fois que vous aurez envie de fuir le palais. Saskia fera le ménage et allumera le poêle le moment venu.

— C'est très gentil de votre part.

Marguerite faillit refuser, puis elle hésita. Combien de fois n'avait-elle pas rêvé d'un peu de solitude ?

Jan interpréta son silence comme un consentement et glissa la clé dans sa main.

— Et si jamais vous souhaitiez recevoir des amis, reprit-il, vous avez pu juger ce soir des talents culinaires de Saskia.

Il la raccompagna dehors, portant le tableau enveloppé sous son bras. Juste comme il allait faire signe à une voiture, elle exprima le désir de rentrer à pied.

— Profitons des dernières belles soirées. Déjà, la nuit tombe chaque jour un peu plus tôt.

Les rues étaient encore pleines de monde. Des gens faisaient la fête sur des bateaux le long du fleuve et des canaux, d'autres prenaient l'air sur leur balcon, un verre de vin à la main, ou se promenaient, accompagnés le plus souvent par des enfants excités. C'était à croire que tout le monde avait provisoirement renoncé à dormir, sauf ceux qui allaient devoir affronter une longue et dure journée de travail le lendemain. On entendait de la musique à tous les coins de rue. Il s'agissait parfois d'une chanson, de quelques mesures de violon ou de balalaïka, quand ce n'était pas le son mélodieux d'une harpe qui s'échappait d'une fenêtre ouverte.

Tout le monde s'accordait à dire que les travaux de démolition préalables à la construction d'un nouveau palais d'Hiver allaient bientôt commencer. Comme ils approchaient du palais, Marguerite demanda à son compagnon combien de temps il croyait qu'allait durer le chantier.

— Une dizaine d'années, à ce qu'on dit.

— Tant que ça !

— Des milliers d'artisans de tous les corps de métier, originaires de plusieurs pays d'Europe, vont y participer. Après tout, ce doit être le plus magnifique palais au monde !

Marguerite avait l'intuition qu'elle verrait le futur palais achevé. Peut-être ne retournerait-elle jamais en France. Était-ce le signe qu'elle commençait à s'enraciner ? Il était trop tôt pour le dire. Même si elle vivait depuis presque un an en Russie, elle ne s'y sentait pas encore chez elle.

Et pourtant, ce pays l'avait déjà marquée de son empreinte. Elle aimait les contes populaires qu'elle tenait de différentes sources, et avait déniché au marché un livre en français, déchiré mais encore lisible, sur l'histoire de sa nouvelle patrie. Elle savait à présent que la Russie s'appelait ainsi à cause du nom que les populations locales avaient donné aux Vikings qui remontaient leurs rivières pour les soumettre par les armes et commercer avec eux. Les hordes mongoles avaient ensuite envahi le pays avant d'en être chassées. Puis le premier tsar avait unifié la nation et obligé son peuple à se convertir au christianisme. Mais aucun tsar ne pouvait se comparer à Pierre le Grand, qui avait délivré la Russie de l'ignorance et de la superstition, et instauré une ère de progrès scientifique et artistique.

Brusquement, Marguerite tourna un visage radieux vers son compagnon.

— J'espère que vous reviendrez à Saint-Pétersbourg quand le palais sera terminé, pour le remplir de belles choses !

Il la considéra avec attention. Perdue dans son rêve, elle avait l'expression extasiée d'une femme qui s'offre à son amant. Il prit son visage dans ses mains et baisa tendrement ses lèvres.

— Je n'y manquerai pas, murmura-t-il.

Elle n'avait pas répondu à son baiser. Celui-ci avait été trop rapide et trop léger pour qu'elle réagisse, pourtant il l'avait émue d'une façon qu'elle ne parvenait pas à s'expliquer.

Le lendemain matin, Igor accrocha le tableau au mur, à sa demande. Assise sur son lit, elle s'abîma dans sa contemplation. Malgré son exécution parfaite, la toile la laissait perplexe, comme s'il y manquait un élément essentiel. Elle s'était fait la même réflexion quand elle y avait posé les yeux pour la première fois, sans pouvoir trouver la raison de son trouble. Ce petit mystère ne cessait de l'intriguer en ajoutant : à son plaisir. De toute sa vie, elle n'avait jamais reçu un cadeau qui fût aussi cher à son cœur.

14

Jan reprit la mer avant que Marguerite ait pu le revoir. Au bout de quelques semaines, elle prit l'habitude de se rendre à son appartement pour y passer une heure ou deux, surtout après une dure journée de travail.

Ces moments de solitude la reposaient des querelles bruyantes qui opposaient régulièrement Jeanne et Violette, ainsi que des contretemps engendrés par un tissu défectueux ou tout autre incident. Saskia lui servait un café à la mode hollandaise. Jan préférait le café au thé, tout comme elle, même si l'un et l'autre étaient au-dessus de ses moyens du temps où elle travaillait encore à Paris. Quand la servante n'était pas là, elle préparait elle-même son café et rachetait ensuite une portion de grains pour remplacer ceux qu'elle avait utilisés. Elle en vint à considérer l'appartement de son ami comme son « ermitage » personnel.

Jan n'avait pas emporté le portrait de son grand-père. Parfois, quand elle levait les yeux vers le tableau, elle avait l'impression bizarre qu'il avait chargé le vieil homme au regard pénétrant de veiller sur elle en son absence.

Le retour d'Isabelle avait précédé de peu celui de la cour. Toute rose de fierté, la jeune fille avait rapporté à ses compagnes que la grande-duchesse avait étrenné sa robe à motifs de fleurs à l'occasion du bal de clôture de la saison, suscitant des réactions admiratives. Connaissant le caractère d'Élisabeth, Marguerite la soupçonnait d'avoir éprouvé une joie maligne à informer Catherine qu'elle devrait désormais se passer des services de sa couturière favorite.

Une lueur de convoitise brilla dans les yeux de l'impératrice quand elle vit la robe à opales. La jupe de celle-ci, fendue devant, de façon à découvrir un jupon d'un vert plus clair, était brodée d'un délicat motif de feuilles de vigne et de vrilles d'où pendaient des grappes de sequins aux reflets changeants. Elle décida qu'elle la porterait lors des festivités qui accompagneraient la célébration du Nouvel An, et que Marguerite l'apporterait en personne à Moscou – une manière de remuer le couteau dans la plaie qu'elle venait d'infliger à Catherine.

Sarah avait également regagné Saint-Pétersbourg, seule.

— Tom est resté là-bas le temps d'exécuter une nouvelle commande. Oranienbaum est un endroit paradisiaque, Marguerite ! Mais j'étais décidée à retourner en ville dès la fin de l'été. Dans votre dernière lettre, vous m'annonciez votre prochain départ pour Moscou et je tenais à vous voir avant.

Tandis que les deux amies échangeaient des nouvelles, Marguerite tressaillait chaque fois que le nom de Tom revenait dans la conversation.

Le jour où Sophie épousa Valentin, le vent chassait des tourbillons de feuilles mortes aux teintes cuivrées.

La veille, les collègues de la mariée organisèrent une petite fête en son honneur. À cette occasion, Sophie s'avisa que leur compagnie allait terriblement lui manquer.

— Promettez-moi que vous viendrez souvent me voir, supplia-t-elle en les étreignant à tour de rôle.

Le lendemain matin, elles l'aidèrent à passer sa robe en velours crème et à se coiffer du diadème incrusté de perles que la défunte mère de Valentin portait le jour de son mariage.

À l'église, le groupe des Françaises passait presque inaperçu auprès de la nombreuse parentèle de Valentin. Jeanne aurait bien voulu s'asseoir, mais il n'y avait de siège nulle part et l'assistance resta debout durant toute la cérémonie. Sophie affichait la mine radieuse qui sied à une jeune mariée et Valentin bombait la poitrine, très fier. Pendant que les fiancés échangeaient anneaux et consentements, deux dames d'honneur tenaient des couronnes dorées au-dessus de leurs têtes, comme le voulait la tradition. Le cortège quitta l'église juste comme tombaient les premiers flocons de l'hiver.

La cérémonie fut suivie d'un banquet au cours duquel on porta de nombreux toasts aux mariés. Il y eut de la musique, des danses, et trois cousins de Valentin qui possédaient de magnifiques voix de baryton interprétèrent des romances populaires. Cette soirée fut également importante pour Violette : c'est là qu'elle fit la connaissance d'un autre cousin du marié, Grégoire Batalov, un colonel de la garde impériale flanqué d'une petite épouse qui avait grand besoin de ses diamants pour lui donner un peu d'éclat. La lueur de convoitise qui traversa le regard du colonel, un bel homme d'une cinquantaine d'années à l'allure martiale, quand on les présenta frappa Violette.

— Mes hommages, mademoiselle, lui dit-il d'une voix grave. J'espère que votre pays ne vous manque pas trop ?

— Si, quelquefois, avoua la jeune femme. Mais dans l'ensemble, je me suis bien adaptée à la Russie.

À la suite de cet échange, Violette remarqua que le colonel n'arrêtait pas de la suivre du regard. Elle alla délibérément s'asseoir auprès de sa femme, à laquelle elle fit la conversation. Plus tard, Grégoire Batalov l'invita à danser, mais ce fut seulement à la fin de la soirée qu'ils convinrent d'un rendez-vous pour le lendemain. La femme du colonel, qui les observait du coin de l'œil tout en bavardant, ne fut pas dupe un instant. Elle soupira et agita son éventail, se demandant combien de temps allait durer cette nouvelle passade de son mari.

Le lendemain, la neige avait déjà fondu (on disait qu'elle ne tenait au sol qu'au bout de la troisième chute), mais le froid s'installa bientôt. Le palais était en proie à un remue-ménage qui annonçait une nouvelle migration saisonnière. La cour se préparait à partir pour la ville sainte de Kiev, où la tsarine demanderait à nouveau l'absolution de ses péchés dans la cathédrale.

Marguerite avait prévu d'arriver à Moscou avant Noël. Même si la perspective de découvrir la capitale piquait sa curiosité, dans son for intérieur Isabelle n'était plus aussi désireuse de l'accompagner. Elle avait fait la connaissance d'un jeune Russe, Mikail Legotine, qui parlait couramment le français et habitait une maison cossue. Elle savait cela pour avoir été invitée à y prendre le thé à plusieurs reprises, toujours à l'insu de ses compagnes.

Tout avait commencé un jour où ses amies et elle

couraient en pleine rue pour ne pas manquer une promenade sur la Neva. Rose et les sœurs Pomfret n'avaient pas tardé à dépasser Isabelle, ce qui expliquait qu'elles ne l'aient pas vue trébucher. Et même si cela avait été le cas, rien ne dit qu'elles seraient revenues sur leurs pas pour autant. Plus probablement, elles lui auraient crié de se dépêcher de les rejoindre car le bateau n'allait pas les attendre. En tombant, Isabelle s'était violemment cogné la tête sur la rampe de l'escalier de la maison des Legotine juste comme Mikail s'apprêtait à en sortir.

Le jeune homme s'était immédiatement penché vers elle pour la relever. Ses épaules larges et son menton carré dégageaient une impression de robustesse. Son visage était constellé de taches de rousseur, et des boucles rebelles s'échappaient de son tricorne malgré le ruban qui les attachait. « Êtes-vous blessée ? » s'exclama-t-il, l'air soucieux. Vous avez une entaille au front ! On distingue déjà une bosse.

Un filet de sang coulait sur le visage de la jeune fille. La voyant chanceler, étourdie par le choc et la douleur, Mikail appela sa sœur à l'aide : « Anna ! Viens vite ! »

Les deux jeunes gens la firent entrer dans la maison et l'étendirent sur un canapé. Mme Legotine lava sa blessure avec de l'eau qu'Anna était allée chercher et la pansa afin d'arrêter le saignement. Bientôt, Isabelle se sentit mieux et put boire le thé avec ses bienfaiteurs. C'est ainsi que tout avait commencé. Mais elle n'en avait rien dit à personne. Souvent, chez les Pomfret, dès qu'un jeune Anglais s'intéressait à elle, Rose se débrouillait pour accaparer son attention à force de coquetteries. Isabelle craignait qu'elle n'en fasse autant avec Mikail et attendait le moment propice pour confier ses doutes à Marguerite. Elle souhaitait également l'entretenir de questions plus sérieuses, mais elles auraient amplement le temps de parler sur la route de Moscou.

Mikail allait cruellement lui manquer, elle qui vivait dans l'attente fébrile de leurs rendez-vous. Depuis qu'il avait découvert ses talents vocaux, il prenait plaisir à l'accompagner au luth. Parfois, il n'avaient d'autre public qu'eux-mêmes ou la famille de Mikail, mais le plus souvent ils se produisaient dans des soirées, devant les amis du jeune homme, qui n'avaient pas tardé à adopter la petite couturière française. Ils chantaient quelquefois en duo, Mikail étant également doué d'une belle voix. Isabelle n'avait pas été longue à comprendre que la musique était une composante essentielle de l'âme russe.

S'ils avaient l'habitude de se tenir par la main quand ils se promenaient ensemble, ils n'avaient échangé leur premier baiser que peu de temps auparavant. Un soir, au retour d'une fête foraine sur la glace, Mikail l'avait embrassée avant de lui déclarer son amour. Jamais encore elle n'avait connu un tel bonheur. Toutefois, ils allaient devoir se montrer patients : Mikail n'aurait achevé ses études de médecine que d'ici à deux ou trois ans, et si sa famille avait bien accueilli son idylle avec la jeune Française, il savait que son père ne voudrait jamais entendre parler de mariage avant qu'il ait obtenu son diplôme.

« Ensuite, je m'établirai à mon compte et nous nous marierons, Isabelle. Rien ni personne ne pourra nous séparer. »

Ce jour-là, il lui avait offert une bague (un rubis serti

sur un anneau d'or) en gage de fidélité. Elle en avait pleuré de joie. Pour la première fois de sa vie, elle se sentait véritablement aimée. Elle portait la bague autour de son cou au bout d'une chaîne, de sorte que personne ne la voyait à part elle.

En même temps, l'épais nuage noir qu'elle était parvenue à chasser de son ciel au fil du temps se profilait toujours à l'horizon. Comment Mikail aurait-il réagi s'il avait su que son beau-père lui avait pris sa virginité quand elle n'était encore qu'une enfant et qu'elle avait de surcroît commis un meurtre ? Cette question l'empêchait de dormir la nuit et continuait à la tarauder le jour. Il lui tardait de pouvoir s'en ouvrir à Marguerite, qui s'était montrée tellement compréhensive quand elle lui avait confessé son lourd secret.

Ignorant tout des tourments de sa protégée, Marguerite se concentrait sur les préparatifs de leur voyage. Elle avait confié la direction de l'atelier à Jeanne, et Agrippina lui avait prêté deux de ses meilleures couturières pour pallier son absence et celle d'Isabelle.

Le matin du départ, Isabelle reçut une lettre de Mikail lui souhaitant bon voyage et exprimant le désir de la revoir au plus vite. Elle eut à peine le temps de rédiger une réponse tout aussi tendre, qu'elle laissa en évidence sur une étagère afin qu'Igor la ramasse et l'apporte à son destinataire. Au fil des mois, le jeune garçon avait noué des relations amicales avec chacune des Françaises, pour lesquelles il jouait les informateurs et les messagers.

Toujours aussi curieuse, Rose l'avait vue déposer la lettre et avait aussitôt deviné à qui celle-ci était destinée. Jugeant qu'Isabelle sortait un peu trop souvent seule, elle l'avait suivie un jour et l'avait vue se jeter dans les bras d'un jeune homme visiblement fou de joie. Elle les avait espionnés, cachée derrière un pilier. Le jeune homme avait aidé Isabelle à monter à bord d'une barque de location avant de saisir les rames. Ils s'étaient ensuite éloignés au fil d'un canal, riant et bavardant d'un air animé. Rose avait été non seulement vexée qu'Isabelle ne lui ait pas parlé de son galant, mais elle avait ressenti une jalousie inexplicable.

En passant près de l'étagère, Rose prit la lettre et la glissa prestement dans la poche de son tablier. Aucune des autres ouvrières ne l'avait vue. Plus tard, elle décolla soigneusement le cachet de cire avec la lame d'un couteau et lut la lettre. Puis elle la recacheta avec un sourire triomphant. Elle la remettrait en personne à Mikail Legotine. Tout à coup, le jeune homme lui semblait infiniment plus séduisant que tous les Anglais célibataires qu'elle avait rencontrés et dont elle commençait d'ailleurs à se lasser.

En définitive, Marguerite et Isabelle ne firent pas la route seules. Un messager était déjà installé dans la voiture quand elles y montèrent. La présence de leur compagnon, un garçon discret et affable, leur facilita beaucoup le voyage, même une fois qu'ils eurent pris place dans des traîneaux, peu après leur départ de Saint-Pétersbourg. Grâce à lui, des chevaux frais les attendaient à chaque étape, et il veillait à ce que les jeunes femmes jouissent du même confort que lui. Isabelle profita de ce que Marguerite et elle partageaient la même chambre pour lui confier enfin ses soucis.

— Jusqu'alors, glissa-t-elle durant une conversation, je ne concevais pas de me marier un jour. L'horreur de ce que m'avait fait subir mon beau-père était trop présente dans mon esprit. Mais, depuis ma rencontre avec Mikail, ajouta-t-elle d'un air songeur, j'ai la certitude que l'amour que j'éprouve pour lui effacera tous ces affreux souvenirs.

— Je n'en doute pas, acquiesça Marguerite.

Même s'il était évident qu'Isabelle voyait Mikail avec les yeux de l'amour, le jeune homme semblait gentil.

— Mais comment être sûre que Mikail ne me jugera pas mal ? s'exclama Isabelle en serrant les poings.

Marguerite plongea ses yeux dans ceux de la jeune fille et lui dit le fond de sa pensée, bien qu'il lui en coûtât :

— Tu dois regarder la réalité en face. Lors de votre nuit de noces, Mikail saura immédiatement que tu n'es plus vierge. À toi de voir si tu préfères lui révéler d'abord la vérité ou ne rien dire et lui laisser croire qu'un autre t'a possédée avant lui avec ton consentement. Aveuglé par la colère et la jalousie, il pourrait alors refuser d'écouter tes explications, et votre bonheur serait sérieusement compromis.

— Que vous êtes cruelle de me parler ainsi !

La voix brisée par la douleur, Isabelle baissa la tête et éclata en sanglots.

Marguerite passa un bras autour de ses épaules afin de la consoler.

— N'oublie pas le plus important, dit-elle d'un ton encourageant. Si Mikail t'aime vraiment, rien ni personne ne pourra jamais le détourner de toi.

Isabelle resta un moment silencieuse, puis elle releva lentement la tête, les yeux humides de larmes.

— Un jour, je lui avouerai tout, décida-t-elle. Mais pas trop vite.

Quand Marguerite et Isabelle eurent enfin atteint Moscou, elles virent brusquement surgir devant elles

les murs rouges et les tours couronnées de neige du Kremlin. Leur traîneau franchit les grilles monumentales du palais et elles se retrouvèrent dans une ville à l'intérieur de la ville. De quelque côté qu'elles se tournassent, elles apercevaient des cathédrales et des palais, des églises, des casernes, des dépôts d'armes et des maisons cossues. L'impératrice résidait dans le plus grand de tous les palais.

Les Françaises n'étaient pas plus tôt arrivées qu'elles apprirent une triste nouvelle : à la suite d'une fausse couche, Catherine était restée treize jours entre la vie et la mort. Quoique très faible encore, elle allait un peu mieux à présent. Marguerite aurait souhaité lui rendre visite, mais c'était impossible. Elle ne parvint pas non plus à obtenir une audience avec Élisabeth, et aucune des dames de la cour ne sut lui dire ce qu'on attendait d'elle, sinon qu'elle devait apporter à l'impératrice la robe que celle-ci mettrait le soir du Nouvel An.

Contrariée par cette inactivité forcée, elle se rendit à l'atelier de couture du palais, où elle vit plusieurs robes magnifiques en cours de réalisation, mais la directrice lui réserva un mauvais accueil, craignant peut-être qu'elle ne cherche à la supplanter. Marguerite ne s'attarda pas. Malgré le froid mordant, Isabelle et elle visitèrent les différentes cathédrales et églises, tant pour y prier que pour admirer leur intérieur. Elles obtinrent la permission de fréquenter une vaste bibliothèque, où elles passèrent dorénavant le plus clair de leurs journées.

Dans ses prières, Isabelle demandait toujours que Mikail fasse preuve de compréhension le jour où elle finirait par lui avouer son secret. Elle savait qu'elle ne pouvait espérer une lettre de sa part avant plusieurs semaines, même s'il répondait immédiatement à celle qu'elle lui avait adressée avant de partir. Il leur avait fallu vingt-trois jours pour atteindre Moscou, et encore n'avaient-elles pas eu à subir de tempête de neige. Toutefois, elle continua à lui écrire sans se soucier du temps que mettraient ses lettres pour lui parvenir, car cette activité épistolaire raffermissait son courage en lui donnant l'impression de réduire la distance qui les séparait.

À Saint-Pétersbourg, Mikail aussi lui écrivait régulièrement, mais aucune de ses lettres ne quittait jamais la ville. Depuis que Rose lui avait apporté la lettre d'Isabelle, il avait pris l'habitude de lui confier les siennes. La jeune fille lui avait dit qu'elle connaissait personnellement l'un des messagers chargés d'acheminer le courrier du palais vers Moscou, et elle avait proposé de lui remettre les lettres destinées à Isabelle. Ainsi, Mikail voyait Rose beaucoup plus souvent qu'il n'en avait l'intention au départ. L'amie d'Isabelle était vive, jolie et pas farouche pour deux sous. Il avait déjà connu des filles dans son genre et profitait de la situation sans le moindre scrupule. Ne disait-on pas que pour être heureux un homme devait avoir une honnête fille pour épouse et une délurée pour maîtresse ?

Marguerite reçut une lettre de Sarah beaucoup plus vite qu'elle ne l'escomptait, par l'entremise d'un ami anglais des Warrington qui s'était rendu à Moscou pour affaires. Sarah lui annonçait l'arrivée prochaine de Tom. Elle n'avait pas l'intention de l'accompagner, craignant de ne pas supporter la route ni les rigueurs de l'hiver ; cela faisait d'ailleurs un moment qu'elle ne sortait plus de chez elle. Elle poursuivait en lui donnant des nouvelles de quelques relations communes. Désespérée, Marguerite froissa la lettre.

Le soir du Nouvel An, Isabelle et elle apportèrent la robe à opales à l'appartement de l'impératrice. Elles l'avaient recouverte d'un drap, Élisabeth ayant ordonné qu'elle reste cachée jusqu'au moment où elle ferait son entrée dans la salle de bal. Les deux couturières trouvèrent l'impératrice en jupon et corset, avec deux paniers rembourrés qui se balançaient sur ses hanches. Debout devant les tentures de velours de son lit, au milieu de sa chambre entièrement tapissée de soie cramoisie, elle paraissait toujours aussi imposante, impatiente de revêtir une robe qui rendrait pleinement justice à sa beauté.

Quand Marguerite eut fini de lacer son corsage, Élisabeth choisit les bijoux qu'elle comptait porter. Puis elle s'examina dans la glace et exprima sa satisfaction d'un demi-sourire et d'un signe discret de la tête.

Négligeant les compliments, elle se tourna ensuite vers Marguerite.

— Mettez la meilleure robe que vous ayez et allez attendre mes instructions dans la salle de malachite. Retirez-vous, à présent.

Troublée par cet ordre pour le moins mystérieux, Marguerite sortit en hâte, suivie d'Isabelle, qui n'était pas moins perplexe. Elle possédait une robe à paniers en soie abricot qu'elle avait faite pour le mariage de Sophie. Une fois qu'Isabelle eut lacé son corsage, elle mit le collier de perles et les boucles d'oreilles que sa sœur lui avait offerts une année pour son anniversaire.

— Vous êtes ravissante ! s'exclama Isabelle en lui jetant un regard admiratif.

Les piliers de pierre verte qui donnaient son nom à la salle de malachite faisaient ressortir les tons crème et or du décor. De grands vases de la même matière se dressaient sur des cabinets en bois de rose. On entendait jouer l'orchestre du palais dans la grande salle de réception toute proche. Après avoir étudié les tableaux, dont certains étaient dus à des peintres français, Marguerite s'assit et attendit. Peu après, elle vit entrer deux dames de la cour.

— Qui êtes-vous ? Que faites-vous là ? demanda l'une d'elles d'un air hautain.

— Je suis là sur l'ordre de Sa Majesté l'impératrice.

La femme haussa les épaules et se mit à bavarder avec sa compagne sans plus prêter attention à la jeune couturière. Lorsque les trompettes retentirent, annonçant l'entrée de l'impératrice dans la salle d'apparat, les deux dames se relevèrent d'un bond et arrangèrent fébrilement leurs cheveux ainsi que les ruchés de leur décolleté devant la glace qui ornait le dessus de la cheminée. Il s'écoula encore quelques minutes avant qu'un valet ouvre la porte à deux battants décorée de marqueterie et les invite à s'avancer dans le couloir menant à la salle d'apparat.

Comme Marguerite restait assise, le valet l'encouragea à les suivre d'un signe de tête.

— Vous aussi, mademoiselle.

— Que se passe-t-il ? Je n'y comprends rien.

— Vous avez été invitée à assister à la cérémonie du portrait. C'est un privilège rare. Sa Majesté a coutume d'honorer les plus méritantes de ses dames en leur offrant un portrait miniature d'elle-même encadré de diamants. Ce soir, elle a décidé d'accorder cette faveur insigne aux deux dames que vous venez de voir, la baronne Boristova et la comtesse Mikalova.

Marguerite emboîta le pas au valet, à la fois surprise

et flattée de la générosité dont l'impératrice faisait preuve à son égard. En tout cas, son geste témoignait du plaisir que lui procurait sa dernière robe.

Sitôt après avoir franchi le seuil de l'immense salle d'apparat, Marguerite se rangea discrètement contre un mur. Plusieurs centaines de courtisans magnifiquement vêtus (la pièce était si vaste qu'ils n'avaient même pas besoin de se serrer) formaient une haie d'honneur aux deux dames qui s'avancèrent côte à côte vers le trône impérial. Assise devant une tenture de velours cramoisi ornée d'une aigle à deux têtes dorée, Élisabeth rayonnait de majesté dans sa robe chatoyante. Pierre se tenait à sa droite et Catherine, à sa gauche. La maladie avait creusé le visage de la grande-duchesse, mais une touche de fard bien placée masquait la pâleur de ses joues.

Élisabeth se leva tandis que les deux dames s'inclinaient profondément devant elle. La comtesse Mikalova s'approcha la première et un gentilhomme de la cour lut sa citation devant l'assemblée. Élisabeth prit un portrait miniature sur un coussin tenu par un page qui avait un genou en terre, l'épingla sur la poitrine de la comtesse et embrassa cette dernière sur les deux joues.

La baronne Boristova s'avança à son tour, pleine de morgue. Élisabeth la considéra avec froideur, le cœur bouillant de haine. Cette immonde créature avait osé s'esclaffer un jour où elle avait glissé et s'était étalée de tout son long. Et comme si cela ne suffisait pas, elle avait fait courir le bruit qu'elle devait payer ses amants pour qu'ils accomplissent leur devoir ! Elle que les hommes avaient toujours adorée et qui, aujourd'hui encore, éveillait chez eux des sentiments passionnés !

— Attendez ! dit-elle comme le gentilhomme s'apprêtait à lire la citation suivante. Il y a erreur sur la personne. La duplicité et les mensonges ignobles de la baronne Boristova ne méritent pas tant d'honneurs. Qu'elle disparaisse de ma vue ! Je ne veux plus jamais avoir son visage devant les yeux !

La vengeance avait une saveur exquise. La baronne était devenue livide et avait chancelé avant de se répandre en prières et en dénégations. Élisabeth la chassa d'un geste dédaigneux et la malheureuse s'écroula presque dans les bras de son mari, qui s'était précipité afin de la soutenir pendant que le reste des courtisans restaient sans réaction. Le gentilhomme qui avait lu la première citation reçut l'ordre de poursuivre. Sa voix retentit à nouveau pendant qu'on évacuait la baronne en larmes.

— Le second portrait est attribué à Mlle Marguerite Laurent en récompense de son inspiration et de son incomparable talent. Les chefs-d'œuvre qu'elle a créés pour la Russie seront précieusement conservés afin qu'on puisse toujours les voir et les admirer dans les siècles futurs.

Depuis qu'il avait vu entrer Marguerite, Constantin avait entrepris de se faufiler derrière les autres spectateurs afin de la rejoindre. Il l'atteignit juste à temps pour la pousser en avant, car elle semblait clouée sur place.

— Allez-y ! lui murmura-t-il. Ne faites pas attendre l'impératrice de toutes les Russies !

Un silence presque palpable régnait dans la grande salle. Marguerite eut l'impression qu'il lui fallait une éternité pour traverser l'immense parquet ciré et atteindre le trône. Certains spectateurs n'étaient pas autrement étonnés de ce coup de théâtre : ce n'était pas la première fois que l'impératrice récompensait une personne de basse extraction, et les plus âgés avaient déjà vu Pierre le Grand agir de même. Mais même ceux qui avaient l'habitude des tours cruels de l'impératrice étaient choqués par l'humiliation qu'elle venait d'infliger à la baronne en lui préférant une couturière. Une vague d'hostilité parcourut les rangs des courtisans, qui gardaient les yeux fixés sur la jeune femme.

Les centaines de bougies qui éclairaient la scène allumaient des reflets cuivrés dans sa chevelure tandis qu'elle avançait vers l'estrade. Certains crurent rêver en voyant l'impératrice sourire et prononcer des paroles aimables pendant qu'elle épinglait le portrait sur le corsage de la Française.

La cérémonie s'acheva et l'orchestre attaqua un air de danse. Si les courtisans se pressaient autour de la comtesse Mikalova pour la féliciter, nul ne s'approcha de Marguerite, à part Constantin. Elle vit le jeune homme surgir brusquement devant elle, un large sourire aux lèvres.

— Tous mes compliments !

Il lui prit la main et attendit que l'impératrice soit descendue de son trône pour l'entraîner vers la piste.

— Toutefois, ajouta-t-il à voix basse, ne soyez pas déçue si on ne vous autorise pas à garder le portrait miniature.

— Pourquoi ferait-on cela ?

Les couples se rangeaient derrière l'impératrice et son cavalier. Constantin et Marguerite en firent autant et la danse commença.

— Je ne peux pas vous en dire plus pour le moment. En principe, nous n'avons pas le droit de partir avant

Sa Majesté, mais avec la foule rassemblée ici ce soir, je doute qu'on remarque tout de suite notre absence. Nous serons de retour pour saluer l'avènement de l'an 1753.

Ils profitèrent de la cohue pour s'esquiver et rejoindre la salle de malachite.

— À présent, dites-moi tout, demanda Marguerite quand ils furent seuls.

L'idée de devoir rendre le portrait ne la troublait pas le moins du monde. Elle n'avait aucune envie de se mêler aux courtisans, et ceux-ci lui avaient clairement signifié qu'ils n'étaient pas prêts à l'accepter dans leur monde.

Constantin tira le cordon de la sonnette, puis il se tourna vers elle.

— Pour l'amour du ciel, Marguerite, asseyez-vous. Je meurs d'envie de boire quelque chose.

Un valet répondit presque aussitôt au coup de sonnette. Il revint quelques minutes plus tard avec du cognac, du vin et de la vodka sur un plateau d'argent. Après l'avoir congédié, Constantin remplit un verre de vin et l'apporta à Marguerite, qui avait pris place sur un canapé. Puis il retourna près du plateau et but trois vodkas cul sec avant d'approcher une chaise et de s'asseoir en face de la jeune femme, un verre plein à la main.

— Ça va mieux, soupira-t-il, satisfait.

— D'après vous, quelles seront les conséquences de cette soirée ? interrogea Marguerite.

— L'impératrice s'est servie de vous pour se venger de la manière la plus cruelle qui soit d'un affront réel ou supposé que lui aurait infligé la baronne, déclara le jeune homme de but en blanc.

Toutefois, il se garda de préciser qu'il avait été informé des intentions d'Élisabeth avant tout le monde.

— Je ne doute pas que les robes que vous avez faites pour elle soient conservées quelque part avec les autres vêtements qu'elle ne porte plus. En revanche, je ne suis pas sûr qu'elles revoient jamais la lumière du jour. Sa Majesté a l'esprit tortueux. Vous avez bien servi ses desseins ce soir, mais si j'étais vous, je ne fonderais pas de trop grands espoirs sur cette distinction.

Marguerite haussa les sourcils, mortifiée.

— Pas une seconde cette idée ne m'a traversé l'esprit.

— Vous m'en voyez heureux. Mais il y a un bon côté à tout ceci.

— Ah ? Lequel ?

— En vous récompensant publiquement, l'impératrice vous a conféré le statut de dame de la cour et cela, nul ne peut vous l'ôter. Dorénavant, vous appartenez à la même classe sociale que tous les gens qui se trouvent à côté. Si vous et moi décidions demain de nous marier, personne n'y trouverait rien à redire, ajouta-t-il d'un ton malicieux.

Marguerite éclata de rire, la tête renversée en arrière.

— Quelle idée ridicule ! Je suis certaine que l'impératrice ne va pas tarder à me renvoyer à mon atelier comme s'il ne s'était rien passé ce soir.

— C'est possible, acquiesça Constantin. Dans tous les cas, je vous engage à tirer le meilleur parti des privilèges qui viennent de vous êtes accordés. Aussi, je propose que nous fuyions autant que possible les corvées et les cérémonies assommantes pour profiter pleinement du temps que nous avons à passer ensemble.

Désormais, vous pourrez vous démasquer à la fin d'un bal sans craindre qu'on ne vous renvoie en France. Vous êtes libre de vous amuser !

S'amuser... Il n'aurait pu imaginer de meilleur argument. En l'écoutant parler, Marguerite avait pris conscience que son travail et les responsabilités qui en découlaient avaient dominé son existence depuis son arrivée à Saint-Pétersbourg. Elle avait connu des expériences traumatisantes, telle sa relation avec Tom, et des moments agréables en compagnie de Jan et de ses compagnes. Mais la coïncidence d'une période d'inactivité et d'une abondance de divertissements était une aubaine inespérée.

— Fort bien ! s'exclama-t-elle avec une note d'excitation dans la voix. Et je fabriquerai moi-même mon masque !

— Demain soir, reprit Constantin d'un air triomphant, je vous ferai danser jusqu'à ce que vous tombiez d'épuisement !

Ils regagnèrent ensuite la salle de bal et se mêlèrent aux couples qui tournoyaient sur la piste au rythme d'une gavotte, ignorant que leur escapade n'était pas passée inaperçue. Rien n'échappait au regard perçant d'Élisabeth.

Lorsque Tom arriva, trois semaines plus tard, il fit plusieurs tentatives pour rencontrer Marguerite, mais la jeune femme était toujours absente, soit qu'elle assistât à une réception, soit qu'elle prît une leçon d'équitation. En revanche, ses visites procuraient une diversion bienvenue à Isabelle. La jeune fille n'avait pas encore eu l'occasion de faire sa connaissance, même si elle se trouvait dans la salle de l'auberge le jour où il était venu chercher son épouse à Riga. Elle avait beaucoup de plaisir à converser avec lui quand il s'attardait une heure ou deux à leur atelier, espérant que Marguerite finirait par rentrer. Les jours passaient sans lui apporter la moindre nouvelle de Mikail, et ce silence ravivait ses inquiétudes. L'assurance que lui avaient donnée l'amour du jeune homme et ses succès professionnels commençait à se lézarder, cédant la place au doute.

Quant à Tom, elle avait d'abord cru que son intérêt pour sa patronne était uniquement dicté par l'amitié, mais son insistance avait fini par éveiller ses soupçons. Un éclair de colère était passé dans son regard quand elle lui avait rapporté que le commandant Dachiski emmenait Marguerite dans tous les bals, les banquets, les cercles de jeux et les mascarades. Il ne s'était pas calmé quand elle avait ajouté qu'elle l'accompagnait parfois au théâtre et au concert. Il semblait tellement déçu lorsqu'elle lui annonçait qu'il avait à nouveau manqué la jeune femme qu'elle était désolée pour lui.

Elle tenta de plaider sa cause auprès de Marguerite.

— Il prévient toujours de ses visites. Aussi, ne pourriez-vous pas lui accorder un peu de temps ?

Marguerite soupira.

— Si je suis là la prochaine fois qu'il viendra, il va de soi que je le recevrai.

— Il est amoureux de vous, n'est-ce pas ?

— Oui.

Marguerite avait répondu d'une voix morne.

— Mais il est marié !

Isabelle rougit.

— Pardon, ça m'a échappé. Seulement, sa femme est si gentille...

— Tu as raison. Sarah est mon amie et je ne trahirai pas sa confiance.

— S'il refuse d'entendre raison, vous n'avez qu'à lui dire que vous allez vous marier avec Constantin Dachiski !

Marguerite sursauta violemment.

— D'où sors-tu cette idée ?

Isabelle la dévisagea.

— Il vous a demandé de l'épouser, pas vrai ? Je vous prie de m'excuser, ajouta la jeune fille, effarée par l'insolence dont elle venait de faire preuve. Je me mêle de ce qui ne me regarde pas. Ce n'est pas à moi de vous dire ce que vous devez faire.

— Ce n'est rien, Isabelle. Tu as dit que Tom repasserait demain matin ? Je vais repousser ma leçon d'équitation avec Constantin afin de le recevoir.

Le lendemain, Isabelle introduisit Tom dans le salon où l'attendait Marguerite, puis elle se retira. Il avait ôté sa pelisse et son bonnet de fourrure avant d'entrer. Il se campa à quelques mètres de la jeune femme, très élégant dans son manteau rouge et ses bottes montantes.

— Comment allez-vous, Tom ? demanda-t-elle au bout de quelques secondes.

Elle avait eu un pincement au cœur en constatant qu'il la tenait toujours sous son charme, même si elle avait la certitude que cela provenait pour une large part de la nostalgie et de l'illusion qu'elle pourrait retrouver son amour d'autrefois à travers cet Anglais passionné.

— Pourquoi m'avez-vous fui jusqu'à maintenant ? attaqua-t-il sans répondre à sa question.

— J'ai été très occupée. Pour commencer, je me suis accordé un peu de bon temps. Comme a dû vous le dire mon apprentie, j'ai également conçu de nouveaux modèles, qu'elle a ensuite réalisés en miniature. À part cela, nous n'avons pas grand-chose à faire. Je suis obligée de rester, mais je m'occupe de trouver une place à Isabelle à bord d'un traîneau à destination de Saint-Pétersbourg. Elle est impatiente de retourner là-bas. Je vous en prie, asseyez-vous.

Tom resta debout tandis qu'elle prenait place dans un fauteuil, comme s'il n'avait pas entendu.

— Je suis venu à Moscou spécialement pour vous, reprit-il.

Elle soupira d'un air las.

— Tom, cette discussion ne nous mènera nulle part. Vous savez qu'il ne peut rien y avoir entre nous.

— Écoutez-moi ! C'est avec vous et vous seule que je veux passer le reste de mes jours !

Elle se releva lentement, comme frappée de stupeur.

— Vous avez perdu la raison ! Sarah vous aime ! Elle ne vit que pour vous !

— C'est ce qu'elle croit, mais elle n'a jamais été une véritable épouse pour moi. Elle m'idéalise et me porte des sentiments éthérés, en chassant de son esprit tout ce qui pourrait lui rappeler la réalité, à commencer par le devoir conjugal.

— Vous n'éprouvez donc rien pour elle ? lui jeta Marguerite avec fureur.

— Bien sûr que si ! Qui pourrait résister à son charme et à sa vulnérabilité ? À sa manière, elle est aussi attendrissante qu'un enfant ou un chaton sans défense. Avant de l'épouser, j'étais fasciné par elle, mais il ne m'a pas fallu longtemps pour comprendre que j'avais commis une terrible erreur. C'est pourquoi je me suis expatrié, afin de l'arracher à la domination de sa mère. J'espérais que nous trouverions un nouvel équilibre ensemble, mais cela n'a pas été le cas. Sarah m'étouffe avec son adoration ! Même si je ne vous avais pas rencontrée, je n'aurais pu supporter longtemps cette situation.

Marguerite ressentait une immense pitié pour ce couple si mal assorti, mais elle ne pouvait rien pour eux.

— Vos différends conjugaux ne regardent que vous et Sarah, dit-elle avec une froideur calculée. Mais ma vie m'appartient et vous n'y avez pas votre place. Si j'ai été attirée par vous, c'est parce que vous me rappeliez, et me rappelez encore, un homme que j'ai aimé et perdu à Paris. À travers vous, je recherchais le passé et refusais de m'avouer qu'il était à jamais enfui.

— Marguerite, je peux être votre avenir !

Elle secoua la tête, torturée par la décision qu'elle avait prise.

— Non, Tom.

— Quoi que vous disiez, je ne renoncerai pas ! Aucune force au monde ne m'empêchera de faire de vous ma femme. Vous et moi sommes liés à jamais !

Il s'approcha d'elle, persuadé qu'il n'aurait qu'à la prendre dans ses bras pour vaincre sa résistance.

— Mon amour...

— Je vais épouser Constantin Dachiski !

Elle avait prononcé ces mots presque malgré elle. Tom s'arrêta net, cloué par la stupeur. Il devint brusquement livide, puis le rouge de la colère envahit peu à peu son visage. Il leva la main comme pour la gifler, mais son bras retomba aussitôt et un chagrin atroce décomposa ses traits. Il se laissa tomber dans le fauteuil le plus proche, le dos voûté, la tête pendante.

— Je n'y survivrai pas, murmura-t-il.

Marguerite n'avait jamais vu un tel désespoir chez un homme. Ce spectacle la remua au plus profond d'elle-même.

— Tom, je vous en prie, supplia-t-elle en s'agenouillant près de lui. Je ne voulais pas vous faire de mal, mais il ne peut en être autrement.

Au bout de quelques secondes, il releva la tête et lui lança un regard de défi qui la prit au dépourvu.

— Je n'ai pas dit mon dernier mot ! s'écria-t-il. Tant que je ne vous aurai pas vue mariée, je ne renoncerai jamais à vous !

Sur ces paroles, il prit son visage dans ses mains et lui donna un long baiser passionné auquel elle ne put se soustraire. Puis il se leva brusquement et quitta la pièce, la laissant bouleversée.

Quand Isabelle vint s'enquérir d'elle, elle la trouva dans la même position, agenouillée près du fauteuil.

15

L'impératrice reçut Marguerite en robe de chambre pendant qu'on lui faisait les ongles.

— Je suis venue prendre les ordres de Votre Majesté, commença la jeune Française. J'ai dessiné de nouveaux modèles de robes, que j'ai envoyés à mon atelier du palais d'Hiver, mais je préférerais être sur place pour superviser leur confection. Quand pourrai-je regagner Saint-Pétersbourg ?

— Vous n'aimez pas faire partie de ma cour, ma fille ?

— J'en suis très honorée. Seulement, je suis venue en Russie pour mettre mes talents au service de Votre Majesté.

— Je ne vois pas ce qui vous gêne. Vous avez d'excellentes ouvrières qui suivent vos directives et vous continuez à créer pour moi. Je souhaite que les choses demeurent en l'état après votre mariage avec le commandant Dachiski.

Marguerite fut suffoquée.

— Mais je...

— Vous n'avez pas encore accepté sa proposition ?

Je le sais. En tant que membre de ma garde personnelle, il a dû me demander l'autorisation de vous épouser, autorisation que je lui ai volontiers accordée. Ah ! autre chose : vous n'avez assisté à aucune réception officielle depuis que je vous ai remis mon portrait, alors que je vous ai vue à tous les bals. J'espère que vous réparerez bientôt cet oubli en compagnie du commandant Dachiski. Vous pouvez disposer, à présent.

Marguerite se retira, furieuse. De quel droit l'impératrice se mêlait-elle de sa vie ? En tant que Française, elle était libre de ses choix et n'allait pas se laisser dicter sa conduite par cette mégère ! Si elle n'avait pas tant aimé son travail et ne s'était pas attachée à la Russie, elle serait repartie pour Paris avec le premier convoi !

Mais avait-elle envie de quitter Constantin ? Les heures passées en sa compagnie lui avaient procuré plus de bonheur qu'elle n'en avait connu depuis son arrivée dans ce pays, à part certaines des sorties qu'elle avait faites avec Jan et le jour où ce dernier lui avait offert la toile qu'il avait peinte à son intention. Elle l'avait apportée à Moscou et accrochée dans sa chambre. Plus d'une fois, elle avait tenté de percer son mystère, sans jamais y parvenir.

Le soir où l'impératrice l'avait gratifiée de son portrait, Constantin lui avait précisé que son nouveau statut social lui donnait le droit de l'épouser sans que personne puisse s'y opposer. Elle avait cru à une plaisanterie, mais il en alla tout autrement quand il lui déclara sérieusement ses sentiments. Ils assistaient à une réception donnée par des amis du jeune homme lorsque celui-ci l'attira à l'écart des danseurs, dans une alcôve pourvue de tentures de soie qui les dissimulaient en partie aux autres invités.

— J'ai quelque chose à vous demander, dit-il d'un air solennel quand ils furent assis côte à côte. Marguerite, acceptez-vous de devenir ma femme ? Je sais que cela fait peu de temps que nous nous connaissons, mais, en ce qui me concerne, ces quelques semaines m'ont suffi pour tomber amoureux de vous et me convaincre que nous pourrions vivre heureux ensemble jusqu'à la fin de nos jours.

Prise de court, elle le considéra longuement avant de répondre.

— Je le crois aussi, déclara-t-elle d'un ton réfléchi. Mais nous avons besoin de temps avant de prendre une décision.

— Pas moi. Si vous acceptiez de m'épouser demain, je filerais dès maintenant à l'église afin de vous y attendre !

Il était visiblement très désireux de la prendre pour femme. Quant à elle, elle lui trouvait toutes les qualités qu'elle appréciait chez un homme. Il était intelligent, sociable, sérieux quand il le fallait et en même temps capable d'apprécier les bons côtés de l'existence. Son choix d'une carrière militaire dénotait un grand courage de sa part. À n'en pas douter, elle avait beaucoup d'affection pour lui. Une union fondée sur l'estime et la complicité n'était-elle pas préférable aux tourments et aux déchirements de la passion ? Il lui fallait attendre un peu avant d'en décider.

Isabelle repartit pour Saint-Pétersbourg avec l'escorte de l'ambassadeur de France, bien que celui-ci ignorât que Marguerite avait négocié avec trois femmes de chambre une place à bord de leur voiture pour son apprentie. Isabelle aurait davantage apprécié la conversation de ses compagnes si elle n'avait eu la certitude accablante que Mikail l'avait oubliée : pendant tout le temps où elle avait été absente, elle n'avait pas reçu une seule lettre de lui.

De retour au palais d'Hiver, elle lui fit porter un message par Igor, redoutant le pire. Toutefois, le jeune homme vint le soir même. Quand elle apparut sur le seuil, pleine d'hésitation, la joie illumina son visage. Il se précipita vers elle afin de la soulever de terre et la fit tournoyer dans un envol de jupons.

— Te voici enfin, mon amour ! exulta-t-il. Tu m'as tellement manqué !

Soudain, il s'aperçut qu'elle pleurait. Il la reposa, un bras autour de sa taille, et la regarda dans les yeux.

— Que t'arrive-t-il ?

Elle lui avoua tout en bloc : l'absence de nouvelles de sa part, la crainte qu'il n'en aimât une autre. Mikail dut déployer des trésors de patience et de tendresse pour la convaincre que rien n'avait changé entre eux. Pas une seconde il n'imagina que Rose était pour quelque chose dans la disparition de ses lettres, imputant celle-ci à la négligence ou à une erreur de distribution ; l'une et l'autre étaient fréquentes. Mais quand il mentionna devant Isabelle sa rencontre avec Rose et l'aide que celle-ci lui avait apportée, la jeune fille soupçonna aussitôt la vérité.

Elle décida de ne rien dire à son ex-amie, pour ne pas gâter l'ambiance de l'atelier. De plus, forte de sa confiance retrouvée, elle se réjouissait de constater que Rose n'avait pas réussi à lui voler son fiancé en dépit de toutes ses ruses. Elle espérait de tout cœur que

Mikail l'aimait assez pour réagir avec compassion le jour où elle se déciderait à lui révéler les terribles secrets qui assombrissaient son passé, mais, au moins pour un temps, elle pensait pouvoir s'épargner cette épreuve.

À Moscou, Marguerite prit l'habitude d'assister aux réceptions officielles avec Constantin. Dans ces occasions, elle arborait le portrait de l'impératrice. Non seulement celui-ci ne lui avait pas été retiré, mais il lui valait chaque fois un signe de tête approbateur d'Élisabeth. Même la cour commençait à changer d'attitude à son égard : la prudence commandait de faire bonne figure à quiconque jouissait de la faveur de l'impératrice et, d'autre part, il n'avait échappé à personne que la grande-duchesse la saluait quand elle la croisait.

Bientôt, elle devint une cavalière fort prisée lors des bals et Constantin dut renoncer à l'exclusivité dont il jouissait auparavant sur sa personne. Il savait que beaucoup d'hommes l'enviaient, même si la jeune femme refusait obstinément qu'il lui offre une bague de fiançailles. Il lui avait proposé un autre bijou, sans plus de succès. Son entêtement l'exaspérait et, en même temps, il admirait son désintéressement, pour avoir connu beaucoup trop de femmes vénales.

Quand l'impératrice annonça son intention de regagner Saint-Pétersbourg, Marguerite dut faire face à l'éventualité d'une nouvelle confrontation avec Tom. Sachant combien il était fou d'amour pour elle, elle craignait qu'il ne mette son mariage en péril en essayant de la convaincre de revenir sur sa décision. Pour rien au monde, elle n'aurait voulu infliger à la pauvre Sarah la douleur de découvrir que l'époux qu'elle adorait brûlait de reprendre sa liberté. Elle ne voyait qu'un moyen d'éviter cela.

Ce soir-là, elle accepta finalement d'épouser Constantin. Celui-ci lui avait renouvelé sa demande à bord de la troïka qui les conduisait à une fête donnée par un officier de ses amis. En entendant sa réponse, il poussa un immense cri de joie qui la fit rire.

— Ma chère Marguerite ! dit-il en la serrant passionnément contre lui. Vous avez fait de moi l'homme le plus heureux de la terre !

Il sortit de sa poche une bague de fiançailles ornée de perles et de diamants (depuis quelque temps, il l'emportait chaque fois qu'il devait voir Marguerite, à tout hasard) et la glissa à son doigt. Ivre de bonheur, il lui baisa la main, puis les lèvres. L'affection qu'elle éprouvait pour lui à cet instant fit qu'elle répondit avec enthousiasme à son baiser. Elle se sentait l'esprit en paix, certaine d'avoir fait le bon choix. Elle avait connu le grand amour déjà une fois dans sa vie. Beaucoup de gens ne pouvaient en dire autant, et elle ne devait pas s'attendre à revivre des sentiments aussi forts. Comme elle pensait cela, un souvenir imprécis traversa son esprit, tel un lointain écho du passé, mais elle se dépêcha de le chasser.

— Nous nous marierons avant de quitter Moscou ! déclara Constantin.

Marguerite ne demandait pas mieux. Si le mariage avait lieu avant son retour à Saint-Pétersbourg, Tom se résignerait et ne briserait pas le cœur de Sarah.

— Je propose que nous célébrions notre union dans l'intimité, dit-elle.

— Impossible ! L'impératrice voudra assister à la cérémonie. J'appartiens à sa garde personnelle et elle vous a honorée de son portrait.

Entre-temps, le traîneau s'était arrêté devant la maison où avait lieu la fête. Constantin repoussa la fourrure qui couvrait ses jambes, sauta à terre et aida

Marguerite à descendre. Dans son excitation, il ne remarqua pas que l'humeur de la jeune femme s'était brusquement assombrie. La présence de l'impératrice donnerait inévitablement un caractère protocolaire à leur mariage, et cette idée entamait son assurance.

Constantin proclama haut et fort la nouvelle dès qu'ils eurent franchi le seuil de la salle de réception. Les tons pastel des robes de bal se mêlaient aux couleurs vives des uniformes et aux scintillements des coupes de cristal dans la clarté dorée des bougies. Durant le souper, on porta plusieurs toasts aux fiancés en brisant les verres après avoir bu, suivant la tradition russe. Marguerite n'avait pas remarqué que certaines femmes gloussaient et chuchotaient derrière leurs éventails, jusqu'au moment où elle surprit un échange de regards chargés de malice et de moquerie entre deux d'entre elles. Sur le moment, elle se demanda ce qui pouvait les amuser ainsi, puis elle fut prise par l'ambiance de la soirée et oublia l'incident. Tous les officiers voulurent danser avec la future mariée. Mais, comme ils se montraient d'une familiarité excessive, Constantin, lui-même plus qu'à moitié ivre, décida de la reconduire chez elle.

— Tu seras heureuse avec moi, Marguerite, lui déclara-t-il avec ferveur sur le pas de sa porte. Quoi qu'il advienne, je n'aimerai jamais que toi. Promets-moi de ne pas l'oublier.

— Je te le promets, répondit-elle en caressant du bout des doigts le pli inquiet qui barrait son front.

Il lui prit la main et la regarda à nouveau dans les yeux.

— Dans une semaine, tu seras ma femme et nous ne nous quitterons plus.

Cela arrangeait l'impératrice que le mariage ait lieu au plus tôt, car elle était impatiente à présent de retourner à Saint-Pétersbourg. Elle témoigna sa satisfaction à Constantin en le nommant colonel. Les couturières du Kremlin confectionnèrent la robe de la mariée, en soie de couleur crème bordée de dentelle dorée, et le chef des cuisines du palais veilla aux préparatifs du banquet.

Le matin de la cérémonie, Marguerite regretta que ce ne soient pas Sophie et Jeanne, mais deux dames d'honneur de l'impératrice, qui l'aident à s'habiller. Dans ces circonstances, elle aurait été heureuse d'avoir Violette, Isabelle ou même Rose près d'elle. Constantin n'avait pas de famille, à part un oncle qui habitait Moscou et assisterait à la cérémonie, ainsi que deux cousins trop éloignés pour faire le déplacement.

Comme cadeau de mariage, Constantin lui avait offert une parure de diamants et d'émeraudes comprenant un collier, des bracelets et des boucles d'oreilles qu'elle se devait de porter. Elle était coiffée d'un diadème en éventail – cadeau de l'impératrice – pareil à celui que portait Sophie pour son mariage, sauf que le sien rutilait de diamants. Enroulée dans une cape de zibeline qui la protégeait du froid, Marguerite quitta le palais en compagnie des deux dames d'honneur.

Une foule importante était rassemblée dans la magnifique cathédrale illuminée par des milliers de bougies. Très élégant dans son uniforme de cérémonie, Constantin la rassura d'un sourire et lui prit la main afin de la conduire vers le pope et ses assistants, tous vêtus de robes richement ornées. La messe fut longue et ponctuée de nombreux chants. Marguerite et Constantin échangèrent leurs vœux et leurs anneaux pendant qu'on tenait des couronnes symboliques au-dessus de leur tête. Ils étaient désormais mariés. Constantin s'inclina devant l'impératrice, Marguerite fit la révérence et ils s'avancèrent vers la sortie, la main de la jeune femme reposant sur le poignet de son époux.

C'est alors qu'une des grandes portes de la cathédrale s'ouvrit brusquement. Jan Van Deventer apparut sur le seuil au milieu d'un tourbillon de flocons.

— Marguerite, non ! hurla-t-il d'une voix rauque, comme s'il refusait de se rendre à l'évidence.

Son cri se répercuta longuement à l'intérieur de la vaste nef. Des gardes se précipitèrent aussitôt vers lui et l'entraînèrent dehors malgré ses efforts désespérés pour leur échapper.

Constantin et Marguerite restèrent cloués sur place, lui par la surprise, elle par l'épouvante.

— Que va-t-il lui arriver ? demanda la jeune femme, livide.

Constantin pressa doucement sa main, l'invitant à avancer.

— La prison, lâcha-t-il. Peut-être le knout.

Elle s'arrêta à nouveau et le regarda d'un air consterné.

— Non ! Tu dois le faire libérer !

Constantin commençait à perdre patience. Les gens chuchotaient autour d'eux, et des rires étouffés fusaient çà et là.

— D'accord, d'accord... Sortons d'ici.

Il n'y avait aucune trace de Jan dehors. Marguerite refusa de monter à bord du traîneau qui les attendait avant que Constantin eût donné l'ordre au capitaine des gardes de relâcher le Hollandais sans retenir aucune charge contre lui. Une fois rassurée, elle prit place sur la banquette.

— Qui diable est cet homme ? lui demanda Constantin comme ils s'éloignaient de la cathédrale. D'où le connais-tu ?

Elle lui expliqua dans quelles circonstances elle avait rencontré Jan, précisant qu'il avait eu la gentillesse de la laisser disposer de son appartement en son absence.

— Il n'est pas question que tu retournes là-bas ! tonna Constantin en lui lançant un regard noir.

Marguerite resta sans voix, n'ayant pas l'habitude qu'on lui parle sur ce ton, puis elle mit cet accès d'autorité sur le compte de la jalousie. C'était la première fois qu'il lui dévoilait le côté sombre de sa personnalité car, jusque-là, elle l'avait toujours vu de bonne humeur.

— Tu n'as pas à t'inquiéter, assura-t-elle. Sans doute se faisait-il du souci pour moi, en pensant que je ne te connaissais pas depuis assez longtemps pour t'épouser.

Ses paroles apaisantes produisirent leur effet et Constantin retrouva aussitôt son entrain.

— Dorénavant, déclara-t-il, c'est moi et moi seul qui veillerai à ton bien-être.

Mais alors même qu'il l'embrassait comme pour sceller sa promesse, il était résolu à donner des instructions au palais pour qu'on empêche ce maudit Hollandais de rendre visite à sa femme.

L'impératrice prit part au banquet, mais elle se retira avant que les dames d'honneur escortent la mariée jusqu'à la chambre nuptiale. Les camarades de Constantin n'avaient cessé de remplir son verre de vodka, de sorte qu'il titubait lorsqu'il sortit de la pièce voisine, nu sous sa robe de chambre, et s'approcha du lit.

— Comme tu es belle, Marguerite ! bredouilla-t-il en laissant tomber sa robe de chambre et en s'écroulant sur le lit près d'elle.

Il l'attira contre lui et la prit presque brutalement, puis il s'écarta d'elle et se mit aussitôt à ronfler.

Le lendemain matin, il se réveilla en proie au remords et à une violente migraine. En ouvrant les yeux, il vit Marguerite qui brossait ses cheveux devant un miroir. Il s'assit et adressa un sourire penaud à son reflet.

— J'étais tellement heureux que tu aies accepté de devenir ma femme que j'ai un peu trop bu.

Marguerite admira malgré elle son savoir-faire en matière d'excuses. Songeant qu'il n'était pas entièrement à blâmer (elle aurait juré que ses camarades avaient rempli plusieurs fois son verre à son insu), elle se contenta d'une réponse laconique :

— En effet.

Il était tellement soulagé de constater qu'elle n'était pas en colère contre lui qu'il en oublia instantanément son mal de tête. Sentant son désir renaître, il lui tendit la main.

— Viens te coucher, ma belle, dit-il d'un ton persuasif. Permets-moi de me racheter.

Elle n'hésita que quelques secondes. À cause de Jan, leur mariage n'avait pas commencé sous les meilleurs auspices et leur nuit de noces avait été un désastre. Un nouveau départ s'imposait. Elle s'approcha et prit sa main. Il l'attira sur le lit et la serra contre lui. Ses baisers réveillèrent les désirs que Marguerite avait trop longtemps refrénés. Constantin était un amant expert et elle réagit rapidement à ses caresses. Mais tandis qu'ils se reposaient, le jeune homme se dressa sur un coude afin de contempler le visage de sa compagne endormie, le nimbe cuivré de ses cheveux étalés sur l'oreiller, et il sentit obscurément qu'il était loin d'avoir percé tous ses secrets.

Il se remémora leur première rencontre. Malgré la crainte que lui inspirait le grand-duc, Marguerite lui avait alors paru insaisissable. Qu'elle en fût ou non consciente, c'était cela qui la rendait terriblement séduisante et lui avait donné envie de la revoir. Avait-elle laissé un amoureux ou un amant à Paris ? Était-ce pour mettre fin à cette relation qu'elle était venue en Russie ? Il aurait été étonnant que les Français restent de marbre devant tant de charme. Il tenta de se rappeler si elle était vierge quand il l'avait prise, mais il avait l'esprit trop embrumé à ce moment-là et il savait d'expérience que l'ivresse effaçait tous les souvenirs. Tout ce qui importait, c'était qu'elle lui appartenait maintenant et que l'impératrice avait béni leur union.

— Marguerite, murmura-t-il, troublant son sommeil.

Tandis qu'elle ouvrait les yeux, il recommença à la caresser. Sans qu'il s'en doute, elle était déjà parvenue à la conclusion que l'affection ne pouvait se substituer à l'amour dans l'intimité. Il semblait à la jeune femme que son cœur s'était détaché d'elle, comme une feuille morte que le vent emporte.

16

Marguerite fut heureuse de quitter Moscou. Elle n'aimait pas cette ville, sans doute parce qu'elle l'associait inconsciemment à sa dernière entrevue, tellement éprouvante, avec Tom et au scandale que Jan avait causé en interrompant son mariage. En outre, il y avait eu deux incendies terribles pendant son séjour et, chaque fois, la vue de la fumée et de l'horizon embrasé avait fait resurgir des souvenirs douloureux. Mais à présent, Constantin et elle étaient en route pour la propriété que le jeune homme possédait dans les environs de Saint-Pétersbourg. Ils y resteraient jusqu'à la fin de son congé, puis ils regagneraient la plus belle ville du monde aux premiers jours du printemps.

Les abords du palais Dachiski firent une excellente impression à Marguerite. Une allée bordée par des statues de marbre débouchait sur une cour de belles dimensions. Le palais lui-même était d'une taille raisonnable. Sa façade rose présentait les habituelles décorations blanches, rehaussées d'une généreuse touche d'or. Constantin lui avait expliqué qu'il ne portait le titre de « palais » que parce qu'il appartenait jadis à la famille impériale.

— À présent que tu es là, je vais passer plus de temps dans cette maison que jusqu'à maintenant, lui confia-t-il. Il m'est arrivé d'y donner une fête de temps en temps, mais sinon j'aimais mieux habiter en ville que de tourner en rond tout seul ici. Les officiers disposent d'appartements au palais d'Hiver ; c'est là que je passais le plus clair de mon temps quand la cour résidait à Saint-Pétersbourg.

— Je croyais que tu avais hérité cette demeure de tes parents ?

— Non. Mon père et ma mère étaient morts depuis longtemps quand j'en suis devenu propriétaire.

Elle brûlait de lui demander pourquoi il avait acheté une maison beaucoup trop grande pour lui, mais déjà leur voiture s'arrêtait devant l'entrée du palais. Les ayant vus arriver, les domestiques en gants et tablier blancs sortirent en hâte et se rangèrent de part et d'autre du large escalier de marbre.

Marguerite gravit les marches au côté de Constantin, répondant par des sourires aux saluts et aux révérences. Ils entrèrent dans un immense hall avec un escalier à double révolution et un parquet aux motifs complexes qui brillait comme un miroir. La jeune femme fut un peu déçue de ne pas s'y sentir immédiatement chez elle, mais sans doute était-ce trop exiger.

Constantin jeta son bonnet et lui saisit la main.

— Viens ! dit-il. Je vais te faire visiter.

Marguerite retrouva le sourire quand il l'entraîna dans une course folle à travers une enfilade de pièces toutes plus ravissantes les unes que les autres. La cape de la jeune femme glissa de ses épaules et tomba en tas sur le sol tandis qu'ils couraient et dérapaient sur le parquet tels deux enfants excités. Ils finirent par se retrouver dans le hall, à l'exact opposé de leur point de départ.

— Et maintenant, l'étage !

Cette fois, Constantin la conduisit directement à sa chambre. Ils s'écroulèrent côte à côte sur le lit, essoufflés et hilares.

— C'est ce qu'on appelle une visite éclair ! s'exclama gaiement Marguerite.

— Tu auras tout le temps de t'installer et de te familiariser avec les lieux quand je serai à Saint-Pétersbourg.

Le rire de la jeune femme s'éteignit subitement. Elle se redressa et regarda son mari.

— Que veux-tu dire ?

— Tu as très bien entendu. À présent, c'est toi la maîtresse de cette maison. Tu as besoin de temps pour en prendre le commandement et l'organiser à ta guise. Nous ne sommes qu'à une heure de voiture de la ville, aussi rentrerai-je aussi souvent que possible, même si je risque d'être très occupé pendant les semaines à venir.

— Mais je travaille pour l'impératrice ! Elle compte bien que je continue à créer des modèles pour elle malgré notre mariage. Elle me l'a dit clairement.

Constantin se dressa sur un coude.

— Réfléchis un peu, Marguerite. Nous n'avons nulle part où habiter à Saint-Pétersbourg. Mon service m'oblige à demeurer près de l'impératrice et il n'est pas question que tu emménages avec moi au quartier des officiers. Tu ne peux pas non plus retourner vivre dans ton atelier. Je ne le permettrai pas.

Elle se releva d'un bond, scandalisée.

— Tu prévoyais dès le départ de me cloîtrer ici ?

— Mais pas du tout !

Il s'assit sur le lit et lui parla d'un ton apaisant, espérant qu'elle n'allait pas s'entêter :

— Rien ne t'empêche de travailler ici et de faire un saut en ville toutes les deux ou trois semaines pour montrer tes modèles à l'impératrice. À ce moment-là, nous trouverons un endroit où passer la nuit tous les deux. Tu auras en permanence une voiture à ta disposition. Quand tu voudras l'utiliser, rappelle-toi que l'attelage doit compter moins de huit chevaux ; c'est une question de rang social. Tu peux aussi te rendre à Saint-Pétersbourg à cheval. Je suis sûr que tu vas beaucoup te plaire ici. Tu pourras recevoir et rendre visite aux propriétaires des environs. Entre les dîners et les parties de cartes, tu ne devrais pas t'ennuyer. Cette maison comprend près de trente pièces. Pourquoi ne pas aménager l'une d'elles en cabinet de travail ? Et si tu le souhaites, tu pourras inviter tes amies à séjourner ici en mon absence.

Il sourit, content d'avoir si bien fait ressortir les avantages de la situation. Mais elle se montra insensible à ses arguments.

— Tu ne comprends pas ! éclata-t-elle, rouge de colère. Je dois retourner à Saint-Pétersbourg. Jeanne a les compétences requises pour diriger n'importe quel atelier, mais, si j'en juge par la lettre qu'elle m'a adressée à Moscou, elle a hâte que je revienne et la soulage d'une partie de ce fardeau.

Constantin plissa les yeux.

— Tu t'imaginais qu'après notre mariage tu continuerais à jouer les cousettes sans rien changer à ton mode de vie, comme si tu avais épousé un paysan ?

— Bien sûr que non ! Mais je pensais que nous

habiterions en ville et que je pourrais passer au mois deux fois par semaine à l'atelier, histoire de régler les problèmes éventuels et de superviser les travaux en cours.

Il se leva et vint se planter en face d'elle.

— Rien ne t'empêche de le faire quand tu iras voir l'impératrice. Le reste du temps, tu resteras ici jusqu'à ce que nous ayons un logement en ville. À ce moment-là, tu reprendras ta place à la cour à mes côtés.

Comme la plupart des hommes ayant un caractère égal, Constantin détestait les disputes. Mais, dans ce cas précis, il était résolu à ne pas céder un pouce de terrain. Il n'avait aucune envie d'être séparé de Marguerite. Seulement, l'impératrice avait stipulé qu'une fois le mariage célébré sa femme devrait résider hors de Saint-Pétersbourg tout en demeurant à son service, la charge de colonel entraînant des devoirs supplémentaires. En disant cela, elle semblait lui promettre une nouvelle promotion s'il lui donnait satisfaction.

— En attendant, nous louerons un appartement, reprit Marguerite, décidée à ne pas céder. Et, puisque tu es tellement occupé, c'est moi qui m'en chargerai.

— Non !

La patience de Constantin était à bout et il avait hâte de mettre un terme à cette discussion.

— Ne brûlons pas les étapes. L'impératrice a laissé entendre qu'elle veillerait à nous procurer une résidence en ville le moment venu. Je risquerais de compromettre ma carrière en cherchant à anticiper sa bienveillance. Tu sais combien elle est coléreuse et susceptible.

Marguerite savait cela, mais elle n'admettait pas qu'une tierce personne, fût-elle impératrice, fasse la loi dans son couple.

— J'aurai quand même besoin d'un pied-à-terre, insista-t-elle.

— Très bien, acquiesça Constantin avec un soupir de lassitude. Tu n'auras qu'à louer un petit appartement. Mais je veux pouvoir y loger avec toi lorsque tu y seras.

Elle comprit qu'elle ne pouvait rien espérer de mieux pour le moment, Constantin étant déterminé à attendre le bon vouloir de l'impératrice.

De son côté, son mari était soulagé d'avoir échappé à une scène et à un déluge de larmes. Il avait l'impression de marcher sur une corde raide, partagé entre l'obéissance qu'il devait à Élisabeth et son désir de ne pas contrarier Marguerite. Avec un sourire qui exprimait son soulagement, il l'attira dans ses bras.

— Bientôt, nous ne nous quitterons plus, murmura-t-il en dégrafant le corsage de sa femme. Je te le promets.

Elle se laissa porter sur le lit et ils firent l'amour pour la première fois dans cette maison qui lui apparaissait déjà comme une prison.

Au fil des jours, Constantin devint de plus en plus agité, jusqu'au moment où il décida d'avancer la date de son retour à Saint-Pétersbourg. L'impératrice lui avait accordé quatre semaines de congé afin qu'il s'habitue à vivre sous son toit avec sa femme. Mais la ville et son cortège de plaisirs lui manquaient et il ne tarda pas à se lasser de sa retraite campagnarde. Marguerite n'était pas en cause : son corps magnifique lui procurait toujours le même plaisir, et il avait ressenti la même impatience lors de chacune de ses escapades amoureuses avec ses maîtresses ou les épouses d'autres hommes. Il aurait volontiers vendu cette maison si elle ne lui avait été offerte par Élisabeth – celle-ci aurait pu décider tout à coup de s'y inviter.

Marguerite se réjouissait également de retourner en ville avec son mari, même si son séjour s'annonçait de courte durée car elle devait superviser les travaux d'aménagement et de décoration du palais Dachiski.

Ils se dirent au revoir au pied de l'escalier extérieur du palais d'Hiver. Constantin avait déjà revêtu son uniforme. Il la serra longuement contre lui et ne la laissa partir qu'à contrecœur. L'imminence de leur séparation lui avait fait prendre conscience de la force de ses sentiments pour elle. Il la suivit un moment du regard tandis qu'elle s'éloignait, puis il se détourna d'un air résigné et prit la direction des appartements de la tsarine.

Comme chaque fois qu'il retrouvait Élisabeth après un temps d'absence, une vague de désir le submergea. Peu lui importait que sa beauté commençât à se faner ou que sa silhouette se fût empâtée ; elle exerçait toujours le même pouvoir sur ses sens.

Élisabeth lui réserva un accueil enthousiaste.

— Te revoici déjà, mon chéri ! T'ai-je tellement manqué ?

Elle l'enveloppa dans ses bras et lui tendit ses lèvres afin qu'il l'embrasse. La première fois qu'il avait partagé son lit, il avait été fasciné par sa beauté et comblé par sa générosité. Très vite, il avait constaté avec fierté qu'il était son amant favori, malgré son jeune âge – il avait alors dix-neuf ans et venait d'être promu au grade d'officier. Elle lui avait enseigné quantité de manières d'atteindre le plaisir, et leur relation avait toujours été pleinement satisfaisante pour l'un comme pour l'autre.

Au début, l'insistance d'Élisabeth à vouloir le marier

à Marguerite n'avait pas laissé de l'étonner, car il ne se faisait aucune illusion à son sujet. Ses paroles et ses actes étant toujours dictés par la recherche de son intérêt personnel, il se doutait que ce projet servait des visées secrètes. L'explication lui était venue d'une remarque anodine de Marguerite. Il avait failli éclater de rire : pour s'attacher sa couturière, l'impératrice n'avait pas trouvé mieux que de la marier à son amant ! Toutefois, il ne regrettait rien.

Brûlant d'excitation, Élisabeth le regarda se débarrasser de sa veste d'uniforme et s'asseoir pour ôter ses bottes cirées. Elle avait la certitude qu'elle ne se lasserait jamais de lui et le garderait toujours comme amant, même si d'autres hommes partageaient parfois son lit. Elle avait pour ainsi dire fait d'une pierre deux coups en le mariant à la jeune Française. Plus important encore, elle s'était assuré définitivement les services de la meilleure modéliste au monde. Maintenant qu'elle était mariée à Constantin, Marguerite ne pourrait plus jamais quitter la Russie pour retourner en France. Elle ne risquait pas non plus de déguerpir avec le peintre hollandais qui lui avait servi un temps de cavalier, au dire de ses espions. En l'élevant au rang de dame de la cour, elle avait fait d'elle un parti acceptable par Constantin et, en la confinant à la campagne, cela permettait à son amant de lui rendre visite aussi souvent qu'elle le désirait sans l'exposer aux tracasseries d'une épouse jalouse. En somme, elle lui avait facilité la vie.

À l'atelier, Marguerite trouva les couturières et les apprenties russes au travail, mais pas les Françaises.

— Où est Mme Jeanne ? demanda-t-elle.

— Dans ses appartements, répondit l'une des ouvrières.

Étonnée, Marguerite se dirigea vers le salon où ses compagnes passaient leurs moments de loisir. Quand elle ouvrit la porte, un tableau pour le moins surprenant s'offrit à elle. Rose était assise dans un fauteuil, encadrée par sa mère et Violette. Rouge de colère, la jeune fille se murait dans son silence. Sophie était occupée à se débarrasser de son manteau ; visiblement, on lui avait demandé de venir de toute urgence. Debout à l'écart, Isabelle, pâle comme la mort, fixait sur Rose un regard empli d'effroi.

— Que se passe-t-il ? interrogea Marguerite, inquiète, en refermant la porte derrière elle.

Jeanne, qui se penchait vers sa fille d'un air menaçant, se redressa et tonna :

— Tu tiens à le savoir ? Eh bien, Rose est enceinte !

Elle se retourna vers la coupable.

— Depuis quand est-ce que ça dure ?

— Ça ne te regarde pas ! lui rétorqua Rose d'un air de défi. La première fois, ça s'est fait presque malgré nous. Par la suite, quand on s'est revus, ça nous a semblé tout naturel de remettre ça. Je ne te l'aurais pas dit si tu ne m'étais pas tombée sur le dos parce que j'étais en retard. Dans mon état, j'ai besoin de me ménager.

Jeanne faillit s'étrangler de fureur.

— Espèce de peste !

— Tu n'es qu'une petite dinde, ajouta Violette d'un air exaspéré. Pourquoi n'es-tu pas venue me demander conseil avant de commencer à jouer avec le feu ?

— Parce que je ne suis pas une traînée, contrairement à toi ! cracha Rose.

Violette feula tel un chat en colère et elle aurait certainement frappé la jeune fille si Marguerite n'était intervenue en lui agrippant le poignet.

— Assez ! Ce n'est pas le moment de vous battre, mais de réfléchir calmement à la situation. Les employées du palais qui tombent enceintes sans être mariées font l'objet d'un renvoi immédiat. Aucune d'entre nous ne souhaite cela à Rose.

— Elle va devoir épouser le père, déclara Sophie.

Jeanne acquiesça et reporta son attention sur sa fille.

— Je t'ordonne de me dire son nom !

— Je t'ai déjà dit qu'il était russe. Ça lui ressemblerait bien de m'épouser par devoir. Mais je n'ai aucune envie de devenir sa femme.

— Quand l'as-tu rencontré ? demanda Marguerite, saisie par le même pressentiment qui avait provoqué la pâleur d'Isabelle.

Rose demeura évasive :

— Il y a quelque temps, dit-elle.

— Après qu'Isabelle et moi sommes parties pour Moscou ?

— Ça se peut.

— Réponds ! reprit Jeanne en secouant sa fille par l'épaule. Qui est-il et que fait-il ? Est-ce qu'il travaille au palais ?

— Non ! Et puis, ce n'est pas la peine de me poser toutes ces questions. Je n'ai pas l'intention de passer le reste de ma vie avec quelqu'un qui entend se consacrer à un métier qui me donne envie de vomir !

Marguerite jeta un coup d'œil à Isabelle. La jeune fille hocha presque imperceptiblement la tête, l'autorisant à parler, et détourna son visage pour cacher sa détresse. Jeanne avait surpris leur échange de regards.

— Tu sais quelque chose, Marguerite ? interrogea-t-elle.

Marguerite fixa les yeux sur Rose.

— Le père de ton enfant ne serait pas un jeune homme du nom de Mikail Legotine, par hasard ?

À peine avait-elle prononcé le nom de Mikail que Rose éclata en sanglots hystériques et se mit à trépigner en martelant les accoudoirs de son fauteuil.

— Jamais je ne me marierai avec lui ! Vous ne pouvez pas m'y forcer !

— C'est ce qu'on va voir ! cria Jeanne en la giflant à toute volée. File chercher ton manteau. J'aimerais bien dire deux mots à ce garçon. Où habite-t-il ?

Marguerite fut la seule à remarquer la fuite précipitée d'Isabelle. Mais si le sort de la jeune fille lui inspirait de vives inquiétudes, elle ne pouvait se permettre de la rattraper. Rose hurlait, donnait des coups de pied et se cramponnait au fauteuil dont Jeanne tentait de l'arracher.

— Jeanne, attends !

Marguerite retint le bras de sa seconde.

— Je connais l'adresse de Mikail, mais je ne te la dirai que quand tu te seras calmée. Il est important qu'il soit au courant. D'après ce que je sais de lui, il réagira comme l'a dit Rose, même si je crois qu'il en aime une autre.

— Ça, c'est sûr ! cracha Rose. C'est d'ailleurs ce qui m'a amusée ! Il n'a jamais compté plus que ça pour moi.

La colère de Jeanne s'évanouit aussitôt et elle considéra sa fille d'un air affligé.

— J'ai toujours su que tu étais une égoïste, lui dit-elle. Mais j'ignorais que tu manquais de cœur à ce point. Ce jeune homme était-il le premier ?

— Évidemment, répondit Rose en évitant de regarder sa mère.

Personne ne la crut et Jeanne se garda d'insister. Tournant le dos à sa fille, elle reprit d'une voix lasse :

— J'irai trouver ce garçon avec Rose ce soir. D'ici là, que tout le monde se remette au travail. Mais avant, j'aimerais m'entretenir avec Marguerite seule à seule.

Quand les autres femmes furent sorties, Jeanne se laissa tomber dans le fauteuil que Rose venait de quitter et fit signe à Marguerite de s'asseoir en face d'elle.

— J'insisterai auprès du jeune homme pour qu'il épouse Rose, en espérant qu'il l'aime assez pour la convaincre d'accepter le mariage.

— Crois-tu que ce soit sage ? Une telle union ne peut déboucher que sur le malheur.

— C'est le prix qu'ils devront payer pour leur irresponsabilité, répliqua Jeanne d'un ton sévère. Rose a bien besoin qu'on lui serre la vis. Pourtant, je sais que je dois envisager une solution de rechange. Il ne va pas être facile de cacher l'état de Rose à ses collègues d'atelier et, dans son cas, nous ne pourrons pas user d'artifices et de fanfreluches comme pour la grande-duchesse. Si elle était renvoyée du palais, elle ne retrouverait plus jamais une aussi bonne place. Il va encore falloir songer à l'accouchement et au bébé. Que faire ?

— Procédons étape par étape, suggéra Marguerite, cachant son impatience de rejoindre Isabelle. Si le mariage n'avait pas lieu, on pourrait commencer par charger les apprenties de confectionner des tabliers plus grands pour tout le monde. Avec ça, les couturières russes ne devraient rien remarquer dans l'immédiat. Cela nous laissera le temps d'aviser. Tu sais que tu peux compter sur notre aide à toutes.

Quand Jeanne regagna l'atelier, Marguerite l'accompagna pour voir si Isabelle avait repris le travail, mais ce n'était pas le cas. Pensant que la jeune fille avait dû se réfugier dans sa chambre, elle se dirigea vers celle-ci. Elle frappa et, comme personne ne répondait, elle essaya d'ouvrir la porte, qui n'était pas fermée à clé. Nulle trace d'Isabelle à l'intérieur.

Se demandant où elle avait pu aller, elle fouilla tout l'étage, en vain. Puis il lui vint à l'esprit que, sous le coup de l'émotion, la jeune fille avait pu se sentir mal et éprouver le besoin de prendre l'air. Au pied de l'escalier, elle trouva une femme occupée à laver le carrelage.

— Vous n'auriez pas vu passer une couturière avec un tablier blanc ?

La femme leva les yeux vers elle, assise sur ses talons.

— Si, il y a une dizaine de minutes. Elle était si pressée qu'elle a glissé sur le sol mouillé et failli tomber.

Marguerite prit peur et se précipita vers la sortie. Sur le seuil, elle croisa un palefrenier qui s'apprêtait à entrer et lui posa la même question :

— Avez-vous vu une de mes couturières dehors ?

— J'ai vu une fille franchir les grilles du palais pendant que je me dirigeais vers les écuries. Elle courait. C'était peut-être elle ?

Elle ne prit pas la peine de lui répondre. À l'extérieur des grilles, tandis qu'elle se faufilait entre les passants, elle remarqua un attroupement sur la berge de la Neva. Pleine d'appréhension, elle s'approcha et vit plusieurs personnes hisser le corps inanimé d'Isabelle sur le quai. Les cheveux ruisselants d'eau, les bras pendants, la malheureuse avait tout l'air d'une marionnette dont on aurait coupé les fils. Puis on la déposa sur le sol et la foule la cacha complètement.

Marguerite se fraya un passage à travers les spectateurs. Agenouillé près d'Isabelle, l'homme qui s'était jeté dans le fleuve pour la sauver avait entrepris de lui faire cracher l'eau qu'elle avait avalée. La jeune femme reconnut Jan Van Deventer.

Elle s'agenouilla près de lui.

— Va-t-elle s'en sortir ? demanda-t-elle d'un ton anxieux.

— Oui, avec un peu de chance, répondit-il sans la regarder.

Il n'avait pas cessé de s'activer, comprimant si fort les côtes d'Isabelle que Marguerite craignit de les entendre craquer. Enfin, au bout d'un moment qui lui parut interminable, un flot d'eau jaillit de la gorge de la jeune fille, qui se mit à tousser violemment. Une partie des spectateurs se dispersa tandis que les autres restaient pour assister à la fin du spectacle. Jan prit son manteau, y enveloppa Isabelle, puis il la souleva dans ses bras et s'éloigna en tournant le dos au palais.

— Où l'emmenez-vous ? l'interrogea Marguerite en pressant le pas pour le rattraper. Elle a besoin de repos, de chaleur et de soins !

— Elle trouvera tout cela chez moi. Saskia veillera sur elle.

— Vous ne savez même pas qui elle est !

— Détrompez-vous. Je connais la famille Legotine. Ils m'ont acheté plusieurs toiles depuis mon retour et j'ai rencontré Isabelle chez eux à plusieurs reprises.

— Je l'ignorais !

Il lui lança un regard moqueur.

— Il est vrai que nous n'avons pas eu le loisir de vous en avertir, puisque vous vous trouviez à la campagne. En tout cas, elle ne retournera pas au palais tant qu'elle n'en aura pas exprimé le désir. Il a dû se passer là-bas quelque chose de terrible pour lui donner envie de finir dans le fleuve.

Tout en parlant, ils étaient arrivés chez Jan. Marguerite monta l'escalier derrière lui et pénétra dans la pièce où elle avait passé tellement de soirées paisibles. Saskia et elle s'évertuèrent ensuite à ramener un peu de chaleur dans le corps et les membres d'Isabelle, en la frictionnant avant de l'envelopper dans des couvertures moelleuses et de la laisser se reposer. Marguerite retourna au salon pendant que Saskia préparait du café.

Jan s'était changé entre-temps. Elle le trouva assis à son bureau. Quand il la vit, il posa sa plume et se tourna vers elle pour lui demander des nouvelles d'Isabelle.

— Elle est presque endormie.

Tout à coup, les émotions de la journée lui coupèrent les jambes et elle se laissa tomber sur le canapé, épuisée.

— Vous lui avez sauvé la vie, remarqua-t-elle.

— Par hasard, je traversais la Neva à bord d'un bac quand je l'ai vue se jeter à l'eau. Comme je sais nager et ranimer les noyés, j'ai plongé sans hésiter. (Il sourit.) En Hollande, il n'est pas rare que des gens tombent dans les canaux, mais, la plupart du temps, il s'agit d'ivrognes.

— Le danger est bien plus grand dans un fleuve.

Il haussa les épaules.

— À présent, dit-il, j'aimerais savoir ce qui a pu inciter cette pauvre fille à vouloir mettre fin à ses jours.

Il en avait tant fait pour Isabelle que Marguerite se sentit obligée de tout lui dire. Il l'écouta sans le moindre commentaire, puis il hocha la tête d'un air compatissant.

— Donc Isabelle a eu le cœur brisé et, quand il va rentrer chez lui ce soir, Mikail verra sa vie irrémédiablement gâchée.

— C'est une tragédie, acquiesça Marguerite.

Saskia entra, précédée par une agréable odeur de café chaud. Elle proposa de rester pour veiller sur la malade, mais Marguerite avait d'autres projets.

— J'aimerais passer la nuit à son chevet, si vous n'y voyez pas d'objection, Jan.

— Je vous en prie.

— Saskia veillera sur elle le temps que je retourne à l'atelier et rapporte ce qui s'est passé à mes compagnes. Je reviendrai plus tard avec quelques affaires et des vêtements de rechange pour Isabelle.

Sophie avait attendu son retour auprès de Jeanne et de Violette. Marguerite les mit au courant de la tentative d'Isabelle et de son sauvetage. Jeanne secoua la tête sans un mot, le regard plein de tristesse, et regagna l'atelier d'un pas lent de vieille femme. Quand Marguerite retourna chez Jan, quelques heures plus tard, elle fit une partie du chemin avec Jeanne et Rose, qui se rendaient pour leur part chez les Legotine. La mère et la fille affichaient la même expression butée.

Marguerite trouva Isabelle réveillée. Sur l'insistance de Saskia, la jeune fille avait consenti à avaler un peu de nourriture. Elle se cramponna à Marguerite telle une enfant quand celle-ci prit place sur la chaise laissée vacante par la servante.

— Pourquoi a-t-il fallu que mynheer Van Deventer me sauve la vie ? se lamenta-t-elle. Je ne veux pas vivre sans Mikail. J'ai vraiment cru à son amour. Mais quand je vois la facilité avec laquelle Rose l'a détourné de moi, je me dis que ses sentiments n'auraient jamais été assez forts pour qu'il accepte mon passé.

— Chut ! murmura Marguerite d'un ton apaisant comme Isabelle recommençait à verser des flots de larmes. Tu as subi un choc à la fois physique et mental. Nous reparlerons de tout cela après une bonne nuit de sommeil.

Elle tint Isabelle dans ses bras jusqu'à ce qu'elle fût endormie. La jeune fille venait à peine de reposer sa tête sur l'oreiller quand Jan entra dans la chambre.

— C'est une longue nuit qui vous attend, dit-il à voix basse pour ne pas troubler le repos d'Isabelle. Saskia est rentrée chez elle, mais je vous remplacerai. Je vous appellerai si elle se réveille.

Au même moment, des pas résonnèrent dans l'escalier et quelqu'un frappa à la porte avec une telle violence qu'Isabelle remua dans son sommeil. Jan alla ouvrir et Mikail se rua à l'intérieur, le visage hagard.

— Où est Isabelle ? vociféra-t-il. Il faut que je la voie !

— Pas ce soir, dit Jan d'un ton ferme en lui barrant le passage.

— Vous n'avez pas le droit de faire cela ! Je sais qu'elle est ici ! Je dois absolument lui parler !

Dans la chambre à coucher, Isabelle poussa un petit cri et se dressa sur un coude.

— Ne le laissez pas entrer ! supplia-t-elle.

Marguerite se précipita afin de fermer la porte, mais Mikail avait reconnu la voix d'Isabelle. Écartant brutalement Jan, il entra et se jeta à genoux au pied du lit.

— Isabelle, c'est toi que j'aime ! déclara-t-il en agrippant la main de la jeune fille. Rose n'est rien pour moi. Pardonne-moi ! Cela n'arrivera plus jamais !

Affolée, Isabelle tenta désespérément de dégager sa main.

— Non, c'est Rose que tu dois épouser ! Elle porte ton enfant ! De toute façon, je n'aurais jamais pu devenir ta femme. Tu n'aurais plus voulu de moi quand tu aurais su la vérité ! Mon beau-père m'a violée et abusait de moi depuis ma plus tendre enfance, tant et si bien que j'ai fini par le tuer ! Tu entends ?

Elle éclata d'un rire hystérique.

— Je suis une meurtrière !

Mikail accusa le coup, mais il ne lâcha pas la main de la jeune fille.

— Tu as bien agi en débarrassant la terre d'un pareil monstre ! reprit-il avec une expression farouche. Si tu ne l'avais pas fait, je l'aurais cherché et tué de mes propres mains !

Sa voix se brisa.

— Oh ! mon amour, comme tu as dû souffrir... Je ne laisserai plus jamais personne te faire du mal.

Comme Isabelle était trop bouleversée pour entendre ce qu'on lui disait, Jan releva Mikail de force et le traîna hors de la pièce, laissant à Marguerite le soin de réconforter la malheureuse. Il poussa le jeune homme dans un fauteuil et se campa devant lui.

— Vous ne manquez pas d'audace pour débarquer ici après ce qui s'est passé, lâcha-t-il d'un ton sévère. Je pensais que vous épouseriez la jeune fille que vous avez rendue enceinte.

— Non.

Mikail secoua la tête d'un air abattu.

— Rose a fait une scène terrible devant mes parents et sa mère, disant qu'elle n'épouserait jamais quelqu'un d'aussi terne et ennuyeux que moi. Quand je lui ai fait remarquer que nous devrions en passer par là pour le bien de l'enfant, elle a hurlé qu'elle n'était même pas sûre qu'il fût de moi.

— Que va-t-il se passer maintenant ?

— Comme il demeurera toujours un doute, mon père financera l'éducation de l'enfant jusqu'à la fin de mes études, après quoi je le rembourserai et assumerai moi-même cette charge. Sinon, je suis libre.

Sa voix se teinta d'amertume.

— La mère de Rose veut garder la grossesse de sa fille secrète pour lui éviter d'être renvoyée, mais j'ignore comment elle compte s'y prendre. Quel imbécile je fais ! gémit-il en se prenant la tête dans les mains. Dire que j'ai failli causer la mort de ma chère Isabelle...

Marguerite apparut dans l'embrasure de la porte.

— Isabelle accepte de vous recevoir, Mikail.

Le jeune homme se releva d'un bond et se précipita vers la chambre, mais elle l'arrêta sur le seuil.

— Prenez le temps de lui expliquer la situation. Son désespoir est toujours aussi vif.

Mikail fit signe qu'il avait compris et pénétra dans la chambre sur la pointe des pieds. Resté seul avec Marguerite, Jan lui répéta les propos du jeune homme. Ils tendirent l'oreille pour le cas où Isabelle aurait crié, mais tout était calme à côté. Soudain, à la surprise de la jeune femme, Jan lui prit le menton et la regarda dans les yeux.

— Pourquoi avoir épousé Dachiski ? lui demanda-t-il. J'étais à peine arrivé à Moscou que j'ai appris que vous alliez vous marier à la cathédrale. J'ai fait aussi vite que j'ai pu pour tenter de vous en empêcher.

— Vous n'auriez pas dû. On aurait pu vous garder en prison pendant des mois.

— C'était un risque à courir. Vous ne l'aimez pas.

Renonçant à jouer la comédie, elle lui donna une réponse parfaitement sincère :

— J'ai beaucoup d'affection pour Constantin et nous nous entendons très bien.

— Pour autant que je sache, vous ne l'aviez pas encore rencontré quand je vous ai dit qu'il y avait quelqu'un entre nous.

Elle détourna son visage.

— J'espérais alors que ce cher fantôme ne viendrait plus me hanter.

— Qui était-ce ?

Marguerite pensa que le moment était venu de parler à cœur ouvert.

— Quand je vivais encore à Paris, j'ai aimé un homme de toute mon âme. Nous nous serions mariés s'il n'avait trouvé la mort dans des circonstances tragiques. Puis, à Riga, j'ai rencontré quelqu'un – l'homme pour lequel je vous ai d'abord pris – qui m'a rappelé mon défunt fiancé. Le passé a brusquement resurgi et j'ai cru bêtement que je pourrais le faire revivre à travers lui. (Elle secoua la tête, se demandant comment elle avait pu commettre une telle folie.) Constantin n'a rien de commun avec Jacques. C'est pourquoi je suis contente d'être sa femme.

— Cela ne me paraît pas être une relation très stimulante. Avec moi, vous vous seriez sentie vivante ! Mais vous êtes « contente », répéta-t-il avec une pointe de raillerie.

— C'est tout ce que je désire.

— Allez dire cela à un autre ! Ce soir-là, à Riga, j'ai été fou de vous laisser partir. Dire que j'ai même proposé de vous épouser, mais une autre fois !

— Vous plaisantiez.

— Pourtant, il y avait plus de vérité dans cette boutade que je ne le croyais alors. Mon amour pour vous date de cette seconde !

Bien qu'il fît chaud dans le salon, Marguerite se rapprocha du poêle, comme si elle avait froid.

— Cela n'aurait rien changé, dit-elle sans regarder Jan.

— Plus tard, mon frère m'a dit qui vous attendiez ce soir-là. Ainsi, c'est Warrington, le jardinier anglais, qui a ressuscité le passé pour vous. Mais il est marié !

— L'amitié qui me lie à sa femme était un obstacle insurmontable. J'ai résolu le problème et tourné définitivement la page en épousant Constantin.

Elle soutint hardiment le regard de Jan.

— Désormais, mon mariage est une barrière entre nous.

— Marguerite, soupira-t-il avec une infinie tristesse, qu'avez-vous fait de votre vie et de la mienne ?

— Je vous ai dit tout ce que j'avais à vous dire. À présent, vous en savez plus sur moi que quiconque. Je souhaite que vous restiez mon ami, mais, de grâce, ne me parlez plus de vos sentiments.

— Il existe bien des façons de montrer son amour...

— En effet.

Ils firent volte-face en entendant la voix de Mikail. Le jeune homme avait un visage grave, mais il paraissait soulagé.

— Isabelle m'a pardonné, dit-il. Nous avons tiré un trait sur le passé, le sien et le mien, et décidé de prendre un nouveau départ. À présent, je vais me retirer et la laisser se reposer.

Tout heureuse, Marguerite se précipita vers lui et

l'embrassa sur la joue avant de retourner au chevet d'Isabelle. Jan marqua son approbation d'un signe de tête et servit un cognac au jeune homme avant qu'il s'en aille.

Marguerite veilla sur Isabelle durant toute la nuit, ne cédant sa place à Jan que pour un court instant. La jeune fille dormit d'un sommeil paisible et, le lendemain matin, elle remercia chaleureusement son hôte pour tout ce qu'il avait fait pour elle.

Ils déjeunèrent tous les trois ensemble, puis les deux jeunes femmes retournèrent au palais. Au moment où elle prenait congé de Jan, Marguerite s'aperçut qu'elle ne lui avait pas rendu la clé de l'appartement.

— Je ne l'ai pas sur moi, dit-elle en s'excusant. Elle est restée au palais Dachiski, mais je vous la ferai parvenir la prochaine fois que je viendrai à Saint-Pétersbourg.

— Gardez-la, rétorqua-t-il d'un ton ferme. Vous pourriez avoir besoin d'un refuge un de ces jours.

Ses paroles s'imprimèrent dans l'esprit de Marguerite. Elle se rappela que Constantin lui avait défendu de retourner à l'appartement. Malgré cela, elle venait d'y passer la nuit et avait l'intention de conserver la clé, même si elle ne devait plus jamais l'utiliser.

Isabelle retrouva sa place habituelle à l'atelier. Rose, qui évitait son regard, avait déplacé sa chaise jusqu'à une autre table. Les apprenties étaient déjà occupées à confectionner des tabliers neufs pour toutes les ouvrières. En définitive, cette précaution se révéla inutile. Trois semaines plus tard, Rose leur apparut très pâle au lendemain d'une soirée passée en compagnie de Violette. Si elle ne tenait pas très bien sur ses jambes, ses yeux brillaient de soulagement. Devinant ce qui s'était passé, Jeanne lui donna une bourrade.

— À l'avenir, tu ferais bien de rester tranquille, ma fille ! La prochaine fois, personne ne t'aidera, et surtout pas moi !

Rose se le tint pour dit mais, bientôt, la surveillance étroite que sa mère exerçait sur elle commença à lui peser. Elle ne pouvait plus aller nulle part sans être assaillie de questions à son retour, et ses absences étaient minutées. Pis encore, Jeanne prit l'habitude de l'accompagner chez les Pomfret.

Avant de quitter Saint-Pétersbourg, Marguerite dénicha un petit appartement joliment meublé dans un magnifique hôtel particulier. Elle savait que Constantin n'aurait jamais accepté qu'on le vît franchir le seuil d'un bâtiment plus modeste. Sarah fut sa première et unique visiteuse, car elle n'avait guère la place d'y recevoir du monde.

Très vite, Constantin et elle organisèrent leur existence chacun de son côté. Ils ne se voyaient que par intervalles et Marguerite prenait toujours le soin de l'avertir quand elle se rendait à Saint-Pétersbourg. Leur vie sociale ressemblait beaucoup à ce qu'elle était avant leur mariage, jusqu'à ce que la jeune femme quitte à nouveau la ville pour la quiétude de la campagne.

Elle trouvait toujours un moment pour voir Sarah lorsqu'elle se trouvait à Saint-Pétersbourg. La jeune Anglaise supportait de plus en plus mal les fréquentes absences de Tom, et sa santé s'en ressentait. Inquiète, Marguerite lui proposa de séjourner au palais Dachiski aussi longtemps qu'elle le souhaiterait, espérant que son amie reprendrait quelques couleurs en respirant l'air pur de la campagne. Sarah accepta de grand cœur son invitation.

17

Au bout de quelques jours, Sarah se sentit déjà beaucoup mieux. Au palais Dachiski, elle bénéficiait de la compagnie de Marguerite et prenait plaisir à lui rendre de petits services, tels que démêler des fils de soie et repasser les ouvrages de broderie terminés. Sachant qu'elle ne trahirait jamais un secret, Marguerite lui raconta un après-midi comment Jan avait sauvé la vie d'Isabelle et comment l'affaire s'était arrangée.

— Si cette jeune fille avait eu son bébé, Tom et moi aurions peut-être pu adopter la pauvre petite créature, soupira Sarah d'un air mélancolique.

— Pensez-vous que Tom l'aurait accepté ?

— Je crois qu'il ferait n'importe quoi pour ne plus me voir toujours pleurer. L'Angleterre me manque terriblement, et ce, de plus en plus. Certains matins, je n'ai même pas envie de me lever, tant j'appréhende la journée à venir. Au moins, quand nous vivions en France, je pouvais compter de temps en temps sur la visite d'une de mes tantes et de quelques amis anglais. J'ai pu retourner chez nous pour assister ma mère dans ses derniers instants, tandis qu'ici j'ai appris le décès de mon père alors qu'il était depuis longtemps enterré. Je me sens coupée de mes racines.

— Pourquoi ne pas m'en avoir parlé plus tôt ? Je voyais bien que quelque chose n'allait pas.

— Parce que je m'en veux d'être aussi faible et de me sentir tellement isolée.

— Pourtant, vous vous êtes fait des amis dans la communauté anglaise.

— Des connaissances, pas des amis. Ces dernières semaines, j'ai décliné tant d'invitations qu'on a maintenant tendance à m'oublier. C'est un soulagement pour moi. Tom ne m'a jamais paru aussi distant que depuis que nous vivons en Russie. Il s'énerve contre moi, ce qui n'arrivait jamais auparavant. Même quand il travaille dans les environs, il reste parfois deux ou trois jours sans rentrer à la maison.

Marguerite se faisait du souci pour son amie. À l'entendre, il était évident qu'elle souffrait de mélancolie.

— Avez-vous dit à Tom combien vous vous sentiez seule ?

— Oui. Mais il me répond qu'il est très occupé et que cela ira mieux au printemps, quand nous serons à nouveau réunis. Mais je ne veux pas passer un hiver de plus en Russie. Je veux retourner en Angleterre ! La semaine dernière, j'ai reçu une lettre de ma belle-sœur, Alice. Elle vient de donner le jour à un septième enfant. J'aurais tant voulu être à ses côtés ! Elle et moi nous connaissons depuis l'enfance. Quel bonheur ce serait pour moi si nous vivions près d'elle et de mon frère, David ! Ce dernier a repris la mer, aussi pourrais-je aider Alice à s'occuper des enfants.

Elle plongea son visage dans ses mains et fut secouée par un sanglot.

— Comme je déteste cet immense pays, ses hivers cruels et les souffrances de ces millions de malheureux que l'on traite comme du bétail ! Je regrette tellement la campagne anglaise et son climat si doux... Au printemps, les prairies se couvrent de primevères et de quantité d'autres fleurs.

Marguerite se rapprocha de Sarah afin de la consoler et passa un bras autour de ses épaules.

— Tom sait-il combien l'Angleterre vous manque ?

— Non. J'ai trop peur de le fâcher. Il est devenu irritable. Quoi que je dise ou fasse, j'ai l'impression de l'agacer.

Les paroles de Sarah témoignaient d'une détérioration de ses relations avec son mari qui serra le cœur de Marguerite, consciente que le changement survenu chez Tom s'expliquait par la douleur qu'elle lui avait infligée en repoussant son amour. Mais elle espérait qu'avec le temps le fossé qui s'était creusé entre ces deux êtres si chers à son cœur pourrait être comblé.

— Je pense que vous devriez lui écrire longuement en lui répétant tout ce que vous venez de me dire. Je suis sûre qu'il se montrera plus compréhensif que vous ne l'imaginez. Par moments, l'Angleterre a dû aussi lui manquer. On dit qu'aucun homme n'est plus sujet au mal du pays qu'un Anglais expatrié. Peut-être vous emmènera-t-il passer l'été dans votre famille.

Sarah leva vers son amie un regard plein d'espoir.

— Vous croyez qu'il accepterait ?

— Tom est la bonté même. Posez-lui la question, et vous verrez sa réaction.

Sarah rédigea le jour même une longue lettre dans laquelle elle suppliait son mari d'exaucer son vœu le plus cher en lui permettant de rendre visite à sa famille.

Tom lui répondit peu après, disant qu'il réfléchissait, ce qui encouragea les espoirs de Sarah.

Dès l'arrivée de Sarah, Constantin avait vu d'un mauvais œil la présence d'une invitée permanente sous son toit, même s'il s'était toujours montré courtois avec elle. En conséquence, il revenait de moins en moins souvent au palais Dachiski. Marguerite et lui ne se voyaient pas davantage à Saint-Pétersbourg : la jeune femme ne passait plus que rarement la nuit dans son petit appartement, tant elle répugnait à laisser Sarah seule trop longtemps. Constantin n'avait plus jamais évoqué devant elle la possibilité d'obtenir une résidence citadine grâce à la générosité de l'impératrice, et Marguerite s'était bien gardée de soulever la question, sachant qu'il serait furieux si elle prétextait la présence de Sarah pour refuser d'emménager quelque part avec lui.

Tom arriva début septembre. Sarah alla à sa rencontre en courant, le cœur rempli de joie. Quand Marguerite apparut sur le seuil du salon, Tom souriait à sa femme, un bras passé autour de sa taille. Son visage se crispa dès qu'il l'aperçut.

— C'est la première fois que je vous revois depuis votre mariage, remarqua-t-il sans faire mine de lui présenter ses vœux. Il semble que Sarah souhaite par-dessus tout retourner en Angleterre. Après mûre réflexion, je suis parvenu à une décision. Nous lèverons l'ancre dès que nos affaires auront été rangées dans des caisses et chargées à bord du bateau.

Sarah poussa un cri de ravissement.

— Tom chéri ! Comme tu es bon avec moi !

Marguerite ressentit un immense soulagement.

— C'est une sage décision. Pour être franche, je

craignais pour la santé mentale et physique de Sarah si elle avait dû rester encore longtemps éloignée de son pays natal.

Tom acquiesça et posa un regard plein de tendresse sur Sarah, que le bonheur avait laissée sans voix.

— Il ne s'agira pas d'une simple visite. Nous n'aurons plus besoin de notre maison de Saint-Pétersbourg. Je ne t'obligerai jamais plus à quitter l'Angleterre.

— Tom !

Sarah serra son mari dans ses bras, la joue pressée contre son épaule.

— C'est merveilleux ! Nous allons enfin rentrer chez nous ! Chez nous, répéta-t-elle d'un air extatique, en fermant les yeux.

Pendant que Tom supervisait leur déménagement, Sarah demeura à la campagne avec Marguerite. L'automne était déjà installé.

Un jour, en regardant par la fenêtre de son atelier, Marguerite vit Jan qui approchait du palais Dachiski à cheval. Étant descendue afin de l'accueillir, elle le trouva dans le hall, en train de tendre son tricorne et ses gants à un domestique. Sa haute silhouette s'encadrait dans la porte éclairée par la lumière du dehors.

— Soyez le bienvenu, dit-elle, heureuse de constater qu'il ne lui en voulait plus.

Il se tourna vers elle avec entrain, les bras grands ouverts, comme s'il avait l'intention de la serrer contre lui.

— Quelle mine superbe vous avez, Marguerite ! La campagne vous réussit, à ce que je vois.

« La campagne, oui, pensa-t-elle. Mais pas cette maison. »

— Venez vous asseoir, que nous puissions parler.

Elle lui indiqua le chemin du salon le plus proche.

— Sarah Warrington passe quelques jours avec moi. Je vous en prie, dites que vous restez dîner avec nous.

Il accepta l'invitation de grand cœur et approcha son fauteuil de celui de Marguerite.

— Comment Mme Warrington se porte-t-elle ? demanda-t-il.

— Oh ! bien.

Elle lui parla de la visite de Tom et des dispositions qu'il avait prises.

— Cela me paraît être la meilleure solution, dit-il d'un air approbateur. Saviez-vous qu'Isabelle et Mikail avaient définitivement renoué ? J'ai été leur faire mes adieux hier.

— Vous retournez en Hollande ?

— Je me rendrai directement au quai en repartant d'ici. Mon bateau lève l'ancre demain matin à quatre heures. J'ai entendu dire voilà quelques semaines qu'on allait mettre aux enchères plusieurs toiles de maîtres hollandais, parmi lesquelles deux Rembrandt, à l'occasion de la Saint-Nicolas. J'ai bien l'intention d'assister à la vente. Dites-moi, puisque Sarah va retourner dans son pays, avez-vous songé à en faire autant ?

Sa question prit Marguerite au dépourvu. Elle rit pour dissimuler son étonnement.

— Pourquoi ferais-je une chose pareille ? Constantin n'accepterait jamais de vivre en France, et la Russie est ma nouvelle patrie.

— Vous êtes donc satisfaite de votre existence ?

— En effet. Je le serai encore plus quand nous aurons une résidence à Saint-Pétersbourg. Je vous avoue que je ne me sens pas vraiment chez moi ici.

Même en tenant compte du fait qu'il s'agit d'une maison de campagne, cet endroit respire le provisoire, comme si personne n'y avait jamais séjourné assez longtemps pour s'y attacher.

— C'est possible, répondit Jan sans la quitter des yeux. À moins que cette impression ne traduise votre propre absence d'attaches.

Plutôt que de poursuivre sur ce sujet, elle lui parla de l'atelier qu'elle avait aménagé à l'étage de la maison.

— J'ai accroché votre tableau au mur face à moi.

— Vous avez bien fait, dit-il du même ton sérieux. Grâce à lui, vous vous sentirez chez vous où que vous soyez.

Elle songea qu'il avait raison. Il n'y avait rien de tel qu'un objet familier pour vous enraciner dans un environnement étranger.

— Donnez-moi des nouvelles du monde de l'art, enchaîna-t-elle. Vous-même, avez-vous peint quelque chose récemment ?

La conversation se poursuivit sans qu'elle éprouve la moindre gêne. Il ne subsistait plus aucune tension entre eux, comme si l'alliance qu'elle portait était une sorte de talisman contre le trouble que son charme viril suscitait en elle. Elle ressentait sa présence dans chaque fibre de son être, songeant que l'amitié qui les liait lui conférait une importance qui n'existait pas jusque-là.

Sarah fut enchantée de voir Jan. À table, ce dernier partagea également son attention entre les deux femmes et, à bien des égards, ce dîner fut le plus agréable qu'elles aient connu depuis longtemps. Plus tard, ils firent une partie de cartes ; Jan leur fit découvrir à toutes deux un jeu particulièrement amusant. Puis Sarah se mit au clavecin, à la requête de leur invité.

Jan prit congé des deux femmes à une heure plutôt tardive. L'automne étant déjà bien avancé, le ciel était sombre et semé d'étoiles quand on lui amena son cheval. Marguerite et lui se retrouvèrent seuls.

— Je vous souhaite bon voyage, lui dit-elle doucement, chagrinée de le voir partir. Je guetterai les premiers signes du dégel de la Neva au printemps. Je saurai alors que votre retour sera proche.

Il resta quelques secondes à la regarder sans rien dire. Devinant qu'il était sur le point de l'embrasser, elle resta figée. Soudain, il l'entoura de ses bras et lui donna un baiser à la fois tendre et passionné, mais surtout plein d'amour. Enfin, il se détacha d'elle et se mit en selle.

— Prenez bien soin de vous, lui enjoignit-il du haut de son cheval. Si jamais vous vous sentez en danger, n'hésitez pas à solliciter l'aide du comte et de la comtesse d'Oinville. Ils sauront faire jouer leur influence en votre faveur.

— Il ne m'arrivera rien, affirma-t-elle. C'est vous qui vous lancez une fois de plus dans une expédition périlleuse. Que Dieu vous garde, Jan.

— Qu'il vous garde également, Marguerite.

Sur ces paroles d'adieu, il s'éloigna dans la nuit. Les lèvres de Marguerite gardaient encore la sensation de son baiser. Toutefois, elle n'avait aucun remords de s'être laissé embrasser, et c'est en fredonnant une chanson qu'elle monta se coucher. Sarah s'était déjà retirée dans sa chambre.

L'heure de la séparation finit par sonner également pour Marguerite et son amie, le jour où Tom vint chercher Sarah afin de partir avec elle pour l'Angleterre. Les deux femmes se dirent adieu en haut de l'escalier, au pied duquel attendait une voiture.

— Promettez-moi que vous ne cesserez jamais de m'écrire, supplia Sarah.

— Je vous le promets.

Elles s'embrassèrent une dernière fois, sachant qu'il y avait peu de chances pour qu'elles se revoient jamais. Tandis que Sarah se dépêchait de descendre les marches, Marguerite se tourna vers Tom et lui tendit la main.

— Adieu, Tom. Je vous souhaite beaucoup de bonheur.

Il lui prit la main et la garda un long moment dans la sienne, comme il l'avait déjà fait une fois ce qui mit Marguerite mal à l'aise.

— Je serai bientôt de retour en Russie, annonça-t-il d'un ton calme. Bien sûr, je vais rester quelques semaines en Angleterre, le temps d'installer confortablement Sarah à proximité de sa belle-sœur.

— Mais vous ne pouvez pas la quitter ! protesta-t-elle, consternée. Vous êtes toute sa vie !

Il sourit.

— Pas quand elle peut déverser son trop-plein d'amour sur ses neveux et ses nièces. Je n'ai pas l'intention de l'abandonner. Je lui rendrai visite de temps en temps. Vous pensiez vous débarrasser si facilement de moi, mon amour ? Je n'aurais jamais supporté de vivre loin de vous. Je sais que vous aurez besoin de moi dans les temps difficiles qui s'annoncent. Vous ne resterez pas éternellement fidèle à un époux qui partage plus souvent le lit de l'impératrice que le vôtre.

Sur ce, il lui tourna le dos et descendit l'escalier afin de rejoindre sa femme dans la voiture. Choquée au-delà de toute expression, Marguerite répondit machinalement au signe de la main que lui fit Sarah quand les chevaux se mirent en marche. Puis elle demeura plusieurs minutes sans bouger, tâchant de se persuader qu'elle avait mal interprété les paroles de Tom. Elle n'avait décelé aucune méchanceté dans son intonation, comme s'il la croyait au courant de l'infidélité de Constantin et pensait qu'elle endurait son infortune en silence. Mais cela ne pouvait pas être vrai !

Alors qu'elle regagnait lentement l'intérieur du palais, un certain nombre d'indices lui revint subitement à l'esprit – des faits en apparence anodins qui s'emboîtaient telles les pièces d'un puzzle. Il y avait la rapidité avec laquelle Constantin était passé du grade de capitaine à celui de colonel de la garde impériale, plus sa certitude qu'Élisabeth lui accorderait avant longtemps une résidence digne de son rang. Elle repensa aux regards et aux sourires narquois échangés par les invités à leur mariage, et aux messes basses qui se disaient parfois dans son dos à l'abri des éventails. Tout s'éclairait à présent. Depuis le début, la cour faisait des gorges chaudes de la pauvre sotte qui n'avait pas vu que son mari était l'amant de l'impératrice et que leur mariage ne changerait rien à cette situation. Il n'y avait rien d'étonnant à ce que Jan ait tenté d'interrompre la cérémonie et lui ait délivré un mystérieux avertissement lors de sa dernière visite. Il était au courant de l'odieuse réalité, tout comme Tom. Le vieil adage selon lequel l'épouse est toujours la dernière informée semblait se vérifier dans son cas.

Hébétée, elle se laissa tomber dans un fauteuil. Constantin lui avait dit un jour que le palais Dachiski appartenait autrefois à la famille impériale. Elle comprenait à présent comment il était entré en sa possession : l'impératrice lui en avait tout bonnement fait cadeau ! Et s'il avait tant insisté pour qu'elle demeure à la campagne, c'était pour rester libre avec Élisabeth !

Sous l'effet de la colère, ses pommettes s'empourprèrent et elle serra les poings. Elle ne passerait pas une nuit de plus dans cette maison ! Jan avait mis son appartement à sa disposition, pour le cas où elle aurait eu besoin d'un refuge. C'était justement le cas.

S'étant ressaisie, elle parcourut le rez-de-chaussée en tous sens, donnant des ordres aux domestiques, puis elle ramassa ses jupes et monta prestement l'escalier. Deux femmes de chambre la suivirent afin de préparer ses bagages.

Une heure plus tard, elle quittait le palais Dachiski sans même se retourner. Elle emportait en tout et pour tout la toile de Jan et deux sacs de voyage, ayant pris des dispositions pour que le reste de ses affaires lui soit livré dans les meilleurs délais. Elle était résolue à partir pour la France sitôt qu'elle aurait affronté Constantin. Elle ne craignait pas les périls du voyage qu'elle allait entreprendre, même à l'approche de l'hiver. Un épais tapis de feuilles jaunes, ocre et rousses s'étendait déjà au pied des arbres, qui levaient leurs branches dénudées vers le ciel blafard.

Elle songea qu'elle allait devoir faire ses adieux à ses compagnes. Aucune d'elles ne souhaiterait l'accompagner. Sophie et Isabelle étaient déjà établies ou sur le point de l'être. Violette habitait à présent un appartement coquet et ne venait plus à l'atelier que pour fuir la solitude quand son colonel, toujours aussi entiché d'elle, était retenu par son devoir ou son épouse. Jeanne détestait trop son mari pour prendre le risque de le rencontrer à Paris. Quant à Rose, sa mère lui laissait toujours aussi peu de liberté et l'obligerait à rester auprès d'elle, que cela lui plaise ou non.

En arrivant en ville, Marguerite fut étonnée de voir combien la construction du futur palais d'Hiver avait avancé en l'espace de quelques semaines. Déjà, il donnait l'impression d'avoir toujours été là. Son imposante façade encore aveugle et vierge d'ornements semblait s'étirer à l'infini le long de la Neva.

Le cocher et le palefrenier montèrent ses bagages à l'appartement de Jan. Elle se sentit immédiatement plus à l'aise et en sécurité qu'elle ne l'avait jamais été au palais Dachiski. Épuisée par toutes ces émotions, elle dormit cette nuit-là dans le lit qu'avait occupé Isabelle, et fut réveillée au matin par le cri de surprise que poussa Saskia en découvrant sa présence.

Marguerite se dressa sur son séant, relevant ses cheveux d'une main.

— Je compte rester ici quelques jours, expliqua-t-elle.

— Je suis sûre que mynheer Van Deventer en serait très heureux. Je vais faire chauffer de l'eau pour votre bain et ensuite je préparerai votre petit déjeuner.

— Mais je n'ai pas apporté de provisions...

— Il y a un boulanger tout près et mon maître m'a laissé des instructions. L'appartement devait toujours être prêt à vous recevoir pour le cas où vous seriez venue à l'improviste.

Quand la servante fut sortie, Marguerite s'abîma dans ses réflexions, le menton appuyé sur ses genoux. Jan savait que, le jour où elle apprendrait la trahison de Constantin, elle refuserait de demeurer plus longtemps sous son toit. Elle ferma les yeux, pleine de gratitude à son égard.

En temps normal, Constantin passait ses matinées dans une des casernes de la ville. Celle-ci n'étant pas très éloignée de l'appartement de Jan, Marguerite s'y rendit à pied. Un planton l'introduisit dans le bureau de son mari. Constantin était en train d'écrire, assis à sa table de travail. Il se leva d'un bond à son entrée, à la fois surpris et heureux de sa visite.

— Tu es superbe, dit-il en la considérant des pieds à la tête. J'avais l'intention de faire un saut à la campagne, maintenant que nous avons à nouveau la maison pour nous tout seuls.

Il s'approcha pour la prendre dans ses bras, mais elle recula.

— Que se passe-t-il ?

— Je souhaite divorcer.

Il la regarda d'un air incrédule.

— De quoi parles-tu ?

— Je ne veux plus tenir la chandelle pour l'impératrice ! On dirait que tout le monde était au courant sauf moi.

Une expression résignée se peignit sur les traits de Constantin. Il s'assit au bord de son bureau et regarda longuement sa femme.

— Ainsi, les commérages ont fini par arriver à tes oreilles. C'est bien ce que je craignais. Plus jeune, j'ai été l'un des amants d'Élisabeth, je l'avoue. Mais aujourd'hui, c'est le devoir et rien d'autre qui m'attache à elle.

— Arrête de me mentir, répliqua Marguerite, exaspérée. Comme je ne te demande rien, hormis ma liberté, je ne devrais pas avoir trop de mal à obtenir la dissolution de notre mariage.

Il plissa les yeux.

— Crois-tu que ce soit si simple ? Depuis notre mariage, tu es assujettie à l'autorité impériale. Sa

Majesté ne donnera jamais son accord pour ce divorce ! Elle t'a fait venir de France pour que tu crées des modèles pour elle, t'a décerné une des plus hautes récompenses qu'elle ait jamais accordées et a béni notre union. En refusant tout cela, tu te rendrais coupable à ses yeux de trahison.

— Tu exagères !

— Pas le moins du monde ! Tu n'aurais qu'à soulever la question devant elle pour te retrouver aussitôt cloîtrée dans un couvent.

— Elle n'oserait pas !

Constantin soupira.

— Cette femme ignore la pitié. Tu dois savoir qu'elle est montée sur le trône en faisant emprisonner un enfant, le tsar légitime Ivan VI, dans une forteresse où il se trouve encore. Beaucoup ont subi pareil sort, même pour des fautes mineures. Crois-tu qu'elle se montrerait plus indulgente avec toi si tu la contrariais ?

Marguerite avait pâli, épouvantée.

— Quel régime monstrueux !

Son émotion n'avait pas échappé à Constantin. Il était dommage que sa femme ait découvert la vérité, mais il y avait sûrement moyen d'arranger la situation.

— Crois-le ou non mais je t'aime, Marguerite, dit-il de bonne foi. Si tu envisageais de fuir la Russie en cachette, sache que je ne te laisserais pas faire. Je te poursuivrais jusqu'à Paris s'il le fallait.

— Tout est fini entre nous. Tu as eu une longue liaison avec l'impératrice !

— Je ne le nie pas. Mais tu dois me croire quand je te dis que c'est terminé.

Elle se raidit quand il la saisit aux épaules, mais il refusa de la lâcher et approcha son visage du sien.

— Je vais te confier quelque chose : d'ici à quelques mois, la Russie va entrer en guerre contre la Prusse. Frédéric II n'a cessé d'accroître sa puissance militaire, ce qui fait de son pays une menace pour le nôtre comme pour le reste de l'Europe. La Grande-Bretagne s'est alliée à la Prusse pour des raisons qui lui appartiennent, sans doute à cause des origines allemandes de George II, tandis que la France et l'Autriche nous sont restées fidèles. Il n'est pas impossible que l'Espagne elle-même s'engage dans ce conflit. Les préparatifs de guerre nous obligent à de constantes allées et venues. Il est vrai que je n'aimais pas voir Sarah en permanence sous notre toit. Mais si je me suis beaucoup absenté ces derniers mois, c'était uniquement pour remplir les obligations de ma charge.

— Et l'impératrice ?

— La dernière faveur qu'elle m'ait accordée a été ma promotion au grade de colonel. Pourquoi crois-tu que je n'ai pas bénéficié d'une résidence en ville, contrairement aux autres ?

— Je n'ai jamais voulu dépendre de sa générosité ! Devant sa colère et sa détermination, il résolut de faire preuve de fermeté.

— Même si je t'avais proposé d'emménager dans une nouvelle maison avec moi, tu serais demeurée à la campagne pour t'occuper de Sarah, lança-t-il d'un ton accusateur. J'attendais que tu fasses un choix. Qu'est-ce qui est le plus important à tes yeux ? Vivre avec ton mari ou recueillir tous les chiens perdus ?

— Comment peux-tu dire cela ? s'indigna Marguerite. Je n'ai jamais eu l'impression de faire passer quoi que ce soit avant notre mariage.

— Depuis un mois, nous possédons une maison à

Saint-Pétersbourg sans que l'impératrice y soit pour quelque chose. Je l'ai achetée aux enchères. Si tu le souhaites, tu peux t'y installer dès ce soir.

— J'ai déjà un endroit où passer la nuit.

— Ça ne peut pas être ton pied-à-terre, car j'ai résilié le bail. Et je t'ai interdit de remettre les pieds chez Van Deventer.

— Tu n'as pas à me dicter ma conduite !

Constantin soupira. L'intimidation n'avait pas été plus efficace que sa pseudo-confession ou la persuasion. Il décida alors de laisser parler son cœur.

— Accorde-moi une deuxième chance, Marguerite. Comme je te l'ai déjà dit, je tiens à toi et j'espère que tu finiras par m'aimer autant que je t'aime.

Il eut un sourire triste.

— Tu croyais que je n'avais pas remarqué que tes sentiments étaient moins forts que les miens ? Peut-être valait-il mieux que nous ayons cette discussion à propos du passé. Je ne vois aucune raison pour que les choses ne s'arrangent pas. Nous n'aurons plus de secrets l'un pour l'autre.

Marguerite le regarda soudain avec intérêt.

— Tu es sincère ?

— Parfaitement. Laisse-moi te montrer la maison. Tu as le temps de réfléchir avant de dire si tu souhaites ou non y vivre avec moi. D'ici là, tu peux habiter où bon te semble. Mais, de grâce, ne me tourne pas le dos.

Tandis qu'il la suppliait, le doute se peignit sur le visage expressif de Marguerite. Elle se ressaisit aussitôt, mais ce flottement n'avait pas échappé à Constantin.

— Je suis d'accord pour visiter la maison, dit-elle d'une voix presque inaudible. Mais je ne te promets rien.

La demeure avait des balcons dorés donnant sur la Neva, et une façade peinte de la couleur de l'aube. Toutes les pièces étaient vastes et hautes de plafond, avec des parquets aux motifs raffinés. Le hall et plusieurs salons avaient été meublés avec le mobilier des défunts parents de Constantin, que ce dernier avait gardé en réserve. Il avait emménagé peu de temps auparavant et les domestiques vaquaient discrètement à leurs occupations.

Quand ils furent revenus à leur point de départ, Marguerite se dirigea vers une fenêtre. Constantin attendit qu'elle ait fini de regarder dehors.

— J'ai besoin de temps, murmura-t-elle sans se retourner.

— Rien ne presse. Mais rends-moi un service. : finis donc de meubler cette maison à ta convenance. Tu peux même refaire toute la décoration si ça te chante. Si tu dois vivre ici un jour, j'aimerais que tout ce qui s'y trouve contribue à ton bonheur – moi compris, ajouta-t-il avec une ironie amère.

L'hiver s'écoula lentement. Marguerite exauça le souhait de Constantin, changeant les couleurs, faisant réparer les fenêtres qui fermaient mal, remplaçant les panneaux de soie fanés. Elle fit importer des meubles et des tentures de France. Aucun des tableaux déjà en place ne lui plaisait. Elle aurait aimé demander conseil à Jan après son retour, mais, si elle voulait sauver son mariage, elle ne pouvait prendre le risque de le revoir.

Elle enrageait de devoir continuer à créer des modèles pour l'impératrice, mais, puisqu'elle n'avait pas le choix, elle s'efforçait de prendre du recul par rapport à son travail. Elle logeait toujours chez Jan, même si elle avait recommencé à paraître à la cour aux côtés de Constantin. Celui-ci tentait par tous les moyens de se racheter, et elle lui en savait gré. À l'approche du printemps, elle songea que Jan serait bientôt de retour et qu'elle devait prendre une décision. En conséquence, elle quitta l'appartement et s'installa dans l'une des chambres de la maison rose.

Cette nuit-là, Constantin et ellc firent l'amour pour la première fois depuis des mois.

Leur couple semblait sauvé. Constantin se mettait en quatre pour la satisfaire. Il lui offrait des bijoux somptueux et lui aurait acheté tout ce qui suscitait son admiration si elle en avait exprimé le désir. Il la courtisait aussi assidûment qu'avant leur mariage. Elle ne se faisait guère d'illusions, connaissant son penchant pour les jolies femmes. Elle le sentait d'autant moins capable de résister à l'impératrice. Mais, puisqu'il lui avait donné sa parole qu'il n'y avait plus rien entre Élisabeth et lui, elle était obligée de le croire. À présent, c'était à elle de tirer un trait sur le passé.

18

Malgré de brèves éclaircies, il faisait assez frais quand Marguerite se mit en route pour le palais d'Été avec de nouveaux modèles destinés à l'impératrice. En chemin, elle passa devant le vaste chantier du futur palais d'Hiver, où s'activaient plusieurs milliers de serfs.

Elle ne fut pas étonnée de trouver la cour rassemblée : Catherine était à nouveau enceinte et devait donner naissance à un héritier d'un moment à l'autre. Marguerite se réjouissait que la grande-duchesse ne soit pas obligée d'accoucher dans une pièce pleine de courtisans, comme c'était la coutume en France.

Elle perçut une effervescence inhabituelle sitôt qu'elle franchit la grande porte du palais. Il paraissait loin, le temps où elle devait emprunter les entrées de service ! Dans l'escalier, elle croisa la jolie comtesse Schouvalov, une des rares personnes à lui témoigner une amitié sincère à la cour.

— La grande-duchesse est en travail depuis hier, lui annonça la comtesse. La malheureuse souffre le martyre. Ce matin, en passant devant sa chambre, je l'ai entendue pousser des cris affreux.

— Espérons que son calvaire s'achèvera bientôt, dit Marguerite.

Soudain, des pas pressés retentirent au-dessus d'elles, et deux dames de la cour apparurent au sommet de l'escalier.

— La Russie a un héritier ! claironna l'une d'elles. La grande-duchesse vient de donner le jour à un fils !

— Quand pourrons-nous lui présenter nos compliments ? demanda Marguerite, heureuse d'apprendre une aussi bonne nouvelle.

L'étonnement se peignit sur le visage fardé de la femme.

— Elle n'a fait qu'accomplir son devoir, objecta-t-elle. C'est Sa Majesté impériale qu'il convient de féliciter. Elle a immédiatement fait installer le futur tsar Paul dans une chambre contiguë à la sienne.

Les deux dames s'éloignèrent dans un froufroutement d'étoffes précieuses, laissant derrière elles un sillage parfumé. Marguerite lança un regard interrogatif à la comtesse.

— C'est l'impératrice qui élèvera l'enfant, expliqua celle-ci.

— Et Catherine ? s'enquit Marguerite.

— Vous avez entendu, répondit la comtesse d'un ton plein de regrets. Elle a fait ce qu'on attendait d'elle. Désormais, elle n'aura pas voix au chapitre pour ce qui est de l'éducation de son fils.

— Pauvre femme ! Quelle cruauté de la priver de son enfant !

— Il en est ainsi chaque fois qu'il naît un héritier du trône impérial.

Marguerite se sentit pleine de compassion envers Catherine. Elle avait pris plaisir à travailler pour elle jusqu'à ce que la tsarine le lui interdise. Par la suite, cette harpie avait failli briser son couple, mais elle ne tolérerait plus aucune ingérence de sa part dans sa vie. Son premier acte de résistance consisterait à aller voir Catherine dès que possible.

— Je pensais voir l'impératrice aujourd'hui, dit-elle. J'imagine que je ferais mieux de revenir une autre fois.

La comtesse posa une main sur son bras.

— Ne partez pas tout de suite. Nous allons boire un verre de vin pour fêter la naissance de l'héritier du trône.

Les deux femmes passèrent un agréable moment ensemble, puis la comtesse alla complimenter l'impératrice. Au lieu de l'accompagner, Marguerite profita de l'occasion pour visiter la magnifique bibliothèque du palais d'Été.

Elle s'y trouvait depuis près de deux heures quand la comtesse Schouvalov fit irruption dans la salle de lecture.

— Venez vite, madame Dachiski ! J'assistais à la fête qui avait lieu dans les appartements de l'impératrice quand j'ai entendu Mme Vladistova raconter qu'elle était allée voir la grande-duchesse. Celle-ci l'a priée de lui apporter un verre d'eau et de l'aider à changer de chemise, mais l'horrible mégère a refusé tout net, prétextant que ce n'était pas digne de son rang.

— Comment peut-on manquer de cœur à ce point ? s'exclama Marguerite.

Les deux femmes prirent la direction de la chambre où la grande-duchesse avait accouché. Elles passèrent devant le grand salon de l'impératrice, d'où s'échappait un brouhaha de conversations, d'éclats de rire et de verres entrechoqués. La fête en l'honneur du futur tsar battait son plein.

Ni Marguerite ni la comtesse ne devaient jamais oublier le spectacle affligeant qui les attendait à l'intérieur de la chambre. Les fenêtres fermaient mal, comme presque toutes celles du palais, et laissaient pénétrer un air glacé. Catherinc reposait sur un lit en désordre, les traits tirés par la fatigue. Sa chemise et ses draps étaient tachés de sang. Elle souleva la tête avec effort.

— Mesdames, de grâce, les supplia-t-elle d'une voix rauque, pourriez-vous m'apporter à boire ?

Avisant une cruche sur une table basse, Marguerite remplit un verre d'eau et le tendit à la comtesse, qui l'approcha des lèvres de la grande-duchesse. Quand celle-ci eut fini de boire, elle laissa retomber sa tête sur l'oreiller.

— L'impératrice m'a pris mon fils, dit-elle d'un ton pitoyable. Dès qu'il a été baigné et emmailloté dans ses langes, le pope l'a baptisé, puis l'impératrice a ordonné à la sage-femme de l'emmener dans ses appartements.

— Personne ne s'est occupé de vous ? demanda la comtesse, scandalisée.

— Dans leur hâte de célébrer la naissance de l'héritier du trône, ils m'ont tous oubliée. La sage-femme n'est pas revenue. J'aurais aimé regagner ma chambre et mon lit, mais je n'avais pas la force de me lever.

Marguerite se pencha vers elle.

— Dites-moi où je peux trouver une chemise propre. Nous ne vous laisserons pas une minute de plus dans cet état !

Tandis que la comtesse se mettait en quête de la

sage-femme, Marguerite trouva une chemise et aida Catherine à se changer.

La comtesse fut bientôt de retour avec la sage-femme. Celle-ci l'avait suivie à contrecœur. Elle avait bu quantité de vodka à la fête offerte par l'impératrice, et les pièces d'or dont l'avaient gratifiée les invités tintaient dans la poche de son tablier.

Furieuse d'avoir vu son heure de gloire écourtée, elle prodigua ses soins à Catherine avec une mauvaise grâce manifeste. Pour finir, Marguerite brossa les cheveux de la jeune mère pour les démêler et les laissa pendre sur ses épaules. Puis un laquais porta Catherine, enveloppée dans une robe de chambre, jusqu'à son lit. Marguerite et la comtesse l'y installèrent confortablement, le dos calé contre une pile d'oreillers, tandis que la sage-femme retirait les draps souillés du lit d'accouchement.

— Merci à toutes les deux, dit Catherine, débordante de gratitude.

La comtesse retourna assister à la fête, disant qu'elle reviendrait de temps en temps pour s'assurer que tout allait bien.

— Restez un moment avec moi, Marguerite, demanda Catherine.

Elles bavardèrent comme deux amies, sans se soucier des formalités. Comme Catherine n'avait rien avalé depuis la veille, la comtesse avait commandé un repas à la fois léger et nourrissant, qu'une domestique apporta sur un plateau. Marguerite resta assise à son chevet pendant qu'elle mangeait, puis, voyant qu'elle tombait de sommeil, elle la débarrassa du plateau et tira les rideaux pour étouffer le bruit des feux d'artifice que l'on tirait partout en ville en l'honneur du futur tsar.

Alors qu'elle s'apprêtait à sortir, Catherine se dressa sur un coude et lui lança avec une note de défi dans la voix :

— Je ne me laisserai pas écraser par ce qu'on m'a fait subir !

— C'est bien parlé ! approuva Marguerite.

— Pour mon retour à la cour, je voudrais que vous me fassiez dans le plus grand secret une robe qui surpassera toutes les autres, même celle de l'impératrice !

— Vous pouvez compter sur moi !

Pour sa première apparition publique après son accouchement, la grande-duchesse portait une robe décolletée bleu lapis, au corsage orné de broderies d'or représentant une aigle impériale dont les ailes déployées venaient couvrir ses épaules. Élisabeth faillit s'étouffer de jalousie. C'était elle qui aurait dû avoir cette robe ! Toute l'attitude de Catherine témoignait d'une autorité qu'on ne lui connaissait pas et de sa fierté d'avoir donné le jour à un futur tsar. Elle avançait la tête haute, revendiquant le respect de la cour, et, si elle distribuait toujours les sourires avec autant de grâce, elle semblait prévenir qu'elle pouvait se montrer redoutable.

À la voir, nul n'aurait pu deviner qu'elle avait le cœur brisé, non pas tant par la séparation d'avec son bébé, à laquelle elle s'était résignée, que par le départ de Serge pour la Suède en mission diplomatique. Il demeurerait là-bas jusqu'à ce qu'Élisabeth décide de l'envoyer dans un autre pays étranger. Maintenant qu'il avait fait ce qu'on attendait de lui en donnant un héritier au trône, Catherine savait qu'elle ne le reverrait plus. Ce qui l'avait le plus blessée, c'est qu'il ne lui avait même pas fait ses adieux avant de prendre la mer.

Elle voyait dans cette absence d'égards la preuve qu'il avait fini par se lasser d'elle.

À la suite de cette soirée, Élisabeth lui manifesta son dépit en tardant à lui laisser voir son fils. Quand Catherine put enfin passer quelques minutes avec lui, pour la première fois depuis qu'on le lui avait enlevé, il était couché dans son berceau, enveloppé dans une épaisse fourrure noire. Le visage rouge et moite de sueur, il ne cessa de geindre et de pleurer. Mais elle ne put intervenir, et c'est le cœur lourd qu'elle se retira.

Catherine ne devait revoir Paul que longtemps après et, alors, il ne la reconnut même pas. L'éloignement avait irrémédiablement brisé le lien qui aurait dû unir la mère et le fils.

Depuis son retour, Jan était occupé du matin au soir. Il avait reçu de nombreuses commandes de portraits, mais, avant de les traiter, il devait accrocher les toiles qu'il avait rapportées de l'hôtel des ventes.

Constantin accompagna Marguerite à l'inauguration de l'exposition. Fort de la certitude que sa femme ne voyait dans le marchand hollandais qu'un ami particulièrement dévoué, il avait décidé d'accepter l'invitation qu'ils avaient reçue.

Un grand nombre de visiteurs se trouvaient déjà dans la galerie à leur arrivée, mais, dès qu'il les aperçut, Jan se fraya un chemin à travers la foule pour les accueillir. Les deux hommes ne se connaissant pas, Marguerite fit les présentations. Jan se tourna ensuite vers elle et planta son regard dans le sien.

— Comment allez-vous, Marguerite ?

— Bien, Jan. Je vous félicite d'avoir pu exposer dans cette magnifique galerie.

Il lui semblait lire dans son esprit les questions qu'il n'aurait pas manqué de lui poser s'ils avaient été seuls, mais elle lui opposa un sourire figé et un air distant. Sa réserve n'était pas due uniquement à la présence de Constantin. Simplement, elle était résolue à ne pas s'écarter de la ligne de conduite qu'elle s'était tracée, dans leur intérêt à tous trois.

— Si vous voyez une toile qui vous plaît, un de mes assistants se fera un plaisir de vous renseigner.

Jan s'éloigna après les avoir salués. Le choix de Constantin se porta sur une scène de bataille montrant l'armée russe victorieuse durant la guerre contre la Suède, tandis que Marguerite chargeait un assistant d'établir la liste des œuvres qu'elle souhaitait acquérir. Jan était entouré et fêté. Quand bien même ils l'auraient souhaité, Constantin et elle auraient eu le plus grand mal à l'approcher pour lui parler à nouveau. En conséquence, ils repartirent sans lui dire au revoir.

Le lendemain soir, Constantin fit allusion pour la première fois à leur visite. Il se délassait dans un fauteuil, ses longues jambes étendues devant lui, un verre de vin à la main, quand il déclara :

— Lorsque la guerre qui s'annonce sera finie, je demanderai au Hollandais de peindre nos portraits. J'en ai touché un mot à un de ses assistants, et il m'a dit que son carnet de commandes était complet pour le moment. De toute manière, nous n'aurions pas eu le temps de poser avant le départ de mon régiment.

Marguerite lui lança un regard inquiet.

— Tu dois déjà partir ?

— J'ai entendu dire aujourd'hui que nous devrions nous mettre en route d'ici à dix jours, quinze au maximum.

Ayant posé son verre, il se leva et s'approcha d'elle. S'asseyant sur un tabouret à ses pieds, il lui prit les mains et la considéra d'un air grave.

— Je t'écrirai aussi souvent que possible. Mais surtout, ne désespère jamais de me revoir. En temps de guerre, les rapports sont souvent confus. Si on t'annonçait ma mort et que mes amis veuillent porter un toast à ma mémoire, ne lève pas ton verre avec eux. Sache que je trouverai toujours le moyen de te revenir.

Marguerite fut profondément émue par cette déclaration. Les méchantes langues ne s'étaient pas privées d'insinuer devant elle que Constantin ne lui avait pas été totalement fidèle pendant qu'elle se trouvait au palais Dachiski. Mais il ne faisait aucun doute que c'était elle qui occuperait toujours la première place dans son cœur. Lui qui, récemment encore, collectionnait les aventures redoutait à présent de la perdre si son absence venait à se prolonger.

— Je n'oublierai pas, lui promit-elle pour le rassurer.

Il l'attira sur ses genoux et l'embrassa passionnément, comme si l'heure de la séparation avait déjà sonné, avant de la porter jusqu'à leur lit.

Les toiles furent livrées à la date convenue. Marguerite était très satisfaite de son choix. En particulier, elle avait acheté deux œuvres françaises légèrement osées, dues à un jeune peintre appelé Fragonard. Si le sujet l'avait fait sourire, la couturière qu'elle était avait été séduite par le chatoiement des jupes de soie des jeunes femmes représentées dans leur boudoir, en compagnie de jeunes gens particulièrement entreprenants. Constantin lui aussi avait beaucoup apprécié les deux toiles, quoique pour des raisons typiquement masculines, et il avait insisté pour les accrocher côte à côte.

Elle avait également acheté cinq tableaux d'intérieur flamands qui respiraient la vie, quand bien même ils ne faisaient que suggérer une pièce au sol recouvert de carreaux noirs et blancs ou un paisible jardin à l'arrière d'une maison. Son plaisir était d'autant plus grand que, grâce à l'enseignement de Jan, elle parvenait à décrypter la plupart des symboles qu'ils contenaient. Elle savait que son ami attendait une nouvelle cargaison de toiles en provenance d'Amsterdam et elle se réjouissait à l'avance de pouvoir enrichir sa collection.

Un jour, Marguerite fut invitée à rendre visite à la grande-duchesse, qui résidait à Tsarskoïe Selo, au Grand Palais Catherine. Ce dernier, très antérieur à la naissance de la grande-duchesse, devait son nom à l'épouse de Pierre le Grand, qui lui avait succédé sur le trône après sa mort. Marguerite s'y était déjà rendue à deux reprises pour soumettre des modèles à l'impératrice. À ses yeux, il était le plus beau de tous les palais russes. La grande-duchesse n'aurait pu rêver un cadre plus enchanteur. Sa façade peinte en bleu roi, la couleur préférée d'Élisabeth, avait la réputation d'être la plus longue au monde. Les fenêtres étaient belles, l'entrée, imposante et le toit, coiffé de statues dorées. Dans le parc, d'autres statues resplendissaient à travers le voile scintillant dont les enveloppaient les fontaines.

Marguerite fut conduite au salon d'ambre. En plus des panneaux d'ambre qui lui avaient donné son nom, la pièce était décorée de sculptures et de mosaïques florentines de toute beauté. Assise derrière un bureau en bois de rose, Catherine relisait les lettres qu'elle avait reçues le matin même. Elle entretenait une abondante correspondance avec plusieurs intellectuels étrangers dont elle admirait les écrits. En dehors de son activité épistolaire, elle avait un nouvel homme dans sa vie et se sentait d'excellente humeur. Quand Marguerite entra, elle lui sourit et rangea ses lettres.

— Comme je suis heureuse que vous ayez pu venir aujourd'hui !

Elle se déplaça jusqu'à un canapé et invita Marguerite à s'asseoir près d'elle.

— À tout hasard, j'avais un peu avancé l'heure de ma promenade à cheval. Le grand-duc se trouve à Saint-Pétersbourg. Pour rien au monde il ne voudrait manquer les préparatifs de guerre, même s'il enrage de savoir que son héros, Frédéric II, est à présent notre ennemi. Vous-même, vous avez dû être triste de voir votre pays s'engager dans ce conflit, fût-ce aux côtés de la Russie.

Marguerite acquiesça.

— Pourquoi les hommes ne peuvent-ils régler leurs querelles autrement qu'en s'entre-tuant ? soupira-t-elle d'un ton exaspéré.

Catherine ne fit aucun commentaire. Elle comprenait les raisons de Frédéric II. Parfois, les victoires obtenues les armes à la main étaient le meilleur moyen d'étendre et de renforcer la puissance d'une nation, mais elle ne pouvait exiger de l'épouse d'un homme qui allait bientôt risquer sa vie sur le champ de bataille qu'elle partage son point de vue.

— Dites-moi ce qui se passe à Saint-Pétersbourg. J'imagine que la ville est en ébullition.

— Les soldats sont partout. L'impératrice a passé les différents régiments en revue, vêtue chaque fois d'une tenue assortie à leur uniforme, et les hommes lui ont fait un triomphe. Constantin et les autres officiers passent leur temps à discuter stratégies, penchés au-dessus des cartes d'état-major, quand ils ne se réjouissent pas ouvertement de leur départ imminent. À les entendre, cela faisait trop longtemps que la Russie vivait en paix. Ils devraient prendre la route d'un jour à l'autre. C'est pourquoi je ne puis rester ici trop longtemps. J'espère simplement que ce conflit ne va pas s'éterniser.

— Il ne s'achèvera qu'avec la victoire de la Russie, pronostiqua Catherine.

Elle parla ensuite du livre qu'elle venait de terminer et d'un autre qu'elle désirait que Marguerite lise. Il ne fut plus question de la guerre dans la conversation.

Marguerite passa deux jours extrêmement agréables en compagnie de Catherine. Elles montèrent à cheval, jouèrent aux cartes avec les autres hôtes du palais et assistèrent à une représentation théâtrale. Sitôt rentrée à Saint-Pétersbourg, elle découvrit que Constantin avait reçu son ordre de départ plus tôt que prévu. Il avait très fière allure dans son uniforme vert et rouge à épaulettes et boutons dorés. Il l'accueillit avec un soulagement manifeste.

— Dieu merci, tu es rentrée à temps ! Je craignais de devoir partir sans t'avoir dit au revoir.

Il la plaqua contre lui et l'embrassa passionnément, sachant qu'il s'écoulerait un long moment avant qu'il puisse à nouveau la serrer dans ses bras. Puis il fallut se séparer.

— Fais bien attention à toi ! le supplia-t-elle, subitement inquiète pour lui.

Il acquiesça sans prononcer un mot. Puis il se coiffa de son casque en cuir orné d'un cimier en fourrure noire et ajusta la jugulaire dorée avant d'enfourcher son cheval et de s'éloigner.

Marguerite quitta la maison peu après et chercha un endroit d'où elle pourrait voir défiler le régiment de Constantin parmi la foule des badauds. Elle n'eut pas longtemps à attendre. Des acclamations retentirent au loin, précédant de peu l'apparition des soldats. Le commandant venait en tête, monté sur un cheval noir. À aucun moment il ne tourna la tête d'un côté ou de l'autre, présentant aux spectateurs son profil altier. Constantin et les autres officiers avançaient à sa suite. Marguerite eut beau agiter le bras, son mari ne la vit pas. Les fifres et les tambours défilèrent sous les drapeaux qui flottaient dans le vent. Venait ensuite une succession interminable de soldats disposés en rangs, le tricorne noir vissé sur la tête, le mousquet en bandoulière. Les boutons de leurs uniformes brillaient comme si on les avait astiqués. Beaucoup d'autres régiments allaient se joindre à eux durant la longue marche qui devait les conduire en terre ennemie.

Les clameurs enthousiastes qui accompagnaient chaque nouvelle vague de fantassins gagnèrent en intensité quand plusieurs centaines de canons tirés par des chevaux passèrent dans un grondement de tonnerre, suivis par une multitude de chariots transportant des provisions, des armes, des munitions et tout ce dont une armée en campagne peut avoir besoin. Comme la plupart, Marguerite resta pour voir les centaines de chevaux de rechange qui fermaient la marche. Mais le spectacle n'était pas terminé. Après cela venait encore une foule hétéroclite formée d'épouses et de maîtresses qui refusaient de rester seules à l'arrière pendant des mois, voire des années, ainsi qu'un contingent de prostituées qui saluaient joyeusement les badauds. En plus de donner du plaisir aux hommes, elles aideraient les autres femmes à cuisiner, panser les blessés et tenir la main des mourants. On voyait beaucoup de balluchons, mais aussi des charrettes et des voitures à bras chargées d'effets personnels et parfois d'enfants.

Marguerite admira le courage de ces femmes qui allaient affronter des épreuves indicibles, et leur souhaita intérieurement bonne chance.

Ce soir-là, alors qu'elle montait se coucher, quelqu'un frappa furieusement à la porte. Elle s'immobilisa à mi-escalier tandis qu'un valet ouvrait. Jeanne se rua à l'intérieur, le visage livide, l'air affolée. Apercevant Marguerite, elle se précipita vers l'escalier.

— Rose est partie ! cria-t-elle. Elle a dit qu'elle ne reviendrait pas !

Marguerite descendit vivement les marches et la rejoignit.

— Où est-elle allée ? demanda-t-elle.

Elle passa un bras autour de la taille de Jeanne et la conduisit vers le salon le plus proche.

— Elle a suivi les soldats ! gémit Jeanne, désespérée.

Elle tendit à Marguerite le billet qu'elle serrait dans sa main et se laissa tomber dans un fauteuil.

— Je croyais pourtant que cette petite sotte avait retenu la leçon !

Marguerite parcourut le billet. En quelques phrases, Rose expliquait qu'elle étouffait sous la surveillance continuelle de sa mère et qu'elle ne tolérerait plus aucune entrave à sa liberté. Elle pensait pouvoir vivre de son métier n'importe où et espérait finalement regagner la France.

— Qu'est-ce qui te fait croire que Rose est partie

avec la troupe ? Elle pourrait avoir embarqué sur un navire.

Jeanne secoua la tête, les yeux pleins de larmes.

— Elle n'avait pas d'argent, excepté la part de son salaire que je l'autorisais à garder. Je vérifiais régulièrement le contenu de sa bourse, pour m'assurer qu'elle n'arrondissait pas ses revenus en suivant les traces de Violette. Depuis cette histoire avec le jeune Mikail, je l'avais constamment à l'œil.

Il ne fallait pas chercher plus loin la cause du problème : Jeanne avait trop serré la vis à sa fille.

— Si tu promettais d'être plus indulgente à l'avenir, peut-être se laisserait-elle convaincre de revenir.

— Mais elle est partie !

— Elle ne peut pas être allée bien loin. Si je demandais à Jan de la chercher...

Jeanne bondit sur ses pieds.

— Crois-tu qu'il accepterait ? s'exclama-t-elle, pleine d'espoir. Je lui en serais éternellement reconnaissante ! Dis-lui de dire à Rose...

— Il saura quoi faire si tu me garantis que tu accorderas à Rose la liberté à laquelle elle aspire.

— Tu as ma parole !

Jeanne retourna au palais tandis que Marguerite se rendait chez Jan. À part lui, elle ne voyait pas vers qui elle aurait pu se tourner. En même temps, c'était beaucoup lui demander, d'autant qu'il ne voulait plus entendre parler de Rose depuis que celle-ci avait causé tant de chagrin à Isabelle.

Jan avait quitté son petit appartement pour un autre, plus cossu, à proximité de la galerie. Un domestique hollandais ouvrit à Marguerite et la pria d'attendre dans le hall. Quelques minutes plus tard, elle entendit un rire de femme assourdi, puis une porte se referma et Jan apparut. Le demi-sourire qui flottait encore sur ses lèvres s'évanouit dès qu'il vit l'expression crispée de Marguerite.

— Que se passe-t-il ? demanda-t-il sans préambule.

Elle alla droit au but, terminant son exposé par la promesse que Jeanne souhaitait faire parvenir à Rose. Mais elle fut déçue dans ses espérances en le voyant soupirer et secouer la tête.

— Pardon si j'ai abusé de votre patience, dit-elle en se détournant. J'ai cru comprendre que vous n'étiez pas seul. J'irai moi-même chercher Rose.

Il la tira brusquement par le bras.

— Je vous l'interdis ! Je ne vous ai pas dit non. Simplement, je suis étonné de constater que vous vous conduisez toujours comme une mère poule avec vos couturières. À présent, rentrez chez vous. Si je le peux, je vous ramènerai cette punaise de Rose.

Il leva la main, repoussant ses remerciements.

— Ne vous réjouissez pas trop vite. Je ne l'ai pas encore trouvée.

Jan parvint au camp de fortune qui s'étendait en bordure de celui des militaires aux premières lueurs du jour, alors que la plupart des femmes étaient à peine levées. Toutes ses tentatives pour trouver Rose demeurèrent vaines. Il n'en fut pas autrement surpris : il était facile de prévoir que la jeune fille chercherait à se fondre dans la masse. Il attendit que les troupes et leur escorte reprennent la route et regarda attentivement les femmes qui passaient devant lui. Pour finir, il remonta en selle et rebroussa chemin en direction de la ville.

Rose exultait. La chance lui avait souri. Elle revenait vers le camp après s'être soulagée derrière un buisson quand elle avait vu le Hollandais parler avec une sentinelle. Elle s'était alors cachée derrière une charrette. Par la suite, elle n'avait pas eu trop de mal à l'éviter parmi la foule. Au moment du départ, elle avait pris un bébé dans ses bras et fait attention à marcher la tête baissée.

Sitôt en sécurité, elle avait rendu le bébé à sa mère et calé sur son avant-bras le balluchon contenant sa meilleure robe et le reste de ses affaires. Elle était résolue à quitter le troupeau et à reprendre sa liberté dès qu'elle aurait trouvé un endroit à sa convenance. Elle marchait le cœur léger, certaine de franchir à nouveau un jour les portes de Paris.

19

Isabelle et Mikail se marièrent l'année suivante. Le groupe des Françaises se reforma à l'occasion de cet heureux événement. Sophie vint avec Valentin et leur fils Alexei. Jan était également invité, et Marguerite l'eut comme voisin de table pendant le banquet.

Les deux amis se voyaient assez souvent, mais toujours dans des manifestations publiques, où Jan venait généralement accompagné de quelque jolie femme. Depuis qu'un nouveau théâtre avait ouvert à Saint-Pétersbourg, ils avaient assisté ensemble à plusieurs représentations ou concerts. Marguerite était toujours aussi sensible à la puissance qui émanait de toute la personne de Jan, et quand celui-ci posait les yeux sur elle, son regard exprimait parfois des sentiments qu'elle préférait ignorer.

— Comment va Dachiski ? s'enquit-il. Avez-vous reçu de ses nouvelles ?

— Pas récemment. Dans sa dernière lettre, il se réjouissait de la victoire de nos armées à Memel. Malheureusement, nous avons subi de lourdes pertes.

— Hier, un navire en provenance de Riga a

débarqué des hommes blessés au cours d'une escarmouche.

— Je sais. Je me suis rendue à l'hôpital afin de proposer mon aide. Il y avait surtout des officiers. Je connaissais plusieurs d'entre eux. La plupart ont été transportés chez eux pour y être soignés par leur famille. Seuls ceux qui étaient trop mal en point pour être déplacés sont restés, ainsi que les quelques hommes de troupe qui se trouvaient parmi eux.

Jan leva les sourcils.

— Vous avez noté leurs noms et guidé leurs parents jusqu'à leur chevet ?

— Cela et un peu plus encore.

— Vous ne cesserez jamais de m'étonner, Marguerite.

Elle réprima un sourire. Leur relation était passée par bien des phases – la colère, l'hostilité, la complicité et la chaleur de l'amitié – mais elle contenait toujours un élément de danger.

— Vous devriez pourtant me connaître, depuis le temps.

— Vous restez une énigme pour moi.

Au ton de sa voix, elle devina qu'il la regardait d'une certaine manière, mais elle s'était déjà détournée pour parler à son autre voisin.

Quelques semaines plus tard, Jan repartit pour la Hollande, où il devait passer l'hiver. L'événement le plus important de la saison fut la naissance de la princesse Anne, la fille de Catherine. L'impératrice ne manqua pas d'accaparer l'enfant, comme elle l'avait fait avec son frère Paul, mais cette fois la jeune mère reçut les soins nécessaires.

L'année 1757 céda la place à 1758. La guerre se

prolongeait. Le fait que l'Angleterre se soit alliée à l'ennemi (ses troupes affrontaient surtout celles du roi de France en Amérique) n'avait rien changé aux habitudes des membres de la colonie anglaise de Saint-Pétersbourg. Personne ne leur témoignait d'hostilité et, en raison de l'éloignement du théâtre des combats, la vie continuait comme auparavant, si ce n'était l'absence d'un grand nombre de jeunes gens. Toutefois, il en restait bien assez pour satisfaire les désirs de l'impératrice. Celle-ci dégageait toujours un magnétisme qui la rendait irrésistible même pour des hommes en âge d'être ses fils.

Alors que sa santé allait en déclinant, ses accès de débauche semblaient la revigorer et contrebalancer les effets de son ivrognerie. Sa beauté était intacte, à part des traces de couperose aux pommettes, qu'elle dissimulait sous une épaisse couche de fard et de poudre. Son intérêt pour la toilette n'avait pas faibli et les modèles que Marguerite créait pour elle la satisfaisaient toujours autant.

L'impératrice recevait fréquemment des dépêches l'informant de l'évolution du conflit. Si les courriers n'apportaient pas que des bonnes nouvelles, les victoires russes donnaient lieu à des bals et à de somptueux banquets. La cour connut une courte période de deuil après la mort de la princesse Anne à l'âge de quinze mois. Catherine se désola de voir cette jeune vie fauchée prématurément, mais, comme elle n'avait eu le droit de voir sa fille qu'une fois depuis son baptême, son chagrin fut moins vif qu'on n'aurait pu le croire.

Marguerite l'avait accompagnée lors de la seule visite qu'elle avait faite à ses enfants à Oranienbaum, où ils vivaient à l'écart de la cour. La petite Anne et son frère étaient restés côte à côte, intimidés par cette femme qu'on leur avait présentée comme étant leur mère. Marguerite avait été frappée par la laideur du jeune Paul. Pour un peu, on aurait pu croire qu'il était réellement le fils du grand-duc. Mais, aveuglée par l'amour maternel, Catherine l'avait trouvé très beau.

Une nouvelle année succéda à la précédente, sans apporter de grands changements, sinon qu'à présent Marguerite invitait Jan chaque fois qu'elle recevait du monde pour dîner ou jouer aux cartes. La situation militaire connaissait des hauts et des bas, même si Frédéric II donnait des signes d'affaiblissement et abandonnait un certain nombre de positions sous la pression des forces russes et autrichiennes. Pendant ce temps, le futur palais d'Hiver ne cessait de croître et d'embellir, pareil à une fleur en bouton qui s'épanouissait peu à peu.

À la fin de l'été, une grande bataille opposa les Russes aux Prussiens, entraînant des pertes importantes. Peu après, l'impératrice informa Marguerite que Constantin, blessé au combat, allait être rapatrié à Saint-Pétersbourg. Marguerite redoutait cette nouvelle depuis le début du conflit. Elle espérait ardemment que son mari survivrait au voyage, car on dénombrait généralement beaucoup de morts à bord des navires ramenant les blessés.

À l'approche de la date prévue pour le retour de Constantin, comme d'autres femmes elle prit l'habitude de se rendre au port chaque fois qu'on annonçait l'arrivée d'un bateau. Elle scrutait les visages des hommes que l'on débarquait sur des civières et de ceux qui avaient la force de descendre à terre, le plus souvent en se faisant aider, dans leurs uniformes en loques.

Jeanne l'accompagnait toujours, pour le cas où Rose aurait décidé de rentrer au bercail et se serait jointe aux femmes qui renonçaient à suivre les régiments et embarquaient sur les navires pour soigner les malades.

Dans la pâle lumière d'un après-midi de septembre, Marguerite et Jeanne assistaient à un nouveau défilé pathétique de brancards et d'éclopés quand Constantin apparut tout à coup sur la passerelle, étendu sur une civière.

— Le voici ! s'exclama Marguerite.

Jeanne la vit courir vers son époux, mais celui-ci n'eut pas l'air de la reconnaître. Il avait la tête bandée, et une couverture dissimulait ses autres blessures. Le visage de Marguerite s'assombrit tandis que deux domestiques de la maison Dachiski relayaient les brancardiers afin de porter leur maître. À l'évidence, celui-ci était trop mal en point pour être ballotté dans une voiture le long des rues pavées.

Jeanne reporta son attention sur le navire. Il y avait peu de chances pour que Rose se trouve à son bord, mais elle ne partirait pas avant d'en être sûre. Soudain, elle se raidit et son cœur s'emballa. Un soldat amputé d'une jambe, vêtu d'un uniforme déchiré et noir de sang séché, venait de débarquer en s'appuyant sur des béquilles. N'en croyant pas ses yeux, Jeanne fit un pas dans sa direction, puis un second, avant de se mettre à courir.

— Louis ! cria-t-elle.

L'homme leva brusquement la tête, la regarda d'un air incrédule et s'exclama, comme l'aurait fait un petit garçon :

— Maman !

Jeanne serra son fils dans ses bras et tous deux versèrent des larmes de joie. Dans son bonheur, elle songea que, si la guerre lui avait enlevé sa fille, elle lui avait rendu son fils.

Sitôt rentrée, Marguerite avait fait demander le mari d'Isabelle, le docteur Legotine. Il vint immédiatement, accompagné d'une jeune infirmière. Avec l'aide de celle-ci, il découpa l'uniforme de Constantin et constata que le corps de son patient portait la trace de deux blessures bénignes déjà cicatrisées. En revanche, la plaie qu'il avait à l'épaule s'était salement infectée. Il la nettoya du mieux qu'il put (Constantin, à peine conscient, poussait des gémissements de douleur) avant de la panser. Marguerite et l'infirmière changèrent les draps du lit, lavèrent le malade et lui passèrent une chemise propre. Mikail, très inquiet quant aux chances de guérison de Constantin, les aida à le soulever.

— Faites-le boire souvent, recommanda-t-il aux deux femmes.

Il avait été convenu que l'infirmière resterait afin d'assister Marguerite.

— Il a perdu beaucoup de sang à cause de sa blessure. Tâchez aussi de le faire manger, en lui proposant une nourriture légère et reconstituante. Je repasserai plus tard.

Pendant qu'il descendait l'escalier, quelqu'un frappa énergiquement à la porte et un domestique alla ouvrir. Mikail reconnut aussitôt le visiteur : c'était le comte Batalov, un des principaux ministres de l'impératrice. Le comte entra d'un pas décidé, escorté par quatre gardes du palais.

— Où est le colonel Dachiski ? demanda-t-il au valet qui lui avait ouvert.

— Je suis le docteur Legotine, déclara Mikail d'une voix sonore.

Toutes les personnes présentes dans le hall levèrent la tête vers lui.

— Mon patient n'est pas en état de recevoir.

— Sachant qu'il se trouvait à bord du navire arrivé aujourd'hui. Sa Majesté m'a chargé de l'emmener au palais, où il sera soigné par ses médecins personnels.

Mikail ne se laissa pas démonter.

— Vous allez retourner au palais et expliquer à Sa Majesté qu'un déplacement pourrait être fatal au colonel Dachiski. Il est extrêmement faible.

Le comte le toisa avec mépris.

— On ne discute pas les ordres de l'impératrice ! Laissez-nous passer !

Il vint se planter au pied de l'escalier juste comme Marguerite, alertée par le bruit, sortait sur le palier.

— Non ! dit-elle d'un ton ferme. Le docteur Legotine a raison. Je ne vous laisserai pas emmener mon mari !

Le comte secoua la tête d'un air désolé.

— Madame Dachiski, soyez raisonnable. Je n'ai pas le choix. Votre mari doit être conduit immédiatement au palais.

Il entreprit de gravir les marches.

— Je ne veux causer de tort ni à vous ni au colonel Dachiski.

— Vous tenez à ce qu'il meure en route ?

Batalov s'arrêta net et leva vers elle un regard indécis. Il n'imaginait que trop la fureur de l'impératrice si Dachiski mourait après qu'il eut négligé les avertissements du médecin.

— Fort bien, dit-il à contrecœur. J'en informerai Sa Majesté.

Quand il fut reparti avec les gardes, Marguerite et Mikail échangèrent un sourire, soulagés.

— Bien joué ! approuva Mikail. Si vous n'étiez pas intervenue, il ne m'aurait jamais écouté. Reprenez courage : si nous n'avons pas encore gagné la partie, nous avons une chance de faire tomber la fièvre maintenant que votre mari est assuré de rester ici.

Marguerite retourna s'asseoir au chevet de Constantin et changea la serviette humide qu'il avait sur le front. À un moment, il ouvrit les yeux et parut la reconnaître. Elle saisit la main qu'il tendait vers elle.

— J'ai cru que tu étais un rêve, Marguerite, murmura-t-il d'une voix presque inaudible avant de refermer les yeux.

L'infirmière apporta un lait de poule, dont elle réussit à lui faire avaler quelques gorgées en glissant la cuiller entre ses dents. Il venait de se rendormir quand on frappa à la porte, encore plus violemment que la première fois. Marguerite bondit sur ses pieds, affolée. Était-ce à nouveau le comte ? Elle se précipita sur le palier comme un domestique ouvrait. Deux gardes du palais franchirent le seuil et se mirent au garde-à-vous de part et d'autre de la porte. L'impératrice entra à son tour et leva vers la jeune femme un visage défait.

— Où est mon trésor ? On m'a dit qu'il se mourait !

— Mon mari dort, répliqua Marguerite d'un ton glacial.

Élisabeth avait déjà entrepris de gravir les marches, en soulevant sa robe pour éviter de s'y prendre les pieds. Marguerite entrevit une paire de souliers scintillants et des chevilles très enflées. Arrivée au sommet de l'escalier, l'impératrice marqua une pause pour reprendre son souffle, une main posée sur le cœur.

— Je veux le voir ! dit-elle enfin.

Marguerite la guida jusqu'à la chambre et fit signe

à l'infirmière de sortir. L'impératrice se rua vers le lit et tomba à genoux. Elle agrippa la main de Constantin et la porta à ses lèvres.

— Mon amour, parle-moi ! C'est moi, ton Élisabeth...

Frappée de stupeur, Marguerite dut s'adosser au mur pour ne pas tomber. Les derniers mots que Tom avait prononcés devant elle lui revinrent brusquement à l'esprit. Cependant, l'impératrice continuait à se répandre en paroles tendres :

— Il ne faut pas que tu meures, mon chéri ! Comment pourrais-je vivre loin de tes bras ?

Constantin bougea et ses paupières se soulevèrent. Son regard s'éclaira brièvement, comme lorsqu'il avait reconnu Marguerite, puis il marmonna quelques mots que ni l'une ni l'autre femme ne comprirent. Toutefois, sa réaction raviva les espoirs d'Élisabeth.

— Oui ! Tu m'as reconnue. Tu seras bientôt guéri et aussi fort qu'avant. Je vais t'emmener et je te soignerai moi-même, ajouta-t-elle en se relevant.

Marguerite fit un pas en avant.

— Il n'en est pas question ! Le médecin a interdit qu'on le déplace.

Élisabeth fit volte-face et la gifla violemment.

— Je n'ai pas d'ordres à recevoir d'une vulgaire couturière ! rugit-elle, le regard flamboyant de colère. Constantin n'est pas à toi ! Toi, tu n'as rien ! Cette maison et tout ce qu'elle contient, tout m'appartient ! Sa dernière nuit avant de partir à la guerre, c'est avec moi que Constantin l'a passée ! S'il t'a épousée, c'est uniquement parce que je l'ai autorisé à se marier ! Et si je te le reprends aujourd'hui, c'est pour lui sauver la vie !

Elle se dirigea vers la porte et écarta brutalement Marguerite avant de sortir. Tout en descendant l'escalier, elle cria des ordres aux gardes postés à l'entrée de la maison. Ceux-ci transmirent ses instructions à leurs camarades, qui attendaient dehors avec un brancard. Les deux hommes montèrent les marches afin de tirer le blessé de son lit. Impuissantc, Marguerite les regarda envelopper Constantin dans une couverture et l'emmener. Elle s'approcha de la fenêtre et les vit étendre son mari en travers de la banquette, la tête sur les genoux de l'impératrice.

L'infirmière apparut sur le seuil de la chambre. Devant l'air hébété de Marguerite, elle se précipita vers elle.

— Madame, votre lèvre saigne ! Laissez-moi l'examiner.

Marguerite se laissa tomber sur une chaise et l'infirmière s'occupa d'elle. Elle avait la lèvre enflée, probablement entaillée par l'une des bagues d'Élisabeth. Mais ce n'était rien auprès de la révélation qu'elle avait eue durant cette scène terrible.

Elle avait cru Constantin quand il affirmait qu'il n'y avait plus rien entre l'impératrice et lui. Mais elle venait de comprendre qu'il lui avait menti effrontément, même quand il prétendait avoir acheté cette maison. Celle-ci lui avait été donnée par sa maîtresse et bienfaitrice, de même que tout ce qu'il possédait. Comment avait-il pu se montrer aussi faible et cupide ? La réponse était évidente : il n'avait jamais pu se libérer de la fascination qu'Élisabeth exerçait sur les hommes.

Quand Mikail repassa, il fut consterné d'apprendre que son patient avait finalement été emmené. Voyant combien Marguerite était choquée, il s'efforça de la réconforter.

— J'ai été l'étudiant d'un des médecins impériaux. Le docteur Samsonov est un brave homme. Je suis sûr qu'il fera tout son possible pour guérir votre mari.

Marguerite acquiesça machinalement :

— Je me doute qu'il sera très entouré.

— Vous plairait-il de m'inviter à boire un cognac avec vous ?

Comme il l'espérait, sa proposition eut pour effet de la tirer de sa léthargie.

— Pardonnez-moi ! J'aurais déjà dû vous offrir un verre.

Tandis qu'elle leur versait à boire, elle s'avisa brusquement que, dans l'esprit de Mikail, c'était elle qui avait besoin d'un remontant. Cette pensée la fit sourire. Le jeune médecin resta un moment avec elle pour lui tenir compagnie, ce dont elle lui fut reconnaissante.

— Comptez-vous rendre visite au colonel Dachiski demain ? lui demanda-t-il.

Elle secoua la tête.

— Après ce qui vient de se passer entre l'impératrice et moi, je ne crois pas que je serais la bienvenue au palais.

— Était-ce si grave ?

— Pire que tout ce que vous pouvez imaginer, répondit Marguerite en portant la main à sa lèvre.

— Je vois, acquiesça Mikail. J'irai demander des nouvelles de votre mari au docteur Samsonov, puis je viendrai vous faire mon rapport.

— Croyez-vous que son état aura beaucoup évolué ? l'interrogea Marguerite d'un air inquiet.

Mikail hésita avant de répondre.

— Évidemment, il aurait mieux valu éviter de le déplacer. Mais il a survécu au voyage, même si sa blessure s'est infectée en chemin. Pourvu que la fièvre tombe et qu'il reprenne des forces, je pense que nous pouvons raisonnablement espérer.

Après le départ de Mikail, Marguerite erra sans but à travers la maison. Elle se rappela comment elle avait été séduite par le charme de cette demeure et les proportions de ses pièces. À présent, cet endroit lui faisait l'effet d'une prison. Cependant, malgré la déception, elle était résolue à rester auprès de Constantin jusqu'à son rétablissement. Sa vie était en danger et, s'il exprimait le désir de la voir, elle se rendrait aussitôt à son chevet. L'impératrice n'irait pas contre sa volonté si son état venait à s'aggraver.

Elle était sur le point de se coucher quand on lui apporta un billet de Jeanne. Son amie lui annonçait qu'elle avait retrouvé son fils, lequel avait participé à plusieurs guerres comme mercenaire au cours des années précédentes. Marguerite fut si heureuse pour eux deux qu'elle relut la lettre de bout en bout.

Avant de se glisser dans son lit, elle resta un long moment à contempler la toile de Jan. Elle méditait devant celle-ci chaque fois qu'elle avait besoin de se ressaisir. Si son mystère l'intriguait toujours autant, ce tableau avait le pouvoir de l'apaiser. Même si Jan s'était trouvé à Saint-Pétersbourg, elle ne se serait pas tournée vers lui. Elle était la seule à pouvoir résoudre le problème qui se posait à elle, et son avenir dépendait de sa décision.

Il s'écoula plusieurs semaines avant qu'elle soit autorisée à rendre visite au malade. C'est le cœur rempli d'appréhension qu'elle se rendit au palais, redoutant une brusque aggravation de l'état de Constantin. Il était longtemps resté suspendu entre la vie et la mort avant que les comptes rendus de Mikail laissent entrevoir quelque espoir.

Elle trouva son mari au lit, le dos calé contre des oreillers, dans une chambre des appartements impériaux. Il paraissait encore très faible et son visage habituellement hâlé était presque diaphane. Il tapota la couverture, l'invitant à s'asseoir près de lui, ce qu'elle fit.

— Pourquoi n'es-tu pas venue plus tôt ? lui dit-il de but en blanc, sans remarquer qu'elle ne l'avait pas embrassé. J'ai demandé plusieurs fois à te voir.

Pour ne pas l'inquiéter, elle préféra lui cacher la vérité.

— Au départ, j'ai pensé que tu étais trop fatigué pour recevoir des visites. Il y avait d'autres raisons, mais nous en reparlerons quand tu seras rentré à la maison.

Constantin se renfrogna subitement.

— Il est arrivé quelque chose ?

— Rassure-toi, tout va bien.

— Parfait !

L'expression de Constantin s'adoucit et il manifesta enfin son plaisir de la voir.

— Tu m'as manqué, Marguerite. J'aimerais rentrer chez nous, mais je n'ai pas encore la force de me lever. L'impératrice est aux petits soins pour moi. On dirait qu'elle se délecte de m'avoir tout le temps à sa disposition.

Il se redressa et attrapa la main de sa femme.

— Je t'en prie, insiste auprès de ces maudits charlatans pour qu'ils me laissent partir.

Il se laissa retomber sur les oreillers, épuisé par l'effort minime qu'il venait d'accomplir.

— Je ferai mon possible, promit Marguerite. Je dois te laisser, à présent. On ne m'a autorisée à rester que deux ou trois minutes.

Exaspéré, Constantin lâcha un juron.

— J'en ai par-dessus la tête d'être dorloté comme un nourrisson !

Il se redressa à nouveau comme elle allait quitter la pièce.

— Je t'aime, Marguerite. Tu le sais, n'est-ce pas ?

— Je le sais.

Après avoir refermé la porte, elle cacha son visage derrière ses mains. Toute son affection pour son mari s'était évanouie, laissant place à la simple bienveillance. Mais lui l'aimait. Pourtant, il resterait toujours un pantin entre les mains d'Élisabeth, aussi fort que soit son désir d'échapper à son emprise.

Elle transmit la requête de Constantin à Mikail, mais celui-ci lui rapporta une réponse négative après s'être entretenu avec le docteur Samsonov.

— L'impératrice refuse de le laisser partir pour le moment, expliqua-t-il. À tout le moins, vous savez qu'il est bien soigné. Sa guérison paraît acquise.

Quelques jours plus tard, l'impératrice convoqua Marguerite dans ses appartements. La jeune femme se présenta au palais à l'heure dite, espérant qu'on lui donnerait de bonnes nouvelles de son mari ou qu'on l'autoriserait à lui rendre visite plus souvent. Élisabeth l'accueillit avec un grand sourire, comme s'il ne s'était rien passé.

— Eh bien, madame Dachiski ? Où sont vos nouveaux modèles ?

Marguerite la regarda avec étonnement. S'imaginait-elle qu'elle allait continuer à travailler pour elle comme auparavant ?

— Il n'y en a pas, Votre Majesté. J'ai mis un terme à mes activités.

Le sourire d'Élisabeth s'effaça et, durant quelques secondes, les deux femmes se défièrent du regard.

— Foutaises ! s'exclama Élisabeth en plissant les yeux. On ne gâche pas ainsi un talent tel que le vôtre. Quand le comte Dachiski sera rétabli, je suis certaine que vous tiendrez à être là pour l'accueillir, ajouta-t-elle d'un ton lourd de menaces.

Marguerite se rappela que Constantin l'avait un jour mise en garde contre la tentation de défier ce tyran en jupons, mais, cette fois, il n'était pas question qu'elle cède.

— Naturellement. Je ne vois pas ce qui pourrait m'en empêcher.

Élisabeth se fit la réflexion qu'elle aurait volontiers rabattu le caquet de cette impudente si elle n'avait attaché autant de valeur à son imagination créatrice.

— J'ai décidé que votre mari achèverait sa convalescence au Grand Palais Catherine. Il souffre d'une toux persistante qui devrait bientôt lui passer. Vous pourriez l'accompagner et prendre soin de lui. Je gage que le cadre devrait stimuler votre inspiration. Cette solution vous agrée-t-elle ?

Marguerite comprit que l'impératrice cherchait à conclure un marché, mais elle n'était pas décidée à se rendre.

— Maintenant que l'hiver est installé, il vaudrait mieux que Constantin reste à la maison.

— Non. Je vais bientôt partir pour Moscou et ne

pourrai donc plus veiller sur lui. Les médecins pensent comme moi qu'un environnement harmonieux saurait le tirer de son apathie. Le Grand Palais Catherine est l'endroit idéal pour cela. Il n'est pas très éloigné de Saint-Pétersbourg et Constantin l'a toujours beaucoup apprécié.

Marguerite comprit qu'il aurait été vain de persister dans son refus. Rien ni personne n'aurait pu amener Élisabeth à revenir sur sa décision.

— Quand partirions-nous ?

— D'après les médecins, il devrait être en état de voyager la semaine prochaine.

Au jour dit, un traîneau fermé les conduisit à Tsarskoïe Selo à travers la campagne enneigée. Constantin n'avait pas encore retrouvé son poids et la maladie avait creusé son visage, mais la perspective de quitter enfin le palais l'avait mis en joie. Toutefois, il n'avait pas manqué de compagnie au cours des dernières semaines : plusieurs de ses amis étaient venus le voir, apportant de la vodka, des rires et des conversations dans son univers confiné. Mais, depuis le départ de la cour pour Moscou, le palais d'Hiver était entré en sommeil.

— Nous allons pouvoir rattraper le temps perdu, Marguerite, dit-il d'un ton enjoué tandis que le traîneau les emmenait.

Assommé par la fièvre, il n'avait pas eu conscience de la scène terrible qui avait opposé l'impératrice à Marguerite, au pied de son lit, et cette dernière ne lui en avait pas touché mot depuis. Mais elle comptait aborder la question de leur séparation sitôt qu'il serait rétabli, sachant que l'impératrice n'aurait qu'à lever le petit doigt pour qu'il accoure.

Le Grand Palais Catherine était magnifique sous la neige. En raison de l'absence de feuilles aux arbres, on le découvrait dans toute son étendue dès qu'on passait les grilles dorées du parc. Les statues de marbre qui bordaient l'allée portaient des couronnes de neige, et le pâle soleil hivernal soulignait la splendeur baroque du palais.

Des domestiques se précipitèrent pour aider Constantin à descendre du traîneau, mais il les repoussa et mit un point d'honneur à gravir seul les marches fraîchement déblayées. La chaleur qui se dégageait des poêles en faïence enveloppa les nouveaux arrivants dès qu'ils eurent franchi le seuil. Constantin se débarrassa de son bonnet et de ses gants et laissa son manteau de zibeline glisser jusqu'à terre.

— Je me sens déjà mieux ! déclara-t-il.

À bien des égards, le palais était un vrai nid d'amoureux. En plus de ses multiples charmes, il permettait de dîner en tête à tête sans risquer d'être dérangé par les domestiques, grâce à une table que l'on remontait tout équipée de l'office à travers une trappe. Constantin et Marguerite y prenaient parfois leurs repas, mais jamais en amoureux.

Un soir, après lui avoir souhaité bonne nuit devant la porte de sa chambre, Constantin confia à Marguerite d'un ton plein de regrets :

— Mon désir est revenu avant mes forces.

La jeune femme ne répondit pas.

Leur séjour avait commencé sous les meilleurs auspices. Le palais comportait une très belle bibliothèque, où ils aimaient l'un et l'autre passer du temps à lire. Ils connaissaient la plupart des propriétaires des environs, et ceux-ci n'avaient pas tardé à venir prendre des nouvelles de Constantin. Mais ces visites incessantes fatiguaient tellement le malade que Marguerite prit bientôt des dispositions pour en limiter le nombre.

La jeune femme se promenait tous les jours dans le parc, sauf quand il faisait trop froid ou que la neige tombait trop fort. Les jardiniers dégageaient les allées entre deux chutes de neigc, de sorte qu'un mur blanc bouchait la vue de chaque côté, ne laissant voir que la cime des arbres. Constantin, toujours appuyé sur une canne, faisait de l'exercice à l'intérieur, en parcourant l'interminable enfilade de pièces toutes plus exquises les unes que les autres.

— On se croirait au paradis, avait-il coutume de plaisanter.

Au début, Marguerite venait avec lui. Mais, très vite, il s'était offensé de la lenteur de ses progrès et des fréquentes quintes de toux qui l'obligeaient à faire des pauses de plusieurs minutes.

— Arrête de me suivre comme mon ombre ! la houspilla-t-il un jour. Je n'ai pas besoin d'un chien de garde !

Après cela, elle cessa de l'accompagner mais chargea un valet de veiller discrètement sur lui, de peur qu'il ne glisse sur les parquets cirés. Une fois où il avait intentionnellement laissé sa canne, il tomba avant qu'on ait pu le rattraper et dut uniquement à la chance de ne rien se casser.

Marguerite profitait de ce que Constantin dormait une bonne partie de la journée pour travailler. Elle puisait son inspiration dans les magnifiques décors qui l'entouraient. Le fameux salon d'ambre, qu'elle considérait comme une des Merveilles du monde, lui avait donné l'idée d'une robe en soie crème à ruchés ornée de grains d'ambre. Un salon tapissé de soie azur imprimée de fleurs bleues lui inspira un autre modèle, de même que le vert pompéien de sa chambre à coucher.

Constantin et elle restèrent seuls à Noël, mais ils reçurent une invitation pour la soirée du Nouvel An. Constantin insista pour y aller.

— J'ai besoin de voir du monde, plaida-t-il. À force de rester confiné ici, je vais finir par mourir d'ennui.

Également, son manque d'appétit sexuel l'inquiétait de plus en plus. Une nuit, il rejoignit Marguerite dans sa chambre mais ne put rien faire. En le voyant assis au bord du lit, désespéré, la jeune femme commença à se demander si sa toux persistante n'indiquait pas qu'il était plus malade que ne le pensaient les médecins.

Il faisait un froid de loup quand ils quittèrent le palais pour se rendre à la fête du Nouvel An. La température avait encore chuté quand ils revinrent le lendemain. Dans les jours qui suivirent, la toux de Constantin s'aggrava, l'obligeant à garder la chambre. Marguerite envoya chercher le médecin le plus proche, mais le blizzard retarda sa venue de deux jours. Quand il arriva, Marguerite avait passé la nuit à veiller son mari. Il avait connu de terribles accès de toux et, à sa grande consternation, elle avait aperçu du sang sur le mouchoir qu'il tenait devant sa bouche.

Ayant examiné Constantin, le médecin quitta la chambre avec Marguerite.

— Madame, j'ai le regret de vous dire que votre mari est gravement malade, déclara-t-il. Il souffre d'une inflammation des poumons et ses forces déclinent. Je crains qu'il n'en ait plus pour longtemps.

— Il y a sûrement quelque chose à faire ! s'écria Marguerite.

Le médecin secoua la tête.

— Je vais lui prescrire une potion pour calmer la toux ainsi qu'un somnifère qui l'aidera à se reposer, mais le mal est installé depuis trop longtemps. D'après ce qu'il m'a dit, je suppose qu'il l'a contracté sur le champ de bataille après avoir été blessé. Il a alors passé toute une nuit sous la pluie avant qu'on le découvre. Prenez bien soin de lui, madame, ajouta-t-il avec un regard compatissant. Votre mari est un héros. Son état peut connaître une amélioration temporaire, ou s'aggraver plus vite que nous ne le voudrions. Mais dans tous les cas, veillez à lui apporter tout le confort possible.

Le médecin se retira, disant qu'il repasserait de temps en temps. Marguerite retourna auprès du malade, le cœur gros.

Au bout de quelques jours, Constantin reprit des forces et parvint à s'habiller avec l'aide d'un valet. Le fait de pouvoir se lever à nouveau eut un effet revigorant sur lui et il commença à parler de retourner à Saint-Pétersbourg.

— Dès que le dégel sera installé, précisa-t-il, sachant que Marguerite ne le laisserait plus s'aventurer dehors par temps froid.

Grâce à la potion prescrite par le médecin, sa toux le gênait moins, et il se persuada que le printemps allait le guérir malgré l'extrême faiblesse qu'il ressentait parfois. Février passa, puis mars. Marguerite elle-même finit par reprendre espoir et décida qu'ils regagneraient Saint-Pétersbourg à la mi-avril.

Constantin avait l'habitude de se coucher tôt et de lire dans son lit. Avant de se retirer dans sa chambre,

Marguerite venait s'assurer qu'il n'avait besoin de rien. Un soir, à quelques jours de la date de leur départ, elle le trouva presque endormi, le dos calé contre ses oreillers. En s'approchant pour ramasser le livre qu'il avait laissé tomber, elle vit qu'un changement était survenu en lui. Son visage était à présent d'une pâleur cireuse qui l'alarma.

Il leva les yeux vers elle et dit d'une voix presque inaudible :

— J'aimerais que tu fasses quelque chose pour moi, Marguerite.

— Oui ?

— Déshabille-toi. Je voudrais te voir une dernière fois dans toute ta beauté.

Les yeux de Marguerite s'emplirent de larmes. Elle commença à ôter ses vêtements et, quand elle fut nue, l'ombre d'un sourire flotta sur les lèvres de Constantin.

— Tu es la femme la plus adorable que j'aie jamais vue et celle que j'ai le plus aimée.

Elle s'assit vivement sur le lit et l'entoura de ses bras.

— Constantin, ne me quitte pas ! supplia-t-elle, le sentant partir.

Le regard de Constantin se perdit dans le vague et un flot de sang jaillit de sa bouche comme d'une fontaine, entraînant une hémorragie que rien ne pouvait arrêter.

Marguerite suivait le corbillard qui emportait le cercueil de son mari, seule à bord d'une voiture. C'était le jour où ils avaient prévu de regagner Saint-Pétersbourg. Le temps s'était radouci et la neige ne subsistait plus que dans les creux et sous les arbres.

La jeune veuve n'avait pas eu son mot à dire pour

l'organisation des funérailles. La cour étant rentrée de Moscou, l'impératrice avait réglé elle-même les détails de la cérémonie. Une foule nombreuse assista à l'office funèbre, à la suite duquel le corps de Constantin fut déposé dans un caveau de la cathédrale Pierre-et-Paul, comme l'avait décidé Élisabeth.

20

Catherine était à nouveau amoureuse, avec une intensité et une ardeur jusqu'alors inconnues d'elle. Elle avait l'impression de renaître à la vie, et aussi qu'aucune femme n'avait jamais aimé comme elle. Le lieutenant Grégoire Orlov était grand, beau et admirablement bâti. Le courage dont il avait fait preuve à la bataille de Zorndorf lui avait valu l'admiration et le respect de ses hommes ainsi que des autres officiers. Il émanait de lui une aura de bravoure et d'audace que les femmes trouvaient irrésistible, si bien qu'il collectionnait les bonnes fortunes quand il n'était pas occupé à jouer aux cartes ou à boire en joyeuse compagnie.

La première fois que Catherine l'avait aperçu de loin, elle avait su qu'elle ne connaîtrait plus de repos tant qu'elle ne l'aurait pas approché. Elle avait combiné un rendez-vous et, très vite, il était devenu son amant. Grégoire comptait quatre frères, tous aussi courageux et bien bâtis que lui, dans le même régiment. Contrairement à ses amants antérieurs, il ne pouvait rivaliser avec elle sur le plan intellectuel. Avec lui, pas question de parler des livres qu'elle lisait, ni d'avoir une de ces discussions tellement stimulantes qu'elle affectionnait. Mais leur entente physique était parfaite et il l'entraînait vers des sommets de passion qu'elle n'avait jamais atteints auparavant. Par-dessus tout, il était aussi amoureux d'elle qu'elle l'était de lui.

Toutefois, ils ne se voyaient pas aussi souvent qu'ils l'auraient souhaité. Les nuits où Catherine allait rejoindre son amant, elle se glissait hors du palais déguisée en homme, coiffée d'une perruque et d'un tricorne qu'elle rabattait sur ses yeux. Les gardes n'étaient pas dupes et ils échangeaient des regards amusés à son insu. Comme la plupart de ceux qui la connaissaient, ils l'aimaient et la respectaient assez pour ne pas la trahir, même s'ils colportaient ensuite quantité de ragots et de plaisanteries salaces sur elle et son amant à l'étage des domestiques.

Catherine s'arrangeait pour être de retour avant que le palais s'éveille. Mais un soir, quelqu'un ferma par mégarde le verrou de la porte qu'elle veillait à toujours laisser ouverte. Heureusement, un serviteur qui passait par là vint à son secours et la fit entrer. Elle n'osait imaginer la réaction de l'impératrice si celle-ci venait à découvrir ses escapades nocturnes.

En réalité, son amour éclatait dans son regard et sur son visage, tandis que le charme qui lui attirait les sympathies des gens de tous âges créait comme un halo autour d'elle. Son bonheur eût été complet si elle n'avait eu si peur de son époux.

Une nuit où elle reposait entre ses bras, elle s'ouvrit de ses craintes à Grégoire.

— Pierre a toujours détesté m'avoir pour femme, mais avec le temps, il en est venu à me haïr. Son ressentiment s'est encore accru depuis qu'il s'est entiché de sa maîtresse actuelle, Élisabeth Vorontsova. Quand l'impératrice ne sera plus là, m'a-t-il dit, il se débarrassera de moi afin d'épouser cette horrible femme !

— Mon amour, je ne le laisserai pas te faire du mal, promit Grégoire en la serrant contre lui. S'il le faut, je donnerai ma vie pour te défendre !

Grégoire prenait la menace de Pierre très au sérieux. Il ne faisait aucun doute à ses yeux que le grand-duc serait capable du pire une fois installé sur le trône.

Ses frères et les autres officiers détestaient Pierre autant que lui, considérant qu'il trahissait la Russie en vouant une admiration sans bornes à Frédéric II. La plupart le croyaient simple d'esprit à cause de ses excentricités et de ses accès d'hilarité, même dans les circonstances les plus solennelles.

Toujours attentive aux autres, Catherine rendit visite à Marguerite après son veuvage, même si elle lui avait déjà exprimé ses condoléances lors des funérailles de Constantin. Comme chacun à la cour, elle savait que le jeune homme avait longtemps été le favori d'Élisabeth, mais il n'avait pas échappé à son sens de l'observation que son regard exprimait bien plus que de l'affection quand il se posait sur sa femme.

Tandis qu'elle attendait d'être reçue par la maîtresse de maison, Catherine remarqua avec surprise que la plupart des meubles du hall étaient recouverts de housses et que certains tableaux avaient été décrochés du mur. En regardant par une porte ouverte, elle constata en outre que les rayonnages de la bibliothèque étaient à moitié vides. Un domestique l'introduisit dans le salon jaune et Marguerite, toute vêtue de noir, s'avança vers elle afin de l'accueillir. Apparemment, rien n'avait changé dans cette pièce-ci. Catherine demanda aussitôt des explications au sujet des housses.

— Je suis en plein déménagement, répondit Marguerite. Je n'emporte que les toiles, les livres et les objets que j'ai moi-même achetés. Cette maison est la propriété de l'impératrice.

— C'est elle qui vous a demandé de partir ?

— Non, mais elle a acquis cette maison pour Constantin et m'a clairement dit à son chevet qu'elle ne m'appartenait pas. Maintenant que mon mari est décédé, je n'y ai plus ma place. J'ai loué l'appartement qu'occupait autrefois le peintre Jan Van Deventer. Si je l'avais pu, j'aurais rompu tous mes liens avec l'impératrice, mais je suis toujours obligée de créer des modèles pour elle.

En l'écoutant parler, Catherine eut la confirmation qu'elle était au courant de l'infidélité de son défunt mari.

— Si seulement vous aviez pu continuer à travailler pour moi ! s'exclama-t-elle d'un ton chaleureux.

— Si seulement... répéta Marguerite avec un sourire triste.

— Mais un jour vous créerez à nouveau des robes pour moi !

Marguerite fut reconnaissante à Catherine de sa promesse, mais, comme la toute-puissante Élisabeth n'avait que cinquante ans, elle risquait d'attendre encore longtemps. Or elle espérait pouvoir retourner en France bien avant l'avènement de Pierre.

Deux jours plus tard, elle emménageait dans l'ancien appartement de Jan. L'endroit lui était tellement familier qu'elle s'y sentit aussitôt chez elle. Si toutes les affaires de Jan avaient disparu, le grand poêle en faïence de Delft était toujours là, prêt à la réchauffer quand l'hiver reviendrait. Les meubles qu'elle avait achetés étaient déjà en place grâce à Marinka, la servante hollandaise qu'elle avait engagée. La jeune fille lui avait été recommandée par Saskia, qui avait suivi Jan dans son nouvel appartement et veillait sur ses biens en son absence.

Comme elle s'y attendait, Jan vint la voir dès que Saskia l'eut informé de son veuvage. Il avait une telle présence qu'il semblait remplir le petit appartement. Il paraissait en bonne santé et son élégant manteau de drap gris lui donnait l'air d'un marchand prospère. Sa cravate blanche était garnie de dentelle hollandaise, de même que les poignets de sa chemise. Ses cheveux bruns et lustrés étaient attachés par un ruban. À peine entré, il se mit à arpenter la pièce, examinant tout ce qui s'y trouvait. Il nota que la toile qu'il lui avait offerte était accrochée en bonne place mais ne fit aucun commentaire à ce sujet.

— Pourquoi êtes-vous là ? l'interrogea-t-il. Pourquoi n'habitez-vous pas votre belle maison, ou le palais Dachiski ?

Il paraissait presque en colère, sans que Marguerite comprenne pourquoi. Elle se lança dans des explications qui lui valurent un regard pénétrant.

— Ainsi, vous avez fini par vous rendre à la raison, remarqua-t-il. Vous n'êtes pas faite pour cette cour de débauchés. Pourquoi ne retournez-vous pas en France ?

— Cela m'est impossible pour le moment. Tant que l'impératrice aura besoin de moi pour créer de nouvelles robes, je serai pieds et poings liés. L'honnêteté m'interdit de lui livrer un travail de moindre qualité et, même si je pouvais m'y résoudre, elle me percerait à jour et trouverait un moyen détourné pour me punir.

N'oubliez pas que mon mariage a fait de moi une citoyenne russe, et par là soumise aux caprices de cette femme impitoyable. Mais j'entends bien briser mes chaînes quand l'heure sera venue.

— Comment ?

— Je ne sais pas encore. Je devrai me montrer prudente et ne rien changer à mes habitudes, le temps de gagner la confiance d'Élisabeth. Un jour où je lui faisais part de mon intention de retourner en France, Constantin m'a dit que les espions de l'impératrice s'arrangeraient pour qu'aucun bateau à destination de mon pays ne me prenne à son bord, et qu'ils me ramèneraient de force si je décidais de voyager par la route. Peut-être suis-je déjà surveillée. Et quand bien même aurais-je voulu m'embarquer, fût-ce dans des conditions précaires, Saint-Pétersbourg n'a accueilli aucun navire français cette année. J'imagine que la marine anglaise fait le blocus de nos ports. Quoi qu'il en soit, cette guerre ne se prolongera pas éternellement.

— La paix paraît encore loin, même si la Russie a remporté de grandes victoires. Mais Frédéric II ne s'avoue pas vaincu.

— Vous me donnez le tournis à vous agiter ainsi, protesta-t-elle. On dirait un lion en cage. Vous feriez mieux de vous asseoir et de boire un verre de vin avec moi.

Il se jeta sur un fauteuil et la regarda verser le vin. Quand elle lui tendit son verre, il la saisit par le poignet.

— Épousez-moi, Marguerite ! proposa-t-il. Cela ferait de vous une citoyenne hollandaise, et comme les Pays-Bas ne sont en guerre contre personne, vous seriez libre de regagner votre pays.

Ils se dévisagèrent durant un long moment, puis Marguerite déclara d'une voix calme :

— Buvez et épargnez-moi vos suggestions saugrenues. Je procéderai à ma façon.

Jan prit son verre et but une gorgée. Quand la jeune femme se fut assise en face de lui, il lui lança d'un ton ironique :

— Vous soupirez toujours pour votre Anglais ?

Marguerite devint rouge de colère.

— Ce n'est pas parce que nous nous connaissons depuis des années que vous avez le droit de me faire subir un interrogatoire !

— Vous n'avez pas répondu à ma question.

— Si vous faisiez allusion au mari de Sarah, sachez que je ne me languis ni de lui ni de personne.

— Allons donc ! Il y a toujours quelqu'un entre nous, et vous n'avez jamais aimé Dachiski.

Sa franchise brutale la laissa un moment sans voix.

— J'avais beaucoup d'affection pour lui !

— Mais son infidélité a épuisé votre patience. Ai-je raison ?

Elle soupira.

— On dirait que tout le monde était au courant de ses relations avec l'impératrice sauf moi.

— C'est pourquoi j'ai tenté d'empêcher ce mariage.

— Je l'ai compris trop tard. Mais, en dépit de tout, je sais que Constantin m'aimait et que ce n'est pas sa faute s'il n'a jamais pu se détacher de l'impératrice.

— Je vous trouve bien indulgente.

Elle haussa les épaules.

— Tout ce que je puis vous dire, c'est que ses derniers mots ont dissipé les malentendus qui subsistaient entre nous et que je chéris le souvenir des moments heureux que nous avons vécus ensemble.

— Je m'en réjouis pour vous. L'amertume est destructrice.

Il marqua une pause.

— Permettez-moi de faire votre portrait, Marguerite. Il y a longtemps que je voulais vous le demander. Le moment me paraît bien choisi pour cela.

Elle leva les sourcils.

— J'ai entendu dire que vous crouliez sous les commandes.

Il ne se laissa pas décourager par cette réponse évasive.

— J'ai fait de nombreux croquis à partir de l'image que je conservais de vous, mais j'aimerais que vous posiez pour moi. Venez demain à mon studio. Vous ne le connaissez pas encore. Ainsi, ajouta-t-il pour l'allécher, vous serez la première à voir les toiles que j'ai rapportées de mon dernier voyage.

Marguerite brûlait de visiter l'atelier de Jan. Si elle n'avait plus les moyens de s'offrir des œuvres d'art (Constantin avait laissé des dettes considérables qu'elle avait dû rembourser), elle aurait eu grand plaisir à voir ses dernières acquisitions avant que celles-ci soient mises en vente ou exposées dans sa galerie.

— Je poserai pour vous, assura-t-elle. Mais vous avez besoin de temps pour retrouver vos habitudes.

— Venez demain après-midi et nous discuterons de votre portrait.

Il reposa son verre vide et se leva.

— Autant commencer le plus tôt possible.

— Vous omettez un détail, dit-elle en se levant à son tour. Il est d'usage de rémunérer le temps que l'artiste consacre à son œuvre.

Il lui lança un regard noir.

— Êtes-vous devenue folle ? Comme si j'allais vous présenter ma facture ! D'ailleurs, j'ai l'intention de garder le portrait pour moi.

— Je l'avais deviné, reprit-elle, amusée par sa réaction indignée. Mais, en échange, je veux un autoportrait de vous.

Il se radoucit, comprenant qu'elle s'était gentiment moquée de lui.

— Vous l'aurez, promit-il.

Disant cela, il résolut de les peindre le regard tourné l'un vers l'autre, de la façon dont les peintres flamands représentaient les époux ou les fiancés.

Quand Marguerite se présenta à son appartement, Jan l'emmena aussitôt au salon. En entrant dans la pièce, il se rappela qu'elle n'était venue chez lui qu'en une seule occasion, pour le prier de retrouver Rose. Il n'était pas seul alors. Cette liaison n'avait pas duré, pas plus que les suivantes. Cela n'avait rien d'étonnant, sachant qu'il désirait Marguerite de tout son être.

Marguerite non plus n'avait pas oublié sa précédente visite, et elle prit soin de ne pas s'asseoir dans le même fauteuil que la jeune femme qu'elle avait entrevue.

— Souhaitez-vous que je vous peigne dans une attitude particulière ou avec un objet posé devant vous ? l'interrogea Jan. Certains modèles veulent être représentés avec un livre, afin de montrer leur intérêt pour les choses de l'esprit. À moins que vous ne préfériez tenir une rose ou une autre fleur.

— On ne trouve pas de roses en avril !

Sa remarque parut amuser Jan.

— Ce n'est pas un problème. Si tel est votre désir, je peux vous représenter sous une tonnelle de roses.

— Vous vous moquez de moi ! s'esclaffa-t-elle.

Peut-être devrais-je me munir d'une aiguille et d'une bobine de soie ?

— Pas pour ce portrait, dit-il avec grand sérieux. Ce n'est pas ainsi que je vous vois.

— Qu'avez-vous en tête pour moi ?

— J'imagine un nouveau départ. Rien que vous, sans aucun accessoire ni ornement.

Son regard s'arrêta sur sa main.

— Et sans alliance non plus.

— Malgré l'infidélité de Constantin, j'éprouve un immense respect pour lui, répondit-elle calmement. N'oubliez pas qu'il a donné sa vie pour son pays. D'autre part, je porte toujours son deuil.

— Dans ce cas, vous devriez poser en noir !

Elle retint son souffle, décontenancée par cette attaque soudaine. La déjà longue amitié qui la liait à Jan était pourtant jalonnée de disputes et de mouvements de colère. Au même moment, Saskia entra, apportant un samovar. Marguerite se réjouit de cette diversion. Elle échangea quelques mots avec elle tandis que cette dernière disposait sur la table les tasses en porcelaine ainsi qu'une assiette remplie de petits gâteaux aux fruits et aux noisettes, confectionnés selon une recette hollandaise. Quand la servante fut sortie, Marguerite regarda Jan par-dessus sa tasse.

— Soit nous discutons de mon portrait comme des gens raisonnables, soit nous annulons tout.

Il pinça les lèvres.

— Je vous demande pardon de m'être emporté. Mais, comme je vous l'ai dit, je voudrais vous représenter au seuil d'une nouvelle vie, le regard tourné vers l'avenir.

— Dans ce cas, reportons la première séance de

trois mois. J'ai besoin de ce temps pour m'adapter aux changements survenus dans mon existence.

— J'espère néanmoins vous voir d'ici là.

— Bien sûr !

— Dînez avec moi.

Marguerite se montra ferme dans son refus :

— Pas ce soir. Vous êtes d'une humeur trop querelleuse pour que j'apprécie votre compagnie.

— Disons dans deux jours. Je serai moins bougon quand j'aurai terminé l'accrochage des nouvelles toiles.

Elle rit.

— Très bien ! Mais pourquoi continuer à vendre les œuvres d'autres artistes quand vous pourriez vivre de votre art ? Vos portraits sont toujours très demandés et je suis certaine que vous rencontreriez le même succès avec des paysages ou tout autre sujet.

— Le profit que je retire de mon travail me permet d'encourager de jeunes artistes sur lesquels je fonde de grands espoirs. Sans mon soutien financier, ils mourraient de faim et leur talent serait à jamais perdu. Il y a parmi eux une jeune femme hollandaise qui n'a pas son pareil pour peindre les fleurs.

— Avez-vous une de ses œuvres ici ?

— Oui. Mes assistants l'ont déballée aujourd'hui. Je crois qu'elle devrait plaire à la grande-duchesse. Je compte lui en donner la primeur, aussi ne figurera-t-elle pas dans l'exposition. Toutefois, vous la verrez. Je vous montrerai aussi quelques toiles françaises que j'ai achetées lors de mon dernier passage à Paris, en novembre dernier.

— Vous êtes allé à Paris ? Comment avez-vous trouvé la ville ? A-t-elle beaucoup changé depuis mon départ ?

Elle lui posa quantité de question auxquelles il répondit de bonne grâce, au point de lui raconter son séjour par le menu.

— Si vous m'aviez dit que vous comptiez passer par Paris, reprit-elle, je vous aurais remis une lettre pour mon ancienne patronne, Mme Fromont. Il y a longtemps que je n'ai pas reçu de ses nouvelles. La guerre a entraîné des perturbations dans l'acheminement du courrier. J'espère que c'est là l'explication de son silence, et non la maladie ou tout autre empêchement.

— Je me rappelais tout ce que vous m'aviez dit à son sujet. Par conséquent, je me suis rendu chez elle.

— Vraiment ? Comme c'est aimable à vous ! Et comment allait-elle ?

Jan se rembrunit.

— C'est en partie pour cette raison que je souhaitais vous voir aujourd'hui. J'ai le regret de vous dire qu'elle s'est éteinte une semaine avant ma visite.

Voyant combien cette nouvelle affectait la jeune femme, il marqua une pause avant de poursuivre.

— Mais la charmante dame qui s'était occupée d'elle avait lu mon nom dans vos lettres. Elle a répondu de moi devant le notaire, qui m'a remis ceci à votre intention.

Il sortit une lettre de sa poche et la lui tendit. Elle l'ouvrit sans un mot et l'étonnement se peignit sur son visage tandis qu'elle la parcourait.

— Mme Fromont m'a légué sa maison et tout ce qu'elle contient dans l'espoir que je revienne un jour à Paris afin d'exercer mon art à Versailles !

Jan ne laissa paraître aucune émotion.

— Cet héritage arrive à point nommé, remarqua-t-il.

Cette maison vous accueillera quand vous aurez mis vos projets d'évasion à exécution.

Marguerite eut un sourire triste.

— Mme Fromont a toujours regretté que la comtesse d'Oinville ne refuse de révéler l'origine des robes qu'elle portait à la cour de Versailles. Le fait qu'elle ait eu la gentillesse de me fournir un toit à Paris m'apparaît comme un signe du destin et m'encourage d'autant plus à fuir la Russie à la première occasion.

— Je comprends, dit-il d'un ton sec.

— Vous pourrez loger chez moi quand vous viendrez en France ! Je serais tellement heureuse de vous voir...

— Votre offre est très généreuse.

Ils se virent assez souvent au cours des semaines qui suivirent, mais toujours en présence d'autres personnes car Marguerite craignait de faire l'objet d'une surveillance. À plusieurs reprises, elle crut discerner entre les paupières mi-closes de Jan une lueur de désir accompagnée d'une interrogation qu'elle feignit d'ignorer. En faisant l'amour avec lui, elle risquait de perdre le contrôle de la situation et elle tenait par-dessus tout à éviter les complications.

Fin juillet, la jeune femme se présenta chez le peintre pour sa première séance de pose. Pour exaucer son souhait, elle avait mis une robe de soie jaune qu'elle portait pour la première fois. Avant de venir, elle avait retiré et rangé son alliance. Jan avait raison : il était temps qu'elle prenne un nouveau départ.

Il la conduisit directement à son atelier. La pièce possédait de magnifiques boiseries et ses fenêtres laissaient abondamment entrer le jour, surtout en cette saison. Elle promena un regard curieux autour d'elle. Des toiles vierges étaient appuyées contre les murs et un fauteuil élégant occupait le dessus d'une estrade drapée. Un chevalet supportait une toile apprêtée tandis que des flacons de peinture à l'huile et des bocaux de pigments s'alignaient sur des étagères superposées. Il y avait là du blanc, du noir, du vermillon, toute une variété de bruns, du jaune, de l'ocre, plusieurs verts ainsi que de l'azurite et de la smaltite, qui produisaient deux tonalités de bleu. Un mortier et un pilon voisinaient sur une table avec des coupelles contenant des pigments déjà broyés et mélangés. Une palette, des chiffons et un assortiment de pinceaux rangés dans des pots attendaient à portée de la main de l'artiste.

Marguerite monta sur l'estrade et s'installa dans le fauteuil. Jan s'approcha d'elle, prit une de ses mains et la posa sur sa cuisse. Puis il appuya le coude de son modèle sur le bras du fauteuil et orienta légèrement son visage vers la droite. Il recula ensuite et la considéra d'un œil professionnel.

— La pose est-elle confortable ? s'enquit-il.

— Très.

Il prit sa palette et choisit un pinceau.

— C'est parti ! lança-t-il avec un sourire avant de disparaître derrière son chevalet.

Il avait confié un jour à Marguerite qu'il n'était guère loquace lorsqu'il peignait, mais que ses modèles étaient libres de parler autant qu'ils le souhaitaient. La jeune femme ne fut donc pas étonnée par son mutisme, et un silence propice à l'introspection régna bientôt dans l'atelier. Elle profita de cette pause dans une existence bien remplie pour s'absorber dans ses réflexions. Elle pensa d'abord à Sarah, dont elle n'avait plus eu de nouvelles depuis près d'un an, sans doute à cause d'un retard dans l'acheminement du courrier. Dans sa dernière lettre, écrite en l'absence de Tom, Sarah lui annonçait avec fierté que des clients titrés venaient d'engager son mari pour exécuter un projet qui allait nécessiter des mois de travail. L'art des jardins connaissait une véritable révolution : chez les propriétaires anglais, la mode était aux parcs paysagers et aux étangs, artificiels ou non. Il n'était pas rare qu'on déplace des villages entiers sous prétexte qu'ils nuisaient à l'effet souhaité. Dans ce contexte, les talents de Tom étaient très demandés. Quant à Sarah, elle était si heureuse d'aider sa belle-sœur à prendre soin de ses enfants que son mari ne lui manquait même pas.

Apparemment, tout se passait comme l'avait prévu Tom. Entre ses multiples engagements et la guerre qui rendait les voyages difficiles, il était peu probable que celui-ci revienne jamais en Russie. Sans doute se demandait-il parfois si le jardin qui s'étendait sur le toit du nouveau palais d'Hiver respectait au moins en partie son plan.

Marguerite réfléchit au soulagement qui l'avait envahie à la lecture de la lettre de Sarah. Sa réaction voulait-elle dire qu'elle n'était pas complètement sûre de ses sentiments et craignait que la réapparition de Tom ne ravive le désir qu'ils avaient ressenti l'un pour l'autre à l'hôtellerie de Riga ? À tout le moins, elle n'aurait plus à affronter cette éventualité. On ne ferait pas appel à Tom pour créer un parc autour du palais d'Hiver, étant donné que celui-ci se trouvait au cœur de la ville. L'impératrice avait supervisé toutes les phases du chantier, et on disait que le résultat surpassait tout ce qui avait jamais été construit en Russie et peut-être même dans le reste du monde. Marguerite avait eu un jour la conviction qu'elle verrait le palais achevé. À moins de trouver le moyen d'échapper à l'impératrice avant le jour de l'inauguration, il y avait de fortes chances pour que cette prédiction s'accomplisse.

Elle avait étudié plusieurs plans d'évasion, mais tous comportaient une faille. En tout état de cause, quelle que soit la méthode retenue, elle devrait profiter d'un moment où l'impératrice se trouverait loin de la ville, car, si elle la faisait appeler à l'improviste, son absence serait découverte trop tôt.

Elle tourna ensuite ses pensées vers ses ouvrières. À l'exception de Rose, dont on n'avait toujours aucune nouvelle, elles étaient toutes satisfaites de l'existence qu'elles menaient à Saint-Pétersbourg. Sophie s'était épanouie dans la maternité et attendait la naissance de son deuxième enfant.

Quant à Jeanne, la vie s'était montrée clémente avec elle, et pas uniquement en lui rendant son fils Louis. Lorsque Agrippina avait pris sa retraite, les deux ateliers avaient été regroupés sous la direction de Jeanne. Celle-ci avait acheté un appartement agréable qu'elle partageait avec son fils. En tant que mercenaire combattant dans les rangs ennemis, Louis n'aurait jamais dû embarquer sur le navire qui l'avait ramené à Saint-Pétersbourg. Alors qu'il gisait sur le champ de bataille, la jambe brisée par une balle, il avait eu la présence d'esprit de dépouiller un officier russe, tombé à ses côtés, de son manteau et des papiers d'identité qu'il avait trouvés dans sa chemise ensanglantée. Malgré la douleur et l'hémorragie, il avait usé ses dernières forces à enfiler le manteau avant de perdre connaissance. Quand il était revenu à lui, il était couché sous une tente et n'avait plus qu'une jambe. Un chirurgien militaire avait amputé l'autre à hauteur du genou.

Le fait qu'il ait parlé français dans son délire n'avait rien d'étonnant pour un officier russe, de sorte que personne ne l'avait soupçonné dans le branle-bas général. On lui avait donné une béquille dès qu'il avait commencé à se rétablir, puis on l'avait expédié à Saint-Pétersbourg, où il prétendait avoir de la famille. Il était loin d'imaginer que ce mensonge d'ailleurs parfaitement plausible contenait une part de vérité. Sur le moment, son seul souci était d'échapper aux autorités en se fondant dans l'anonymat d'une grande ville.

Mais ces épreuves appartenaient au passé. Depuis, Louis avait retrouvé sa liberté de mouvement grâce à la jambe de bois que lui avait fabriquée un menuisier du palais. Sur la proposition de Sophie, Valentin avait décidé de l'engager comme vendeur. Très vite, Louis s'était pris d'intérêt pour les herbes médicinales et la fabrication des potions ou des pilules, et Valentin l'avait vivement encouragé dans cette voie.

Quant à Violette, elle avait pris de l'embonpoint à force de vivre dans le luxe et l'oisiveté. Elle avait cessé de broder et de confectionner ses robes. Désormais, elle possédait plus de bijoux qu'elle ne pouvait en porter, une voiture conduite par un cocher en livrée et tirée par six chevaux noirs, et elle habitait un appartement encore plus vaste que le précédent. Son vieil amant, qui avait été promu général, l'adorait toujours autant et lui avait même assuré une rente pour le cas où il serait mort avant elle. Il jugeait qu'il avait eu là une excellente idée, sans voir que celle-ci lui avait été soufflée par sa maîtresse. De temps en temps, à l'insu de son bienfaiteur, Violette s'offrait une incartade avec un amant plus jeune.

Seul le sort de Rose leur était inconnu, mais Marguerite était persuadée que la jeune fille triompherait de toutes les vicissitudes pour parvenir à ses fins, comme toujours.

Jan n'acheva son portrait qu'à la fin de l'été. Marguerite ne posait pour lui que de façon intermittente, car il devait donner la priorité à des commandes antérieures. Quand elle lui demanda des nouvelles de l'autoportrait qu'il lui avait promis, il prit prétexte des contraintes que lui imposait son travail pour expliquer son retard.

— Soyez patiente, car j'aimerais mieux le peindre à Amsterdam durant l'hiver.

Sa requête paraissait raisonnable, aussi n'insista-t-elle pas, sachant qu'il tiendrait parole. Si tout se passait comme prévu dans l'intervalle, elle espérait qu'il lui apporterait le tableau à Paris.

Il n'avait pas voulu lui montrer son portrait avant qu'il soit achevé. L'ultime séance de pose eut lieu en septembre, la veille de son départ annuel.

— Approchez, dit-il en l'aidant à descendre de l'estrade, et jugez vous-même du résultat.

Marguerite fut frappée par la vie qui se dégageait du portrait. Elle n'aurait pas été autrement surprise de voir palpiter la gorge de son double. Jan l'avait représentée le visage tourné vers la droite, comme si quelqu'un venait de lui adresser la parole, avec une lueur de gaieté dans le regard. Sans doute était-il parvenu à saisir cette expression dans l'une des rares occasions où il avait rompu le silence durant les séances de pose.

— Est-ce qu'il vous plaît ? demanda-t-il, inquiet de son absence de réaction.

— Beaucoup. J'étais trop impressionnée pour parler. Vous avez fait un travail remarquable.

— Il n'est pas difficile de peindre la femme qu'on aime.

— Jan... fit-elle d'un ton hésitant.

Il écarta ses protestations d'un geste impatient.

— Oubliez ce que je viens de dire. Vous avez décidé qu'il n'y aurait rien entre nous à cause d'un homme que vous ne pouvez avoir.

Elle ravala les dénégations qu'elle s'apprêtait à proférer car, en toute franchise, elle n'aurait su dire dans quelle mesure son accusation était fondée. Jan se détourna brusquement, prit sa cape sur la chaise où elle l'avait posée et la lui tendit, le visage fermé. Désarçonnée, elle ne voulait toutefois pas qu'ils se quittent sur cette note discordante.

— J'oublierai également votre dernière remarque, dit-elle d'un ton résolu. Vous prenez la mer demain. Séparons-nous en amis. Promettez-moi que vous viendrez dîner ce soir chez moi, comme convenu.

Il opina avec raideur, sans sourire.

— Je viendrai.

Quand Jan se présenta chez elle, ce soir-là, Marguerite fut soulagée de constater qu'il avait retrouvé sa bonne humeur coutumière. Il ne restait plus rien de la colère qu'elle avait lue dans son regard quelques heures plus tôt. Elle avait choisi un excellent vin, bien en accord avec le délicieux repas préparé par Marinka. Ils devisèrent tout le temps où ils restèrent à table, selon leur habitude. Quand Marinka eut desservi et fut rentrée chez elle, Jan se leva et s'approcha de la toile qu'il avait offerte à Marguerite.

— J'imagine que vous n'avez pas encore trouvé ce qui manquait au tableau ? demanda-t-il.

Marguerite vint se placer à ses côtés.

— Ainsi, il y manque quelque chose ! Je m'en suis toujours doutée. Vous ne m'en aviez jamais parlé jusqu'ici. S'il vous plaît, dites-moi ce que c'est !

Il rit et secoua la tête.

— Pas question ! Vous devrez le deviner vous-même.

— Donnez-moi au moins un indice, le supplia-t-elle.

— Est-ce tellement important à vos yeux ?

— Oui ! Cette toile exerce une véritable fascination sur moi. En même temps, cela me rend folle de ne pouvoir percer son mystère.

Ce disant, elle levait vers lui un regard plein d'espoir. Il se tourna vers elle et la considéra d'un air grave.

— Dans ce cas, il est juste que vous receviez un indice. Vous le trouverez pendant cette nuit particulière où vous n'aurez pas le cœur de me repousser.

Il referma les bras sur elle, la soulevant presque de terre, et donna libre cours à sa passion dans un baiser si intense qu'un frisson de volupté la parcourut tout entière. Sans en avoir conscience, elle s'abandonna contre lui et prit son visage dans ses mains, comme pour prolonger indéfiniment son baiser. Malgré ses velléités de résistance, elle avait atteint le point de non-retour. Le désir l'envahit, d'autant plus puissant qu'elle avait longtemps cherché à le nier.

Elle ne fit pas un geste quand il commença à la dévêtir avec des gestes tendres. Comme les lacets de son corsage lui résistaient, il ramassa la paire de ciseaux qu'elle avait laissée traîner près de sa boîte à couture et les coupa. Lorsqu'elle fut entièrement nue devant lui, la tête inclinée vers l'arrière, il prit le temps d'explorer chaque courbe de son corps gracieux avec ses lèvres et ses mains. Les bras noués autour de son cou, la joue posée sur son épaule, elle se laissa ensuite porter jusqu'à sa chambre et étendre sur le lit.

Tandis qu'elle le regardait se déshabiller, elle fut submergée par un désir d'une violence qu'elle n'avait encore jamais éprouvée, et c'est avec un profond ravissement qu'elle enlaça son corps robuste et musclé. Il resta quelques secondes en appui sur les coudes et la regarda dans les yeux.

— J'ai eu envie d'être ainsi avec toi dès l'instant où je t'ai vue pour la première fois, mon amour.

Il l'embrassa à nouveau sur la bouche, puis sur les seins. Il se mit alors à lui faire l'amour avec ses lèvres et ses mains, passant de la tendresse à une adoration vorace. Auréolé par la clarté dorée des bougies, le corps de la jeune femme lui devint bientôt aussi familier que le sien. Quand il la pénétra enfin, elle se cramponna violemment à lui et ils furent tous deux emportés par une vague de plaisir telle qu'elle cambra les reins en poussant des cris de jouissance.

Jan lui fit l'amour de bien des manières au cours de cette nuit. L'imminence de son départ donnait une intensité particulière aux heures trop brèves qu'ils avaient à passer ensemble. Tandis qu'elle prenait un peu de repos, la tête posée sur son ventre, il lui caressa les cheveux avec une grande douceur.

— T'est-il donc impossible de me parler d'amour ? murmura-t-il d'un ton lourd de regret. Pas une fois durant cette nuit, même au plus fort de la passion, quand tu t'abandonnais tout entière à moi, tu n'as prononcé les mots que j'espérais. Mais je connais la raison de ton silence. C'est elle qui nous a séparés par le passé et elle continuera à le faire à l'avenir. J'ai bien peur, ma belle, que tu ne perces jamais le secret de la toile que j'ai peinte pour toi.

Mais Marguerite n'entendit rien car elle dormait déjà.

Il l'attira dans le cercle de ses bras et baisa amoureusement ses paupières closes. Un peu plus tard, comme elle s'étirait et lui souriait dans un demi-sommeil, il la prit une dernière fois car le moment de la séparation approchait.

Quand elle ouvrit les yeux, elle le trouva tout habillé et sur le point de la réveiller. Elle se dressa aussitôt sur son séant et repoussa les cheveux de son visage.

— Tu dois déjà t'en aller ?

— Oui. Mon bateau lève l'ancre à l'aube et j'ai retardé le plus possible le moment de mon départ. Mais, avant de me retirer, j'ai quelque chose à te dire.

Alarmée par le sérieux de son expression, elle se leva précipitamment et enfila une robe de chambre.

— Qu'y a-t-il ?

— Ton Anglais sera bientôt de retour à Saint-Pétersbourg. Il se trouve en ce moment à Moscou. Je l'ai appris hier soir, juste avant de te rejoindre. D'après mon informateur, l'impératrice l'a fait venir pour lui demander son avis sur le jardin du nouveau palais d'Hiver.

— Tu le savais et tu ne m'en as rien dit !

Sa réaction dénotait la surprise, non le reproche, mais c'était là un sujet sensible pour Jan, si bien qu'il se méprit sur ses intentions.

— Il est probable qu'il te rendra visite. Comme cela, vous aurez tout loisir de rattraper le temps perdu.

— Jan !

Marguerite fut profondément choquée de l'entendre

prononcer des paroles aussi dures après la nuit qu'ils venaient de vivre. Elle ignorait que son aigreur était le fruit du désespoir.

— Adieu, Marguerite, dit-il avant de quitter la pièce.

— Attends !

En cherchant à le retenir, elle se prit les pieds dans sa robe de chambre dénouée et tomba à genoux comme la porte de l'appartement se refermait.

S'étant relevée, elle courut vers la fenêtre dans l'intention de l'ouvrir, mais la poignée résista à tous ses efforts. Les paumes pressées contre la vitre, c'est le cœur lourd de chagrin qu'elle le vit s'éloigner dans la rue sans même se retourner. Ses derniers mots indiquaient qu'il pensait ne jamais la revoir.

Elle s'habilla en hâte et courut presque jusqu'aux quais. Mais, quand elle atteignit le débarcadère, le navire arborant le pavillon hollandais descendait déjà la rivière. Une brume légère s'élevait de l'eau dans la clarté de l'aube, nimbant sa silhouette solitaire d'un halo scintillant. Elle s'avisa tout à coup de la ressemblance parfaite entre cette scène et la toile de Jan, même si celui-ci n'avait jamais eu l'intention de dépeindre des adieux. La signification cachée du tableau lui apparut soudain, trop tard.

21

Quand bien même Marguerite aurait projeté de s'évader, les exigences continuelles de l'impératrice l'auraient empêchée d'exécuter son plan. Il arrivait qu'Élisabeth la convoque plusieurs fois au cours d'une même journée pour discuter d'un ornement ou réclamer un changement de couleur.

Alors qu'une mince couche de glace commençait à se former à la surface de la Neva, Tom arriva de Moscou. Le hasard voulut que Marguerite l'aperçoive avant qu'il ne la voie. Il se dirigeait vers le palais juste comme elle en sortait après une nouvelle entrevue avec Élisabeth. Elle s'arrêta et l'attendit. La rencontre était inévitable et elle s'y préparait, quand elle remarqua qu'il portait une cravate noire en signe de deuil. Réprimant l'angoisse qui l'avait saisie, elle tenta de se convaincre qu'il avait perdu un parent ou une autre personne proche. Mais dans le secret de son cœur, elle avait la conviction affreuse qu'il s'agissait de Sarah. Tom releva alors la tête et un sourire grave se peignit sur ses lèvres.

— Ma chère Marguerite, commença-t-il.

— Tom, ne me dites pas que c'est Sarah ! supplia-t-elle, se raccrochant à un ultime espoir.

— Hélas ! Je l'ai perdue en février dernier.

— Que lui est-il arrivé ? Un accident ?

— Non, répondit-il d'une voix éteinte. Elle a attrapé un refroidissement sévère en jouant dans la neige avec nos neveux et nièces. On n'a pas pu la sauver.

Voyant briller des larmes dans les yeux de Marguerite, il ajouta :

— J'imagine que sa disparition est un choc pour vous, comme elle l'a été pour tous ceux qui la connaissaient. Peu avant sa mort, elle vous a écrit une lettre, qu'elle m'a confiée. À ce moment, ni elle ni moi ne savions encore que je retournerais en Russie. Pourtant, elle paraissait convaincue que j'aurais un jour l'occasion de vous la remettre.

— Sarah était la personne la plus gentille que j'aie jamais rencontrée, dit Marguerite. Il y avait tant de bonté en elle...

— En effet.

Il marqua une pause avant de poursuivre.

— Vous avez également éprouvé une perte cruelle. Quand j'ai demandé de vos nouvelles, on m'a dit que le colonel Dachiski était décédé. Toutes mes condoléances.

Il avait prononcé ces derniers mots d'un ton indifférent. Marguerite n'en fut pas autrement étonnée, sachant qu'il détestait Constantin depuis l'instant où elle lui avait annoncé leur mariage. Elle remercia machinalement d'un signe de tête.

— J'ai rendez-vous avec l'impératrice, reprit-il en jetant un coup d'œil à sa montre de gousset. Nous allons discuter du jardin couvert qui occupera le toit du nouveau palais d'Hiver. Si vous le voulez bien, je vous apporterai ensuite la lettre de Sarah. Où habitez-vous à présent ?

Elle lui indiqua son adresse. En d'autres temps, elle aurait redouté de se retrouver en sa présence, mais son expression défaite indiquait combien son deuil l'affectait. En outre, elle avait hâte de lire la lettre de Sarah, et il aurait fini par lui rendre visite tôt ou tard.

— L'impératrice risque de vous accaparer, le prévint-elle. Je compte faire quelques courses, puis je ne bougerai plus de chez moi de toute la journée.

— Je viendrai dès que possible.

Quand il se présenta chez elle, en début de soirée, il paraissait exténué.

— Je n'ai pu me libérer plus tôt, expliqua-t-il. Je n'ai pas cessé de faire la navette entre l'ancien et le nouveau palais d'Hiver. Après avoir vu le dessin du futur jardin, j'ai exposé mes idées à l'impératrice, mais elle n'était pas satisfaite. Elle m'a fait retourner là-bas pour voir s'il était possible de semer çà et là quelques-unes de ses fleurs préférées, ce qui était d'ailleurs prévu. Je n'avais pas besoin de me déplacer pour le lui dire. Quelle perte de temps !

Marguerite lui servit un verre de cognac.

— Asseyez-vous et essayez de vous calmer, lui conseilla-t-elle. Dites-moi, l'agencement des parterres et des buissons respecte-t-il vos plans ?

— On a introduit des modifications, sans doute pour satisfaire quelque lubie de l'impératrice. En ce moment, elle change d'avis comme de chemise. Merci, dit-il en prenant le verre qu'elle lui tendait. J'en avais besoin.

— Avez-vous vu l'intérieur du palais d'Hiver ?

— Je n'ai fait qu'emprunter les très beaux escaliers qui mènent au toit et au jardin, mais, à en juger par les dorures et les fresques qui ornent les plafonds, ce palais devrait surpasser tout ce qu'on peut imaginer.

— On raconte qu'il est presque achevé. Il faudra ensuite meubler ses centaines de pièces, beaucoup plus nombreuses que dans l'ancien palais. J'ai entendu dire que celui-ci allait être démoli. J'imagine que l'installation de l'impératrice dans sa nouvelle résidence donnera lieu à de grandes festivités.

— Si elle vit jusque-là.

Marguerite lui lança un regard pénétrant.

— Que voulez-vous dire ?

— Elle a considérablement changé depuis la dernière fois où je l'ai vue. Aujourd'hui, sa conduite reflétait le désordre de son esprit. Je plains son peuple d'avoir une telle souveraine.

— Je sais qu'elle laisse à ses ministres le soin de gouverner à sa place, mais cela n'a rien de nouveau. Si elle a parfois du mal à articuler, c'est parce qu'elle boit toujours autant. Certains jours, quand je lui apporte de nouveaux modèles, elle me reçoit avec un verre à la main et tient des propos tellement incohérents que je ne comprends rien à ce qu'elle raconte.

Tom laissa éclater sa colère :

— Quelle femme détestable !

Marguerite esquissa un sourire.

— Vous avez de la chance que personne ne vous ait entendu à part moi. Même en tant qu'étranger, vous pourriez être jeté en prison.

— Je vous demande pardon. Je ne suis pas venu chez vous pour déverser mes griefs.

— J'aimerais que vous me parliez de Sarah, si cela ne vous est pas trop pénible. Ses lettres m'ont beaucoup manqué.

— Je sais qu'elle vous a écrit, peut-être pas autant qu'elle l'aurait souhaité, car elle était très prise. Elle consacrait tout son temps aux enfants de son frère. Elle a été comme une seconde mère pour eux après que sa belle-sœur fut morte en couches. Elle avait tellement à cœur d'exercer ses responsabilités que nul ne remarquait que ses forces déclinaient de jour en jour.

Il passa une main sur ses yeux et ajouta d'une voix étranglée :

— Si j'avais été plus souvent présent, je suis sûr que j'aurais vu ce qui se passait.

Marguerite ne répondit pas. Elle concevait sans peine que Sarah, tout excitée par son retour, ait pu cacher ses soucis et ses problèmes à son mari, comme elle le faisait lorsqu'ils vivaient à Saint-Pétersbourg.

— Si elle avait pris soin d'elle la première fois où elle est tombée malade, reprit Tom, elle serait peut-être encore parmi nous. Mais elle était trop occupée avec le bébé pour se soucier de sa santé.

— En effet, elle donnait toujours la priorité aux autres.

Ils restèrent quelques instants assis face à face sans rien dire, puis Tom brisa le silence :

— Quand un courrier diplomatique m'a appris que l'impératrice sollicitait de nouveau mes services, j'ai accouru sitôt après avoir achevé le chantier que j'avais en cours. Toutefois, je n'ai pas l'intention de rester ici plus de six ou sept mois.

Il ne lui confia pas qu'à l'origine il comptait s'établir définitivement en Russie ; le veuvage de Marguerite lui laissait espérer une issue autrement plus satisfaisante.

— J'imagine que vous avez laissé des commandes en souffrance ?

— Beaucoup. Mais, avant même de recevoir ce courrier, j'étais décidé à tenir la promesse que je vous avais faite. J'avais déjà réservé une place à bord du premier navire neutre à destination de Saint-Pétersbourg.

Elle s'avisa trop tard qu'elle lui avait fourni une occasion de prononcer les mots qu'elle ne voulait surtout pas entendre.

— Tom, je vous en prie, ne me parlez plus de cela. Ni maintenant ni plus tard.

— Je vous prie de m'excuser.

Tom regrettait sincèrement ses paroles. Celles-ci lui avaient échappé dans un moment de trouble provoqué par le regard compatissant de son interlocutrice et la sensualité qui émanait d'elle. Pourtant, en perdant Sarah, il avait eu l'impression d'être amputé d'une partie de lui-même. Sa disparition lui avait fait prendre conscience des sentiments profonds qu'il portait à son épouse et l'avait affecté au même titre que l'objet de son désir, cette femme adorable qui avait été son amie fidèle. Cette fois, il était résolu à ne rien brusquer et à gagner la confiance de Marguerite afin qu'elle accepte de l'épouser et de partir pour l'Angleterre avec lui.

— Qui s'occupe maintenant des enfants que Sarah aimait tant ? demanda Marguerite.

Tom se ressaisit.

— Ma mère. Elle a engagé une bonne d'enfants et une préceptrice. Les petits ont de l'affection pour elle, mais ils adoraient Sarah.

— Comme nous tous, soupira Marguerite en fermant brièvement les yeux.

S'étant levé, Tom prit la lettre de Sarah dans sa poche et la tendit à Marguerite.

— Je vais vous laisser, lui dit-il. Je suppose que vous préférez être seule pour la lire.

Marguerite acquiesça avec gratitude. Quand la porte se fut refermée sur lui, elle se rassit et brisa le cachet de la lettre. Sarah l'avait écrite au fond de son lit. Elle se savait mourante et, pourtant, ce n'était pas son sort qui l'inquiétait mais bien celui des personnes qu'elle allait laisser. À en juger par son écriture tremblée, elle avait à peine la force de tenir la plume quand elle l'avait rédigée. La lettre comportait un seul paragraphe, mais sa lecture bouleversa Marguerite.

Ma très chère amie,

J'espérais avoir le bonheur de vous revoir un jour, mais je sais maintenant qu'il n'en sera rien. Tom me regrettera plus qu'il ne l'imagine à présent, car vous n'avez cessé d'occuper ses pensées depuis que nous avons quitté la Russie. J'ai su très tôt qu'il vous désirait et, si vous aviez la bonté de le consoler de sa peine, je vous en serais très reconnaissante. Toutefois, je sais que votre cœur appartient depuis longtemps à un autre. Le temps que vous receviez cette lettre, peut-être aurez-vous enfin découvert à qui.

Une tache d'encre empêchait de déchiffrer la signature, comme si Sarah, épuisée, avait laissé tomber la plume.

Profondément émue, Marguerite resta un long moment sans bouger, serrant la lettre sur son cœur.

Bientôt, plus personne n'ignora que l'impératrice déclinait de jour en jour. Pour la première fois, la cour ne se déplaça pas à Moscou pour Noël. Si Élisabeth n'avait presque plus la force de se mouvoir, elle appréciait toujours autant la vodka, les hommes et la toilette. Il arrivait que ses dames d'honneur l'aident à se changer quatre ou cinq fois au cours d'une même journée.

Pierre se frottait les mains : il allait enfin régner sur ce pays qu'il détestait. En attendant ce jour, il éprouvait une joie maligne à tourmenter Catherine en lui annonçant son intention de la remplacer par sa maîtresse.

— Elle fera une bien meilleure impératrice que toi ! La vieille sorcière s'est lourdement trompée en te faisant venir de Poméranie pour m'épouser. Si elle avait connu mon Élisabeth, elle n'aurait fait aucun cas de toi. Il est grand temps que je répare son erreur.

Au cours des derniers mois, Catherine avait profité de ce que l'autorité d'Élisabeth se relâchait pour aller voir son fils à Oranienbaum. Paul avait à présent huit ans. À chacune de ses visites, sa mère lui apportait des petits cadeaux et jouait un moment avec lui, de sorte qu'il n'avait pas tardé à se départir de sa réserve.

Le 3 janvier 1762, Élisabeth eut une attaque qui l'emporta deux jours plus tard. Le nouveau palais d'Hiver était achevé, mais le destin n'avait pas voulu qu'elle y poursuive son règne. Dans sa joie, Pierre en aurait pris possession le jour même si ses ministres n'avaient protesté :

— Ce ne serait pas convenable ! Votre Majesté devrait au moins laisser passer les funérailles.

— Très bien, leur concéda Pierre. J'attendrai que la vieille pie soit au fond du trou.

Les ministres se retirèrent, choqués par son manque

de respect. Quelques heures plus tard, ils furent encore plus consternés en découvrant que Pierre avait fait des propositions de paix à Frédéric II alors que les armées de celui-ci étaient sur le point de se rendre sans condition. Non content de mettre un terme à la guerre au moment le plus inopportun, il avait restitué à son héros tous les territoires pour lesquels des milliers de soldats russes avaient donné leur vie. Par la suite, il remplaça la garde impériale par un régiment du Holstein et obligea toutes les troupes à porter l'uniforme allemand, exacerbant ainsi la colère et la rancœur des hommes. Entre-temps, Catherine avait fait venir son fils à la cour afin de l'avoir auprès d'elle.

Le corps embaumé d'Élisabeth, revêtu d'une robe magnifique et coiffé d'une couronne dorée, demeura six semaines au palais. Pendant ce temps, Pierre passait ses nuits à danser et à boire avec ses invités, habillés de couleurs éclatantes. Par dérision, il organisa même une parodie de couronnement pour sa maîtresse.

Par contraste, Catherine prit le grand deuil et adopta une conduite exemplaire, passant de longs moments en prière à côté du cercueil. Les craintes que lui inspirait son avenir l'avaient incitée à redoubler de précautions en évitant le plus possible de donner prise à la critique. Quand le corps fut transporté à Notre-Dame-de-Kazan, elle alla chaque jour s'agenouiller pendant des heures auprès du catafalque, sous les regards respectueux de la foule qui défilait devant la défunte. Sa dévotion et sa constance lui gagnèrent l'estime des évêques et rendirent d'autant plus manifeste l'absence de Pierre.

Le jour de l'enterrement, une foule nombreuse se pressait le long du parcours du convoi. Pierre choqua tout le monde en poussant des cris, des éclats de rire et en faisant des grimaces comme un méchant garnement, tant dans le cortège que pendant le service funèbre.

Pierre n'avait guère pensé à son couronnement, sinon qu'il avait décidé par plaisanterie de porter ce jour-là la couronne d'or filigranée, incrustée de pierreries et bordée de fourrure du tsar Ivan le Terrible. Grisé par le pouvoir et alléché par les richesses de l'Église, il se mêla bientôt des affaires de celle-ci, provoquant la fureur des évêques et se créant des inimitiés solides. Inévitablement, le mécontentement grandit au fil des semaines. Cependant, Catherine gagnait de nouveaux partisans et les frères Orlov étaient prêts à donner leur vie pour elle.

L'arrivée du printemps renforça les craintes de la jeune princesse. Pierre et elle avaient élu domicile au nouveau palais d'Hiver. Le magnifique décor qui avait coûté un nombre incalculable d'heures de travail à plusieurs milliers d'artistes et d'artisans était pour elle une source de ravissement perpétuel. Comme beaucoup de pièces étaient encore vides, il lui incombait de les meubler. Chaque jour, elle s'entretenait avec des ébénistes français et des intermédiaires qui lui soumettaient des catalogues et des dessins. Elle les recevait dans ses appartements, qui se trouvaient à l'opposé de ceux de Pierre. En effet, l'une des premières décisions prises par le nouveau souverain avait consisté à la bannir de sa présence. « Cela m'évitera de subir le spectacle de ta sale tête plus souvent que nécessaire, avait-il ricané d'un air vindicatif. Plus vite je serai débarrassé de toi et mieux cela vaudra ! »

À peine installée dans les appartements qui lui avaient été attribués, Catherine fit dire qu'elle s'était foulé la cheville et avait besoin de plusieurs semaines de repos. Grâce aux talents de Marguerite, elle était parvenue à dissimuler sa grossesse jusque-là ; autrement, Pierre aurait su qu'il n'était pas le père de l'enfant. Depuis, ses visiteurs la trouvaient toujours allongée sur un canapé, le ventre caché sous une couverture de soie. Son isolement lui permit d'accoucher dans la plus grande discrétion, avec l'aide de sa loyale femme de chambre. Dès sa naissance, l'enfant de Grégoire fut confié à des parents adoptifs qui ignoraient tout de ses origines, de sorte que personne au palais ne soupçonna rien.

Catherine vivait désormais dans la peur permanente de son mari. Par chance, elle était toujours retenue dans ses appartements par sa prétendue entorse quand Pierre avait nommé Élisabeth Vorontsova « maîtresse de la cour » et ordonné qu'on lui rende hommage. Les courtisans furent très irrités, surtout les dames, qui détestaient unanimement la favorite du nouveau tsar. En plus d'être affreuse, Vorontsova avait la fâcheuse habitude de postillonner ou, pire, de cracher des morceaux d'aliments quand elle s'esclaffait en mangeant. Ce soir-là, son nouveau titre lui avait tellement tourné la tête qu'elle s'était levée de table et avait fait une déclaration ampoulée devant l'assistance : « En l'honneur de mon élévation à la dignité de maîtresse de la cour, j'ordonne que tous les messieurs s'inclinent et que toutes les dames fassent la révérence devant moi ! »

Son amant et elle trouvèrent la plaisanterie hilarante, surtout quand deux nobles âgés tombèrent et qu'il fallut évacuer l'un d'eux, qui s'était cassé le bras. Cet incident éveilla l'inquiétude des courtisans, tant il leur évoquait les jeux cruels de la défunte impératrice.

Pierre profita également d'un banquet auquel assistait Catherine pour humilier celle-ci devant l'élite sociale et politique de la nation. Au moment de porter un toast à la famille impériale, Élisabeth Vorontsova, assise à la droite de son amant, se leva avec tous les convives assemblés autour de la longue table étincelante de cristaux. En tant qu'épouse du tsar, Catherine ne bougea pas. Mais, quand les invités se rassirent, Pierre bondit sur ses pieds et lui cria, le visage tordu par la haine :

— Tu aurais dû te lever avec les autres, idiote !

Sa déclaration provoqua un malaise presque tangible. Les témoins de la scène restèrent muets de stupeur. En insultant Catherine de cette manière, Pierre indiquait on ne peut plus clairement qu'il ne la considérait plus comme son épouse légitime.

Un autre jour, il poussa l'humiliation un peu plus loin en exigeant de sa femme qu'elle renonce à l'insigne de l'ordre de Sainte-Catherine. Toutes les personnes présentes savaient que cette décoration, une des plus importantes en Russie, était réservée aux tsarines et aux épouses des héritiers au trône. Par conséquent, Catherine avait le droit de le porter jusqu'à la fin de ces jours.

Le sang se retira subitement du visage de Catherine, qui devint livide. Elle avait toujours été très fière d'arborer cet insigne. Celui-ci revêtait pour elle une importance symbolique. Lorsque la défunte impératrice le lui avait remis, le jour de ses fiançailles, elle avait eu le sentiment d'appartenir pleinement à cette grande nation dont elle avait fait sa nouvelle patrie. Très digne, elle retira la décoration et la tendit sans un mot à un valet qui avait l'air aussi choqué que le reste de l'assistance.

Seuls Pierre et sa maîtresse ne semblèrent pas remarquer l'hostilité suscitée par sa conduite scandaleuse.

De même, Pierre mécontenta l'ensemble de la population quand il décida d'entrer en guerre contre le Danemark sans nécessité immédiate et sans avoir consulté quiconque. Si les troupes russes étaient encore nombreuses, beaucoup de familles issues de toutes les couches de la société pleuraient toujours un fils, un père, un mari ou un fiancé tué dans un conflit qui n'avait rien apporté à la Russie. Pierre était d'autant plus excité par la perspective de cette guerre qu'il n'aurait pas à se mesurer à Frédéric II, auquel il portait des toasts à la moindre occasion. (Il avait même fait monter son portrait sur une bague.) De temps en temps, il ordonnait aux canonniers qui défendaient Saint-Pétersbourg de tirer salve sur salve afin de recréer l'ambiance d'un champ de bataille. Dans son esprit, la guerre n'était que le prolongement des jeux qu'il affectionnait.

Depuis sa fenêtre, Catherine le vit passer en revue les régiments qui allaient ensuite gagner le port de Cronstadt, où ils attendraient l'ordre d'embarquer. Grâce aux frères Orlov, elle s'était assuré des appuis afin de contrarier les desseins de Pierre. Mais pour cela, elle avait besoin d'argent. Le roi de France ayant rejeté sa requête, elle s'était tournée vers l'ambassadeur britannique. L'aide financière qu'elle sollicitait lui était rapidement parvenue par son entremise. Cette affaire serait à l'origine d'une longue amitié entre la Russie et l'Angleterre, au détriment de la France.

Le mois de juin fut bientôt là. Pierre ne faisait pas mystère de son intention d'épouser au plus vite sa maîtresse. Catherine osait à peine songer au sort qui l'attendait si les choses tournaient mal. À tout moment du jour ou de la nuit, elle risquait d'être emmenée de force et emprisonnée dans une région isolée. À moins qu'on ne l'étouffe avec un oreiller pendant son sommeil ou qu'elle ne trouve la mort dans un prétendu accident.

Son inquiétude grandit quand Pierre la consigna au palais de Peterhof, non loin d'Oranienbaum, où il séjournait avec Vorontsova. Catherine se savait d'autant plus vulnérable qu'elle serait éloignée de la ville. En outre, elle serait à nouveau séparée de son fils.

Elle était accompagnée d'un groupe de courtisans parmi lesquels Pierre pouvait avoir placé des assassins. En arrivant à Peterhof, comme le lui avait conseillé Grégoire, elle leur céda le palais (dans un tel dédale, le danger pouvait surgir de n'importe où) et s'installa dans un charmant petit pavillon au fond du parc avec sa femme de chambre, Chargorodskaïa, et un valet en qui elle avait toute confiance. Chaque fois qu'elle entendait un bruit de sabots de cheval ou le grincement des roues d'une voiture, elle s'armait de courage, redoutant le pire, et poussait un profond soupir de soulagement quand l'équipage repartait sans qu'il se soit rien passé.

Marguerite lui rendit visite au pavillon. Elle n'avait pas parlé à Catherine depuis le décès d'Élisabeth, même si elle l'avait vue à la cathédrale, agenouillée près du catafalque et voilée de noir. Elle avait respecté le deuil de la cour et attendu le moment propice pour venir s'enquérir des désirs de sa nouvelle employeuse. Une fois en sa présence, elle fit une profonde révérence.

— Quel bonheur de vous voir, Marguerite !

Catherine s'avança vers elle en faisant froufrouter sa robe noire et lui prit les mains, l'invitant à se relever.

Elle était soulagée de constater que la voiture dont l'approche l'avait une fois de plus alarmée amenait une personne bien disposée à son égard, et non un ennemi. Elle était d'autant plus anxieuse qu'elle avait reçu une lettre de Pierre lui annonçant sa visite pour le lendemain. Il ne faisait aucun doute dans son esprit qu'il viendrait accompagné de soldats, dans l'intention de l'arrêter. L'arrivée de Marguerite constituait une diversion bienvenue.

— Il y a longtemps que je ne vous ai pas vue. Il faut que vous restiez dîner. Quelles nouvelles m'apportez-vous ? J'ai bien besoin d'un peu de gaieté.

Marguerite songea en elle-même qu'elle n'avait pas grand-chose à raconter. Elle ne pouvait parler de Jan, qui n'était pas revenu au printemps. Saskia n'avait reçu aucune lettre de lui mais elle avait promis de l'avertir s'il reparaissait. Son cœur se serrait chaque fois qu'elle passait devant sa galerie, et elle s'efforçait en vain de le chasser de ses pensées. Depuis sa première visite, Tom n'avait plus fait allusion aux raisons de son retour. Parler de Sarah avec elle semblait le réconforter, de sorte que leur peine mutuelle les avait rapprochés. C'était comme s'ils avaient pris un nouveau départ ensemble. Ils se voyaient fréquemment, ce qui allégeait la solitude de la jeune femme.

Après avoir transmis à Catherine les quelques nouvelles qu'elle avait de leurs connaissances communes, elle fut heureuse d'aborder un sujet qui la rapprochait du but de sa visite.

— J'ai fait des croquis ces dernières semaines. Depuis la disparition de l'impératrice, j'ai eu beaucoup de temps libre. J'en ai profité pour dessiner des paysages et des bâtiments. (Elle sourit d'un air désolé.) Je dois dire que le résultat fait très amateur.

— Je n'ai aucun talent pour le dessin ni pour la peinture, bien que ma gouvernante française ait fait de son mieux pour m'encourager quand j'étais enfant. Je ne voyais pas l'intérêt de rester assise durant des heures derrière une toile quand j'aurais pu parcourir sur mon cheval le paysage que j'étais censée peindre.

Catherine eut un petit rire en évoquant ce souvenir.

— Quant à vous, vous avez le don de créer la beauté à travers la couture et la broderie. M'avez-vous apporté des poupées mannequins ?

— Non. J'ai pensé que vous aimeriez discuter de la robe que vous porterez à votre couronnement.

Une lueur d'angoisse traversa le regard de Catherine. Il n'y aurait pas de couronnement pour elle, même si, depuis son arrivée en Russie, elle s'était constamment préparée à exercer le pouvoir aux côtés de Pierre.

— Il est un peu tôt pour penser à cela. Je suis toujours en deuil. Mais si je suis un jour couronnée impératrice, c'est vous qui ferez ma robe.

Son irrésolution étonna Marguerite. Elle s'attendait à trouver Catherine pleine d'enthousiasme et impatiente de discuter tissus, couleurs et motifs. Au lieu de cela, elle semblait sur le qui-vive et les tressaillements de ses mains trahissaient une intense nervosité. Comme à chacune de leurs conversations, elles en vinrent à parler peinture. Catherine se fit l'écho de la déception qu'avait suscitée chez beaucoup l'absence prolongée du portraitiste hollandais. Puis elle demanda à Marguerite de lui parler des concerts auxquels elle avait assisté et des pièces qu'elle avait vues au nouveau théâtre. La jeune femme était accompagnée de Tom dans chacune de ces occasions. Elle signala à Catherine qu'il avait mené à bien son projet de jardin sur le toit du palais d'Hiver.

— Ah ! Je me rappelle avoir parlé à M. Warrington à Oranienbaum. J'envisageais de faire construire un joli petit palais sur ce magnifique plateau un de ces jours.

— On dit que les rêves finissent toujours par se réaliser, remarqua Marguerite.

L'humeur maussade de Catherine ne laissait pas de l'intriguer : la nouvelle tsarine aurait dû voir tous ses vœux exaucés. À moins qu'elle n'ait craint que son mari ne donne toujours la priorité aux désirs de sa maîtresse. Quiconque entretenait des relations même indirectes avec la cour savait que Pierre passait tous ses caprices à l'affreuse Vorontsova.

— Pour quel palais M. Warrington travaille-t-il actuellement ?

— Il n'avait pas de nouvelle commande à exécuter pour la couronne, mais il est très demandé par des particuliers.

Les deux femmes continuèrent à bavarder. Comme il faisait un temps splendide, on installa sous les arbres une table recouverte d'une nappe damassée, que les couverts et les cristaux paraient de mille feux, afin qu'elles dînent en tête à tête. Un peu plus tard, un groupe de courtisans des deux sexes s'approchèrent du pavillon à travers les pelouses. Ils avaient amené un violoniste, qui improvisa un récital, de sorte que la soirée s'écoula bien vite en leur compagnie. Ils jouèrent aux cartes, toujours à l'extérieur, jusqu'au moment où chacun se retira. Catherine ayant insisté pour que Marguerite reste coucher, la femme de chambre lui fournit du linge et des affaires de toilette.

Avant de se glisser dans son lit, Marguerite s'attarda quelques instants devant la fenêtre afin de contempler le parc éclairé par le soleil de nuit. Celui-ci brillait assez fort pour qu'elle voie miroiter les eaux du golfe de Finlande derrière un rideau d'arbres. D'ordinaire, la durée de ses visites à Catherine n'excédait pas trois ou quatre heures, même lorsqu'elles joignaient l'utile à l'agréable. Mais cette fois, elle avait perçu chez la nouvelle tsarine un besoin presque désespéré de la garder auprès d'elle, comme si la présence de ses deux fidèles serviteurs ne suffisait pas à la rassurer.

Le lendemain matin, Marguerite, qui avait parfois du mal à dormir pendant les nuits d'été, était réveillée depuis un moment quand elle entendit des bruits de bottes résonner dans le couloir. Songeant à la nervosité inhabituelle de son hôtesse, elle fut aussitôt sur le qui-vive. Elle bondit de son lit et jeta un coup d'œil à l'extérieur de sa chambre. La porte des appartements de Catherine était ouverte. Craignant pour la sécurité de la tsarine, elle se précipita et vit Alexis Orlov attendre au seuil de la chambre que Chargorodskaïa ait tiré sa patronne de son sommeil.

— Madame ! Alexis Orlov vient d'arriver ! Il a un message urgent pour vous !

Par prudence, Alexis s'était introduit dans le pavillon avec la clé que Catherine avait donnée à Grégoire. Il craignait de trouver des gardes mais, fort heureusement, il n'y en avait pas. Au signal de la femme de chambre, il entra dans la chambre et mit un genou en terre tandis que Catherine se dressait sur son séant.

— Madame, il n'y a pas de temps à perdre ! Vous devez vous habiller et venir avec moi. Des hommes armés sont susceptibles d'arriver d'une minute à l'autre avec l'ordre de vous arrêter. L'armée s'est ralliée à vous. Vous devez être proclamée impératrice de toutes les Russies à Saint-Pétersbourg aujourd'hui même !

Marguerite regagna sa chambre et s'habilla vite. Quelques minutes plus tard, elle sortait du pavillon juste derrière Catherine et se dirigeait vers la voiture qui les attendait. Chargorodskaïa les suivait en boitillant : dans sa hâte, elle avait perdu une chaussure et n'avait pas osé s'arrêter pour la remettre. Le valet, qui était également réveillé à l'arrivée d'Alexis Orlov, les rejoignit en courant, sa perruque poudrée posée de travers sur sa tête. Aucun d'entre eux ne remarqua que Catherine était toujours coiffée de son bonnet de nuit. Les trois femmes relevèrent leurs jupes avant de s'engouffrer dans la voiture, qui démarra pendant qu'elles se jetaient sur les banquettes. Le valet eut tout juste le temps de sauter à l'arrière du véhicule. Ce faisant, il perdit sa perruque et l'on put voir son crâne chauve qui luisait au soleil. Comme à l'aller, la voiture emprunta le chemin qui longeait la grève car celui-ci n'était pas gardé. Les trois passagères se cramponnaient les unes aux autres chaque fois qu'une vaguelette se brisait sur les roues. Bientôt, ils regagnèrent la terre ferme et prirent la direction de Saint-Pétersbourg à un train d'enfer.

Ils avaient parcouru plusieurs lieues quand Catherine s'avisa brusquement que quelque chose lui chatouillait le visage. Elle passa une main sur sa joue, croyant chasser une mouche ou même une petite araignée, et reconnut au toucher les rubans de son bonnet de nuit.

— Voyez un peu comment je suis attifée ! s'esclaffa-t-elle.

Arrachant son bonnet, elle s'amusa à le faire tourner au bout de son doigt. Marguerite rit et Chargorodskaïa pouffa avant de prendre soin du bonnet. Leur hilarité redoubla lorsque la femme de chambre leur montra son pied déchaussé. Cet intermède comique leur apporta une détente. Catherine savait qu'elle avait échangé un danger contre un autre ; toutefois, elle se sentait pleine d'entrain et sa bonne humeur était contagieuse.

À un moment, une voiture s'approcha de la leur. Alexis, qui était monté à côté du cocher, le pistolet au poing pour le cas où ils seraient tombés dans une embuscade, reconnut l'équipage de M. Michel, le coiffeur français de Catherine. Sachant d'expérience qu'une femme aimait être en beauté en toutes circonstances, il fit signe au cocher de s'arrêter. Quand le coiffeur mit la tête à la portière, Alexis lui cria :

— La nouvelle impératrice a un besoin urgent de vos soins.

Quelques minutes plus tard, M. Michel changeait de véhicule. Avec l'aide de Marguerite et de la femme de chambre qui lui passaient les brosses et les épingles, il arrangea les cheveux de Catherine d'une façon très simple mais avec infiniment de goût, et ce malgré les cahots que faisait la voiture en butant contre les pierres et en roulant dans les ornières.

Grégoire Orlov les attendait à l'entrée de la ville, auprès d'une voiture plus grande et découverte. Il était accompagné par un groupe d'officiers à cheval et par une foule de soldats à pied. Il salua Catherine en levant son épée. Avec un sens aigu de la mise en scène, celle-ci marqua une pause sur le marchepied avant de descendre de la voiture poussiéreuse qui l'avait amenée à ce rendez-vous avec son destin, et elle salua à la manière russe, en inclinant la tête d'un côté et de l'autre.

Son apparition déchaîna aussitôt un tonnerre d'acclamations de la part des soldats, qui l'appelaient leur

« bien-aimée tsarine », « la petite mère de toutes les Russies » et leur « souveraine légitime ». Elle agita la main dans leur direction pendant qu'on l'escortait jusqu'à la calèche.

Marguerite et Chargorodskaïa étaient demeurées dans la première voiture. Leur cocher pressa son attelage pour rester dans le sillage des officiers à cheval avant que le flot des fantassins les entoure et les sépare de la calèche impériale. Pour rien au monde il n'aurait voulu manquer ce qui allait arriver. En conséquence, ses deux passagères assistèrent depuis les premières loges à l'entrée triomphale de Catherine dans Saint-Pétersbourg. Emmenée par sa joyeuse escorte, elle fit la tournée des casernes de la ville, rencontrant partout un accueil enthousiaste et repartant à la tête d'un cortège chaque fois plus important. Les officiers qui chevauchaient en groupe ou d'une manière isolée donnaient l'impression de flotter sur une marée humaine où les uniformes des différents régiments se côtoyaient dans le plus grand désordre.

Ils échappèrent de justesse au danger quand ils se trouvèrent face à une double rangée de mousquets prêts à faire feu sur eux. Mais la vue de Catherine, debout dans sa calèche, suffit à retourner les indécis. Les hommes baissèrent leurs armes et les vivats fusèrent. Entre-temps, un grand nombre de civils s'étaient joints à la troupe, la nouvelle du coup d'État s'étant répandue telle une traînée de poudre. La réputation de prévenance et de bienveillance, notamment envers les plus humbles, qu'avait Catherine lui avait attiré l'approbation générale à laquelle elle aspirait depuis toujours.

À l'inverse, les rumeurs concernant l'instabilité de Pierre et sa conduite inexcusable lors des obsèques d'Élisabeth avaient éveillé les doutes de beaucoup de citoyens sur sa capacité à les gouverner, alors que son épouse leur inspirait une confiance absolue.

La nouvelle impératrice descendit de voiture devant Notre-Dame-de-Kazan et entra. Rangés en demi-cercle devant l'autel, plusieurs dignitaires religieux l'attendaient afin de lui donner leur bénédiction. Elle s'agenouilla aux pieds de l'archevêque et courba la tête avec respect et gratitude.

Quand elle ressortit à l'air libre, une foule qui s'étendait à perte de vue l'ovationna et la suivit jusqu'au palais, envahissant tout l'espace ainsi que les rues adjacentes. Marguerite, qui avait préféré poursuivre à pied, se trouvait sur la place lorsque Catherine apparut au balcon avec le petit Paul. Elle rentra ensuite chez elle et coucha sur le papier les idées qui lui étaient venues en songeant à la future robe de couronnement de la nouvelle impératrice.

Plus tard, Catherine fit une apparition encore plus mémorable, vêtue de l'uniforme vert sombre à galons dorés et coiffée du tricorne d'un de ses régiments. Montée à califourchon sur un cheval blanc harnaché de rouge, le sabre au poing, elle était prête à mener son armée contre les forces hostiles que Pierre était susceptible de rassembler, même si elle souhaitait de tout cœur qu'aucun Russe n'ait à affronter d'autres Russes. Il était trop tôt pour que la nouvelle du coup d'État soit parvenue aux régiments qui attendaient à Cronstadt d'embarquer pour le Danemark. Malheureusement, ces derniers étaient beaucoup plus nombreux que ceux demeurés à Saint-Pétersbourg. En plus de s'assurer leur loyauté, Catherine devrait encore gagner la faveur des officiers de marine chargés de les transporter. Elle avait déjà dépêché un émissaire auprès du commandant de la forteresse du port, ainsi que du commandant des forces stationnées à Cronstadt, en espérant que Pierre ne l'avait pas devancée.

Elle promena son regard sur son armée et vit que ses soldats avaient abandonné l'uniforme honni du Holstein pour de vieilles vestes militaires dénichées Dieu sait où. Leur enthousiasme frisait le délire et des acclamations jaillirent spontanément de leurs rangs à son adresse.

Au son des fifres et des tambours, Catherine se mit en marche, suivie par les frères Orlov. Le bruit des pas des soldats recouvrait les vivats de la foule venue saluer leur départ pour Cronstadt. La journée, une des plus longues et des plus importantes de l'existence de Catherine, était loin d'être terminée.

Cependant, l'ambiance était toute différente à Peterhof. Croyant trouver sa femme à l'intérieur du pavillon, Pierre monta l'escalier qui menait à l'entrée de celui-ci, sa maîtresse à ses côtés. Voyant qu'on tardait à leur ouvrir, il se rembrunit. Impatiente d'assister à la chute de Catherine, Élisabeth Vorontsova tendit la main vers la poignée, mais Pierre l'arrêta. Un des courtisans qui les avaient accompagnés depuis Oranienbaum gravit prestement les marches pour s'acquitter de cette tâche et s'effaça devant Pierre.

— Catherine ! cria celui-ci d'une voix forte qui se répercuta dans le charmant hall bleu du pavillon. Viens ici immédiatement !

Comme Catherine ne se montrait pas, il tapa du pied d'un air rageur.

— Ce n'est pas bien de bouder dans un coin ! Je veux te voir tout de suite !

— Je crains qu'elle ne soit partie, sire, dit un courtisan derrière lui.

Pierre se retourna vivement.

— Comment cela, partie ? Elle n'aurait pas eu le toupet d'enfreindre mes ordres !

— Un des gardes a rapporté à l'instant qu'il avait vu Son Altesse quitter le palais très tôt ce matin.

— Non ! rugit Pierre, ignorant les lamentations de Vorontsova. Elle n'aurait pas osé !

Il se rua vers la porte la plus proche et commença à arpenter les pièces l'une après l'autre, persuadé qu'il finirait par trouver la fuyarde. Après avoir visité tout le rez-de-chaussée, il se précipita à l'étage. Les courtisans demeurés en bas l'entendaient appeler sa femme d'une voix excitée tandis qu'il la cherchait en vain. De temps en temps, un grand fracas parvenait à leurs oreilles. Pierre attrapait tout ce qui lui tombait sous la main, vase, porcelaine ou figurine, et le lançait contre le mur pour soulager sa frustration. À un moment, il renversa même un buste romain. Quand il reparut au sommet de l'escalier, le visage écarlate, le chancelier fit un pas en avant, une lettre dépliée à la main, et leva vers lui un visage plein de gravité.

— Votre Majesté, je viens d'apprendre que Son Altesse se trouvait à Saint-Pétersbourg et que l'armée s'était ralliée à elle. Elle a été proclamée impératrice à votre place !

Pierre devint livide et poussa une longue plainte hystérique, le corps penché vers l'arrière comme s'il avait reçu une balle en pleine poitrine, en brandissant les deux poings. À présent que Catherine avait déjoué ses plans pour la faire incarcérer, c'était lui, et non elle, qui était en danger. Quand il eut compris cela, il céda à la panique.

Il se mit à crier des ordres contradictoires, courant en tous sens tel un chien qui cherchait à attraper sa queue. On lui apporta une carafe de bourgogne dont il but plusieurs verres d'affilée, comme s'il espérait puiser dans le vin la force d'affronter la crise. Vorontsova le regardait s'agiter en sanglotant. Il finit par se laisser tomber sur une chaise, complètement ivre. Le chancelier profita de l'occasion pour lui prodiguer des conseils pleins de bon sens.

Pierre lui répondit d'une voix à peine audible, sans même lever la tête. Non, il ne rejoindrait pas les troupes qui lui étaient restées loyales à Cronstadt et ne marcherait pas sur Saint-Pétersbourg à leur tête pour mettre fin à l'insurrection.

Excédé par tant de couardise, le chancelier finit par commettre l'impensable : il força l'empereur à se relever. Les vagues du golfe de Finlande venaient se briser au pied du palais de Peterhof. En un rien de temps, Pierre se retrouva à bord d'un vaisseau avec Vorontsova et une escorte qui s'employa aussitôt à le dessoûler. Mais il était trop tard : son incapacité à réagir lui avait déjà fait perdre la partie. L'émissaire de Catherine l'avait devancé à Cronstadt. Quand le commandant de la forteresse sut qui se trouvait à son bord, il refusa l'entrée du port au navire, fit tirer une salve dans sa direction et menaça de l'expédier par le fond s'il défiait ses ordres.

Si Pierre s'effondra en pleurs, le chancelier n'avait pas perdu tout espoir. Il s'efforça de persuader l'empereur de descendre à terre et de s'adresser courageusement aux troupes, mais Pierre, terrifié, se releva d'un bond et prit la fuite. On le retrouva recroquevillé dans un coin sombre de la cale, les genoux ramenés contre la poitrine et le visage caché derrière ses bras, comme s'il recherchait la sécurité du ventre maternel.

On le débarqua à Oranienbaum et il alla directement au lit, épuisé par toutes ces émotions. Plus tard, quand on lui apporta une déclaration d'abdication, il prit sa plume et la signa sans un murmure de protestation.

Mais, lorsqu'il sut quel sort l'attendait (ni plus ni moins le même que celui qu'il réservait à Catherine), il se répandit à nouveau en pleurs et en plaintes stridentes.

— Non, non, non ! supplia-t-il en tombant à genoux sans la moindre dignité.

Il allait être emprisonné dans une forteresse très éloignée de Saint-Pétersbourg, dont il ne sortirait jamais. Si on lui accordait quelques privilèges, il n'était pas autorisé à emmener Vorontsova. Nul n'aurait pu dire lequel des deux amants versa le plus de larmes au moment de la séparation.

Les frères Orlov étaient chargés de superviser l'installation de l'empereur déchu à la forteresse. Par hasard, Marguerite se trouvait avec Catherine quand celle-ci reçut un message urgent d'Alexis. Elle vit l'impératrice blêmir et relire deux fois la lettre comme pour se convaincre qu'elle avait bien compris son contenu. Puis elle tourna un visage bouleversé vers Marguerite et annonça d'une voix blanche :

— Pierre est mort.

— Oh non ! fit Marguerite.

— Alexis dit qu'il s'agit d'un accident. Il y aurait eu une sorte de rixe. Mais, tant ici qu'à l'étranger, tout le monde croira que je l'ai fait assassiner.

Marguerite ne doutait pas que ce fût le cas. Vivant, Pierre aurait toujours constitué une menace pour Catherine. Ses partisans auraient probablement tenté un contre-coup d'État pour restaurer son pouvoir. Il ne faisait aucun doute à ses yeux que les frères Orlov l'avaient éliminé par loyauté envers leur impératrice. La fierté et l'amour de leur patrie pouvaient également les avoir incités à se venger de l'humiliation terrible que leur avait infligée Pierre en les obligeant à porter l'uniforme du Holstein.

Pierre fut enterré dans des vêtements civils, sans le faste et la solennité auxquels pouvait prétendre un ancien tsar.

Catherine était résolue à se montrer aussi bonne avec son peuple qu'impitoyable avec ses ennemis. Elle s'attela à l'écriture de la Grande Instruction, un programme instituant un gouvernement juste et sage. Désormais, tout homme serait présumé innocent tant qu'il n'aurait pas été déclaré coupable. Toutes les formes de torture étaient abolies, alors qu'elles restaient largement répandues en Europe. Les enfants des deux sexes auraient droit à une éducation gratuite et exempte de châtiments corporels. Ces différentes mesures apporteraient au monde la preuve éclatante que la Russie était un pays éclairé et stable, susceptible de montrer le chemin à tous.

Catherine interrompit sa rédaction et pensa un peu à elle-même. Elle ferait construire un autre palais dans le prolongement de celui-ci, un ermitage au cœur même de Saint-Pétersbourg. Elle esquissa un sourire. Il n'était pas certain que celui-ci suffise à accueillir toutes les œuvres d'art et tous les trésors qu'elle comptait acquérir.

22

Le couronnement devait avoir lieu en septembre, à la grande cathédrale de Moscou. Catherine profita de ce laps de temps pour instaurer des réformes destinées à améliorer le sort de son peuple, et conclure de nouvelles alliances avec l'Angleterre et d'autres pays avec lesquels Pierre avait rompu les ponts. Cependant, Marguerite et Jeanne supervisaient la confection de la robe qu'elle devait porter en ce jour historique. Leur équipe de brodeuses avait travaillé sans relâche pour qu'elle soit achevée à temps.

— Cette fois, tu t'es vraiment surpassée, remarqua Jeanne d'un ton admiratif comme Marguerite et elle quittaient l'atelier.

Les deux femmes entrèrent chez Jeanne et s'assirent afin de discuter.

— Cette robe est un peu mon chant du cygne, avoua Marguerite à son amie.

Celle-ci la regarda d'un air consterné.

— Comment cela ?

— Le temps est venu pour moi de quitter la Russie. Si je veux donner une nouvelle direction à ma vie, je ne dois pas tarder.

— Mais tu as quantité de nouveaux modèles dans tes cartons ! L'impératrice ne te laissera pas partir avant que tu les aies réalisés.

— Je me suis déjà entretenue avec elle. Elle s'est montrée très compréhensive.

— Tu n'as jamais exprimé le désir de quitter la Russie !

— Je sais. Une partie de moi demeurera éternellement ici. Jamais je n'oublierai cette merveilleuse lumière qui semble irradier des trésors contenus dans les palais et se diffuse parfois dans toute la ville. J'ai appris à aimer ce pays en toute saison, et peut-être plus encore sous la neige, aussi étrange que cela paraisse. Qui pourrait être insensible à la magie de ces hivers, quand tout resplendit au soleil sous une mince couche de givre ?

— C'est vrai que c'est joli, reconnut Jeanne.

On aurait dit qu'elle en prenait conscience pour la première fois.

— Où iras-tu ? En France ? Tu n'as pas l'intention d'épouser Tom Warrington ?

— Il ne me l'a pas demandé.

— Mais il le fera s'il sait qu'il risque de te perdre.

— En son for intérieur, il pleure toujours Sarah. Il n'y a rien qui nous lie l'un à l'autre.

— Peuh ! fit Jeanne. Tu disais plus ou moins la même chose à propos de Jan Van Deventer, alors que cela crevait les yeux que tu l'aimais.

— Je l'ai compris trop tard, avoua Marguerite sans détour. C'est pourquoi j'ai besoin de prendre un nouveau départ, pour la deuxième fois de ma vie. Je ne supporterais pas de rester ici à l'attendre en vain. Il n'est pas reparu au printemps, comme je le redoutais quand nous nous sommes séparés. Il ne reviendra plus à présent.

— Quels sont tes projets ?

— Je vais rentrer en France. Un diplomate russe doit partir pour Paris quelques jours après le couronnement ; l'impératrice a eu la bonté de m'autoriser à voyager avec son escorte dans une voiture particulière. Comme tu le sais, Mme Fromont m'a légué sa maison, aussi ai-je un point de chute assuré. Avec mes économies, j'aurai de quoi engager une équipe d'ouvrières et ouvrir mon propre atelier de couture. Le travail que j'ai accompli ici devrait m'attirer la clientèle des dames de Versailles.

— Tu n'as pas l'air très enthousiaste. Néanmoins, je ne doute pas de ta réussite. Mon sac à vin est probablement mort à l'heure qu'il est. Je t'aurais volontiers accompagnée afin de te seconder s'il n'y avait pas eu mon fils. Je devrais être grand-mère un de ces jours. J'espérais que tu dessinerais la robe de mariage de sa future femme.

— Il n'est pas trop tard. Je vais m'arranger pour la rencontrer.

— C'est très aimable à toi.

Une idée germa subitement dans l'esprit de Jeanne.

— Tom a déjà travaillé en France, n'est-ce pas ? J'imagine qu'il n'aurait aucun mal à trouver du travail là-bas.

— Certainement.

— Tu n'as pas l'intention de m'en dire plus pour le moment ?

— Je t'ai tout dit. J'ajouterai simplement que mon mariage a été un échec, comme tu le sais. Malgré mon désir de fonder une famille, je ne souhaite pas commettre la même erreur une deuxième fois.

Marguerite se leva. Elle n'avait pas encore atteint la porte quand Jeanne demanda :

— Où devrai-je envoyer Jan le jour où il viendra te chercher ? À Paris ou en Angleterre ?

Marguerite s'arrêta et tourna vers elle un visage défait.

— Il serait revenu au printemps s'il avait toujours voulu de moi. Mais s'il y avait la moindre chance pour qu'il reparaisse, ce serait uniquement pour son travail. C'est pourquoi je dois partir.

Jeanne soupira tandis que Marguerite sortait.

Quand la jeune femme lui fit part de sa décision de quitter la Russie, Tom réagit de la même manière que Jeanne.

— Quitter la Russie ? répéta-t-il d'un ton incrédule. Alors que vous et moi sommes devenus si proches ?

— C'est vrai, Tom, et je m'en réjouis.

— Je croyais que vous m'aimiez enfin !

— Je vous aime, Tom. Mais pas comme vous le souhaiteriez. Ces derniers mois nous ont fourni l'occasion de réparer nos torts envers Sarah sans rien faire qui aurait pu lui causer de la peine de son vivant.

— Mais elle souhaitait autre chose pour nous ! Alors qu'elle se savait mourante, son vœu le plus cher était que vous deveniez ma femme.

— Je n'en doute pas. Mais elle était trop tolérante pour me dicter ma conduite. Tout ce qu'elle espérait, c'était que je trouve l'amour.

— Ne l'avez-vous pas trouvé avec moi durant tout le temps que nous avons passé ensemble ? demanda-t-il d'un air implorant.

Elle secoua la tête.

— Non, Tom.

— Cette fois, j'ai fait attention à ne pas vous brusquer ! Pourtant, je brûlais de vous embrasser et de vous posséder chaque fois que je vous voyais.

— Je le sais bien, mon cher Tom.

Comme il était facile de confondre l'amour avec la concupiscence ! Au fond, Tom n'avait jamais éprouvé que du désir pour elle, même si elle n'en avait pas conscience du vivant de Sarah.

— À votre retour, reprit-elle, j'ai tout de suite compris pourquoi vous n'aviez pas prévu de rester en Russie. Sachant que nous étions tous les deux veufs, vous pensiez que six ou sept mois vous suffiraient amplement à me conquérir. Mais c'était impossible. N'importe comment, je n'aurais jamais remplacé Sarah dans votre cœur. Vous l'aimerez jusqu'à la fin de vos jours, qui que vous preniez pour femme.

Tom ne répondit pas, comme s'il acceptait enfin de regarder la réalité en face. Marguerite se retira, emportant le souvenir de l'époque heureuse où Sarah était encore à leurs côtés.

Le jour du sacre, Marguerite arriva en avance à la cathédrale pour mettre la robe de l'impératrice en état avant que cette dernière s'avance vers l'autel avec toute la solennité qui convenait à cet instant historique. La voiture de « la petite mère de toutes les Russies » approcha de la cathédrale, précédée par une tempête d'acclamations et escortée par la cavalerie. Son parcours avait été minuté pour laisser le temps à la foule de l'apercevoir dans toute sa splendeur. Dans la frénésie qui suivit son arrivée, Marguerite fut tellement occupée à défroisser la jupe et à lisser l'ourlet de la robe de Catherine, agenouillée devant celle-ci, qu'elle la regarda à peine.

C'est seulement à l'issue de la cérémonie, quand l'impératrice couronnée remonta la grande nef de la cathédrale au milieu d'une nombreuse assemblée qui s'inclinait sur son passage, qu'elle put enfin juger de l'effet produit par son dernier chef-d'œuvre.

Catherine avançait avec majesté, tenant un sceptre en or dans la main droite et un globe incrusté de joyaux dans la gauche. Les aigles à deux têtes brodées d'or qui ornaient abondamment sa jupe et celle qui rehaussait son corsage rutilaient sur sa robe argentée. L'emblème impérial était reproduit sur le manteau de velours pourpre bordé d'hermine qui tombait de ses épaules. Sa gorge pigeonnante émergeait d'une collerette de dentelle d'argent ornée de diamants dont les feux trouvaient un écho dans la magnificence de sa couronne. Celle-ci était éblouissante, constellée de diamants qui scintillaient telles des étoiles captives et surmontée d'un rubis inestimable. Marguerite retint son souffle à son passage, comme tout un chacun dans l'assistance. Catherine la gratifia d'un sourire avant de sortir dans la lumière de cette belle journée d'automne. Son apparition fut saluée par une immense clameur de la foule qui attendait devant la cathédrale.

Plus tard, quand la cour eut regagné Saint-Pétersbourg, Catherine donna un grand bal au palais d'Hiver. Marguerite fut conviée. À la date prévue, elle se joignit aux plusieurs centaines d'invités qui montaient les deux volées symétriques de l'immense escalier en marbre au milieu des dorures et des colonnes roses. Après avoir franchi une double porte et traversé une rotonde, elle pénétra dans la grande salle de réception éclairée par d'énormes lustres de cristal dans laquelle plus de trois mille personnes étaient rassemblées et circulaient à leur aise. Pour un peu, Marguerite se serait crue dans un palais de conte de fées.

Elle échangea quelques mots avec les personnes qu'elle connaissait et prit un rafraîchissement sur une des tables recouvertes de soie et décorées de fleurs qu'on avait dressées dans un salon contigu à la salle de bal et presque aussi vaste que celle-ci. Puis elle salua Catherine pour la dernière fois en faisant une profonde révérence. L'impératrice la releva et l'embrassa sur les deux joues.

— Que la chance vous accompagne, Marguerite, dit-elle avec une affection sincère. Ma robe de couronnement est assurément votre chef-d'œuvre. Je veillerai à ce qu'elle soit toujours conservée à Moscou.

Le lendemain matin, Jeanne, Isabelle, Sophie et Violette firent leurs adieux à Marguerite. Quelques jours auparavant, elles avaient organisé une fête en son honneur, en la présence de leurs époux et, dans le cas de Jeanne, de son fils et de la fiancée de celui-ci. Elles l'étreignirent et l'embrassèrent à tour de rôle en essuyant leurs larmes. La jeune femme monta ensuite dans sa voiture car le signal du départ venait d'être donné. Le convoi se mit en route, escorté par des gardes armés. Marguerite passa la tête à la portière et agita la main tant qu'elle put voir ses amies. À son insu, Tom avait également assisté à son départ de loin.

Quelque temps plus tard, suivant les instructions de son ex-patronne, Marinka vint faire le ménage dans l'appartement afin que ses futurs occupants le trouvent dans un état impeccable. Elle finissait de lessiver le sol (l'eau savonneuse dans son seau était presque aussi propre que lorsqu'elle avait commencé) quand on frappa à la porte. Elle s'essuya les mains sur son tablier et alla ouvrir. Le visiteur n'était autre que Jan Van Deventer.

— Mme Marguerite est-elle chez elle ? demanda-t-il.

— Non, mynheer. Elle est partie.

— Vous voulez dire qu'elle a changé de logement ? reprit-il, s'avisant que le hall était vide.

Marinka secoua la tête.

— Elle a quitté la Russie.

Jan se rembrunit tout à coup.

— Pour l'Angleterre, j'imagine.

— Non. Pour Paris. Elle a l'intention d'y ouvrir un atelier.

Une expression farouche se peignit sur le visage du peintre.

— Depuis quand est-elle partie ? Un mois ? Six mois ?

— Non, mynheer. Cela a fait deux semaines hier.

— Dans ce cas, elle se trouve toujours sur le territoire russe. Merci de votre obligeance, Marinka.

Il lui tourna le dos et dévala l'escalier.

Il était arrivé à Saint-Pétersbourg le matin même, au terme d'un voyage de plusieurs semaines qui l'avait d'abord conduit à Arkhangelsk, sur les traces d'un jeune peintre local dont les œuvres s'étaient révélées aussi remarquables qu'on le lui avait promis. Il comptait offrir à la nouvelle impératrice l'une des trois toiles qu'il lui avait achetées.

À sa grande surprise, Catherine lui accorda une audience dès qu'il se fut annoncé. Il ressortit de ses appartements avec un large sourire. En plus de lui acheter les trois toiles qu'il lui avait présentées, elle l'avait chargé, ainsi qu'un autre agent qu'il connaissait et avec lequel il savait pouvoir coopérer, d'acquérir en son nom les plus importantes collections privées qui arriveraient sur le marché. Il avait déjà été informé de deux ventes prochaines, l'une en Angleterre et l'autre en France. Catherine avait l'intention de remplir son magnifique palais de trésors glanés à travers l'Europe. Cette femme intelligente qui aimait la beauté sous toutes ses formes s'apprêtait à transformer la Russie pour son plus grand bénéfice.

À travers la fenêtre de sa voiture, Marguerite laissait errer son regard sur la steppe qui s'étendait à perte de vue. Dans ce pays si vaste qu'il couvrait la moitié du monde, l'horizon se confondait toujours avec le ciel, comme s'il n'avait ni début ni fin. Comme tout allait lui paraître petit à l'avenir ! Sa patrie elle-même lui semblerait bizarre et presque étriquée en dépit de sa taille. Le convoi atteindrait bientôt Riga, la ville où sa vie avait basculé. À ce moment-là, son dernier lien avec la Russie serait rompu. Mais elle conserverait toujours la broche en perles et en diamants, aussi étincelante que les neiges de Russie, que Catherine lui avait offerte en guise de viatique.

Soudain, un grand tapage se fit à l'extérieur et sa voiture s'arrêta brutalement. Avant qu'elle ait pu jeter un coup d'œil dehors, la portière s'ouvrit et Jan se jeta sur la banquette. Ses vêtements couverts de poussière indiquaient qu'il venait de passer plusieurs jours à cheval.

Il lança un regard noir à la jeune femme muette de stupeur.

— Je t'ai laissé un an pour découvrir si c'était moi que tu voulais ou... quelqu'un d'autre, lui dit-il. J'espère que tu es parvenue à une décision.

Marguerite prit une profonde inspiration.

— En effet, quand bien même je pensais ne plus jamais te revoir. J'avais peur que la toile que tu m'as donnée ne reste inachevée.

Un garde s'approcha de la fenêtre.

— Tout va bien, madame ? demanda-t-il d'un air inquiet. Ce gentilhomme a insisté pour monter à bord de votre voiture.

— Tout va bien, répondit-elle avec un grand sourire.

Le garde s'éloigna. Jan vint s'asseoir près d'elle tandis que le coche redémarrait.

— Que manque-t-il à la toile ? l'interrogea-t-il d'un ton pressant. Dis-le-moi, Marguerite.

— J'y ai longtemps cherché quelque symbole caché, comme dans presque tous les tableaux hollandais. Puis j'ai percé son mystère le jour où j'ai cru t'avoir perdu à jamais. Tu m'as représentée seule, alors qu'il devrait y avoir quelqu'un à mes côtés.

Elle posa une main sur la joue de Jan et plongea son regard dans le sien.

— Ce quelqu'un, c'est toi, mon amour.

Il sourit et l'attira contre lui.

— J'attendais que tu prononces ces mots pour finir le tableau. À présent, j'ai beaucoup de choses à te raconter et je suppose que toi aussi !

Cette nuit-là, dans l'hôtellerie de Riga, Marguerite resta un moment éveillée après que Jan et elle eurent passionnément célébré leurs retrouvailles. Jan dormait déjà, un bras passé autour de sa taille. Elle se dressa sur un coude en faisant attention à ne pas le déranger et contempla son visage.

Elle s'imaginait déjà dans la belle maison au bord d'un canal d'Amsterdam. Filtrés par les vitraux, les reflets du soleil sur l'eau traceraient des motifs mouvants et irisés sur les plafonds. C'était l'endroit rêvé pour s'établir et fonder une famille. Quant à la maison de Paris, elle leur servirait de pied-à-terre. Lorsque l'héritier du trône de France serait en âge de se marier, peut-être aurait-elle l'honneur de créer la robe de sa future épouse. D'ici là, elle pourrait toujours mettre ses talents au service des belles dames hollandaises.

Imprimé en août 2007 en Espagne par LIBERDÚPLEX
St. Llorenç d'Hortons (Barcelone)
Dépôt légal : septembre 2007

POCKET 12, avenue d'Italie - 75627 PARIS Cedex 13